激荡与回响

吴思敬诗学思想研究论集

Surges and Echoes
Collective Studies on Wu Sijing's Poetic Thoughts

龙扬志 王珂 编

中国社会科学出版社

图书在版编目(CIP)数据

激荡与回响：吴思敬诗学思想研究论集／龙扬志，王珂编．—北京：中国社会科学出版社，2022.9
ISBN 978-7-5203-9925-8

Ⅰ.①激⋯　Ⅱ.①龙⋯②王⋯　Ⅲ.①吴思敬—诗学—文集　Ⅳ.①I207.22-53

中国版本图书馆CIP数据核字(2022)第117885号

出 版 人	赵剑英
责任编辑	慈明亮
责任校对	刘　娟
责任印制	戴　宽

出　　版	中国社会科学出版社
社　　址	北京鼓楼西大街甲158号
邮　　编	100720
网　　址	http://www.csspw.cn
发 行 部	010-84083685
门 市 部	010-84029450
经　　销	新华书店及其他书店

印刷装订	北京君升印刷有限公司
版　　次	2022年9月第1版
印　　次	2022年9月第1次印刷

开　　本	710×1000　1/16
印　　张	23.5
插　　页	2
字　　数	401千字
定　　价	128.00元

凡购买中国社会科学出版社图书，如有质量问题请与本社营销中心联系调换
电话：010-84083683
版权所有　侵权必究

目 录

同 行

有幸结识吴思敬 …………………………………………… 谢　冕（3）
与思敬相知 30 年 ………………………………………… 刘士杰（6）
吴思敬先生印象 …………………………………………… 程光炜（10）
吴思敬一二 ………………………………………………… 周晓风（13）
仁者、智者、和者
　　——吴思敬先生印象记 ……………………………… 邱景华（16）

坚 守

守望诗歌与自由 …………………………………………… 易　彬（23）
以理性和自由精神为诗赋形：论吴思敬的新诗研究 …… 卢　桢（26）
筑向心智深处的圣殿
　　——吴思敬先生的诗学道路 ………………………… 张大为（37）
执着背后的"诗心" ……………………………………… 陈培浩（41）
同路人和持灯者
　　——吴思敬与改革开放四十年诗歌 ………………… 陈　亮（44）
建构、追踪与总结
　　——吴思敬诗学思想初探 …………………………… 姜玉琴（53）
作为诗歌教育家的吴思敬先生 …………………………… 李文钢（70）

探　索

论吴思敬诗学思想的主体论特质 …………………… 吴　晓　王治国（79）

新诗研究的自由立场与探索精神
　　——谈吴思敬的新诗理论研究 ………………………… 刘　波（88）

剖析"诗心"播种美
　　——浅谈吴思敬先生的诗歌评论 ……………………… 李文钢（97）

守望"自由"，呼唤宽容
　　——吴思敬对中国新诗发展的反思 …………………… 汪璧辉（103）

自由诗的自由与难度
　　——兼谈吴思敬的新诗自由观 ………………………… 师力斌（114）

吴思敬诗学研究的"中和之道" ………………………… 邱景华（127）

吴思敬新诗传统观谫议 …………………………… 何娟娟　王　永（148）

吴思敬代表作概述 ………………………………………… 王　珂（153）

穆如清风，缉熙敬止
　　——吴思敬先生新诗研究概览 ………………………… 张大为（163）

回　响

艰难的突破
　　——评吴思敬主编《20世纪中国新诗理论史》 ………… 罗振亚（173）

新诗理论史研究的重要收获
　　——评吴思敬主编《20世纪中国新诗理论史》 ………… 王士强（176）

如何建构开放的诗歌理论史景观
　　——评吴思敬主编《20世纪中国新诗理论史》 ………… 刘　波（178）

成功的"突破"：评吴思敬主编《中国诗歌通史·
　　当代卷》 ………………………………………………… 罗振亚（186）

评吴思敬主编的《中国诗歌通史·当代卷》 ……………… 王士强（190）

贯注自由精神的诗学理论探索
　　——评《吴思敬论新诗》 ……………………………… 刘　波（194）

新诗本原问题的求思与阐解
　　——读《吴思敬论新诗》………………………张德明（197）
自由精神的诗学建构
　　——《吴思敬论新诗》的价值与启示………………马春光（200）
当代诗歌的守望者
　　——吴思敬新著《中国当代诗人论》读后…………王　永（207）
文学史维度中的审视与阐释
　　——读吴思敬《中国当代诗人论》…………………张德明（210）
吴思敬诗学研究综述……………………………王　永　韩　飒（216）
从诗歌到戏剧的人生导师………………………………林喜杰（228）
恩师·导师·名师
　　——记我心目中的吴思敬老师………………………杨志学（230）

对　话

亲历诗坛四十年
　　——访中国诗歌研究中心副主任、著名评论家吴思敬
　　………………………………………………………舒晋瑜（241）
自由的精灵和沉重的翅膀
　　——访诗歌评论家吴思敬………………………………艾超南（258）
回顾与展望：百年新诗访谈……………………………张　健（272）
《诗探索》主编吴思敬访谈录…………………………林　琳（284）

学术年谱（1978—2021）

吴思敬学术年谱（1978—2021）………………………王士强整理（303）

编后记……………………………………………………………（368）

同 行

有幸结识吴思敬

谢　冕

相识吴思敬是我人生的幸运和福分。鲁迅说瞿秋白，人生得一知己足矣，斯世当以同怀视之。说的就是我此时的心境。我当然不敢妄比前贤，但心情却是相同的。我记不起来我们最初是如何相识的，但那时我们真还说不上深交。只知吴思敬是原先的北京师范学院中文系，一位年轻的文学老师，热情，敬业，很有学识，如此而已。记得那时他家住北京最繁华的街区，王府井的一个胡同——菜厂胡同。一个大杂院，弯弯曲曲的通道，通往他窄狭的住房。我住北大，路远，却是不辞辛苦前去拜访。我们在那里会见，吃饭，饮酒，闲话。他是地道的北京人，他教会我喝北京的二锅头。论喝酒，现在他不如我了，但却真是我的领路人。后来他搬了几次家，芳草地，我也去过，除了论学，也喝酒。

我与思敬真正的相知、相识，是在20世纪80年代。那时时风大变，西单民主墙，《今天》出版，星星画展，新诗潮涌现，还有难忘的南宁诗会。我那时被潮流所推涌，写文章、发议论，惹人另目。大军压境，风声鹤唳，陷于"孤立"状态。1980年南宁会后，《诗刊》看准时期，开了"定福庄会议"，一时诸路人马云集京城。会议的主题是当时出现的"朦胧诗"。支持一方，我和孙绍振到会了，反对一方，主将是丁力，他的队伍庞大。会议开得激烈、气氛紧张。我素怯于言，不善辩，虽然孙绍振勇猛盖世，但依然力量悬殊。正是关键时刻，我方后卫突然杀出了两员大将，一员是来自成都大学的钟文，另一员则是来自如今首都师范大学的吴思敬！

那时的钟文和吴思敬，都是三十出头，风华正茂。他们的出现不仅给我以助力，也给我以惊喜。攻守双方顿时形势大变。现在的人们也许难以想象当年我们的处境：舆论偏执且呈高压状态；诗歌界的领袖人物几乎都站在我们的对立面；而且相当多的人诗歌观念已被积习所"固化"——新诗潮处境维艰。在会上，这两员骁将的出现使论争的形势急转直下，钟文的理论锐气自不必说，吴思敬显然是有备而来，但见他从容不迫地掏出他的一沓卡片，引经据典，连珠炮般地打向对方。他历数诗歌变革的必要性与必然性，坚持为当日出现的诗学变革辩护。正是这个"定福庄会议"，使我不仅在为人方面，而且在学术的准备和素质方面重新认识了吴思敬。

就这样，我和思敬在"火线"上建立了深厚的友谊。在"定福庄会议"以后的漫长岁月里，我和思敬始终是学术上和事业上互帮互助的知交好友。我比思敬年长，他尊我、敬我如兄长。他在首都师范大学文学院和诗歌研究中心做着他的工作，研究、授课、写作、带研究生，成就卓著，影响深远。与此同时，他不遗余力地协助我办《诗探索》。北大成立诗歌研究中心、中国新诗研究所以及后来的中国诗歌研究院，他都是其中的一员，而且都是工作上的积极协助者和推动者。北大召开的所有诗歌会议和开展的所有诗歌活动，他都是最有力的支持者和协助者。思敬在首都师范大学有一个训练有素的工作团队，他无私地带着他的团队参与我的工作。我们情同一家。

这些年，我和思敬一起参加过许多国内外的诗歌活动，他辛勤培养了诸多博士生和年轻的诗歌研究者，可谓桃李芬华。同时，他又拥有为数众多的学术追随者。他在诗歌理论界的影响巨大，这都是我感到欣慰的。思敬性格谦和，心胸豁达。他待人以善，乐于助人。特别是对那些年轻的诗人、诗评家和诗歌爱好者，往往有求必应，他是诗歌界有名的"大好人"。在此一端，我与他也是心有灵犀，是认同并相通的。我坚信诗歌乃柔软之物，最终作用于世道人心，诗歌之用，首重广结人缘，使人心向善。也许这点易招人议，释之可也。

因为合作久了，我对他有充分的信任感。我主事《诗探索》多年，身边琐务甚多，多半办不过来，遇有难事，也多半推给思敬去办。再后来，干脆把《诗探索》的全部编务推给他和林莽了。思敬办事，我总很放心，也不多过问，由他自主。这也是我的一贯作风：不在其位，不谋其政。对人放手，自己也清闲。前面说过，思敬是尊重我的，遇有重大的事，他总会及时与我沟通。难办的事，他承担了，遇有"疑难杂症"，他也会与我汇通解决。我和思敬在这点上绝对和谐，我们总会在"走不动"

时，或"忍"或"退"，于是天地顿时开阔，大家也都欣然。

我与思敬在工作上密切配合，在学业上互相支持。我先后主事的《中国新诗总系》（十卷）、《中国新诗总论》（六卷），洋洋千万字，都有思敬的加入与劳作，他不仅是我可信赖的作者，而且是我非常得力的助手。我的许多项目，没有他的鼎力相助是无法完成的，我的许多工作计划安排，他总是执行最认真的一个。为此，我认定他是敬我、知我、助我的理想的合作伙伴。单举《中国新诗总系》他主编的理论卷为例，他不仅按照计划写了数万字的导言和编辑后记，而且为了紧缩篇幅，在总数八十万字的选文中竟然不给自己留下一个字！

思敬办事的忘我和公心如此，使我对他格外地敬重！我只能感谢冥冥中的命运之神对我的恩惠，使我在这个美好而又艰难的时代，有幸结识了这样一位帮我一路前行的知心朋友。思敬著作丰硕，已是影响中国新诗界的卓然名家。近年，他为了纪念中国新诗创立一百年，先后与北大中国诗歌研究院合办纪念中国新诗一百年的庆祝、并与我联名主编了纪念文集。目下他和他的团队正在做着一项重大的学术工程：长达数百万字的"百年新诗学案"。在此，我诚挚期待着这项创举的早日完成！

2021年4月20日，历时前后跨越三年之久的疫情稍缓之日，于北京大学
（原载《名作欣赏》2021年第7期、《光明日报》2021年8月13日）
作者单位：北京大学中文系

与思敬相知 30 年

刘士杰

光阴如白驹过隙,转瞬即逝。这虽然是句套话,可也是实话。转眼间,我和思敬都已是古稀老人了。几十年的友谊,可谓情同手足。回首往事,历历如绘。

我是思敬家的常客,从菜厂胡同到芳草地,到首都师范大学院内的住宅,由近到远,这一路上,去时怀着愉快的期待,回时获得温暖的慰藉。开始是骑车去菜厂胡同、芳草地,后来,搬到首都师范大学院内的住宅了,就改坐公交车了。记得在搬家前,我到思敬的芳草地寓所。我对他说:"你要搬到学校去了,以后就不容易见面了!"真是不容易见面了,我住在东南面的方庄,与住在西北角的思敬正好成对角线,几乎穿过北京城。学校里的寓所条件自然好多了,可是我却分外留恋思敬那菜厂胡同的家。菜厂胡同 7 号是个大杂院,思敬的家居较为局促,我记得他的三四岁的儿子在大床上蹦跳,大概是见了我们人来疯,大家逗着他玩,斗室里洋溢着欢声笑语。有时思敬不在这里,那一定是到住在附近的两位老太太那里去了。这两位慈祥的老太太分别是他的母亲和岳母。思敬是一位孝子,事两位老人可谓至孝。

思敬的芳草地寓所真是朋友们的芳草地,朋友们都喜欢到这里聚会,俗话说:主雅客来勤。主人热情好客,这里经常是高朋满座。大家无拘无束地像回到自己家一样,真个是宾至如归。大家在思敬家聚会,话题自然离不开诗歌,谈到当前诗歌界的状况,互通信息;然而,更多的时候是开《诗探索》的编委会。

说到《诗探索》,这是创刊于 1980 年 12 月,当时国内唯一的诗歌理论刊物,由中国当代文学研究会主办,四川人民出版社出版。《诗探索》

可以说是当时方兴未艾的新诗潮的产物。第1期刊有本刊编辑部《我们需要探索》、艾青《答〈诗探索〉编者问》和张学梦、高伐林、徐敬亚、顾城、王小妮、梁小斌、舒婷、江河《请听听我们的声音——青年诗人笔谈》等文。《诗探索》于1985年休刊，十年后复刊。作为同人刊物，《诗探索》能坚持办刊至今，在出版界可算是个奇迹。身为执行主编，思敬可谓呕心沥血，厥功至伟。可以这样说，没有吴思敬，就没有《诗探索》。为了《诗探索》的生存，思敬到处奔走，争取出版赞助，要从企业家的口袋里要钱，谈何容易！办刊路可谓举步维艰。在编辑部内，思敬承担了主要的编务工作，他既要教学，又要编刊物，特别是他当了文学院院长后，更加忙碌。因为相距太远，传递稿件十分不便，稿件常常都集中在他那里，更加重了他的负担。他那埋头苦干、任劳任怨的工作作风，令我们非常感动，同时又感到于心不忍，他太辛苦了！每念及此，我为不能分担他的工作而感到惭愧和不安。令我钦佩的是，思敬自律甚严，自从他担任主编以来，从未在《诗探索》上发表过文章。

我每次应邀参加首都师范大学中国诗歌研究中心举行的会议，总见思敬带学生们忙碌的身影。他们对与会者热情照顾，体贴备至，其做派一如乃师。我不由得感慨地想：思敬不仅传授学生知识，而且更重要的是以言教和身教教育学生如何做人。我看出来，学生们对他们的老师非常尊敬，也很听话，有时，我看见思敬使一下眼色，学生就知道该怎么做了。师生间达成默契竟至于此。都说严师出高徒。性格温顺随和的思敬怎么看也不像严师。那么，他是怎样把这些男孩和女孩教育得那么好呢？

我以为首先是思敬的人格魅力使学生们为之着迷。思敬温顺随和是其性格中柔的一面，其实，思敬性格中还有刚的一面。他曾说："诗人应该敢爱、敢恨、敢骂、敢哭、敢争论、敢发火。"这就跟"温良恭俭让"的"谦谦君子"大相径庭了。他虽然不写诗，但是却富有诗人气质。他提倡诗人应该有敢爱敢恨的真性情，其实他自己就是性情中人。他平时说话轻声细语，一旦在演说中说到动情处，他会声情并茂，慷慨陈词，虽有着雄辩的口才，气势夺人，但主要还是以理服人。我每每被他精彩的演说所镇住，往往随着他的演说而情绪起伏。思敬那刚柔相济的性格和雄辩的口才，征服了他的学生，而身教重于言教的教育方式，使学生们心悦诚服。请听他的学生是怎么说的："老师并不常批评我们，虽然他是那样地善于交流，善于用话语去感染对方，但他并不会随意对学生做一个判断，或者用要求去限制我们，甚至并不过多地用言语设计学生的发展，而更多地以身教引领我们，在交流时更多的则是直接的学术讨论。"

当然，要使学生敬服，仅仅仗着人格魅力和好的教育方式是远远不够的。作为教授，作为博士生导师，最重要的还是要看教学和学术水平。

我虽然没有听过思敬的课，但是从他的精彩的演说可以推想，他的讲课一定也是非常精彩的。有时，我甚至想走进课堂，和学生们一起上他的课。至于说他的学术水平，那更是堪称一流。他的丰硕的学术成果，使他不愧著名的诗歌评论家的称号。我和思敬都是"文革"前的大学生，我深知，因为时代和政治原因，我们这一代的学者在学校时读书少，知识面窄，知识结构老化，这是我们的弱点和通病。然而，思敬用他的勤奋和刻苦，克服了这样的弱点和通病。他不满足于做一个教书匠，他要做真正的学者、评论家。我在审阅《诗探索》的稿件时，常常会遇到一些大学教师投来的文章。这些文章其实就是他们的教案。这样的教案式的文章，如果在课堂上讲解，也许会收到不错的效果；可是，教案不是真正意义上的文章，学术含金量很少，严格地说不能算是合格的学术论文。而思敬一开始就和这样的教书匠判然有别。思敬在学术上的杰出成就，正如他的学生霍俊明所指出的：

> 吴思敬几十年的诗歌理论与批评的版图上，既有对中国新诗的宏观的、整体性的历史研究和理论梳理（重要的如《中国新诗理论：在现代化的进程中的诗学形态》、《二十世纪中国新诗理论的几个焦点问题》、《二十世纪新诗思潮述评》等），也有对诗坛现象的剖析以及诗人和诗歌文本的翔实、深入、准确、独到的个案研究。

霍俊明对他老师的评价是："吴思敬以其特有的诗情、激情、理性和活力，以其深厚的理论修养和敏锐的发现能力，将中国现代诗歌理论与批评推向了一个高峰。"我以为霍俊明的评价可谓确评。

正是因为思敬的人格魅力和教学、学术上的杰出成就，赢得了他的学生们的热爱和拥戴。

虽然我比思敬痴长一岁，可是看起来他比我更显稳重和内敛。所以私下里我对他是视为兄长的。有人说我们上海人不用功，别人我不敢说，而我确实比较疏懒，远不及思敬那样勤奋用功。我之所以还写了一些文章，全是思敬促成的。每当首都师范大学中国诗歌研究中心召开会议时，思敬便命学生给我发请柬。我盛情难却，必定赴会，当然不能空着手去，必须提供论文。于是，一篇篇论文就这样被逼出来的。所以，我真的要好好感谢思敬，这实际上是对我的鞭策和提高，总算还做了些事，没有徒然耗费更多宝贵的光阴。

思敬出生在北京，但其性格温和，颇有南人特点。一次，我俩闲聊，说到我的籍贯是无锡。思敬告诉我，他的祖上也是无锡人，后来才北迁的。这就使我对他更增添了一份亲切的"同乡之谊"。思敬待人热情诚恳，关怀体贴，甚至对朋友的长辈也很恭敬，并且礼数周到。2003年，我们参加在上海举行的辛笛先生诗歌创作七十年研讨会，在休会期间，他偕同夫人，特意带上礼物去看望我的老母亲，向老人家亲切地问候，和她叙说家常，使我和母亲深为感动。他那至诚厚道的为人和儒雅的气质，给我的家人留下深刻的印象。

思敬对朋友坦诚相见，全无"文人相轻"、同行相忌的陋习。我从未听见他在背后议论过别人。朋友间难免有争论，那多半也是因学术观点不同所致，即使他坚持己见，也与人为善，绝不意气用事。我从未看见他与人激烈争吵。所以，思敬的人缘很好，朋友众多。凡是认识思敬的人，无不赞扬他的学问和人品。宋代词人辛弃疾的《渔家傲·为余伯熙察院寿》云："道德文章传几世，到君合上三台位。"可见古人是把道德文章视为衡量文人好坏的标准的。文章虽好，却无德行，只能被称为文人无行。只有道德文章都优秀的文人，才会受人推崇和尊敬，这种优秀的道德文章才会作为宝贵的精神财富"传几世"，传承下去。思敬是道德文章都非常优秀的当代杰出的知识分子中的精英。

与思敬相识相知几十年，是我莫大的荣幸。我们以诗结缘，诗歌是纯洁美好的心灵的产物，它也象征着我们友谊的纯洁美好，真正的友谊是远离世俗的功利的，愿我们的友谊与日俱增。我衷心祝愿思敬在学术上取得更大的成就。

写于 2012 年 10 月 19 日
北京芳城园寓所
（原载《中华读书报》2012 年 10 月 31 日）
作者单位：中国社会科学院文学研究所

吴思敬先生印象

程光炜

1980年，我在读大学三年级时，就为谢冕、孙绍振、吴思敬和刘登翰等先生青春激越的文字所吸引，那时，他们都是朦胧诗歌的坚决维护者，正在《诗刊》《文艺报》等报刊上与朦胧诗的反对者辩论。1993年，我才在北京第一次见到吴老师本人。在下午阳光的照耀下，坐在芳草地家中的他温文尔雅、谈吐平静自然，与我通过报刊文字所想象的那个人似乎南辕北辙。在《孙绍振访谈录》中，孙老师也忆及1983年"清除精神污染"运动中，在很多诗人和批评家遭到不公正批判并受到惊吓时，吴老师曾勇敢地到《诗刊》编辑部当面抗议的情形，这就更令我这个晚辈对他充满敬意了。

他新时期出版的《心理诗学》，是我看到的国内最早一批从心理学和接受美学角度研究诗歌现象的著作。正像蒋登科老师在一篇文章中所说，该著作为批评和研究新诗"提供了一种方法"。那时，心理美学正在国内学界兴盛，但极少有人从这个角度解释分析诗歌创作，而我当时正热衷诗歌创作，吴老师的著作显然成为我理解诗歌的引导者。因此，虽然时隔多年，我对此书的印象很深，至今书架上还存放着当年购买的那个版本。在我看来，吴老师是最近三十年来最贴着诗人和作品从事研究的著名批评家。他对诗人，尤其是刚刚出道的年轻诗人充满了爱心和关切，对他们的每一步成长都期待殷殷，犹如一位母亲看着孩子在渐渐长大。平心而论，这种对诗歌事业的热爱和责任感，在我们这代人身上委实不多。我读过吴老师写作的大部分文字，他对诗人创作以至于幼稚阶段作品的宽容，也使我经常惊讶。在诗歌界，只有如此宽厚的批评家，才会发现和推出一批批的年轻诗人，而且吴老师个人的这种风范，在他许多学生的身上也在默默延续。这是我大感钦佩的。

吴老师的诗歌研究和批评，是理性与感性的精妙结合。他是学文艺学出身的学者，有深厚的理论素养和理论的自制，善于从理论原点或框架中找到诗人的位置，同时能轻易在纷纭复杂的创作现象中理出来龙去脉，并加以清晰地评析。但与此同时，吴老师的为人和为文也充溢着诗人气质。我每见他参加作品研讨会，都以激情的姿态和口气在那里发言，有时候可能是犀利的，有时则宽容婉转，但是他的激情也就在这一过程中参与了诗人的创作，介入作品文本之中。他对作品，尤其是细部的感知，往往能给我启发。他对作品旋律和意蕴的敏感，常常令我觉得他根本不是已经七十岁的老者，而像是一个刚刚涉足诗坛的青年。因此在我看来，吴老师的诗歌批评，实在是一种理论兼诗化的那种文学批评，是最容易抓住读者并与之展开心灵交流的那种美文式的文学批评了。

最近二十年，吴老师对诗歌最显赫的贡献，恐怕是主编《诗探索》和在首都师范大学文学院培养了大批优秀的诗歌研究者和青年批评家了。《诗探索》从80年代初创办至今，已经走过了三十年的风风雨雨，资金困难，环境掣肘，人事复杂，甚至可以写一部关于这个杂志的"小史"。我曾经有幸参加过一些编委会，亲耳聆听过吴老师叙述他们如何到处筹措资金，如何艰难支撑该刊不致倒闭的逸闻趣事。在性格急躁的我这里，这种生活简直无法承受，所以愈加体会到办刊人的不易。《诗探索》伴随着新诗最近三十年的脚步一直走到今天，不仅影响了一大批爱诗者和研究者，也为当代诗歌史留下了一座活生生的诗歌博物馆。近年来，随着谢冕、孙玉石、洪子诚诗界三巨头的退休，培育诗歌研究者的中心开始由北大转向首都师范大学，这是众目共睹的事实。在吴思敬、王光明教授的领衔下，许多充满活力和睿智的青年研究者从这座大学里脱颖而出。最初几年，他们主要做诗歌观念研究，偏于宏观模式。到了晚近，越来越走向了具体和实证研究领域。研究范围不光是当代诗歌，还深入到现代诗歌的许多领域。我每次应吴老师和光明老师之邀参加首都师范大学博士学位论文的开题、预答辩和正式答辩，都受益良多，尤其体会到两位教授学术的严谨、对弟子的爱心。在我看来，这种风气逐渐浸染，已经积淀为首都师范大学中国新诗研究团队的治学精神，我相信它深深影响了从这里走出去的每一个年轻的研究者。

当然，我在此文中最想说的是，吴老师为人的厚道、圆融和随和，一直是我心里最为敬仰的学人风范。我认识吴老师二十年,每次见面,每次会议,以致是非常私人化的场面,他对人对事总是彬彬有礼,认真负责,从不怠慢,也从不因对方地位和身份的高低而发生任何变化。一个人几十年天天如此,非一般的毅力和修养所能展现。在中国当代文学研究会,吴老师一直是我的直接领导。这些年来,每逢参加在京当代文学研究会的常务理事会,总见他与白烨先生一起,操持研究会的工作,布置来年研究会的研究计划和任务。每件事都事必躬亲,尽量做到周到细致,人人没有意见。我心中明白,这些事情虽然平凡,但日积月累,却足见一个学界长者的音容笑貌和为人之道。在吴老师七十大寿、治学生涯四十余年的特殊日子里,我写下这篇小文,谨以表达一位后学对学界前辈的一点敬意。

2012 年 11 月 29 日于北京
(原载《南方文坛》2013 年第 4 期)
作者单位:中国人民大学文学院

吴思敬一二

周晓风

重庆到郑州的空中距离一千公里，2012年11月，我来到这里只为见一位尊敬的长者。吴思敬诗学思想研讨会在此隆重召开，应是中国诗歌界继7月"《谢冕编年文集》座谈会"之后的又一著名诗歌理论家诗学思想研讨盛会。因此，我要首先对吴思敬诗学思想研讨会的成功召开表示衷心祝贺，对吴思敬老师在当代诗歌理论批评领域做出的突出贡献表示由衷的敬意！

吴思敬的诗歌评论开始于20世纪70年代后期，那时正是新时期大幕刚刚开启，一切都还是百废待举的时候。这给吴思敬的诗歌批评带来跨越两个时代和推陈出新的特点。吴思敬和许多诗歌评论家的道路一样，最初是对某些具体诗歌作品和诗歌现象的关注，继而形成对诗学问题的深入思考。在对诗歌作品和诗学现象的批评和研究过程中，吴思敬也是一开始难免沿用因袭的观念和话语，随着对社会和诗歌认识的深入，逐渐以明确的姿态为以朦胧诗为代表的中国当代新诗的新发展进行辩护并给予了不遗余力的支持，并且将这样的批评姿态深化为学理的建构和阐释。而这样的努力的产物之一，便是应时代而生的诗学思想的发生和形成。所以我很赞同王光明教授的一个说法，那就是认为吴思敬对于诗歌的贡献无可替代。

至于吴思敬教授的诗学思想本身，我注意到沈奇教授把吴思敬形象地概括为一个摆渡者形象。所谓摆渡者，是指吴思敬在新时期以来的诗歌大潮中，提出过不少诗学新观念、新命题，也由此推举过不少诗坛新人、新潮、新走向，既渡己又渡人，却始终坚持历史向度的考量和以公器为重的精神，显示出立言之中既是立功更是立德的摆渡者风范。吴思敬的一批弟子也把吴思敬描述为中国当代诗坛的引渡者，我认为比较准确地说出了吴思敬在中国当代诗歌理论批评中的地位和作用。

  我个人的突出印象是，吴思敬一直是中国新诗的深情热爱者，同时又是中国诗学的不倦探索者。吴思敬诗学最突出的特点，我认为是不断寻找新的诗学话语阐释新的诗歌现象。这其中包含了两个方面：一方面是对中国当代新时期以来诗歌发展出现的新现象新进展的敏锐关注和热情推进，尤其集中表现为对以朦胧诗为代表的新诗潮的热情推介。早在1980年8月3日，吴思敬就在《北京日报》发表了《要允许"不好懂"的诗存在》，稍后又发表了《朦胧之美》（《厦门日报》1980年12月16日）、《说"朦胧"》（《星星》诗刊1981年第1期）、《新诗讨论与诗歌批评标准》（《福建文学》1981年第8期）以及《他寻找"纯净的心灵美"———读顾城的诗》（香港《诗与评论》1984年）、《追求诗的力度———江河和他的诗》（《诗探索》1984年第7期）等。这些诗歌评论的突出特点，是对于以朦胧诗为代表的新诗潮的敏感，并且在热情评价中力图寻找新的诗学话语对其进行理论概括，与谢冕的《在新的崛起面前》和孙绍振的《新的美学原则在崛起》和徐敬亚的《崛起的诗群》等共同构成新诗潮的美学维度。另一方面，吴思敬实际上是在一种艰难的过程中寻找新的诗学理论话语，以期对以朦胧诗为代表的新诗潮进行有历史意义的理论概括。这种艰难其实既是外在的，也是内在的，包括当时的历史条件给新的探索者所带来的诗的生存空间的局促，也包括吴思敬他们这一代人从诗的信念的偏狭到诗学理论知识的储备的不足等。因此，若干年以后我们来看包括谢冕、孙绍振、吴思敬他们这一代批评家在当时所表现出的勇气和睿智，不得不对他们的执着和坚韧表示由衷的敬意。吴思敬在上述诗歌批评的基础上，不断推出一批富有学理内涵的诗学理论著作，包括《诗歌的基本原理》（工人出版社1987年版）、《诗歌鉴赏心理》（辽宁人民出版社1987年版）、《心理诗学》（首都师范大学出版社1996年版）、《诗学沉思录》（辽海出版社2001年版）、《走向哲学的诗》（学苑出版社2002年版）、《自由的精灵与沉重的翅膀》（安徽教育出版社2011年版）等，不断对中国当代诗歌美学作出富有历史特点的回答和书写。吴思敬在《自由的精灵与沉重的翅膀》一书中实际上已经把对中国当代诗歌的诗学思考推进到整个现代汉语新诗，在中国现当代诗歌的一体化思考中对当年废名提出的新诗应该是自由诗的命题作出新的阐释，使吴思敬诗学显得既鲜活而又富有历史感。

诗歌在当今的发展出现一些新的特点，一方面是表面上的边缘化，读诗的人显得越来越少；另一方面则可能是内涵上的更加深入人心。我们都强烈感受到，在这个喧嚣的世界上，诗既是抚慰我们心灵的神话，更是引领人们向善向美的灯塔。吴思敬诗学必将对中国当代诗歌做出更大的贡献！

（原载《南方文坛》2013 年第 4 期）

作者单位：重庆师范大学文学院

仁者、智者、和者
——吴思敬先生印象记

邱景华

凡见过吴思敬先生的人，都会被他身上鲜明的儒家风范所吸引：那温情的目光、谦和的微笑、亲切的语调，感受到一种暖暖的爱意。所以，朋友们称他为"诗坛仁者"。

仁者吴思敬，与人交往讲究"和为贵"。曾经有一个偏激的青年作者，大概是想引起诗坛的瞩目，就拿名人开刀，在网络上发布"刀劈谢冕、吴思敬"的战斗檄文。没想到，被"刀劈"的吴思敬全然没有痛感，反而哈哈大笑，把它当作趣事儿讲给学生们听。这样宽容的"大肚"，正是"人不知而不愠"的君子涵养。

吴思敬先生的仁爱之心，言传身教、影响深远。在一次北京香山诗会的夜晚，吴门几个已经毕业的博士，在他的房间相聚，我正好也在座。在把导师叫作老板的今天，学生对导师的敬，已不多见，爱就更少了。但让我惊奇的是：其中有一位现在也是博导的北方汉子，与吴老师谈话，竟不时流露出儿子对父亲撒娇的神情和语气。这种下意识的真情流露，让我深切地体验到学生称他为"慈父"，并不是空话。正是吴思敬先生这种仁爱精神的传教，才会有在四川峨眉山舍身崖看日出时，他和两个学生段从学和王珂——三个博导与在场群众，合力营救一个准备跳崖自杀青年的善举。

对学生是这样，对文友也如此。1981年，《诗刊》邀请吴思敬、陈良运、苗雨时、刘斌参加"读诗班"，这四位志同道合的青年诗评家结下了友谊。后来，陈良运的古典文论研究成就卓著，福建师范大学把他作为人才引进。但由于长期用功过度，不幸早逝。吴思敬一直怀念这位亡友，虽然是淡如水的君子之交，但深情内存。有一年夏天他到武夷山开会，会后不顾年纪大，冒着酷暑，特地绕道到福州，专程去探望慰问陈良运的妻子和女儿。令她们感念至今。

仁者吴思敬，同时又是智者吴思敬：一个超越了所处时代局限的先行者。

辩证法的精髓，就是从"对立面的统一中把握对立面"。但由于特定时代的局限，对立统一原则，被片面地理解为"一分为二"，只讲对立和斗争，不讲统一；形成一种长期流行的二元对立思维模式。吴思敬先生的卓越才智，就在于超越了这种时代的局限。新时期伊始，他就提出矛盾的两极，并不是"你死我活"，而是"两极相通"。他既讲"一分为二"又讲"合二而一"，全面掌握了辩证法。这在当年的文化语境中，是非常罕见的。因为知识和观念比较容易纠错和更新，而思维模式一旦成为定式，则很难改变。那种非此即彼的二元对立思维模式，不仅长期流行，而且新时期也未见大的改变。其原因，正如金克木先生所说：是已经深入到集体无意识了。

在一个长期只讲"一分为二"的年代，却产生出吴思敬这样一位擅长"合二而一"的智者，要说奇迹也不为过。不仅如此，他在掌握唯物辩证法的同时，又发现辩证法与儒家"中和之道"是相通相同的：两者都是讲对立统一规律。于是，他把两者相融相用。如果说，唯物辩证法主要是一种思维模式，一种方法论；那么儒家的"中和之道"，既是思维方式和方法论，又是作为伦理修养和道德实践的准则。儒家认为：人与人的关系充满着矛盾和对立，君子必须以"中和"为原则，来约束自己，毋过毋不及，达到人与人之间的和谐、社会的有序平衡。

吴思敬先生痛感于当今社会的物欲横流、道德沦丧、诗人精神的低俗，他在《欲为诗，先立德》的诗论中，阐述中国古典文论中诗品与人品相统一的观念，强调："是诗人，也是君子，欲求笔正，先要心正。"他还提出"诗歌伦理"，提倡美与善的统一。这既是对世风的匡正、对当代诗人的要求，也是一种"夫子自道"。在学界和诗界，吴思敬先生严于自律的道德修养，是有口皆碑的。

掌握了辩证法和"中和之道"的吴思敬先生，具有强大的理性，再加上他长期研究现代心理学，对人的心理、对人性看得很透；他很早就是世事洞明，人情练达的智者。他担任过首都师范大学中文系主任、文学院院长、中国当代研究会副会长兼秘书长、中国诗歌学会副会长、《诗探索》主编，因擅长处理复杂的人际关系，有分寸感、善平衡、富有全局观，所以在这些重要岗位上，都做得风生水起，广受好评。

但作为智者，他又不像一些"聪明"的当代学者那样，充分利用才智和知识，为自己谋私利；而是为理想，为文学的事业，为众人，专做聪明人不愿做的"傻事"。当社会进入商品经济的转型期，许多文人纷纷"下海"，他却和同道们精心谋划，使已经"放假"的《诗探索》复刊。数十年来，把许多宝贵的精力和时间，献给这个没有半毛钱收入的诗歌事业。

本来，仁者与智者是分属于两种不同的人物类型，但在吴思敬先生身上，仁者的爱人与智者的为众人，是统一的。这应该归功于他的"中和之道"，把仁者的求善与智者的求真融为一体。这种"合二而一"不是简单的相加，而是产生了一种新的整体精神特质，或者说是一种特殊而罕见的新的人物类型——和者。

体现在人际关系上，就是"人和"。也就是古人所说的"和者筑善"：善于广结人缘，与各种各样的人物和谐相处。吴思敬先生当年北京简陋的家，一度成为朦胧诗人的聚集地。江河、顾城、林莽、一平、杨炼等青年诗人，常来这里挤挤一屋，促膝谈诗。1980年"定福庄会议"后，他又与谢冕、杨匡汉、孙绍振、钟文等学界精英结下友谊。他还与当代最重要的老诗人郑敏、牛汉、邵燕祥、任洪渊、张志民、蔡其矫、李瑛、屠岸等，有着真挚的友情。总之，他与诗界和学界的各路神仙，皆有来往，其乐融融。和者吴思敬，已成为诗界和学界团结的一个中心。

但吴思敬先生的"人和"，不是"抱成一团"，而是要"和"有志者一起合作做大事。比如他和谢冕先生长达40年的友谊与合作。如果没有这对"双打冠军"的不懈努力，诗界和学界许多重要的事情是办不成的。比如《诗探索》；比如由他们各自领衔的北京大学新诗研究院和首都师范大学中国诗歌研究中心，联合主办的众多影响深远的全国性和国际性的诗歌活动。他们长期合作所激发出来的正能量，是1+1等于3，他们为新诗所做的贡献，已成为当代诗坛的大事和幸事。

这种广结人缘，善于合作的本领，常常使吴思敬先生在困境中找到新的出路，实现他的宏愿。比如，他与好友苗雨时先生合作，在廊坊师范学院连续举办"牛汉诗歌创作研讨会""邵燕祥诗歌创作研讨会""北岛诗歌创作研讨会""林莽诗歌创作研讨会"等。这些高规格高质量的学术研讨会，推动了当代诗歌研究的深入发展。

吴思敬先生与有志者的"合作"，没有私心，是为了新诗的事业。这些"合作"项目，一旦接手，他就全力以赴，埋头苦干，把所承担的事情做好，每一回都让合作者放心和满意。所以，他还有一个"实干家"的美誉。

但是，如果你以为和者吴思敬，是一个"和稀泥"的好好先生，那就大错特错了。他的"中和之道"既不是折衷，也不是调和，而是"和而不同"。在当代新诗研究的重大问题上，他既不宽容也不大度，而是要"站出来说话"，让人看到他不常见的、据理力争的、另一种凛然风采和严正风骨。1998年关于"后新诗潮"的讨论中，面对一些名家的全盘否定；吴思敬先生力排众议，在对"后新诗潮"深入分析和充分说理的基础上，做出"基本肯定"的结论，言之有据，令人信服，产生了很大的影响。因为在这背后，是他长期以来对90年代诗潮所作的深入而扎实的研究。

吴思敬先生与郑敏先生的诤友关系，曾在诗界传为佳话。他曾数次带领博士生，骑着自行车穿过大半个北京城，到郑敏先生在清华大学的寓所，进行访学。自1990年以来，郑敏先生的诗作特别是她的诗学和文化理论，在诗界和学界产生了很大的影响。吴思敬先生对郑敏先生非常推崇，他深入研究过郑敏的诗作和诗学，但他对郑敏关于新诗没有传统的观点，并不认同。他积极与郑敏展开两次的对话和讨论。2004年，俩人关于"新诗传统的对话"发表后，引起广泛的关注和讨论。因为对话双方是以一种平等的态度，进行真诚而深入的讨论，展示出来的是一种多维度的深入思考，极大地开拓了读者的思维空间。争论之后，商量之后，两人仍然保持友好的关系。吴思敬还花费了很多的精力，编辑出版《郑敏诗歌研究论集》，为研究郑敏提供全面而翔实的资料。以前郑敏出版的文集，都是自序；晚年推出的五卷本《郑敏文集》，是她一生诗集和文集的总汇。她却破例请吴思敬作序，把作序的荣光赠给这位值得敬重的诤友。

"和者，无乖戾之心。"这是朱熹在对《论语》"君子和而不同"的注释中说的。吴思敬先生就是这种没有乖戾之心的和者，他不偏执，不走极端，心胸坦荡。这在戾气盛行的当今，实属难得。在学术研究中，他擅于把中外文化冲突中的各种对立因素：旧与新、传统与现代、民族与外来，运用"中和之道"融合为一体，创造出一种新的文化形态。

和谐，是和者吴思敬为人和为文的整体面貌。和谐即美。庞朴先生认为：中国古代的"和"或"中"，不仅是善，不仅是真，而且也是美。"和"是一种动态的美。（《中国文化十一讲》）这种和谐之美，就是"中和之美"。它并不是光芒四射，而是一种光辉内敛的美，或者说是一种温润如玉的美。

吴思敬先生有一张右手抚腮而笑的照片，那自在而澄明的微笑，焕发出来的正是和者的"中和之美"。

作者单位：福建省文联海峡文艺发展研究中心

坚守

守望诗歌与自由

易 彬

"新诗是自由的精灵,本应在广阔无垠的天宇中自由自在地翱翔,无奈在中国'五四'以来的特殊环境与时代氛围下,新诗与政治的无休止的纠缠,新诗与传统的审美习惯的冲撞,就像一双沉重的翅膀拖着它,使它飞得很费力、很艰难。"这原本是吴思敬先生多年前在梳理新诗传统时的一个判断,现在又移入《自由的精灵与沉重的翅膀》一书的《后记》,可见对于"自由的"诗歌的期待与对于"沉重的"诗歌的感怀一直令他念兹在心。

吴思敬先生长期从事诗歌研究,早在20世纪70年代后期,就开始发表新诗研究的论文,积极肯定朦胧诗歌的《要允许"不好懂"的诗存在》即是其中之一种。三十年荏苒,诗人换了一代又一代,评论家以及诗歌活动的组织者也换了一拨又一拨,吴思敬先生却依然奔波于全国各地的诗歌现场,其视野之广、用力之勤、工作之细缜,着实令人钦佩。

《自由的精灵与沉重的翅膀》已是21世纪以来吴思敬所出版的第三部诗学论文集了。全书按照讨论对象分为三辑,显示了近年来吴思敬先生诗歌研究的三条主要路向:其一是对于新诗理论的梳扒、新诗传统的归结以及对于那些重要诗人(如穆旦、牛汉、彭燕郊等)的经典化探询。其二是对当下诗坛态势的规整,其中包括对于若干重要命名的辩诘。其三是对于当下诗人写作的追踪式品读。

令我感兴趣的其实还不是吴思敬始终像一位三四十岁的研究者那般热情地工作着,而是其工作背后的推动力。记得90年代中期,还在大学阶段的我就曾捧读过吴思敬的《诗歌基本原理》一类著作,相信很多诗歌入门者也都从中受益。现在看来,吴思敬在探究新诗创作实绩、归结新诗传统并不断追踪当下诗人和诗歌现象的时候，始终葆有一道重要的维度，即对于"诗歌基本原理"的孜孜探究。所谓"原理"，即那些带有普遍意味的因素，对于诗歌普遍价值与意义的追索使得吴思敬的工作始终保持着必要的诗学标准和充沛的诗性激情。

因为这样一重理解，现在，我更愿意从细微而感性的层面来谈谈吴思敬的诗学工作的两个非常重要的特点：其一，在坚持对新诗发展进行整体把握的同时（本书所录《当下诗歌的代际划分与"中生代"命名》《20世纪新诗理论的几个焦点问题》等引起不小反响的文章即是如此），始终保持着对于诗歌文本的关注，他做了大量切实具体的例证分析，专论式文章非常之多，其文章也始终是多由感性的诗歌段落来做支撑。书中所录对于彭燕郊的专论、为子川诗集《背对时间》所写序言等，即是非常精彩的。

其二，一如当年为朦胧诗积极辩护，呼吁"要允许'不好懂'的诗存在"，吴思敬的批评工作始终保持一种开放的眼光，对于新时期以来不断涌现的新诗人、新现象，除了进行必要的诗学诊断之外，始终保持宽容和理解的姿态，并始终保持积极阐释的诗性激情。这与吴思敬强调"诗歌就是创造"（《诗的发现》）的理念应是息息相关，实际上，在很多其他场合（包括我本人亲历过的一些诗歌会议），吴思敬始终在为新诗的发展鼓与呼，呼吁要多谈新诗的成绩，多总结新诗创作所取得的经验。由此也就不难理解，收录在本书之中的文章，实际上是对那种蓬勃、自由的诗歌精灵有更广泛的关涉，而较少谈及"沉重"的诗歌面影。

在最近发表的一篇题为《心灵的自由与诗的超越性》的文章之中（《文艺争鸣》2012年第5期），吴思敬开篇就谈道，做一个诗人，也要像哲学家一样，"有自由的精神"，而在其结尾处，吴思敬也写下了对诗人的期许："诗人若想避免与流俗合流，保持自己的精神自由与人格独立，就要像不断推石上山的西西弗斯一样，为捍卫人类的最后精神领地而搏斗，心甘情愿地充当诗坛的寂寞的守望者。"在相当程度上，这样的"守望者"形象也即是吴思敬作为诗歌评论者的一种自我期许。

卡尔维诺在展望未来千年文学发展远景时，曾将"轻逸"视为首先值得注意的一种重要品格（《未来千年文学备忘录》）。卡氏所谓"轻逸"是"一种包含着深思熟虑的轻"，而不是"轻举妄动的那种轻"，这与吴思敬先生所称许、所追索的"自由"虽也有相通之处，但终究并非同一观念，无须比附；而卡氏所称"轻逸"之对立面——"沉重"却是与吴思敬所发见的那双拖拽着新诗艰难前行的"沉重的翅膀"多有应和。卡氏现身说法，"我开始写作生涯之时，每个青年作家的诫命都是表现他们自己的时代。我带着满怀的善良动机，致力于使我自己认同推动着二十世纪种种事件的无情的——集体的和个人的——动力"。这种"诫命"在相当长的一段时间之内，也可说是新诗（也可扩大为文学）发展的某种隐性结构。

新诗写作如何真正打破这一结构而趋向更为多元的发展态势，新诗评论者又如何把持必要的诗学准则和诗性激情，这些无疑都是艰难的诗学命题。惟其艰难，也就愈发能看出吴思敬先生那充满激情的工作的持久意义。因此，谨作此文表达我对吴思敬先生的敬意，以及对于新诗发展所怀有的热切期待。

2012 年 7 月 28 日
[原载《星星》（诗歌理论）2013 年第 2 期]
作者单位：中南大学文学与新闻传播学院中文系

以理性和自由精神为诗赋形：
论吴思敬的新诗研究

卢 桢

吴思敬常以"精灵"指称诗歌，这一形象被他赋予青春的气息，成为新诗自由精神的象征。在40余年的研究历程中，他始终以虔诚的态度追踪"精灵"飞行的痕迹，为其寻找赋形的路径和方法。经过多年的沉潜思考和理论蓄积，他沿着新诗本体以及新诗和社会文化语境的对话这两条核心路径深入阐发，构建出多条重要的理论方向。诸如新诗的现代化、新诗的经典化、新诗自身的传统、新诗的理论品格、新诗的重要学案等，以及他在主编《诗探索》杂志时重点组织的新诗发展道路、"字思维"与中国现代诗学、"中生代"诗人写作等问题的讨论，这些在诗歌理论史上具有连贯性的命题，都被他纳入学术整合的视野。他的研究平衡了诗歌文体美学与外部文化空间的关系，注重将诗学与心理学、社会历史分析等多重方法互汇贯通，从而与研究对象构成同位对应。在充盈理性因子的文字背后，我们还可窥见吴思敬的个体"诗性"——他推崇自由精神，将其视为新诗发展的内驱力；他强调诗歌的独立性，试图不断为它增添骨质密度；他以"超越意识"作为关键词，关注写作者思想的衍变与气质的提升。凡此种种，均彰显出理论家自身的主体意识，以及知识分子应有的创造精神。

一 对诗歌本体理论和心理诗学的深度介入

新时期之初，诗歌界围绕文艺的趣味性、诗歌批评的标准以及朦胧诗的美感构成等问题展开了一系列争鸣，吴思敬不仅是朦胧诗的认同者，而且还以《要允许"不好懂"的诗存在》等重要文章为标志，坚实支撑了新的美学"崛起"。与彼时诸多中青年学者倾力于"推陈出新"不同，吴思敬在为中国新诗的现代化勾画蓝图的同时，还以生命体验和科学意识结合的方式遁入诗歌艺术的本体，尝试与它的内质美学对话，大胆求索普遍性的规律。对新时期诗歌外部现场和艺术内部时空的双向进入，尤其是对诗学"原理"的一次次高难度挑战，显现了论家的学术胆识和理论抱负，也奠定了他的研究品格。

　　从20世纪80年代中期开始，吴思敬结合诗歌本体理论建设的历史与现实，在整理课程讲稿的基础上撰写了《诗歌基本原理》一书。他围绕诗歌的本体论、创作论、鉴赏论、诗人论四个主题，沉淀那些使诗歌成为"诗"的必要元素，推演诗歌从写作主体的思维活动到接受主体再次创造之间的运行逻辑。在具体的论述掘进中，论者时刻注意保持论述的客观性，避免主观声音的过度介入，强调对本质的接触和还原。比如谈道"诗"的定义时，论者列举了言志说、缘情说、想象说、思维说、语言结构说等诸多说法，最终却援引黑格尔的"凡是写过论诗著作的人几乎全都避免替诗写定义"[①]的名言，不急于为诗轻下断语，因此保持了一种难能可贵的分寸感。而他随后抛出的与其争论什么是诗，不如"廓清一下什么不是诗"的主张，以数学"集合"的方法作出机智的解读——诗就是"文学"这一集合中所有"非诗"性因素之外的存在。像押韵的不一定是诗、分行写的不一定是诗、生活现象的罗列不一定是诗等，既为写作者提供了可供参照的范本，又从一个侧面实质回应了"诗是什么"的命题。随着新诗历史的演进，其中一些观念非但没有过时，反而愈发显现出前瞻性。如非诗的表现之一是"用形象图解概念"，那些"肤浅的政治说教""生硬的贴标签的作法"[②]不仅无法切中现实，而且游离于抒情主体之外，走向诗的对立面。回想汶川地震诗中那些"纵做鬼，也幸福"的言论，用毫无悲悯精神的形象生硬地传播概念，显然是非诗甚至是反诗的，是论者批评的对象。正是坚守诗歌的底线，从本体角度切入诗歌，论者才能在几十年的研究中一直贴近诗的本真要义，精确定位各类诗学命题的话语核心。同时，《诗歌基本原理》还标明论家理论态度的转向。按照

[①] ［德］黑格尔：《美学》（第三卷下册），朱光潜译，商务印书馆1981年版，第17—18页。

[②] 吴思敬：《诗歌基本原理》，工人出版社1987年版，第16页。

陈超的说法，这部著作从"诗应是怎样的"的命题转入"从心理学上探究'美感是怎样的'这种具有深层价值特征的生命框架"①。从方法论上考量，吴思敬在撰写《诗歌基本原理》时，似乎有意规避了文学理论教材中对诗歌的一般性描述，而是着重由外部现场回归话语内部，"介绍一般文学原理较少涉及的有关诗歌特殊性的东西"②，体现在研究路径上，正是心理学方法对诗歌鉴赏论和诗人人格气质论的强势渗透。

受 80 年代中期"方法论"的热度影响，吴思敬从心理学理论中觅得灵感，他注意到多数新诗作者拥有敏锐的感觉、易于兴奋的情绪和纯真的童心，这些创作主体凭借"不同于科学家，不同于画家、音乐家，也不同于小说家、戏剧家的特殊的心理气质、艺术造诣、美学理想"③，以个人色彩浓重的言咏捕捉着生命的律动，建构属于诗歌的审美趣味。对诗歌的主体性认知和心理学方法的联姻，使他确立了方向感明确的理论立场。梳理他对这一问题的观照轨迹，早在 1985 年 11 月，他便在《诗刊》发表了论文《用心理学的方法追踪诗的精灵》，首次提出心理学理论与诗歌嫁接的可能。此后完成的《写作心理能力的培养》《诗歌鉴赏心理》《心理诗学》等专著，又从创作动力、心理环境、鉴赏心理等多维度夯实了"心理诗学"的理论根基。特别是《心理诗学》一书从宏观层面应用心理学方法追踪诗歌的生成过程，落脚于新的诗学体系建设，显示出极强的示范效应和引领作用。

心理学与诗学的整合，并非吴思敬首创，彼时学界对诗人创作心理、个人特质和其文本对应关系的论述并不少见，而他的学术创见在于把研究触角伸入诗歌创作相关概念的内部，如显微镜般对相关对象实现精确化、具体化、科学化的透析，从而还原了知识内部的组织结构。具体而观，论著设置创作心理过程、创作心态和诗人的个性特质三个板块展开论述。单是"诗歌生成"这一问题，便有内驱力、心理场、信息的内化、信息的再生、信息的外化五个渐次递进的层面作为脉络支撑，每一主脉又细分为多条支脉，构成"心理诗学"的理论躯体。就"内驱力"而言，又可分为每人均有的"原始内驱力"和诗人独有的"继发内驱力"，继发内驱力

---

① 陈超：《新鲜·系统·扎实——读吴思敬〈诗歌鉴赏心理〉》，霍俊明主编《诗坛的引渡者》，长江文艺出版社 2012 年版，第 135 页。
② 吴思敬：《〈诗歌基本原理〉后记》，工人出版社 1987 年版，第 430 页。
③ 吴思敬：《诗的主体性原则》，《吴思敬论新诗》，中国社会科学出版社 2013 年版，第 95 页。

带动了写作者的"创作内驱力",而"创作内驱力"又由自我实现的渴望、心理平衡的追求和社会因素的诱导三者共同作用构成。① 以往谈及诗人创作的心理动因,往往终结于"创作冲动"四字,难有更为深入的论说,而吴思敬使用信息论解构诗歌的生成,由此提出内驱力的概念,有如操持了一把锋利的手术刀,对诗人的精神势能和创作症候进行了庖丁解牛般的精密剖析。"心理诗学"系统的建立,不仅充实了当代诗歌的解诗学理论,有效改善了传统分析路数(如诗人的生活道路、情感经历、艺术追求等)在先锋诗歌面前失语的窘境,而且还成为吴思敬"解诗"的得力助手。读他为梁小斌、江河、顾城、林莽、白木等人书写的专论,或多或少都存有"心理解诗学"的影子。他对这些诗人写作"前心理"的考证,对"潜思维"的推敲,抓住了诗歌生成的核心要素,体现出科学精神与人文精神的平滑融合。

二　对百年新诗传统和理论品格的精准探索

就中国新诗理论而言,它与新诗创作相伴而生,既承袭了古典诗学的批评传统,又深刻浸染了西方现代诗学理论的诸多要素,并时刻处于观念的调整与变动之中,至今尚未凝合出完整的结构性特征。不过,"未完成"不等于没有脉络可循,百年诗论中对新诗发生来源的追索,对"现代性"问题的透视,对新诗与特定时代语境关系之把握,都形成了一个个连贯性的理论命题。吴思敬曾专门撰文探讨20世纪新诗理论的几个焦点,试图厘清这类连贯性命题的诗学形态,其中主要包含了对诗歌现代化的呼唤、诗体解放与诗体变革、自由与格律的消长等。② 这些焦点问题构成百年新诗的理论主流,并在他主编的《20世纪中国新诗理论史》和他担任分卷主编完成的《中国新诗总系·理论卷》中得以展现。此类著作的一个显要特质,在于突破了既往诗学理论史那种断代式的论述模式,按照编者的理解,断代与整体"不单单是个写作跨度长短的问题",只有立足于百年新诗发展的宏大史观,以全局视野观照诗学流脉中具有挈领意义的理论点,"才能看出新诗出现和成长的必然性,才能发现在新诗不同的发展阶段曾反复出现的创作现象及理论话题",从而为新诗理论发展找出

---

① 吴思敬:《心理诗学》,首都师范大学出版社1996年版,第14—46页。
② 吴思敬:《二十世纪新诗理论的几个焦点问题》,《文学评论》2002年第6期。

规律，提供借鉴。① 写作范畴的"大"与"小"，隐含着理论家对新诗是否形成独立理论传统的判断，而吴思敬的"大理论史观"，正彰显出历史性与开放性交融共生的学术视野。

为了更准确地叙述新诗理论在现代化进程中衍变更生的诗学形态，吴思敬从中国新诗的理论传统以及新诗理论的发展脉络、基本品格、现代转型等问题入手，以丰赡厚重的史料和独特的学术"史识"眼光为新诗理论赋形。一些过往研究中曾被提及却未曾充分展示的史料，经由论者的悉心拣选和学术整合，终于浮出诗歌史地表，丰润了新诗理论史的内部肌理。例如人们概说"十七年"时期的诗歌时，往往专注于从《诗刊》《文艺报》等官方主流刊物上爬梳线索，寻求理论支持。实际上，创刊于第一届"文代会"后的南北两家刊物《人民诗歌》《大众诗歌》也不应被忽视，虽然两份刊物存留的时间均不长，但它们都源于自发形成的写作群体或是非官方文学组织，带有一定的民间色彩。在综述当代诗学的发生史时，吴思敬教授着重提到了这两份刊物，认为它们体现了转型期的青年诗人"力求把自己的写作与时代融合起来"的愿望，他们希冀通过改变自己诗歌的语言，谋求创造新的形式，以便更好地面向大众的生活，迅捷地传播新时代的声音，刊物的色彩也"明显地在向当时主流意识形态靠拢"。② 论者对两份刊物面貌的关注与呈现，使我们对彼时诗歌的理论现场有了更为立体、全面的理解，从细节层面突破了传统述史话语的惯性诠释。

宏观的历史视野、扎实的史料功力和前瞻性的学术智识，使吴思敬的新诗研究凸显出独树一帜的理论创新精神，并在两个向度上得以集中显现。首先是对新诗理论现代品格的具体界说。新诗初诞至今，离不开理论形象的自我构建，其核心品格究竟为何？是实验性与探索精神的显扬，还是对写作主体生命意识的发掘，抑或是对诗歌文体美学特征的动态摸索……众说纷纭的声音累加叠合，不断刷新着这一话题的热度，却始终彼此孤立，难以形成聚焦，尚未有人从理论高度对研究本身实现"质"的提升。相较之下，吴思敬的研究便有了筚路蓝缕的开创性意义，他以主体

---

① 吴思敬主编：《20世纪中国新诗理论史》（下册），人民文学出版社2015年版，第986页。
② 吴思敬：《在传统与现代间行进的诗学（1949—1976）》，《中国现代文学研究丛刊》2018年第7期。

性的强化、诗体解放的呼唤、审美独立性的追求、思维方式与研究方法的现代转型四点着眼,以"诗人—文本—读者"的全息视野以及"文本—本文"(即作品与作品所处的文化语境)这两重观照体系为柱石,支撑起新诗理论品格的核心框架,明确指出中国新诗理论的建立"正是从诗体的解放开始的"①。论者对问题起点的清晰标示并非断语,而是从中国诗歌的漫长衍变史中求得。古典诗歌的每一次巨变,均始于诗体变革的迫切吁求,对应到新诗的诞生,那么诗体问题成为焦点,正暗合了中国诗歌发展的普遍规律,文字背后隐含的是论家历史主义的态度。他还坚持了科学辨证的精神,以此为指导分析问题。例如他在高度肯定胡适"诗体大解放"思想的同时,还论及胡适的"具体""白描"等主张可能导致的"非诗化"倾向,进而引发的诗人主体在场感的缺失。这种论说逻辑客观立体地还原了问题的全貌,又将话题从诗体解放迅速引入诗质建构的层面,显现出论者对问题的操控力与驾驭力。

其次是新诗与古典传统和西方现代精神的关系。吴思敬认为新诗在百年运行中体现出对中西诗学双向汲取的姿态,即在传统与现代间行进的诗学,而新诗自身的传统也受这两个因素的制约,它们之间的冲撞与融合最终会"导致一种新的诗学文化的诞生",它"来自于传统的母体又不同于传统,受外来诗学文化的触发又并非外来文化的翻版",因而"体现了文化建设主体对传统诗学文化和外来诗学文化的双重超越"。② 这一论断要言不烦,揭示了百年新诗形象衍变的内在规律:一方面,新诗自觉结合纵的继承与横的借鉴,向古典诗歌和西方现代派诗歌两个影响源共时敞开,这成为我们立体认识新诗传统的经典渠道;另一方面,论者以"超越"作为关键词,强调了新诗的引发模式和反传统的姿态并不是对西方诗学的全盘接受。事实上,新诗始终吸收着古典诗学的养分,诗人们既能从现实和自我需求出发,对西方诗学进行创造性的背离,又能注意到新诗与古典诗学遗产扯不断的精神联系。在吴思敬看来,植根于古典回忆,立足于现代追求,正是新诗生命力得以伸展的必要保证。他对新诗文化格局的界定,对新诗"创造性"品格的概括,对新诗文化接受中的偏枯与变易的

---

① 吴思敬主编:《20世纪中国新诗理论史》(上册),人民文学出版社2015年版,第21页。
② 吴思敬:《对古代与西方诗学文化的双重超越——百年新诗传统之我见》,《当代文坛》2017年第5期。

勘探，一定程度上扬弃了诗学界存在已久的"西方引发—本土反应"模式，呼应了百年新诗理论中注重与古典诗学传统衔接的脉络。他还发现20世纪90年代以来的新诗存有一种对传统的强势认同，这是"在经过西方文化的洗礼后螺旋式上升的一种回归"①。此番论断从新诗与世界文学和本土语境的关联角度走入了新诗的精神内部，串联起百年新诗与古典传统的关系脉络，也为在渐进中成熟的新诗开辟出一条民族化、本土化的言说通路。

三　对新时期以来诗歌历史的实时回顾与诗性展望

从事诗歌研究的学者往往都具有一种使命感，他们习惯自发地挖掘新人新作，留意当前的潮流话语和热门现象，并透过纷繁的诗歌现场磨砺史家的眼光，对同时代的文学脉络做出及时的梳理和必要的论定，并对诗歌前途进行展望。在吴思敬的研究空间内，诗歌史是一个非常重要的方向，他的诸多诗论文章都带有明确的"诗史"特质。或是用印象记的方式速写某一时段的诗歌状貌，择选这一时代的优秀诗人和代表诗作；或是围绕某一部作品的诗歌史意义实现再解读，重新缔结文本与时代的联系；抑或对21世纪以来诗歌的诸多现象甚至是"乱象"进行引导和纠偏，将诗歌发展引入理性的轨道。如《从身边的事物中发现需要的诗句——九十年代诗歌印象》一文中，论者从孙文波的诗歌《改一首旧诗……》入手，找到一句"从身边的事物中发现需要的诗句"，由此形成了他对90年代诗歌的整体印象。"身边的事物"与诗歌联系的加强，实际上正是学界后来不断言说的"及物"性的复归，文中的叙述语调仿若出自一位温和的长者，他语重心长地告诫诗人"不能成天沉浸于乌托邦的幻想当中，更要关怀世界，关注自己及周围人的生存状态"。在他看来，20世纪70年代末到80年代是属于启蒙的、浪漫的时代，而90年代则是个人的、凡人的时代，这给诗坛带来的直接影响便是"诗的民间性的呈现"。② 他率先从90年代诗歌的芜杂众象中打捞出"民间性"的概念，以之作为诗人创

---

① 吴思敬：《对古代与西方诗学文化的双重超越——百年新诗传统之我见》，《当代文坛》2017年第5期。
② 吴思敬：《从身边的事物中发现需要的诗句——九十年代诗歌印象》，《东南学术》1999年第2期。

新精神的动力来源,从而超越了将"民间"局限在写作立场或是主体身份的狭窄认知,为学界言说诗歌的"平民化"倾向建构起带有超前意义的叙述模式,也彰显出身在现场却能超越现场的前瞻性智慧。再如他为"新世纪诗歌"撰写的系列文章,既认可了诗坛丰富驳杂、多元共生的态势,又能平衡历史原则与审美尺度,找到"面向底层的情感态度""经典焦虑的文化症候""超越现实与贴近人生共存的人性关怀""道德伦理与诗歌美学的融合"等核心问题。论家切中了21世纪诗歌美学流变的根本特征,并不断在"现在"与"未来"的双重时间语境中梳理当前诗学的脉络走向,沉淀那些有可能产生"文学史经典"效应的文本,积极地为当前诗歌找寻着"入史"之可能。

根据笔者的阅读经验,吴思敬对新诗现代化、经典化以及它与传统的关系等问题进行阐发时,往往看中诗歌与彼时文化现场的对应联系,这使得他的诗歌史研究和对相关问题的认识有了坚实的"时代/文化"背景作为依托,至少还可从三个方面进一步细化其特点。

一是把新诗理解为一种文化形态,在论说中强化它与同时代"文学/文化"语境的联络。尤其是城市文化和网络文化对诗歌的影响,屡次出现在他的评论文章中,成为显词般的诗学存在。例如,论述新时期以来的诗歌发展时,他认为"城市进入更多诗人的抒情视野,城市诗成为当代诗坛的重要景观"①,他将城市文化取代乡土风情视为新诗现代性流变的典型呈现,还创造性地指出"城市化的视野所观照的不仅是城市,同时也包括农村"②,从而为新诗的城市抒写确立起"城乡复合"的维度。再如他的近作多触及媒介文化(以网络文化为中心)和诗歌的互喻,将多媒介语境看作21世纪诗歌的重要生成背景,甚至把其归属于新诗的外部理论资源范畴,实质显现出论家对新诗生存及发展空间的新知,推动了诗歌与其他媒介的拓边和整合。

二是把新诗的"事态"作为论述视点,从"新诗学案"的视域构建述史途径。近年来,吴思敬主持了教育部人文社科基地的重大项目"百年新诗学案",他沿袭了古典思想史中"学案"这一名目,又从现代诗学角度赋予其新的内涵。"它不同于以诗人诗作为中心的诗歌史写作,而是以百年新诗发展过程中的'事'为中心,针对有较大影响的人物、事件、

---

① 《漂泊的都市——黄怒波〈都市流浪集〉研讨会侧记》,《诗歌月刊》2005年第6期。
② 吴思敬:《城市化视野中的当代诗歌》,《河南社会科学》2004年第3期。

社团、刊物、流派、会议、学术争鸣等,以'学案'的形式予以考察和描述。"① 相较于以往研究注重对重点诗人的传记式述评和对经典文本的细读,"学案"则打开了新诗发展史的全新叙事方式。目前,吴思敬已经组织了《女神》出版后的读者反应、抗战时期诗歌朗诵运动、"汪国真现象"与当代诗歌现场、"盘峰论争"的历史还原等问题的集中讨论。纵观论家对相关"学案"的选择,可以感受到其研究对象至少需要满足两个条件:首先是在诗歌史上已经形成了经典化的影响力和稳定的文学史意义,其次是在诗歌与社会文化空间向度上具有相对广阔的阐释空间,能够通过新史料的挖掘和呈现,向人们昭示新诗在走向经典化之路上那些被文学史压缩处理掉的内容,使事件本身脱离出属于它已有的价值判断,给予读者以重新思考的机会。为此,吴思敬为"学案"类文章定制了专门的论述方法,他要求参与者以丰赡沉实的史料为基础,尽量让史料自身说话,从不同史料在文本内部的"博弈"中显露论者的文学史观。这种以"事"为中心的观照策略,既包容了更多原生态的一手史料,又蕴含了论者对事件的梳理、综述、考辨与论断,从全新的角度拓展了诗歌史研究的宽度。

三是"诗性"主体精神的自然汇入。吴思敬的诗歌史研究并不局限于对已有现象的回顾和总结,他时常围绕诗歌发展的道路与生长点提出自己的"诗性"主张。所谓诗性,意指论家往往会在文章中流露出他对诗歌的虔诚理想和不灭信心,从而在富有远见卓识的言说之外,又融入了浪漫的个人情愫,使论家的主体性得以展现。正如他对21世纪诗歌的一系列判断与想象:"诗正在一步步向我们贴近。"②"先锋诗歌这活跃的精灵,将会在两种美学观念冲撞而打开的辽阔空间里自由翱翔"③。这些论断虽然着眼点不同,但都是在指认21世纪诗歌现象的基础上,尽可能深入地抵达对事实和文本的价值体认,不仅尝试着为新诗应有的姿态赋形,而且对新诗"向何处去"的前景也发出了建设性的探问。他曾在《中国新诗:世纪初的观察》④一文中以"消解深度与重建良知并存,灵性书写与欲望

---

① 吴思敬:《"百年新诗学案"主持人的话》,《新文学史料》2020年第3期。
② 吴思敬:《从身边的事物中发现需要的诗句——九十年代诗歌印象》,《东南学术》1999年第2期。
③ 这里的两种美学观念指"民间写作"与"知识分子写作",参见吴思敬《裂变与分化:世纪之交的先锋诗坛》,《文艺研究》2000年第6期。
④ 吴思敬:《中国新诗:世纪初的观察》,《文学评论》2005年第5期。

宣泄并存，宏大叙事与日常写作并存"预言21世纪新诗的发展方向，这些预判和"前理解"符合当前诗歌的基本品貌，也和学界对现今诗歌发展的普遍性论断形成汇合。评论家的诗性精神体现在文章的末尾，他认为新诗以"一种崭新的诗体屹立于文坛"早已是"不争的事实"，"不必在中国古典诗歌和西方现代诗歌的双重传统面前妄自菲薄，中国新诗的薪火将在21世纪得以延续，因为年轻的诗人正在向我们走来"。尽管21世纪诗歌尚未聚合出标志性的美学特质，其内部也充斥着多重"非诗"的声音，但吴思敬仍然对其充满信心。究其原因，当是出自他对新诗"青年形象"的一贯认知——"从精神层面上说，新诗诞生伊始，就充满了一种蓬蓬勃勃的自由精神……新诗在艺术上的多样化与不定性，其实也正是这种精神自由传统的派生结果。"① 他眼中的新诗如同一位青春葱茏的、成长中的青年人，这位"青年"以自由诗体为核心，以开放和包容为精神主体，"他"对自由的追求与其自由的文体形式合一，构成了百年新诗的历史主脉。

缘于"青春"和"自由"，吴思敬才会如此推崇洪子诚先生的观点："于我们来说，对新诗史，特别是在处理当前的诗歌现象上，最紧要的倒不是急迫的'经典化'，而是尽可能地呈现杂多的情景，发现新诗创造的更多的可能性；拿一句诗人最近常说的话是，一切尚在路上。"② 既然年轻，既然前路漫漫，且充满多重可能，那么评论家更应该塌下心来，尽可能多的为诗坛留存"证据"，而不是以语势压人，去争一时之短长，这是吴思敬的文风，也是他为人的姿态。他以沉稳的学术定力为师为文，将贯通的理性浇筑在文字之间，殷切关注着新诗这位"青年"的成长。同时，他也将新诗的青春精神根植于自我的诗性主体，时而显露激情与妙悟。当朦胧诗遭受抨击之时，他便坚定地给予谢冕先生助力，勇猛地"为当日出现的诗学变革辩护"③；当人们纠结于新诗是否能够摆脱古典诗学传统时，他却大胆地指出"在传统面前顶礼膜拜，不敢越雷池半步"着实是"没有出息的行为"④；当人们普遍认同地震诗歌乃至抗疫诗歌的情感伦理时，他却敏锐地提醒着写作者，一篇优秀的作品"不只是诉诸人们的感

---

① 吴思敬：《对古代与西方诗学文化的双重超越——百年新诗传统之我见》，《当代文坛》2017年第5期。
② 洪子诚：《〈新诗三百首〉中的诗歌史问题》，《新诗评论》2005年第1期。
③ 谢冕：《有幸结识吴思敬》，《光明日报》2021年8月13日第15版。
④ 吴思敬：《新诗已形成自身传统》，《文艺争鸣》2004年第3期。

情,还要诉诸人们的理智",最终应与反思精神相通。① 此类声音都张扬着知识者的品性和勇气,他从来没有放弃批评家应有的机锋,一旦露出锋刃,便能直击问题命门。总之,思想稳健的前行者和追求自由的"青年人",共同构成吴思敬的理论家主体形象。他对知识分子批判精神和创造力的持续引领,他为诗歌批评树立的严谨、理性、立足人本价值的学术姿态,必将带领更多的青年人去追寻新诗自由的本质,走向新诗的哲学深处。

作者单位:南开大学文学院

---

① 吴思敬:《抗疫诗歌:良知的呼唤与人性的考量》,《诗刊(上半月刊)》2021年1月。

筑向心智深处的圣殿
——吴思敬先生的诗学道路

张大为

  1978年12月的一个寒冷的星期天，在北京朝内大街路南人民文学出版社的围墙外边，一场心灵的地震在吴思敬先生的身上悄然发生了：围墙上粘贴的是油印的文学刊物《今天》，在那些粗糙的印刷品上，吴思敬第一次读到了舒婷、北岛、芒克等人的诗作，这些诗作以其大胆的艺术创新强烈地冲击着吴思敬先前的文艺观念……于是，周围寒冷的空气也在轻微地波动，这种波动在此后二十多年的中国诗歌历史上留下了深深的印迹。
  此后，吴思敬相继结识了青年诗人一平、江河、顾城、杨炼、林莽等。在不久以后的"朦胧诗"的论争中，吴思敬一开始就旗帜鲜明地站在青年诗人的一边，成为"朦胧诗"的主要辩手之一。这其中的原因一方面固然在于吴思敬与青年诗人年龄的接近：吴思敬属于"文革"前的大学生，朦胧诗人大体属于"老三届"，但是二者之间的年龄相差也不过七八岁，即使有"代沟"，也还较易沟通。应当说，同这些青年诗人的交往，对他们生存状态、思想状态与创作状态的感性了解，是吴思敬在"朦胧诗"论争中义无反顾地站在支持青年诗人一边的重要原因。但另一方面，我们这里也愿意用一种更积极的眼光来看待吴思敬也包括"崛起"派批评家整体与朦胧诗人群落之间由于"代沟"所造成的文化人格构成的差异。在那种特殊的年月里，七八岁的年龄差异不算大也不算小，朦胧诗人在当时主要是以一种叛逆者、反抗者的身份出现，而"崛起"派的批评家虽然负有肩起传统观念的闸门的重任，但总体上还是现存秩序的主体。这其中当然也包括双方的社会地位、身份职业、知识结构等方面的差异所造成的结果。但是总的来说，朦胧诗人是凭借一种看似离经叛道的美学原则要求、呼吁一种只能算是基本的道义精神、人道主义——他们本来可以专心诗艺对此不闻不问,而"崛起"派的批评家则主要是凭借一种(虽然是对于艺术的)道义精神的支撑,维护了一种并不算新奇的美学原则的合法地位——虽然经历了几十年的封闭隔绝的状态,以他们的学识修养不会不明白这新诗潮实在也新潮不到那里去:这二者构成了一种奇迹般的错位与互补关系,没有这层关系,恐怕就不会有朦胧诗"崛起"的造山运动和美学奇观。在这里揭示出这层关系本身就意味着,这其中当然包含了非学术的成分在内,但这非学术成分的加入与其说是历史所给予的局限,倒不如说是历史所给予的机缘和动因。正是附着与凭依着这种"不纯粹"的成分,当这种错位互补关系的螺旋上升到一个新的层次时,"崛起"派的批评家由道义的主体走向历史的主体,而作为历史主体的他们,又恰恰不再是艺术道德家而是以诗歌批评家的身份确立与强化自己的主体性地位,或者说,是以诗歌批评家的主体身份承担与张扬艺术道义与艺术伦理——历史进程有时就是这样富有戏剧性,而这时一个真正广阔的艺术实验空间才被打开。因为从新时期以来当代诗歌发展的更为长远的历史眼光来看,"朦胧诗"和"崛起"论批评主要不是从美学上确立了一个可供继承与借鉴的源头,而主要是从艺术伦理学的意义上为当代诗歌的发展提供了一个富有动力性的起点、一种美学叛逆的伦理原型。当"朦胧诗"被社会秩序和意识形态全面接受并被经典化的时候,在当代诗歌的艺术实验空间内,作为一个历史时代的文化象征符号,它早已成为抗拒与超越的对象;同时,作为"文化英雄"的朦胧诗人群体由地下到国外、以地理的流亡来完成心灵皈依的活动轨迹也可以表明"朦胧诗"的"崛起"远不是一个简单纯粹的、直线性的艺术进化运动,而是与当时的社会文化场域有着复杂的错综纠葛关系,同样也对于后者有着广泛深远的震动与影响。于是,当代中国诗坛有了谢冕、有了孙绍振、有了吴思敬……这是中国当代诗歌的幸运,而"崛起"派的批评不仅负载了沉重的历史内涵,还闪烁着诗论家人格的光辉。这种内化了道义原则的人格主体精神反过来强有力地撑开了辽阔的历史天空。

"朦胧诗"的论争退潮以后,当别人转心他向或博涉兼通、无暇专事诗歌研究的时候,吴思敬却把主要的精力投注到了诗学研究这块寂寞的领地之中,因为他原本就不是出于个人的价值实现的考虑而是首先为了培植与守护诗歌的火种、为了让它有朝一日燃成熊熊的圣火才这样做的。于是，吴思敬将道义激情内化为学术探究的动力，将艺术伦理升华为理论体系的严深，以自己的智慧来构筑诗国的观念圣殿。此方面的工作吴思敬分为两手来进行，一手抓理论建设，一手搞诗歌批评，两者并重，使它们之间形成一种良性的互相支撑、互相补充的关系。

就理论建设来说，当然首先是其本人的理论研究。吴思敬多年以来潜心于新诗理论的研究，这方面其著作和成果有目共睹，无须在这里多说。除此以外我们认为更重要的是吴思敬通力图过本人的学术研究的带动、理论刊物的创办、高校学位点的建设与研究生培养、学术会议的筹办将"中国新诗理论"作为一个独立的文艺学学科（分支）树立起来，区别于现当代文学的文学史研究。经过吴思敬先生的多年经营，已经成效显见、成果斐然。由于历史与现实的种种原因，当代诗歌研究领域的观念陈腐与理论滞后的状况恐怕更甚于小说，这与诗歌写作强烈的探索与实验精神恰成反比。常识化的观念背景、诗人式的直觉、中西混杂的琐碎方法、海德格尔与里尔克的语录搅拌在一起成为我们的诗歌知识谱系。众多的诗歌研究者学不到诗人的才华却学会了诗人的骄傲和对理论的轻视，半懂不懂地背诵了几条引文，记住了几个外国人名，某一日忽然幡然悔悟，觉得理论空洞无物、面目可憎，于是痛骂理论，恨不能把两个月前出版的诗集的研究文章写成乾嘉学派的考证文字。经历了"朦胧诗"论争的吴思敬深知理论的重要性与价值，他在此方面的工作是任何人无法替代的，当然也可能是一些人暂时所无法理解的。没有吴思敬先生那不计个人得失一心为了诗歌的心忧天下的宽广仁厚的胸怀，没有吴思敬先生高瞻远瞩的深邃眼光与理论气魄，这样的工作谁也做不到也不会去做。

一个健全的诗歌场域对于职业批评的需要，除了出于学理上、知识上的原因，也是出于结构性的原因：勘破诗人自我论证的神话，将诗歌写作导向学术乃至社会的公共领域，是诗歌批评有效地展开的也许残忍的，却不得不然的初始步骤。随着时间的流逝，当年与吴思敬为了朦胧诗的崛起一起并肩作战的一部分批评家由于过于固执于自己那未必靠得住的诗歌与美学观念，实际上已经丧失了与当下诗坛展开实质性沟通与对话的能力，这是令人遗憾的。然而吴思敬的情形却正好与之相反：作为批评家的身份与使命，高度自觉的职业批评的主体意识，使得吴思敬先生不是把个人的趣味而总是把对于中国新诗的前途命运的责任放在第一位；由于同样的缘故，吴思敬从来也不仅仅满足于各种程度不同的印象式批评，多年来孜孜不倦的理论探索使得他不仅有愿望、更有能力对于日新月异的写作趋势作出强有力的阐释与评判。正是在这种情形下，吴思敬在当今诗坛日益显示出其批评大家的风范：既有能够同时与主潮诗歌和先锋诗歌展开对话的统观全局的视野与胸怀，同时又能有效地与诗歌写作尤其是先锋诗歌的写作保持密切的沟通。在当今诗坛，吴思敬先生的那睿智而又清新的文字不仅为众多的同行所瞩目，同时也令桀骜的诗人折服；不仅对于当代诗歌现象作出了确切的判断分析，同时也充分地体现了批评的职业尊严。

吴思敬先生不是诗人，我们透过吴思敬二十多年如一日的学术道路与皇皇的学术成果，我们首先可以看到的是吴思敬以一种近乎神圣的、无上虔诚的主体精神对于学术良知的自觉秉承和对于诗坛的道义感、使命感和责任感的自觉承担。这其中一方面当然包含着吴思敬这一代知识分子的成长历程与心路历程所铸就的人格构成的整体基调这一共同因素在内，另一方面也完全是发自先生那面对诗歌与学术的真诚的博大之心、仁者之爱。仁义之人，其言蔼如，这一切使得那筑向心智深处的理论大厦也充斥了浩大的天地之正气，缭绕着庄严的良知的心香。

2004 年 4 月 11 日
作者单位：天津社科院文学研究所

执着背后的"诗心"

陈培浩

吴思敬和谢冕、洪子诚、孙绍振一样都是在新诗研究界享有盛誉的老前辈了,他有很多的头衔:首都师范大学文学院教授、博导,首都师范大学中国诗歌研究中心副主任,中国当代文学研究会副会长,《诗探索》主编,等等。作为德高望重的老前辈,吴思敬始终谦和、勤勉,既积极提携后辈,又严谨对待学问。

"大学背了很多诗……"

吴思敬1961年进入北京师范学院(即现在的首都师范大学)中文系读书,他当时还担任系学生会学习部部长。天性好学,又是学习部部长,他在学习上尤为刻苦。吴思敬说自己是幸运的,因为"文革"前的大学生活虽然有一些政治活动,但仍以学习为主。在此期间,他读了很多书,特别是中国古代的诗歌理论,为他后来理论研究打下了扎实的基础。那时,他每天都会背诗,大学期间,他就显露了对诗歌的兴趣。

大学四年,吴思敬有机会好好读了三年书。"等到第四年,'四清'运动就开始了,就没法再安静读书了"。回忆起大学学习生活,吴思敬记忆犹新,还记得他们在校时邀请当时著名红学家李希凡来做讲座,"讲座就在当时的学生活动中心,现在食堂的旁边,拆了重建的地方","我还清楚记得李希凡当时说:按现在的目光看,林黛玉是入不了团的,薛宝钗就可以,林黛玉群众基础差"。李希凡点评红楼的方法现在看来当然有偏颇,但吴思敬对这些细节的清晰记忆足见他当年读书的用心。

走上新诗研究路

　　1965年，吴思敬毕业后被分配到北京一所中学任教，"文革"运动虽然在北京闹哄哄地进行着，但吴思敬仍在私底下坚持着文学阅读。这为他后来走上新诗研究之路打下坚实基础，契机来自1978年。当时，他偶然在《诗刊》上读到了陕西青年诗人刘斌的长诗《天上的歌》。那时全国各地纪念周总理的诗歌很多，这首诗深深打动了吴思敬，并让他产生强烈的评论冲动，很快就完成了《读〈天上的歌〉——兼谈儿童诗的幻想》的文章，随后发表在1978年3月11日的《光明日报》上。吴思敬认为，这篇文章可以算是他文学研究生涯中的处女作了。刘斌的诗歌和吴思敬的评论在社会上引起了不小的反响，随后，中央人民广播电台还专门制作了一个诗朗诵专题：由著名朗诵家张桂兰配乐朗诵《天上的歌》以及吴思敬的评论文章。

　　从此，吴思敬开始在新诗研究界崭露头角，他评论文章中表现出来的理论才华引起诗坛的重视，不久，他又应《诗刊》约稿，写作一篇评论高土其科学诗的文章，1981年还一度借调到《诗刊》编辑部。

　　来自外界的肯定加强了吴思敬的信心，他也以自己的理论敏感和勇气参与了20世纪80年代初朦胧诗的争论。当时有很多人对新出现的朦胧诗风无法理解，有很多批评朦胧诗的文章。吴思敬和谢冕、孙绍振等新锐理论家一道，凭着自己的理论激情，坚持艺术的判断标准，为朦胧诗争取到更大的艺术空间。其间，吴思敬先后发表《要允许"不好懂"的诗存在》《说"朦胧"》《新诗讨论与诗歌的批评标准》等文章，体现了一个诗歌批评家良好的艺术感觉和求真勇气。

理论执着后面的"诗心"

　　吴思敬以强大的逻辑能力和卓越的理论激情推进着新诗研究领域，80年代中期，他又开始思考如何用心理学原理来解释诗歌的创作和心理现象，并写出了《诗歌基本原理》《诗歌鉴赏原理》和《心理诗学》等开创性的学术著作，这些成果多次获北京乃至全国哲学社会科学优秀成果等奖项。

作为《诗探索》的主编，吴思敬不遗余力地推进新诗的理论建设，同时又始终站在新诗评论的最前沿，关注并总结着诗人们的诗歌经验。《诗探索》以"诗人、流派研究"方式关注了几乎现当代大部分重要诗人，又以"新诗理论著作评介"的方式关注了当代重要的诗学理论。近年他提出"中生代"概念，作为一个时间序列概念来概括20世纪50—60年代生人的诗人。概念引起了一些争论，在吴思敬看来，这批诗人大部分写诗超过20年，他们为诗歌贡献良多，如果不及时总结他们的诗歌贡献和经验，很可能就这样被掩盖了，非常可惜！言谈中，我们是可以感到他对诗歌、诗人的那份浓烈的爱和关切的。

吴思敬的研究领域既有诗学理论建构、当代诗歌批评，还有20世纪诗歌理论史的梳理。后者作为他最新的研究成果，即将出版。吴思敬自言年轻时并不把写诗作为自己的职业目标，但一个把一生大部分研究兴趣都投给新诗的人，他的执着背后必有一份快乐的支撑，而快乐的底下，或许终究是一份"诗心"。

（原载2012年3月4日《东莞时报》）
作者单位：福建师范大学文学院

同路人和持灯者
——吴思敬与改革开放四十年诗歌

陈 亮

在为人们普遍接受的当代文学史观念中,改革开放以来的文学被称为新时期文学,以区别"十七年"文学和"文革"文学。今年,是改革开放四十年,也是新时期文学四十年。新时期诗歌,以备受打击的老诗人多年沉寂后的"归来"和"文革"中青年诗人地下写作的公开为开端,经历了"朦胧诗"热,经历了号称要 pass "朦胧诗"的第三代诗歌,经历了 20 世纪 90 年代民间写作和知识分子写作的双峰对峙,经历了 21 世纪初的多元分化和众声喧哗,已经走过了四十年。作为新诗的重要研究者和新时期诗歌的重要批评家,吴思敬的学术和批评生涯也持续了四十年。四十年间,吴思敬亲历了新时期的诗歌史,见证、推动和守护了新时期诗歌的发展,他是改革开放四十年诗歌的同路人和持灯者。他本人,也已经成为新时期诗歌史的一部分。

在场的批评和创作的和声

将吴思敬形容为当代诗歌的同路人,是因为他的批评事业,始于新时期诗歌的发端,他的批评历程,也一直同当代诗歌的发展历程息息相关。他一直是一位在场的批评家。

吴思敬诗歌研究和批评的起点,是对青年诗人刘斌的评论《读〈天上的歌〉——兼谈儿童诗的幻想》,发表在 1978 年 3 月 11 日的《光明日报》上。"幻想",在之前十年的禁锢中,已是一个不合时宜的词。吴思敬敏感抓住了刘斌诗歌中浪漫主义的手法,肯定了诗歌的"幻想"。从这一篇评论起,关注青年,关注诗歌的主流和新声,就成为吴思敬批评研究的一个特点。

在"朦胧诗"还是一个语含讥讽的称谓的时候,1980年8月3日,吴思敬就在《北京日报》发表了文章《要允许"不好懂"的诗存在》,为"朦胧诗"争取生存空间。此后,他剖析"第三代"诗歌的特质,为"他们"等在诗坛上定位;对20世纪90年代诗歌主潮及时做出判断;对21世纪初的诗歌潮流做出评述。可以说,在改革开放40年的诗歌中,他从来没有缺席过。

对于当代诗歌,作为一个批评家,吴思敬不只是一位观察者和品判者,而是将自己的批评事业投入当代诗歌建设中。他总是最近距离地感受着当代诗歌跳跃的脉搏,及时地回应它,发出和声。吴思敬的批评文字,实际参与和影响了当代诗歌的进程,同它一起生长,密不可分。实际上,还有许多卓越的批评家,对当代诗歌做出了精彩的解读和研究。但如同吴思敬这样,亲身参与了当代诗歌的建构,作为当代诗人的同路人一路走来,在每个历史关节都发出了自己的声音,还是不多见的。他不是历史的回望者和旁观者,他就在历史之中。

有别于那种强调文学研究"独立价值"的学者,吴思敬更希望文学批评可以同当下的文学创作对话。在强调文本独立性的新批评成为学界热潮的时候,吴思敬就对新批评提出过质疑。他认为"单纯从符号学、语义学的角度,对作品的语言、结构、意向等做形式主义和唯美主义的研究",走的是"一条钻牛角尖的路"。[1] 他总是敏感地追踪着诗歌创作的潮头,悉心地体味着诗人们的创作动向。他的批评文字呈现出开放和讨论的姿态,欢迎着诗人们加入讨论,并以此对诗人们的创作发生实际影响。

在顾城还备受批判的时候,他1984年1月在香港的《诗与评论》上发表了顾城的专论《他寻找纯净的心灵美——谈顾城的诗》,指出顾城是怀着纯净的心灵看待世界的诗人,顾城通过创造性的想象,表现了现实和理想世界矛盾的情景。他与顾城在交流砥砺中结下了深厚的友谊。在顾城发生悲剧之后,吴思敬第一时间组织了"关于顾城"这一专栏,在《诗探索》复刊后的1994年第1期上推出。

朦胧诗中的另一员大将江河,也很早就得到了吴思敬的关注和支持。

---

[1] 吴思敬:《诗学鉴赏心理》,辽宁人民出版社1987年版,第21页。

在《追求诗的力度——江河和他的诗》①一文中,他称江河的诗为"男子汉的诗",总结了江河诗中的"英雄气质和集团意识",并较早肯定了江河诗中的"史诗性"。其后,他又敏感地发现了江河诗中新的元素,用"超越自我"②来形容江河的创作心理。对诗人梁小斌的创作上的转变,他这样形容:"很明显,在小斌的这组新作中已很难看到《雪白的墙》和《中国,我的钥匙丢了》的影子了。……小斌在《断裂》中对自我的剖析,不是采取浪漫派的直抒胸臆,而是通过'生活流'的片段组接来加以暗示。"③江河和梁小斌等诗人的创作,正是在和吴思敬这样的批评家的切磋琢磨中生长发展的。诗歌和批评共鸣,产生了美妙的和声。

除了诗歌批评家,吴思敬也是当代诗坛负有盛名的诗歌活动组织者。组织诗歌活动,这种费力难以讨好的事情许多人不愿做,也是许多人所不能做好的。这许多人不愿和不能做好的事,却对当代诗歌贡献良多。实际上,文学活动已越来越是文学史不能回避的话题。譬如讨论"新月派",就不能不涉及"新月派"的文学活动。吴思敬组织的诗歌活动,也正在和将会成为新时期诗歌史的一个话题。对诗歌活动的热忱,正体现了吴思敬对当代诗歌建设的参与意识。

前沿的眼光和宏观的视角

吴思敬总是敏感又犀利地关注到当代诗歌发展的最前沿,在人们对诗歌的现状和未来认识尚存混沌的时候,他以文字为灯,澄明了一些模糊的地带。

当有人把"文革"后一些青年诗人的诗称为"令人气闷的'朦胧'",加以贬义地冠以"朦胧诗"称号的时候,他干脆以"朦胧"立论:"'朦胧'作为一种艺术风格,说来也算是源远流长了。这不能简单地归结为某些诗人的'嗜痂成癖'。因为,平心而论,'朦胧'也是一种美。"④

其后,他更是超脱一时一地的论争,从时代发展和新的美学形态出现

---

① 吴思敬:《追求诗的力度——江河和他的诗》,《诗探索》1984年第1期。
② 吴思敬:《超越自我——江河创作心理的一个侧面》,《诗刊》1987年第3期。
③ 吴思敬:《痛苦使人超越——读梁小斌的〈断裂〉》,《星星》1986年第9期。
④ 吴思敬:《说"朦胧"》,《星星》1981年第1期。

的高度论证"朦胧诗"出现的合理性,敏感又准确地将新的诗歌称为"现代诗",认为随着生产力和科学技术的迅猛发展,诗人为了捕捉变化的世界中的微妙感觉,难免运用抽象变形、意象暗示、隐喻通感、省略跳跃等手法,并认为"诗歌现代化的提法反映了诗歌要随时代的进步而不断变化的规律"①,以此为"新的""怪异的"的诗辩护。

20世纪90年代的诗歌形态各异,缺乏统一而明确创作倾向。对这一时期诗歌的描述,吴思敬用了这样的句子:从身边的事物发现需要的诗句。他认为进入90年代,青年诗人们普遍"把半空悬浮的事物请回大地","由过去对现实的漠视、回避,转入对现实存在状况的敞开与关怀,由对隐喻、象征意象的迷恋,转入让存在在诗中直接呈现自己"②。这样的描述抽丝剥茧,对90年代诗歌创作的变化作了清晰的概括。

到了21世纪初,诗坛愈来愈众声喧哗。吴思敬于这喧哗声中,将世纪初诗歌的态势归纳为:消解深度与重建新诗的良知并存,灵性书写与低俗欲望的宣泄并存,宏大叙事与日常经验写作并存。③ 在纷繁复杂、如破碎的镜子一般的新世纪诗坛上,什么样的概括都难臻完美。然而,吴思敬用三个"并存",勾勒出了世纪初诗歌的轮廓,有助于人们透过诗人莫衷一是的自我表达,更准确地把握诗歌创作的现状。这种高屋建瓴的批评眼光,非由对当代诗歌数十年如一日的关注者不能拥有。

吴思敬能对诗歌发展的前沿总是持有关注、抱以理解、给予评说,同他对诗歌之美的理解是分不开的。在他看来,诗歌美学并不是一成不变的,而是随着时代发展流动不居的。他说:"每个时代有每个时代的精神追求,每个时代有每个时代追求的美和发现的美。"④ 从美的变迁来看待诗,就会积极理解诗歌的创新;从美的视角来看待诗,又会超越一时一地诗歌观念的桎梏。

因为吴思敬对诗美的热爱,对"新的""怪异的"诗的理解与同情,他就如手持一盏灯火,矢志不渝地守护着、温暖着诗歌这一隅园地。在80年代初期"朦胧诗"被压制的时候,在80年代中期诗歌热潮此起彼涌的时候,在90年代诗坛寂寞的时候,在新世纪诗歌遭人摈弃、嘲弄的时

---

① 吴思敬:《时代的进步与现代诗》,《诗探索》1981年第2期。
② 吴思敬:《从身边的事物中发现需要的句子》,《东南学术》1999年第2期。
③ 吴思敬:《中国新诗:世纪初的观察》,《文学评论》2005年第5期。
④ 魏克:《诗人与他们的生活——吴思敬教授谈访录》,《诗歌报月刊》1998年第7期。

候,吴思敬从未离开过诗,总是为真诗正名,为诗美辩护,如他所说:"中国诗人在寂寞中坚执着,中国诗坛的圣火并没有熄灭,诗正在一步步向我们贴近,但愿我们也能主动去拥抱诗。"①

理论的观照和历史的视野

吴思敬的批评和理论建构是相辅相成的。他以诗歌批评走上诗坛,随后就开始了扎实的理论研究,以此为批评打下厚实的根基。而他的批评事业,又在丰富和印证着他的理论建构。

1987年由工人出版社出版的《诗歌基本原理》是新时期以来出版较早的一本运用系统科学方法和心理学方法,论述现代诗歌理论的教材。该书结合诗歌历史和现状,通过大量的诗歌范例,从"本体论""创作论""鉴赏论"和"诗人论"四部分,对诗歌的文体特征、创作主体及创作和鉴赏过程等基本原理进行了剖析。

同年由辽宁人民出版社出版的《诗学鉴赏心理》,从心理学的角度,深化了《诗歌基本原理》中对诗歌接受者鉴赏心理的分析,认为诗歌鉴赏过程中,"认识因素、意向因素和深层心理因素的调整、渗透、组合与运动","组成了动态的、不断发展变化的诗歌读者的审美心理结构"。

1996年由首都师范大学出版社出版的《心理诗学》,是一部新意迭现的诗歌理论著作。在这部著作中,吴思敬以诗歌创作的主体即诗人为对象,将心理学和诗学结合起来,缕析了诗歌创作的内驱力、心理场、信息流程等。以心理学的方法观照诗人创作虽并非偶见,但将其作为专门的诗学话题系统讨论,这在国内尚是首次。吴思敬讨论江河的"超越",讨论20世纪90年代和21世纪初诗人的创作,都可见以"心理诗学"的观点体察诗歌的发见。

批评由理论作为底色,同时又体现着历史的纵深感。如《20世纪新诗理论的几个焦点问题》《20世纪新诗思潮述评》《90年代中国新诗的走向》《90年代诗歌的平民化倾向》《从黑夜走向白昼——21世纪初的中国女性诗歌》等,都是对诗歌史上的重大话题和当代诗歌的潮流现象做出论述。即使是诗人论,如前文提到的他对顾城等的专轮,也是将评论对象

---

① 吴思敬:《从身边的事物中发现需要的句子》,《东南学术》1999年第2期。

放入纵的时间轴上加以考察。眼界既高，叙述之廓朗从容就自然而然了。文学史视野和世界文学视野无论对创作者还是批评者而言，都是十分重要的。福斯特在《小说面面观》中曾说作家应想象自己和古往今来所有的伟大作家在同一个大厅里写作。有此意识，明确了自己在文学史中的位置，才可能有明确的方向，不至于重蹈覆辙或南辕北辙。在我国当代诗歌中，许多好发惊人之语的作者或批评者，正是因为眼光只限于一时一地，或偶得某些理论的只言片语就如获至宝，轻率发言，以为自己从事着阳光下未有过的事业。

而在吴思敬那里，他不仅仅从"当代"来考察"当代诗歌"，更进一步地强调当代诗歌在新诗序列中的位置。虽然新诗一直在"新"，一直在"后"，变化之快几让人眩晕，但从新诗史的角度看，事情或许没那么复杂，新诗的发展还是有其内在的线索。吴思敬敏锐地从康白情的诗中发现了"生活流"，因而表示对当代诗歌中的"日常主义"不必那么"惊诧"。吴思敬认为当代诗歌绝不是"断裂"，而是继承了新诗的传统，他将其总结为，从精神层面上看是"一种蓬勃的革新精神"，从艺术层面上说是一种现代性质，对现代化的追求。① 正是因为对历史视野的重视，他认为要让传统进入现实的空间，与现实对话。"传统只有进入人们现实的生存空间，才能发生效应，这才是传统的复活。"② 这些发言，既回应了对当代诗歌"没有传统"甚至否定其价值的批评，也是对当代诗歌沉迷当下、热衷自我神话现象的有力警醒。

态度的包容和诗学的坚持

吴思敬的学术研究和批评文字的另一个突出特点，是其中体现出来的包容性。

吴思敬从来不对新出现的事物、即使是不符合自己观念的事物轻易加以鞭挞，而总是尽力去理解，或以新事物的出现来补充、更新自己的观念，这使得他始终保持着与当下诗歌对话的活力。吴思敬评价当代诗歌理论发展时曾说：

---

① 郑敏、吴思敬、谢向红、霍俊明：《关于新诗传统的对话》，《诗潮》2004年第1期。
② 吴思敬：《让传统进入现实的生存空间》，《博览群书》1995年第5期。

而一些较为新潮的诗论家,虽也因受传统思维定势的制约对青年诗人的创作一时有过无从置喙之感,但他们不是以自己陈旧的艺术观念与偏狭的艺术趣味去规范、去约束艺术上的新生事物,而是凭一位理论家的敏感、识见与良知,去细心发现、大胆肯定、热心扶植艺术上的新生事物,并在这一过程中不断否定自己陈旧的思维定势、不断调整自己的审美心理结构。①

这无疑也是他的夫子自道。从对"朦胧诗"的大力支持,到对"生活流"的理解,到对"他们"等在当代诗歌中的定位,到对伊沙、朱文的肯定,乃至到对"下半身"的关注,都可见吴思敬包容开放的批评思想。

从20世纪90年代至今,当代诗歌的"圈子化"现象突出,互相攻评和自我美化屡见不鲜。以至于无论是诗人或批评家,总会主动或被动地划入某一阵营。属于哪一个阵营,往往是人们关注诗人或批评家发言前不由自主的疑问。然而对吴思敬来说,他只属于"诗"这个阵营,基于人事的成见对他是不存在的,基于偏颇的美学立场的成见对他也是不存在的。20世纪90年代末"盘峰论争"之后,一些诗人和批评家忙着划清阵线。——实际上,划清阵线也是种叙事策略,让个人在"斗争"中凸显出来。——而吴思敬对两派的争斗并不以为然,他认为"知识分子写作"与"民间写作"在创作上"有其各自的合理性","非此即彼的两极思维模式"是有害的。② 他在对具体诗人的批评中坚持的也是诗的立场,在《九十年代中国新诗走向摭谈》③ 和《从身边的事物中发现需要的诗句——九十年代诗歌印象》④ 等对20世纪90年代诗歌综论的文章中,他都没有专论某一派的诗人,而是把王家新、西川、西渡、于坚、韩东、伊沙、朱文等放在一起加以观察,甚至探寻他们表面分歧下创作的共性。似乎在吴思敬的笔下,打仗的两方预先"化敌为友"了。

---

① 吴思敬:《启蒙·失语·回归——新时期诗歌理论发展的一道轨迹》,《诗刊》1996年第7期。
② 吴思敬:《裂变与分化——世纪之交的先锋诗坛》,《文艺研究》2000年第6期。
③ 吴思敬:《九十年代中国新诗走向摭谈》,《文学评论》1997年第4期。
④ 吴思敬:《从身边的事物中发现需要的诗句——九十年代诗歌印象》,《东南学术》1999年第2期。

这种包容，体现的不仅是胸襟，也是站位和眼光。从某个层面来说，文学批评的最终目的是去芜存菁，将当代文学经典化。对中国当代诗歌来说，经典化还是一项未完成的工作。就如同吴思敬所说，"新诗的经典还在生成之中"，"一切尚在路上"。① 因此，批评就需要一种包容的态度来看待那些新生的事物，看待那些不合时宜的事物。要抛弃非此即彼，在一个更高的站位上，用更宏大的眼光来观察当代诗歌。

　　在对多元化诗美的包容之下，吴思敬有着一以贯之的诗学理念。有论者谓吴思敬外圆内方，这是知人之论，既可以是对他人格的形容，也可以是对他诗歌研究和批评的形容。

　　前述吴思敬对"新诗传统"的意见，即可见他的坚持。此外，旗帜鲜明地力挺"自由诗"，也可见他一以贯之的诗学主张。他反对因为新诗没有固定形式就认为新诗没有形成自己传统的说法，语气坚定地说："'不定型'恰恰是新诗自身的传统。"② 对那些倡导现代格律诗的说法，他说："我有个大胆的预言，凡是力图为新诗设计固定的格律和模式，想让新诗重新戴上镣铐的，都是不会成功的。"③ 在一篇讨论废名新诗观的近作中，他对新诗——自由诗作了这样的论述："'新诗应该是自由诗'是从内在精神角度对新诗品质的概括……'新诗应该是自由诗'标明了自由诗在新诗中的主体位置……自由诗在新诗中具有本原生命意义与开放性的审美特征……公用性与稳定性的缺失使现代格律诗难于与自由诗相抗衡……解决自由诗中的问题，决不是重新为自由诗再设计若干套新格律，让解放了的诗神，再戴上枷锁。"④ 吴思敬始终高扬着自由诗的大旗。他对自由诗的论述，厘清了新诗中"自由"和"格律"的争论，同他新诗"现代化"的主张也是一致的。

　　从他的文字可以看出，吴思敬对诗歌有着一种强烈的使命感。区别于那些将作品作为客观"文本"或将作品对象化以建构自身理念的批评研究，作为改革开放40年诗歌的同路人和持灯者，吴思敬的批评研究有着"古典化"的温暖色泽。他用自己的文字为改革开放40年来的诗歌命名和立传。元好问有诗云："谁是诗中疏凿手？暂教泾渭各清浑。"正是因

---

　　① 吴思敬：《一切尚在路上》，《江汉论坛》2006年第9期。
　　② 吴思敬：《新诗已形成自身传统》，《文艺争鸣》2004年第3期。
　　③ 郑敏、吴思敬、谢向红、霍俊明：《关于新诗传统的对话》，《诗潮》2004年第1期。
　　④ 吴思敬：《新诗：呼唤自由的精神——对废名"新诗应该是自由诗"的几点思考》，《文艺研究》2010年第3期。

为有了如吴思敬这样的"诗中疏凿手",40年诗歌才能流水有径,才能清浊有别,才能以更清晰的面貌出现在我们面前吧。

(原载《诗林》2019年第1期"今日批评家"专栏)

作者单位:人民铁道报社

建构、追踪与总结
——吴思敬诗学思想初探

姜玉琴

当代人评价当代人或许会有误差的存在，但由于都是历史的亲历者，所以又会有不同于后人的真实性。正是基于这种认识，本文认为吴思敬是新时期以来近三十年诗歌历史中最为重要的批评家之一。新时期以来的三十年诗歌历史，是一段飞速发展和变化的历史。时至今日，不同的人可以从不同的语境来整合、梳理这段并不太长，却屡受组合、分化、再组合、再分化磨砺的诗歌历史。从某种意义上说，快速地筛选、淘汰乃至遗弃是这段诗歌历史的特征之一。不少当年在批评界活跃、风靡一时的人物，随着时代风气和审美趣味的转换，渐渐淡出了人们的视野。然而，他却以深厚的实力和执著而稳健的学风穿过了一次又一次的浪潮，并在诗歌界奠定起了他人难以取代的地位。

一 创建：自成体系的诗歌创作论

（一）以"人"为准则：主体性意识的确立

吴思敬从事诗歌研究之始，正是中国文学、研究界走出废墟、重建家园的高蹈时期。奋发向上、勇往直追的时代氛围，加之有"文革"前受过正规、系统高等教育作背景，所以，他从一开始便不满足于零打碎敲式的研究，而是试图建立起一套不同于以往的诗学理论体系。而且，"建构"的雄心在其第一部诗学专著《诗歌基本原理》（1987）中就显示了出来。

《诗歌基本原理》是一部在体系上有着周密考虑的诗歌专著。该书的体例构成分为"本体论""创作论""鉴赏论"和"诗人论"四部分，即把诗歌文体以及创作、欣赏等问题都一网打尽了。作为一部教科书而言，交代清楚了概念、范畴就算完成了任务，可作为一部学术著作似乎留有了局部深化的余地。如若说《诗歌基本原理》一书彰显了其研究中的一些特色，如内容上的开阔和方法上的创新等，那么，同时也流露出他的研究面临一个何去何从的问题，即是以探讨诗歌的基本原理，也就是所谓的"本体论"为主，还是把重心移到"创作论"和"鉴赏论"方面，抑或是继续沿着《诗歌基本原理》的框架滑行呢？

纵览此后所出版的另外两本专著《诗歌鉴赏心理》（1987）和《心理诗学》（1996）[①]发现，他此后的研究主要是建立在"人"，也就是诗歌的接受者（读者）和诗人（诗歌的创造者）基础上的。以前者，形成了他的鉴赏论；以后者，形成了他的创作论。虽然鉴赏论和创作论的主体对象不同，但其共同之处都是把"人"的精神世界和心理轨迹作为理解、破译和研究诗歌的媒介。诚如他在《诗歌鉴赏心理》中对其写作目的的说明："想对读者鉴赏诗歌中的微妙心理变化做一粗略描述。"[②] 同样，《心理诗学》描述的是诗人在创作时的微妙心理轨迹。由于两部专著研究的都是人的心理变化，而且其研究理念和方法也基本一致，作者也曾说《心理诗学》原本是包括"诗歌鉴赏"内容的，但考虑到把《诗歌鉴赏心理》合并进来，会给该书的出版带来巨大压力，故而作罢。[③] 这表明两本专著是可以合并成一本书来读的。因此，本文只探讨《心理诗学》中的内容。

顾名思义，《心理诗学》是以诗歌的主体，即诗人的心灵、情感为爬梳对象的。这就意味着难度的存在，即单纯从诗歌到诗歌，从文本到文本是不能揭示和规范创造者的心理结构和运演流程的。为了解决这个难题，吴思敬借助了心理学方面的知识和成果。自然，用心理学的方法来研究文学艺术并不是吴思敬的首创。朱光潜先生在20世纪30年代就做过嫁接的试验。出版于1936年的《文艺心理学》便是一部"从心理学观点研究出来的'美学'"[④]专著。在该书中，他运用了心理学方面的一些知识探讨

[①] 该书的主要内容写于1987年和1988年，全书完稿于1988年春天。
[②] 吴思敬：《诗歌鉴赏心理》，辽宁人民出版社1987年版，第2页。
[③] 参见吴思敬《心理诗学》，首都师范大学出版社1996年版，第361页。
[④] 朱光潜：《〈朱光潜美学文集（第一卷）〉作者自白》，上海文艺出版社1982年版，第3页。

了美学上的诸如"美感""联想""灵感""天才"等问题。也许吴思敬对心理学的情有独钟是受到他的一些影响，毕竟朱先生是中国文艺理论界的大家。但是他们二者又有所不同，这种不同并不纯粹是指研究领域、对象的不同，主要是指研究目的的不同。具体说，朱先生运用心理学主要是想解决美感经验问题，譬如他在讲艺术的创造时也提到了"潜意识"，但这里的"潜意识"是和"联想"联系在一起的，正如他说："潜意识的活动大半仍依联想作用。"① 显然，重心集中在"潜意识"是通过何种渠道实现的，而与此相关的人的主体性意义并没有特别突出地得以彰显。这也是在其诗歌专著《诗论》中，用了那么多的篇幅来谈诗歌的情趣、意象，诗歌的节奏、音韵和声律等问题，而对诗歌的创作者则只是简单带过的原因。吴思敬运用心理学的目的并不在于揭示审美上的技术问题，而是要探究诗歌创造者的心灵奥妙，并在此基础上建立起一套丰富而科学的创作论。总之，吴思敬在研究方法的取舍上可能或多或少地借鉴、发挥了前辈先生的一些理念，但其研究思路却是与中国20世纪80年代奋进的时代主潮是相一致的。

20世纪80年代是一个高扬着"主体性"旗帜的时代。刘再复的《文学研究应以人为思维中心》和《论文学的主体性》的发表，在文学、研究界掀起了寻找"人"的热潮。刘再复的倡议是："我们可以构筑一个以人为思维中心的文学理论与文学史研究系统，也就是说，我们的文学研究应当把人作为主人公来思考，或者说，把人的主体性作为中心来思考。"② "人"应该是文学理论、文学史研究中的主体。吴思敬无疑是这股思潮的积极回应者。从写于1985年的《用心理学的方法追踪诗的精灵》一文中，不难窥见他对"主体性"的思考。他说："诗歌这一最古老的文学形式，在其悠久的历史发展中形成了独特的掌握世界的方式，其核心就是主体性原则。"③ 在以往，人们尽管也承认诗歌是最为表达自我的一种文体，但却很少有人直接把诗歌的创作原则总结成"主体性原则"。因为，这和文学是对社会生活反映的理论是相违背的。所以说，文章中体现出的这种以"人"为上的认知视角，标志着作者主体意识的觉醒。

---

① 朱光潜：《文艺心理学》，《朱光潜美学文集》（第一卷），上海文艺出版社1982年版，第204页。
② 刘再复：《论文学主体性》，《文学评论》1985年第6期。
③ 吴思敬：《用心理学的方法追踪诗的精灵》，《诗刊》1985年第11期。

本来，诗歌的研究方法是可以，而且也应该是多种多样的，既可用主观的视角，又可用客观的视角，还可以就纯粹的诗歌文本谈论诗歌上的事。艾布拉姆斯在《镜与灯》中认为，任何一种像样的理论都离不开"世界""作品""艺术家""欣赏者"这四个要素。而且，批评家在四个要素中可以任意选择一个"作为界定、划分和剖析艺术作品的主要范畴，生发出籍以评判作品价值的主要标准"。① 艾布拉姆斯的说法很精确、到位，西方的文学理论虽然丰富多彩、各有所长，但基本上都是在此基础上演化出来的。然而，在中国相当长的一段时间内，批评家是没有这样多元化选择的。在"反映论"至尊和独尊的历史语境下，文学理论，也包括抒情类的诗歌理论只能沿着外部世界，而且是狭义的外部世界——很多时候其实是指外在的人事纠纷、斗争来运行的。在这个框架中，外部世界不但决定着诗歌的创作，还决定着诗歌的价值。而作为主体的人，则处于从属和被统治的地位。

当明白了这一前提后，就不难理解了原本并不高深的"主体论"理论，为何会在20世纪80年代的中国卷起千层浪；也不难理解吴思敬那个以"人"的精神为价值准则的"创作论"所包蕴的深刻内涵——对"人"的推崇，正是缘于对"人"的迷失、缺席的审判。从这个意义上说，诗歌由社会性、阶级性转向主体性，绝不仅仅是词语顺序的调换和取代，而是思维领域中的一场革命。

（二）以"新"为宗旨：架构与突破

吴思敬是一位勇于在思想和研究方法上创新的理论家。而且，《心理诗学》的主要目的是想建立起一套不同于以往的"创作论"体系。用他的话说："落脚点在新的诗学体系的建设上。"② 如前文所说，这个诗学体系之所以"新"，就在于"主体论"原则的确立。那么，这部以"主体论"为指导思想的专著，在哪些方面有所突破呢？

首先，诗歌创作的观念得到了扩展和丰富。由于《心理诗学》探讨的是创作者的心理，所以作者的创作动机便是一个至关重要的问题。与以往的创作论不同，吴思敬没有简单地从外部世界（客观）或内心情感

---

① ［美］M. H. 艾布拉姆斯：《镜与灯——浪漫主义文论及批评传统》，郦稚牛等译，北京大学出版社1989年版，第6页。

② 吴思敬：《心理诗学》，首都师范大学出版社1996年版，第361页。

（主观）出发，而是把创作视为一种复杂的"内部动力系统"，他把这个系统称为"内驱力"。根据"内驱力"性质的不同，他又把"内驱力"分成了"原始内驱力"和"继发内驱力"两种。① 这两种"力"的区别是什么呢？前者是与生俱来的，反映了人吃、喝、拉、撒、睡的本能需求；后者是与社会性欲求联系在一起的，即作为一个社会人对自我原始本性的制约和克服。作者认为，正是这样的两种力量构成了一个人的创作动力。

毋庸置疑，在这两大动力中，"原始驱动力"无疑是指人的原始欲求。在没有理性，即"继发内驱力"的制约下，原始欲求往往会导向"丑"和"恶"，所以一般很少有人探讨这种负面价值给诗歌创作所带来的影响。吴思敬把这种因素郑重指出来，并说"原始内驱力则是一种深层的生命动力"，② 其目的何在？其实，他是把批判的锋芒指向了诗歌中的单向度创作心理，即对以往颂歌式或批判式的诗歌观念进行了颠覆。创作原本是一种复杂的精神活动，一首好的诗歌应处处流露着诗人情感搏斗的痕迹，而不是回避内心的真实欲求，进行廉价式的表态。地狱虽然是可怕的，但砍掉地狱的天堂也不是完整的天堂。与此相一致，他的这个"内部动力系统"还为内涵复杂、多义的诗歌提供了存在的依据。人们经常认为那些晦涩、看不懂的诗歌不是诗歌。其实未必都是如此，从作者所分析、揭示的创作心理来看，创作时的心理复杂度决定了诗歌内涵的复杂性。

其次，从心理学的角度，把人的"无意识"作为一个重要范畴引进到了诗歌这一文体中。特别需要注意的是，这个"无意识"并不是单纯作为与"意识"相反的一种思维方法出现的，而更是作为一种思维观念，即用该观念把诗歌的创作心理过程、创作心态和诗人的个性特质等串联成一个内在统一的整体。或者干脆说，他的诗歌创作论主要是建立在"无意识"层面上的，诚如他说："从诗歌创作方面看，借助于心理学，可以把探寻的触角伸到为一般人所忽视的细部，诸如心理场与物理场、意识与潜意识、理念与直觉、内部言语与外部言语，以及动机的萌生、心境的调整、感觉的捕捉、信息的编码、情绪的记忆，一定机缘下的顿悟、表象的

---

① 参见吴思敬《心理诗学》，首都师范大学出版社1996年版，第3页。
② 吴思敬：《心理诗学》，首都师范大学出版社1996年版，第9页。

运动与改组、思维的发散与集中等，在此基础上可建立诗歌的创作论。"① 这是对以往研究的一种超越。在各种文体中，诗歌是最为精灵古怪、不可捉摸的了。在中国古代的文论中，人们虽认可"诗缘情"的说法，但对情感到底是怎样演化成诗歌的过程还无人系统地分析过。在西方的古老传统中，诗歌创作更是与神赐、迷狂等超验语境联系在一起的。中西方的情形表明，在人们长期以来的意识中，诗歌，特别是诗歌的创作过程是难以用语言、概念等诠释清楚的。这或许也是在中外众多的诗歌理论书籍中，有不少是研究思想意蕴的、形式的以及想象、灵感、节奏、声韵等，却很少有人专门来研究诗歌的生成过程以及内在精神运演机制的原因。

把诗歌创作神秘化、不可知化，有益的一面是保持了诗歌文体的高贵性；弊端是难以真正接近、渗透到诗歌内部之中。换句话说，诗歌作为一种艺术的载体，如果我们连其诞生的契机和过程都没有一个相对合理的把握，建立在其之上的其他理论又能有多少说服力？也许，从某种程度上说，研究上的困境可能主要源于研究者忽略了，抑或说没有给诗歌产品的另一重要加工场所——"无意识"予以足够的重视。换句话说，正是由于吴思敬把作者的"无意识"层作为搭建创作论的基点，所以才使得他能够把其他诗歌理论家很少或系统探讨的问题探讨得那么出其不意，如有关诗歌内容的酝酿和生成，本是一个可以意会、但很难言传的问题，但吴思敬却从"潜意识""潜思维""梦""灵感"以及"我向思维""表象思维""抽象思维"等方面谈得头头是道、条分缕析。

最后，在研究方法上有所突破。尽管朱光潜先生曾说过，神秘的创造想象，也可以像"一切自然现象一样"，用"科学方法去研究"，② 但实际上迄今为止并没有人真正运用过自然科学上的方法来研究"创造想象"，更没有人用来研究诗人的创作过程。《心理诗学》在这方面做出了用最科学的方法来讲解、规范最不科学的内容的试验。如果说"心理学"的方法为他认识、开采"主体"打开了天窗，那么自然科学上的方法则为他提供了体系架构上的便利。

---

① 吴思敬：《用心理学的方法追踪诗的精灵》，《诗学沉思录》，辽宁人民出版社、辽海出版社2001年版，第195页。

② 朱光潜：《文艺心理学》，《朱光潜美学文集》（第一卷），上海文艺出版社1982年版，第19页。

从《心理诗学》的编排体例上不难看出，这部书的整个框架结构都是根据对信息管理的自然科学方法来设置的，这除了指在内容安排上符合于科学化的流程管理外，还指在语言的运用上，如章节的题目分别是"内驱力""心理场""信息的内化""信息的再生""信息的外化"等。如果单纯从上述题目着眼，是无论如何也不能与诗歌创作论联系在一起的。另外，书中对概念、范畴的说明与界定也尽可能地使用了自然科学的表达方式。如"信息"一词是典型的科技词汇，可作者不但把之引进创作的心理过程中来，还用它来说明什么是诗，"从系统科学的观点来看，诗不外是一种信息，诗的创作过程也正是诗人同外部世界交流信息的过程"①。用这样一种直截了当的话语方式来界定诗歌和诗歌创作，可能对我们固有的诗歌观念会提出挑战，但毕竟是用最为简洁、不会出现歧义的语言，道明了什么是诗的问题。这个定义中的关键词，无疑是"信息"。事实上，作者在论述诗歌的创造过程时，也的确是紧密围绕"信息"一词来进行的：撷取外部客观世界的"信息"——诗人的感受器对"信息"进行存储、加工与内化——用语言把加工后的"新信息"变成可为读者接受的"信息"。②把复杂的诗歌创作过程分成这样的三个阶段，还是颇有说服力的。

把自然科学的研究方法引进诗歌研究中，能够起到一些出其不意的效果。吴思敬另外一篇研究"诗体"的文章，也从另一方面证明了该研究方法的有效性。"诗体"，即诗歌的"体裁"或"种类"一直是诗歌研究中的弱项和难点，人们常常在谈到诗歌的思想性时可以洋洋洒洒，可一旦具体到对技术性要求更高的形式问题时，则有不知该如何说起之窘迫。这实际还是缺乏方法的缘故。吴思敬则从"系统的概念"角度切入"诗体"中，他说："由于诗体是诗歌系统的子系统，每种诗体均具有诗歌系统的基本特征，但又具有子系统的独特之处，因此，一方面对各个子系统的深入研究可以进一步检查与验证诗歌的基本理论，另一方面对各个子系统特征的描述与开掘又会进一步充实与丰富诗歌的基本理论。"③他的高明之处，在于先不正面去给"诗体"分类，而是先确定它和"诗歌"的关系。

---

① 吴思敬：《心理诗学》，首都师范大学出版社1996年版，第95页。
② 吴思敬：《心理诗学》，首都师范大学出版社1996年版，第255页。
③ 吴思敬：《诗体略论》，《诗学沉思录》，辽宁人民出版社、辽海出版社2001年版，第47页。

也就是说，他把整个诗歌看成一个大系统，而"诗体"则是这个大系统中的一个子系统。这样一来，二者的关系就一目了然了。建立在此基础上的"诗体"也就易于解释了。但是也无须讳言，自然科学的研究方法在诗歌中也不可多用、滥用，否则有可能容易造成审美上的疲倦。

应该说，这套以创造者的深层心理为基础的创作论，对自身并没有创作经验的吴思敬来说难度是很大的。因为，他必须要让自己像诗人一样沉浸到诗歌中，用自己的心灵去感知、捕捉那些神秘的感受。然而，令人惊讶的是，他不但能在这个王国中游刃有余地畅游，而且对诗歌的理解程度甚至超出了很多诗人。如对诗歌深层意蕴的理解一直是众说纷纭的，古云曰："诗无达诂。"可是他却说："对诗歌深层意蕴的理解，有些近乎于对音乐的理解。"[①] 不是一位真正的懂诗人，是难以举出这么确切的类比的。此外，他所论述的都是一些专业性极强，并有着严密内在逻辑性的问题，但是他写来毫不费力，用诗一样的语言，外加许多个小故事、小典故，从而使一个个专业化的术语和机制变得极为生动、有趣，处处流溢着创造的快乐。朱自清在评价朱光潜的《文艺心理学》时曾说过这样一番话："全书文字像行云流水，自在极了。他像谈话似的，一层层领着你走进高深和复杂里去。"[②] 吴思敬的文字风格显然也是可以用此来概观的。

毋庸讳言，在这个弃旧逐新的有些盲目的时代，他的这些研究在今天已不是热点话题了，但是从纯学术的角度来估价其研究，这些严肃而认真的思考无疑是永不会过时的。只要有诗歌的存在，必然就不能回避有关创作的心理问题。而且，他的创作论神采飞扬，切中时弊。没有空话、套话、勉强之话。也许观点未必都正确，但却句句都是发自内心的。经过时间的淘洗，我相信他的创作论会露出应有的光彩。

二 批评：在美学与历史之间

（一）立足于美学立场：坚持、追踪与辨析

对新时期以来的批评家而言，"立场"无疑是一个重中之重的关键

[①] 吴思敬：《深层意蕴的探求》，《诗学沉思录》，辽宁人民出版社、辽海出版社2001年版，第155页。

[②] 朱自清：《〈文艺心理学〉序》，《朱光潜美学文集》（第一卷），上海文艺出版社1982年版，第329页。

词。但当超越了"支持"还是"反对"这样的"表态式"批评层面后，光有"立场"就显得远远不够了。在批评这个大操场上，最初比拼的可能是勇气、才华，但到后来比的就是学识、修养以及韧性、毅力了。

与现代诗歌有着较为稳定的形态相比，处于动态中的当代诗歌不时会有"雾里看花"和"只缘身在此山中"的困惑，这使不少的批评家患上了"失语症"。显然，"失语"主要源于判断准则的迷失，即在瞬息万变、眼花缭乱的各种诗歌现象面前，失去了对之把握的能力或兴趣。然而吴思敬似乎是一个例外，从投身于批评工作的那天起，他就以高昂的热忱和准确的判断与飞速发展的诗歌大潮保持着同一步伐。

诗歌是年轻人的事业，这句话似乎并没有太多的人提出异议。是什么让已年过六旬的吴思敬至今仍对诗歌保持着高度的清醒与敏感？这除了对诗歌拥有一份挚爱之外，可能还与他对诗歌本质的认识与坚守相关。1981年，在诗歌到底应该以什么为标准的大讨论时，他曾说过这样的一番话："诗歌批评，包括新诗讨论，不能简单地做政治结论，而应严格地在美学范围内进行。……应该按照诗歌艺术的特殊规律进行美学的批评。"[①] 不要用政治标准套取诗歌，应把其视为一个独立而纯粹的审美对象，即用美学的标准为评判诗歌的最高标准。这大概是他对其批评标准的最早袒露。

实事求是地说，"美学式"批评在当时并非是他所独有的武器，相反，美学批评是新时期后曾最为活跃的一种批评，不少批评、理论家都曾运用过。可是，能真正地成功运用并坚持下来的并不多。相当一部分人最初选择美学立场主要是处于对政治化批评一统天下的反拨，所以当批评环境一旦有所宽松、自由后，所谓的美学立场也就很快变得没有立场了。加之，又不断有西方的各种新潮理论飘然而至。而且，看上去它们似乎又都比美学批评新潮而时髦，这就使不少批评家的底气深受打击。吴思敬的不同之处在于，从一开始美学批评对他而言，就不是一个解构或单纯解构"政治"的一个话语策略，而是其存身立命的场所，即他的一切批评话语和准则都是由此演化而来的。这一点从他对朦胧诗的态度中也能反映出来：在两种思想激烈交锋、孰胜孰败尚不明朗的情况下，他敢于旗帜鲜明地站在"朦胧诗"的阵营中，其动机可能并不像想象得那么复杂，实际主要还是源于对其美学品格的认可。诚如他的立论，"'朦胧'作为一种

[①] 吴思敬：《诗歌的批评标准》，《诗学沉思录》，辽宁人民出版社、辽海出版社2001年版，第222页。

艺术风格,说来也算是源远流长了。这不能简单地归结为某些诗人的'嗜痂成癖'。因为,平心而论,'朦胧'也是一种美"①。可见,从这些被人们称为看不懂的"朦胧诗"中,他发现了朦胧的美感,而这些美感又与中国的古典诗歌传统紧密相连。除了为"朦胧诗"的合法生存权助威、呐喊外,他还为身处逆境的顾城写下了国内的第一篇评论文章《他寻找纯净的心灵美——谈顾城的诗》。

用"寻找纯净的心灵美"来指认顾城的诗歌,在当时也许是无心之举,但现在看来并不是偶然的灵机一动,实际是与其对朦胧诗的美学品质,即美的把握是一脉相承的,具有内在的必然逻辑性。这说明他在从事批评之初始就有其未必自觉,却坚定的美学追求。故而,在随后而来的各种知识轰炸中,他没有乱了方寸,而是始终以美学批评为根本,兼顾吸收其他最新的理论成果。这就使他的批评在其稳固的态势中又呈现出包容、开放性的特征。

作为一位在"朦胧诗"浪潮中被人所开始熟知的批评家,他的批评并没有止步于"朦胧诗"。相反,"朦胧诗"潮只是让他不凡的批评眼光和审美趣味浮出了地表,随之而来的"新生代"诗歌浪潮才使他的批评能量得到了充分地挥发与释放。如果说主要是意识形态的不同,乃至对立导致了"朦胧诗"的论争,那么对"新生代"的毁誉则主要是基于美学认识上的分歧。因为,"新生代"的突起是以打倒"朦胧诗"为代价的,这就使不少的批评家陷入了两难的境地。支持"朦胧诗"的人,显然无法对其叛逆精神教父的行为产生好感;原本就反对"朦胧诗"的人,更不会跟在思想、艺术上走得更远,与西方后现代主义理论遥相呼应的"新生代"建立起感情。吴思敬无疑是力挺"朦胧诗"的人之一,但他并没有为此而怀疑、否定"新生代"诗歌的价值,而是以一颗理解之心观察、追踪"新生代"诗歌的创作状况以及新潮评论界对其所做出的反应。

或许"新生代"对"朦胧诗"的替接、取代过于迅捷了,致使批评界,包括新潮批评界在相当长的一段时间内无法找到相应的话语理论对其规范。吴思敬在《1980—1992:新诗潮论鸟瞰》一文中,对新潮批评家"未能给予及时且有说服力的理论阐释"作了检讨,但进而还是肯定了"新潮诗论"的意义:"我还是要说,新潮诗论是对传统美学原则和扭曲

---

① 吴思敬:《说"朦胧"》,《诗学沉思录》,辽宁人民出版社、辽海出版社2001年版,第218页。

的新诗理论的一次认真冲击。"① 在其论述语境中,"新潮诗论"对应的是被意识形态化了的传统美学和被扭曲了的新诗理论,也就是说,他之所以要倡导、肯定"新潮诗论"主要还是出于美学还原和创新性的考虑。同样,对"新生代"这个创作群体,他也给予了强有力的舆论支持。具有代表性的是,他借"新生代"崛起的十周年之际,发表了一篇颇有总结性意蕴的文章《"新生代"诗人:印象与思考》。在文中,他不但介绍了"新生代"诗人的生成、活动具有地域性特点,如按诗人聚集的规模大小划分成了"北京""江浙"和"四川"这样的三大板块,而且还对其中有影响的代表性诗人以及"他们""非非"等著名的民间社团作了详细的介绍,并对"他们"中的标志性人物之一韩东给予了特殊的评价,"韩东在朦胧诗人之后提出了一种全新的观照世界的方式,尽管有偏颇之处,但也由此开创了一个新的诗歌时代"。② 一般来说,像开创"一个新的诗歌时代"这样的评价是不随意用到一个诗人,特别是当代诗人身上的。可见,他对以韩东为代表的"新生代"诗歌另辟诗歌天空的做法是极为赞赏的。

所谓的"新"是相对于"旧"而言的。也就是说,韩东所开创的这个"新的诗歌时代"是以"朦胧诗"所创造出来的"旧"英雄世界为参照的。这从吴思敬对韩东诗歌艺术风格的总结中也不难体悟出来:"让诗的歌咏对象由英雄回归到平民。与此相联系,他还扬弃了朦胧诗人惯用的意象组合方式,走出了象征的森林,而代之以经过提纯的口语写作。"③ 审美情调上的英雄主义,艺术上的象征手法,这正是"朦胧诗"最为独特之处。他肯定韩东的创作是在否定"朦胧诗",进而也是否定自我吗?

在他的美学观念中似乎没有这样一个非此即彼的概念,而是相互兼容、补充的整体:朦胧、象征是一种美,提纯后的直白"口语"也是一种美;歌咏"英雄"是一种美,回归"平民"也是一种美;"朦胧诗"中迸发出来的人道主义是一种美,"新生代"中的解构主义也是一种美。

---

① 吴思敬:《1980—1992:新潮诗论鸟瞰》,《诗学沉思录》,辽宁人民出版社、辽海出版社2001年版,第229页。
② 吴思敬:《"新生代"诗人:印象与思考》,《诗学沉思录》,辽宁人民出版社、辽海出版社2001年版,第243页。
③ 吴思敬:《"新生代"诗人:印象与思考》,《诗学沉思录》,辽宁人民出版社、辽海出版社2001年版,第244页。

两种看似完全不同、甚至针锋相对的判断标准，归根结底都是出于同一个标准，即对"美"，也就是艺术本质的理解。换句话说，"美"在吴思敬的审美观念中并不是一个先验、静止的理念，而是一个不停往前涌动的发展流程，正如他说："每个时代有每个时代的精神追求，每个时代有每个时代追求的美和发现的美。"①"美"之内涵、美之形式是随着时代的发展而发展的，他的这一思想从对后起诗人伊沙的态度中也能体现出来。伊沙比80年代出道的"新生代"诗人，在时间上大概晚了十年。与其"前辈"相比，他的创作也算是"异数"的。因此，曾博得嘘声一片，即使是同一阵营内的先锋诗人对其创作也是毁誉参半的。然而，就是面对这样一位矛盾旋涡中的诗人，吴思敬仍然能从动态的流程中发现意义，称其创作是对"新生代诗人中流行的诗歌观念予以反拨、并通过自己独辟蹊径的创作实践构成一种'伊沙现象'"，并进一步总结说："诗歌的潮流就这样后浪推前浪地滚滚向前。"② 吴思敬在审美上之所以高于一般意义上的评论家，就在于他对诗歌抱有这种"前浪"推"后浪"的意识。而且，正是这种意识使他的研究一直呈现出动态性的发展态势。

批评的立场决定了学术上的价值取向。在新、旧两种势力激烈碰撞、交锋的历史语境中登上诗坛，并坚持美学标准至上的吴思敬必然会选择以青年人为主体的新潮诗歌为其研究的依托。事实也确实如此，纵观他自新时期以来所发表的论文，会发现其研究轴心始终是围绕着年轻一代的新潮诗歌运转的：朦胧诗—"新生代"诗歌—90年代诗歌—转型期的诗歌，等等。吴思敬可能不是"新生代"诗人的最早阐释者，但无疑却是对"新生代"诗歌做出最大贡献的一个。

新时期以来的诗坛一直带有强烈的意识形态色彩，吴思敬在其所发表的文章中曾指出过："自新时期以来，中国诗歌的版图便断裂成两块。……公开出版的诗歌报刊……民间诗歌报刊。"③ 毋庸讳言，在两大版图中，后一版图无论在经费投入还是舆论声势上都远远不能与前者同日而语。可新时期以来的这段诗歌历史和现实告诉我们，对诗歌史真正能产生影响的却是那些来自民间的创作，即新潮诗歌的创作。如果不带有任何

---

① 魏克：《诗人与他们的生活——吴思敬教授谈访录》，《诗歌报月刊》1998年第7期。
② 吴思敬：《"新生代"诗人：印象与思考》，《诗学沉思录》，辽宁人民出版社、辽海出版社2001年版，第248页。
③ 吴思敬：《吴思敬·世纪初的中国诗坛》，《文艺争鸣》2005年第6期。

偏见来反观这段诗歌历史的话，会发现现代主义诗歌，也就是新潮诗歌是新时期以来的诗歌主流，而且是绝对主流。①

这个现象值得深思，到底是什么力量让本该"边缘"的成为主流，甚至上升成了正宗。仅凭新潮诗人自身的力量和几本印刷量甚少的民间刊物，他们断然不可能在诗坛上掀起一场又一场的美学"哗变"，显然是由大量诗歌研究者的评介文章和理论阐释的"共谋"结果。在这场"保卫"战中，由吴思敬执行主编的《诗探索》无疑起到了任何一个刊物难以取代的作用——多年来为"新生代"诗人，包括"朦胧"诗人提供了大量的版面，甚至从某种意义上说，《诗探索》就是一本不是新潮诗论的新潮诗论的理论刊物。更为重要的是，他以该刊为阵地，多次组织和主持诗歌理论研讨会，邀请的多是活跃在诗坛上新潮批评家，有些就是"新生代"诗人兼理论家本人，这些舆论导向无疑对新潮诗歌的发展、壮大起到了不可估量的作用。

（二）"史"的意识：诗人、作品与诗学

关注、重视青年诗人的创作，倡导现代诗和新潮诗论，这是贯穿于吴思敬研究中的一个突出特征。但是这并不表明他是以"年龄"和"流派"来取舍、评价诗人的。相反，对于没有流派、宣言，但在美学上有突破、被他誉为"向晚愈明"的老诗人，如牛汉、彭燕郊、郑敏、邵燕祥、苏金伞、李瑛等也都及时进行了介绍和研究。特别是"七月派"老诗人牛汉的创作实绩更是引起了他的高度关注：《诗探索》曾用"专栏"的形式发表研究牛汉的理论文章；他本人编选了《牛汉诗歌研究论集》，并在《湖南社会科学》上发表了《牛汉：新诗史研究的重要课题》的论文。在后一篇文章中，他预言："新的世纪里，牛汉将会引起越来越多的学者的注意，牛汉研究将是新诗史研究的一个重要课题。"② 牛汉在吴思敬的研究框架中，并不是作为一个普通写作者存在的，而是作为新诗史上的一个重要研究对象出现的。由此不难理解，面对渐渐高龄的老诗人，他为何屡屡流露出欲抢救资料的焦虑。换言之，他所从事的这些工作，实际都是在为历史和将来积累财富。这表明吴思敬除了有一个坚定的美学立场外，还

---

① 参照拙文《异端的主流——先锋诗人与90年代诗歌史的叙事倾向》，《文艺评论》2004年第6期。

② 吴思敬：《牛汉：新诗史研究的重要课题》，《湖南社会科学》2005年第5期。

有史学家的眼光。

　　这种眼光不但体现在对诗人的辨析、认识上，而且还贯穿在对不同诗歌现象的理解与阐释方面。20世纪80年代的中后期，正是以裸露、张扬生命力为宗旨的"新生代"诗人如火如荼地试验高峰期——与理性相对立的感性、直觉等主观情感上升到重要，抑或说最为重要的位置上。面对这股席卷而来，似还愈刮愈旺的非理性主义思潮，他敏感地意识到诗歌沿着单向思维的滑动，所带来的结果是什么。于是，为了给"理性"正名，他写下了《作为创作背景的理性加入》一文。在文章中，他借用黑格尔在《美学》中提到的"哲学思维"，说明"理性"作为一种背景在创作中的重要性。他首先认为，"诗，永远是哲学导引下的江河。哲学，永远是诗的第一小提琴手"①。其次，提出诗人成就的高低、大小与"诗人哲学思维的开阔与深刻的程度成正比"②。从哲学的角度论述诗歌，在今天已算不上什么了不起的发现，但在反理性主义思潮波澜壮阔之际，他能说出逆潮流而行的话，不仅需要勇气，更需要丰富的学识和洞察历史的眼光。进入90年代后，非理性主义思潮开始大规模地消退，有相当一部分诗人的作品开始以哲学意蕴见长，比如以西川、王家新等为代表的"知识分子"写作的诗，就充分显示了在哲学方面的探求。这种暗合也充分证明了他对诗歌的走向与发展具有宏观的把握能力。

　　对新时期以来，准确说先锋诗歌"经典化"问题的探求，也反映出他对诗歌的评判是站在史学的高度上的。随着"世纪之交"的来临，不少先锋诗人或许受到了当下某些诗歌史写作模式的刺激和影响，纷纷忙着编辑、出版所谓的"经典"选集。自我总结、自我定位的风气盛行一时，为此2000年在先锋诗坛的内部还发生了一场"民间写作"与"知识分子写作"的论争。如前所述，吴思敬一直是先锋诗人的有力支持和阐释者，可在这场来自内部的"名誉"之争中，他始终保持着"中立"的态度，并由此引申出了其后来的观点："新诗的经典还在生成之中"，"一切尚在路上"。③ 此处指的虽是广义的新诗，但实际主要还是针对先锋诗人的"经典焦虑"而言的。这看上去与他平素对先锋诗人、诗作的高度评价有

---

① 吴思敬：《诗歌创作中的理性加入》，《诗学沉思录》，辽宁人民出版社、辽海出版社2001年版，第136页。
② 吴思敬：《诗歌创作中的理性加入》，《诗学沉思录》，辽宁人民出版社、辽海出版社2001年版，第135页。
③ 吴思敬：《一切尚在路上》，《江汉论坛》2006年第9期。

所区别。其实不然，吴思敬在战略上肯定先锋诗歌的意义，并不意味着他认为先锋诗歌首首都好。一首诗歌能否上升为"经典"无疑需要若干条件，但一个最为基本的条件则是需要漫长的时间来挑选与考验。只有20多年的历史，迄今为止还处于展开中的先锋诗歌怎敢自命"经典"呢？事实上，这种价值判断与他在以往的研究过程中，不时指出先锋诗歌存在着偏颇、局限问题是互为一致的。

吴思敬在研究中所呈现出来的冷静与睿智，主要源于他深厚的理论根基。一般说来，从事纯理论研究的学者更习惯作一些学理上的推演和论证，对当下的文学思潮以及作家、作品等基本采取疏离的策略。他的本职专业和所从从事的教学工作都属于纯理论研究的文艺学，可他并没有把自己封闭在象牙塔中，而是投身到同步展开的诗歌浪潮中，并以深厚的理论功底来认识、解决当下的问题。他的理论优势一旦与具体的实践问题相结合，就显示出不同于常人的特质：在看待和研究问题时，一般不是从现象到现象，从个案到个案，而是常常能从新诗的历史或文学史的高度来观察、整合创作中所出现的问题，即具有强烈的历史整合意识。

20世纪90年代后，随着社会意识形态的转型和诗人们先锋情结的淡化，吴思敬意识到新时期以来的先锋诗歌运动已暂告一段落，进入了"整合"的阶段。"整合"概念本身具有两方面的意义——除了对"现在"进行清理、总结外，还要与"过去""历史"相构合。与此相一致，他的"整合"工作也是兵分两路的：一部分是对自"五四"以来的20世纪新诗理论，特别是现代诗歌理论进行了架构与梳理。迄今为止，新诗已有百年的历史了，但是由于这百年的历史行程走得异常艰辛与复杂，所以在一定程度上影响了学者们对这段诗歌历史的认知与评价，甚至连新诗的合法身份都遭到了质疑，如以郑敏先生为代表的部分学者就以新诗尚未形成古诗那样已成定型的形式和审美规范为例，说明新诗并没有形成自己的传统。吴思敬不同意对传统一笔抹杀的做法，写文章辩驳说："'不定型'恰恰是新诗自身的传统。"[①] 显然，吴思敬认为新诗已取得了独立的身份，拥有了自身的传统。那么，在他视域中的新诗传统呈现出何种形态呢？或许为了证明新诗传统的存在，进入21世纪后，他在这方面加大了研究的力度。

---

① 吴思敬：《新诗已形成自身传统》，《文艺争鸣》2004年第3期。

首先，他探讨了20世纪新诗理论传统的来源和构成。所谓传统并不是空穴来风，而是有其自身承传的。由于新诗诞生于中西文化的交融、冲撞之中，所以"民族化""世界性"必然是新诗理论中不可缺少的元素。吴思敬从新诗理论发生期的这一重要特征着眼，指出新诗理论是由两种不同的文化流脉，即民族诗学与外来诗学所共同构成的。换句话说，新诗理论传统中除了有民族诗学自身的演变外，还有外来诗学在中国的变异。明白了这一前提，就不难理解新诗理论为何从诞生伊始，就经受着无尽无休的困惑与责难的考验。① 其次，他探讨了20世纪新诗理论的形态问题。与前一问题相比，后一问题的难度无疑要大得多。因为"形态"本身就是一个抽象的词语，既有看得见的，又有看不见的。再次，中国20世纪的新诗理论跌宕起伏、内容复杂，要把其整个过程条分缕析地呈现出来不是一件容易的事。然而，他不拘泥于流程中的烦琐细节，而是从几个不同历史性转机中所表现出的"共性"入手，把百年的新诗理论形态概括成三个基本点："对诗歌现代化的呼唤""诗体解放与诗体变革""自由与格律的消长"。② 用三个关键词架构起20世纪新诗理论的支架看起来似乎略显空疏，但实际这种三点一线似的追踪、还原方式，与20世纪新诗理论的发展是颇为契合的。因为，上述的三个问题并不是偶然出现的，而是贯穿着新诗理论发展的始终。比如，新诗在"五四"前后的崛起可能有着多重的原因，但最为深层的精神动因则是对西方现代思想的呼唤。新诗发展中的另一重大转折时期是70年代末期的"朦胧诗"。正如新时期诗歌史所揭示的那样，"朦胧诗"的崛起同样是源于对西方现代思想的呼唤。此后的"新生代"诗歌、90年代的诗歌等，都没有离开"西方"的价值参照系。由此可见，他把20世纪新诗理论的首个形态总结成"对诗歌现代化的呼唤"，还是切中了要害的。再如，"自由与格律的消长"，不但在20世纪20—30年代就是新诗发展中的一个焦点问题，即便在今天新诗到底应该"自由"还是"格律"，也仍处于莫衷一是之中。最后，他探讨了20世纪新诗理论所呈现出来的创作模本。自"五四"以来，新诗就在"我"与"社会"之间奔来走去。由此也导致了两套不同的价值评判准则的存在。吴思敬抛开简单的道德评判，从写作者的创作心灵出发，把新诗理论所呈现出来的真实发展趋势用"一是面向社会，一是面向自我；一

---

① 以上参见吴思敬《20世纪新诗理论的发展途径》，《淮北煤师院学报》2002年第3期。
② 参见吴思敬《二十世纪新诗理论的几个焦点问题》，《文学评论》2002年第6期。

是强调为人生，一是强调为艺术；一是集体性的民族性格的展示，一是个人化的人格展示"①这样两种既相互对立又相互补充的创作模本勾勒了出来，充分揭示了新诗理论的矛盾统一性。

与现代新诗史上已出现的经典诗人、经典诗作相比，对这段诗学理论的研究还没有什么权威的认定，但是他在这方面的研究显然是自成体系的。除了对已有传统进行"整理"之外，他的另一大工作重心是对90年代后的先锋诗歌，以及先锋诗歌的一个分支"女性诗歌"所出现的"转型"进行跟踪式研究。在90年代之前，诗人以远离俗事生活、凡人凡事为荣，但此后诗人似乎来了一个集体调头，纷纷走向了其反面。吴思敬把这种创作倾向总结为：在写作姿态上，面向底层②；在审美情调上，追求平民化倾向。③本来诗歌的好坏与是否抒发真情有关，而与观照哪个阶层、哪种趣味并没有必然的联系，但是由于先锋诗歌在其之前曾步入过高蹈云端式的误区，所以其创作调整才显得尤为可贵。但是，吴思敬没有为此而忽视了诗坛的复杂性，他在《中国新诗：世纪初的观察》一文中，把弥漫在初诗坛中的两种不同的精神追求和创作倾向，概括成"消解深度与重建新诗的良知并存""灵性书写与低俗欲望的宣泄并存""宏大叙事与日常经验写作并存"④。在对诗坛进行总结、分析之同时，他还在不断探索、扩大新的研究视角，如从"城市"的角度查看当代诗歌的演进历程；从网络诗歌的兴起，透视诗歌写作发生的变化等，都是极有价值的思考。

在新时期以来的诗歌批评队伍中，吴思敬的批评工作显得异常独特。作为一直在观照、研究先锋诗歌的理论家，他从不为了标新立异而滥用没有经过规范化的新名词，而且也不随意标榜自己的主张。在其批评的过程中，他历来不持极端的态度，只是娓娓道来，以理服人，可就在这平和、稳妥之下却激荡着明确、坚定的倾向性。圆中见方，大概能彰显出其批评风格。

（原载姜玉琴《当代先锋诗歌研究》，复旦大学出版社2013年版，有修订）

作者单位：上海外国语大学语言文学研究所

---

① 吴思敬：《20世纪新诗思潮述评》，《江苏行政学院学报》2005年第3期。
② 吴思敬：《面向底层：世纪初诗歌的一种走向》，《南方文坛》2006年第5期。
③ 吴思敬：《转型期的中国社会与当代诗歌主潮》，《江苏行政学院学报》2001年第2期。
④ 吴思敬：《中国新诗：世纪初的观察》，《文学评论》2005年第5期。

作为诗歌教育家的吴思敬先生

李文钢

吴思敬先生是当代中国诗坛一位令人尊敬的长者，作为一位"诗人皆知"的"名人"，他的形象是多面的。为人们所熟悉的，是他身为各类诗歌活动的组织者、主持者形象，是他身为《诗探索》主编的编者形象，是他作为一位举足轻重的诗歌原理的阐发者、诗歌作品的评论者形象。而不一定为大多数人所熟悉的，则是他作为大学围墙内的一位诗歌教育家形象。笔者有幸在首都师范大学文学院读书六载，愿借此短文与大家分享我在学期间耳濡目染的点滴细节，或许这些细节将有助于人们更深地理解吴思敬先生的诗学与诗心。

一 严师

在人们的印象中，吴先生是现代汉语诗歌研究领域的权威，而很少有人知道，在吴先生的大学时代，他对古典诗歌的兴趣其实远多于新诗。我之所以能知晓这一秘密，乃是由于一个偶然的机会。2010年夏，在参加北京市某次阅卷活动的过程中，我有幸结识了吴思敬先生在北京师范学院（今首都师范大学）读书时的同班同学高老师。从高老师口中，我得知了吴先生大学时代的一些颇为令人回味的往事。在高老师眼里，吴思敬先生那时就是一个十足的"书呆子"，整日里手不释卷。"那时我们就觉得，他成为一个大学者只是早晚的事"，高老师如是说。当我问及吴先生大学时代最喜欢读的书是什么类型时，高老师的回答出乎我的意料。原来，吴先生在大学时代最为痴迷的竟是"新诗"的革命对象"旧体诗"，反复背诵的也是"旧体诗"。那时，人们所设想的，也许是儒雅的吴先生将会成为一位古诗研究专家,而绝没有想到,他如今竟成为现代汉语诗歌研究领域的一面旗帜。今天,更多的人也许只知吴先生的现代汉诗研究成就,而很少有人知晓其深厚的古诗传统积淀。那么,吴先生为何会从最为痴迷的古诗转向现代汉语诗歌研究?他曾在一次访谈中自述过两点缘由:"一边是时代潮流的裹挟,一边也是自己的追寻,我一步一步踏上了诗歌评论的道路。"①

20世纪70年代末,正是现代汉语诗歌评论人才青黄不接的年代,而吴先生发表在1978年3月11日《光明日报》上的《读〈天上的歌〉——兼谈儿童诗的幻想》一文引起了人们的关注,从此稿约不断。就这样,在时代潮流的裹挟下,一直追寻着诗的远古足迹的吴先生逐渐承担起了现代汉语诗歌理论建设的重任。可以说,自踏上"新诗"评论道路的那一天起,他就显示出了一位极其负有责任感和使命感的批评家那种舍我其谁、当仁不让的英雄本色。因此,当他继而走上大学教育工作的神圣岗位时,他对自己的学生尤为强调的,也是这份责任感和使命感。他曾在不同场合不止一次说过:"我是想为诗歌研究培养一批学术接班人的。"立意既高,要求必严,当吴先生将培养诗歌研究接班人作为自己的教育使命,在吴先生的门下求学便少不了一个"严"字。

记得2006年9月研究生入学后,在吴先生所上的第一堂《诗学原理》课上,他就对上课的同学提出了如下几条要求:第一,不要怕吃苦,要全力投入,不能放松,要有一股拼搏的精神;第二,要根据自己的学术兴趣,争取尽快建立自己的学术阵地;第三,要形成自己的资料库,买书,最好配置一台手提电脑,去图书馆方便记录;第四,必须养成随时做心得笔记的习惯,要勤于练笔,不能只读不写,每天至少一千字,必有受益。可以想象,吴先生对学生所提出的要求,也一定是他对自己切身研究体会的经验总结。如果说,前三条要求对我们而言还是相对务虚容易敷衍的,这最后一条里"每天至少一千字"的硬性指标无形中就成为了每个学生的一块"心病"。即便完成了一千字,仍觉心有不甘,因为我们清楚地知道,那只是吴先生所要求的一个最低目标。第一次课后的当天晚上,吴先生还用电邮给每个同学发了一份长长的推荐阅读书目。对着那份用五号字体按出版年代排列竟长达28页的书单,我清楚地懂得了,要想成为

---

① 吴思敬、王士强:《诗路纪程三十年——诗评家吴思敬访谈》,《星星》(下半月刊) 2011年第3期。

一个合格的诗歌评论家将是多么的艰辛。在这艰辛的航程上，道路也许只有一条，那就是如吴先生所说："学习诗歌评论，要多向杂文家学习，学习杂文家不断深入，不断掘进的精神。必须不停地练习，钝刀长磨。"

在吴先生的课上，他经常会组织学生就某个理论话题进行讨论。而在讨论前，他总是要求同学们先做好充分准备，不只要大量阅读相关资料，而且一定要形成自己的意见。他对学生课堂发言的要求是：不求多，但要深刻，有自己的独特见解，要有立论；在引述别人的话时一定要有批判眼光，不能当成"真理"引用，不能拜倒在别人的理论面前。他还提示我们："目前的作家论中常见的问题是：对研究对象无条件认同，采取仰视的姿态，缺乏独立思考的精神，缺乏独到眼光和发现问题的能力。"为了能做到有自己的"立论"而非简单地人云亦云，每次讨论课前大家都会进行分外紧张的准备。这样，每一次准备发言其实都是一次小小的学术训练，同学们的发言也就在这样一次次严格训练的过程中逐渐变得成熟了起来。

在具体诗歌评论的写作中，他一向要求学生一定要先专心研读诗人的诗歌文本，有了自己的体会和心得之后再看其他诗评家的文章，切不可先看其他人的评论，以免先入为主的观念影响了自己的判断。而且在写作过程中，他尤其强调要尽量引用原始资料，不能转引，以免以讹传讹。这一条，就堵死了很多偷懒的捷径。要想写出一篇能得到吴先生称赞的评论，那是非得下硬功夫不可的。

虽是严师，但在我的印象里，吴先生的脸上总是带着和煦春风般的笑容，威严已经融化在那份温暖中。仅有的两次，我见到了吴先生严肃的脸色和严厉的语调。一次是在一堂课上，吴先生厉声向一位同学责问他所带的一名研究生为什么没来上课。一次是在毕业论文答辩会上，吴先生严厉地责问一位同学为什么没有按照预答辩的修改建议对论文进行完善。在那两个时刻，我真正感受到了一份爱之愈深、责之愈切的严师内涵。而在更多的时候，吴先生的严师形象已经内化在他的高标准、高要求中，已经融化在他春风化雨般的谆谆教诲中。在吴先生的课上，如果谁不能做到严格要求自己，谁自己都会觉得脸红。

二 仁师

人们常说：严师易遇，仁师难求。吴先生就是这样一位难求的仁师。

吴先生在"文革"时期曾下乡劳动，不小心扭伤了腰部，因为未能及时治疗，此后动不动发作，腰痛牵连至今。若逢阴天下雨乃至久坐，腰痛恐怕总是难免的。然而，他却没有一次对他的学生提及。回想起来，倒是有几次见吴先生在校园中推着自行车前行的步履略显疲惫和沉重，但浮现在他脸上的，仍是一向的令人备感温暖的笑容。自己的事他不愿让学生多分担，而学生的事却时刻都挂记在他的心上。从关心学生的日常起居，到帮助学生推敲、修改论文，再到帮助学生推荐、联系工作，他始终尽心竭力地为学生着想。我们知道，他真正是把每一个学生都当成了自己的孩子培养。虽然我在首都师范大学文学院的导师是王光明先生，但吴先生从不以偏狭的门户之见排斥"门外汉"，他曾亲切地对我说："光明的学生也就是我的学生"，我也是吴先生曾经着力栽培过的众多孩子中的一个。

　　记得研究生入学后不久，我向吴老师提交了一篇十分稚嫩的论文。在今天看来，那个水平的文章不挨顿臭骂就已是万幸，让本已十分繁忙的吴先生再去抽空读这样的文字简直就是一种罪过。可是，吴先生却在一次课后十分和蔼地对我说："文钢，你出来一下，我有几句话要对你说。"吴先生把我带到教室门外走廊尽头的一扇窗前，用了近半小时的时间和我单独谈话。他先是对我写作的勇气进行了肯定，随后对我文中的观点提出了不同意见，又一条条仔细帮我分析了文章的诸多不足之处。他的语气始终是和缓的，脸上始终挂着笑容。窗外有夕阳斜照在他身上，这形象定格在我的记忆里，如同一幅老照片。刚刚走上文学研究的道路，正值邯郸学步，能得到吴先生不厌其烦的指点，这是多么值得庆幸啊！而他不愿当着其他同学的面评点我的论文，宁肯拿出宝贵的时间来和我这样一个普通学生单独谈话，岂不亦是对我的一种爱护。

　　还有一次，同样是一篇颇显偏激的文字，我在发给吴先生电子版后就一直惴惴不安地等待着他的回信。没想到，近晚上十点时，吴先生来电约我到他家面谈。当我怀着十分愧疚的心情从吴先生家中走出时，已是深夜十二点了。在这两个小时里，吴先生端坐在他家客厅的一张木凳上，而让我坐在他对面的松软沙发里。他一边不停地让我吃摆满了茶几的各种水果点心，一边耐心地向我解释他对于我那篇拙文的看法。吴先生并不空谈理论，而是不断征引相关的诗歌现象加以说明，说到趣处，还不时爽朗地大笑几声。本来备感紧张的我，也在吴先生的笑声中情不自禁地放松了下来。能让你心悦诚服地认同他的观点而又不必为自己的观点的稚嫩而觉尴尬，这真是一位仁师独具用心的教育艺术。

去听吴老师课的同学都知道，事无巨细，吴先生总会把所有他能想到的都向他的学生倾吐出来。哪怕细微到常见的错别字，细微到具体的行文规范。记得还是在研究生入学后不久的一次课上，吴先生就对学生平时的作业提出了指导性标准："正标题要用三黑，副标题用三仿、小三仿、四仿或小四仿。作者署名用四楷，正文用小四或五号字（宋体）。行中引诗不用变字体，单独引诗要改为仿体，前空四格。引文第一段左前空四格，第二段前空两格。注解用小五宋，用'页下注'。"这样细心的提示，也许是很多教授不屑为之的。但正是在吴先生的课上，很多此类小习惯的逐渐积累和养成，对于一个文学研究者的学术规范和学术纪律意识起到了良好的培养作用。

因为吴先生经常会主持或参与诗歌研究界的学术活动，信息十分灵通，在他的课上，介绍诗坛的最新动态就成为了一个传统。而且，在介绍的过程中，他毫不隐瞒自己的观点，往往在临近结束时会有几句画龙点睛般的点评。很多诗坛趣闻乃至内幕都在吴先生的口中娓娓道来，我们不仅在他对诗坛情况的通报中增长了见识，还在他的点评中学到了如何在面对各类诗歌现象时保持公允的心态，更在他的鼓励下增添了前行的信心和勇气。

作为中国当代诗坛的一位领军人物，总会有人慕名前来旁听吴先生的课。我们这些学生也借着吴先生主持的首都师范大学中国诗歌研究中心的各项活动与诗人有了往来，有时，诗人就难免表现出人生百态。记得有一次，一位同学偶然在吴先生面前提起了两位诗人间的私人恩怨。吴先生听后突然说道："这个事儿到了你这儿你就把它按住，不要让它扩散出去，这样影响不好。"虽然事不关己，但吴先生还是顾全大局地想到了诗人的声誉和整体的团结。那一刻，我终于明白了为什么吴先生长期以来一直在中国诗坛享有崇高的威望，那必是因为他那颗永远宽宏而公允的心。

三 智师

中国当代诗坛一向是众声喧哗之地，而在首都师范大学中国诗歌研究中心的旗帜下求学，难免有同学便会在心中飘飘然。吴先生虽然要求同学们树立高远的志向，但他还提出了另一条要求，那就是："但行好事，莫问前程。"吴先生如是说："所谓的'天才'等称号都是在你做出成就后别人封的。如果你坚持不断地写，肯定就会有进步。"作为一个诗歌研究领域的初学者，除了不断地自我要求进步，别无他路。吴先生的提醒对于如我这样的年轻学者来说，既恰当其时，又无疑将会令我等受益终生。而他在课上当着几位"博士"的面所说的另一段话——"目前的唯学历论也有问题，在学院之外，还有很多民间评论家没有受到重视"——就显得尤为意味深长了。这岂不也是可以解读为一种鞭策的智慧吗？

由于目前的研究生教育都是施行导师负责制，带来的一个十分普遍的现象就是门派林立，各自为伍。吴先生对此类现象有着清醒的认识，因此，他从来不要求自己教的学生承袭自己的观念，相反，他一再强调学生一定要有自己的独立意识。他曾在课上语重心长地对我们说："目前受导师影响较深的，容易形成门派，你们要注意打开学术视野，打破导师思维定势的影响。"这对于唯导师马首是瞻的学习方式所可能带来的视野局限无疑是一种警醒，显示出了吴先生超于常人的识见。我相信，吴先生所推崇的，一定是"吾爱吾师，吾更爱真理"的学术理念，而绝不是在"尊师"的旗号下拉帮结派、党同伐异。吴先生在心中所装的，是整个现代汉语诗歌研究领域的繁荣前景，而非个人的荣辱、门派的兴衰。

身处市场经济时代，与校园围墙之外的繁华世界比起来，枯坐书斋的日子也许注定是难捱的。吴先生早早就为我们打了预防针，他说："目前搞诗评的少，人才流失很多，诗评是寂寞的，需要有为学术而献身的精神。"然而，当他的一些学生因为各种原因最后还是走向了别的职业领域时，他并没有苛责，而是意味深长地说："如果有坚定的信念，职业不是学术的障碍。艾略特就终身保持着银行职员的饭碗。艾略特曾说，如果我不知道明天的饭去哪吃，我的诗就写不下去了……"吴先生的这番话，既让人听来觉得温暖，又包含着深刻的智慧，表面上是对学生的劝勉，实际上仍寄寓着他不愿让自己的学生放弃诗歌研究的殷切期望。

吴先生虽对诗歌评论事业怀着咬定青山不放松的执着精神，但他在从事诗歌教育的过程中从来没有片面而偏狭地强调诗的重要。相反，他总是提醒我们必须了解同时代其他文学类型的成就。他说："对当下诗坛的评价不能脱离整体文坛，搞诗歌的也要关注其他文体。"而且，他还尤其强调，只有在与同时代其他文体的对比中，才能更深刻地认识到现代汉诗的特点与不足。与那些因为研究诗歌就"罢黜百家、独尊诗歌"的"自大型"批评家比起来，吴先生的这一观点在我看来无疑是十分明智而且完全正确的。记得在那次课上，吴先生还以自己为例，讲述了他如何在旅途中的飞机上通读了鲁迅文学奖的获奖小说。

  学生的水平从来都是参差不齐的，口角笨拙、思维愚钝如我的，虽然见解不多，但也总还是有那么一两个。当我在吴先生的讨论课上时，自卑情结常常让我不敢发声。好在吴先生总是鼓励大家积极发言，他说："即使有点片面也无所谓，文学是一个圆，无所谓哪个是弱势，在艺术上没有绝对真理。"这样，我也就在吴先生的鼓励下渐渐融入了其中。现在回想起来，吴先生真是一个智慧的主持人，学生的发言即便有不妥之处，他在随后的总结里也会不露痕迹地打圆场，时时处处保护学生的自尊心。因而，吴先生课上的讨论也就日渐活跃了起来，经常会出现因为到了饭点才不得不戛然而止的情况。

  诗坛从来不缺少热闹，当"某某某事件"发生时，众人褒贬不一、两极分化。针对此种现象，我曾在课上问及吴先生的意见。吴先生说："骂'坏诗'没用，评论家的最主要精力应放在发现'好诗'上。平庸之作到处都是，平庸的诗人代表不了时代，时代的成绩体现在那个时代最好的诗作上。伟大的评论家不在于你骂了几个人，而在于你发现了几个人。评论家的首要职责在于推介'好诗'。"如此看来，对此类热闹的现象保持一种沉默而不介入的姿态，这是一个多么睿智的选择啊！诗坛之上，潮来潮往，吴先生的睿智为我们如何在一阵阵涛声中保持应有的警醒做了示范。若想学习诗歌评论，这份淡然处之的心态也许更是必不可少的。

  当然，无论智师、仁师或严师，这些称谓都只是反映了吴思敬先生作为一位诗歌教育家的形象的侧影。要想全面了解吴先生的思想，那是绝非简单的剪影所能完成的。告别了学生时代，今天我也成为了一名大学教师。吴先生的教育理念不只影响了过去的我，还必将会不断感召、激励未来的那个我。无论学写诗歌评论，还是学做一名合格的教师，吴思敬先生永远都是一位值得我终生追摹的典范。

作者单位：河北科技师范学院文法学院

探索

论吴思敬诗学思想的主体论特质

吴 晓 王治国

就目前对吴思敬诗学思想的研究而言，要想对其精深、系统的诗学理论建构和丰富、活跃的诗歌批评有一个较为透彻的把握，有一个更为内在的问题需要进行探讨，即吴思敬诗学思想的核心是什么？如何把握吴思敬诗学思想的理论特质？细读吴思敬的诗学著述，对创作主体，尤其是诗人主体创作质数的探究乃是其诗学思想的理论核心，其诗论与诗评正是以此为逻辑起点得以建构的。因此，笔者认为，从整体上看，吴思敬是一位诗学研究的主体论者，其诗学思想具有鲜明的主体论特质。

一 以主体性定位诗歌本质

在吴思敬第一部诗学理论专著《诗歌基本原理》中，作者以系统论、信息论为理论视角，对"诗是什么"这一本体论问题进行了解答。他首先从系统论的角度出发认为"诗歌是中介系统中的一个子系统"，而诗歌与中介系统之间隔着一个三级跳，具体地说，"在中介系统中，诗歌隶属于语言艺术即文学系统而有别于空间艺术和时间艺术；在文学系统中，诗歌又有别于叙事类文学系统与戏剧类文学系统"，这是吴思敬对诗歌的位置归属所进行的纵向定位；接着作者又从信息论的角度进一步定位诗歌：诗是一个由加工系统、贮存系统和接收系统构成的信息系统，而诗的创作与鉴赏过程则据此可以看作信息的输入、存贮、处理与输出的过程；最后作者从诗歌本体论的核心问题——诗歌掌握世界的方式出发，对诗歌的主体观、社会观、运动观、时空观进行了阐释，并最终认定"诗歌的主体性原则，体现了诗歌的质的规定性，抓住了这一原则，诗歌不同于小说、戏剧的具体特点就容易把握了"。在这三个层面的定义中，对诗歌主体性原则的揭示显然是最为根本的，由此可见，吴思敬从一开始就是从主体性原则出发来思考诗学问题的。

简单地说，吴思敬诗学思想的主体论特质，不仅体现在其诗学理论以主体的内心世界或主体的创造质数为主要研究对象，而且更主要地体现在他以之作为其诗学理论的逻辑核心与准则上，以心理学为参照系对诗歌创作心理、诗歌鉴赏心理、诗歌创作心态、诗人个性特质的分析就是最好的例证。换句话说，我们也只有以主体性为视角才能更有效地阐释吴思敬诗歌理论与批评的特质所在。

需要特别指出的是，吴思敬在诗论中以心理学为主要视角并侧重于诗人主体创作质数的分析并不意味着他所理解的主体乃是一个单纯的精神性主体。这是我们理解吴思敬诗学思想的一个关键点。如果认不清这一点，我们往往会将其"心理诗学"简单地看作对当时流行的"社会诗学"的对抗与消解，其实不然；与其说"心理诗学"是对"社会诗学"的对抗，毋宁说是在"社会诗学"基础上又前进了一步。当然，吴思敬以心理学为参照系对诗歌本质的定位是针对当时主要是从社会学这一外部规律的角度研究诗歌的传统方法而提出的，但针对不是反对，更不是抛弃。心理学参照系的提出是为了矫正社会学维度的僵硬与机械，二者是一个配合关系。也就是说，吴思敬诗学思想中的主体乃是一个物质性（社会学）与精神性（心理学）相统一的诗歌创造主体，他所努力的目标是要在"社会学诗学"之外再立"心理诗学"的参照系以更加全面、系统地阐释诗歌"精灵"的本真面目。

实际上，反观吴思敬对诗歌本体特征的分析，我们不难发现他对主体观、社会观、运动观、时空观的具体阐释都是围绕着物质性与精神性相统一这一基本原则展开的。第一，在论述诗歌主体观时，吴思敬首先指出人作为认识主体是"肉体、精神与社会性的三位一体"，而在具体论述诗歌的主体性特征时，吴思敬首先强调的依然是主体性的真实性，其意图是十分明显的，那就是力避对创作主体作精神性的单向度解读，而是要将创作主体看作一个物质性（社会性）与精神性相统一的存在。第二，在论述诗歌社会观时，吴思敬同样是着眼于这一原则展开的，无论是对诗人受社会制约的分析，还是对诗的社会性及诗的社会影响的分析都说明了这一点。第三，诗的运动乃是诗人生命的律动，而诗人的生命律动则来自客观世界中的实践，正如他所说"客观环境随时都在发生变化，这变化反映到人的心中，便产生情绪的律动，即内心的动作。诗歌就正是这种内心动作的产物，它是生命的律动，是生命力的强烈表现"。第四，吴思敬直截了当地将诗歌的时空定义为心理的时间、空间，即便如此，吴思敬显然没有将心理时空与现实时空相对立，而是在对比中阐释心理时空的特质。总之，吴思敬对主体的体认并非单向度地指向精神性这一面，而是物质性与精神性相统一的。

这样一种物质性与精神性相统一的主体观已不同于一般的主体观，而与实践性主体观有了密切的关联。实践性主体观来自马克思实践性主体思想。马克思认为人的本质乃是物质性与精神性的有机统一体，人类精神性活动的物质性是不能忽视的。据此，对人类精神现象的研究都要物质、精神兼备。就诗歌创作来说，诗人首先是一个在现实生活中运用丰富的心灵进行创作的人，诗歌所包孕的精神内涵也是要指向现实实践的。吴思敬在阐释诗歌本体观时，虽然出于叙述的策略和行文的必要，比较突出"心理"的地位，但在具体的论述中却是以这种物质性（社会性）、精神性（心理）相统一的主体观作为潜在依据的，从这个意义上说，吴思敬的主体观是初具实践性特色的。明确了这一点，我们在把握他对诗歌创作心理、诗歌鉴赏心理以及诗歌批评的内在逻辑时才会有一个更加透彻的了解。

二 对诗歌创作心理的透视

在《心理诗学》中，吴思敬将诗人创作的心理机制分成以下三个方面并作了系统而深入的论述，即创作心理过程、创作心态和诗人的个性特质，其中创作心理过程是论述重点，创作心态是连接创作心理过程和诗人个性特质的桥梁。这些论述即便在今天看来仍然具有先导性、启悟性和较强的操作性，这是他对新诗理论研究的一大贡献，同时也是其诗学思想主体论特质的进一步具体化和深化。

在中国现代诗歌理论史上，胡风的诗论以其独特的诗人主体论而为人所知，他提出的"主观拥抱客观""主观战斗精神""第一义的诗人"等诗学命题至今仍然富有极大的理论意义。但胡风并未对诗歌创作的心理机制问题做进一步的揭示。他认为创作活动是一个非常复杂的过程，我们可以说明伟大作品的产生应当具备怎样的基础和前提，但诗人通过自己的主观作用去处理材料进而形成诗歌作品的心理机制却是很难说明的，胡风只能对这一过程进行笼统的描述："作家的想象作用把预备好的一切生活材料溶合到主观的烘炉里面，把作家自己的看法，欲求，理想，浸透在这些材料里面。想象力使各种情操力量自由地沸腾起来，由这个作用把各种各样的生活印象统一、综合、引申，创造出一个特定的有脉络的体系、一个跳跃着各种情景和人物的小天地"，接着便认为"这个过程的内容是很难说明的"。如果说，胡风受时代和自身理论视野的影响而将诗歌创作的心理机制问题存而不论的话，那么吴思敬以西方先进的心理学方法为视角对诗歌创作心理、诗歌创作心态和诗人个性特质的分析，某种意义上，正可以看作是对胡风留下来的这一理论难题的进一步解答。

实际上，吴思敬与胡风的联系，不仅仅体现在面对同样的诗歌理论难题这一形式上，同时也体现在对诗歌主体性内涵的体认上，即他们都注重诗人主体物质性、精神性相统一的一面，即都与实践性主体思想有密切关系。细读七月诗派的诗论，我们不难发现以胡风、阿垅等为首的七月诗派诗学理论家所持有的诗人主体观正是一种与马克思的实践性主体思想渊源很深的实践性主体观。而上面的分析中，我们已经指出吴思敬对诗歌主体性的把握是初具实践性色彩的，只是没有七月诗派那样鲜明而已。在具体阐释吴思敬对诗歌创作心理机制的分析时，我们必须得首先明确这一点。

在《心理诗学》中，与对诗歌创作心态和诗人个性特质的分析相比，吴思敬对创作心理过程的分析显然是重中之重。因此，本文接下来将以吴思敬对诗歌创作心理过程的分析进行阐述，并以此为例进一步揭示吴思敬诗学思想的主体论特质。简单地说，诗歌的创作是指诗人从萌生创作冲动到诗歌作品最终完成的整个过程，作者从心理学的视角出发将这个过程分解为5个部分：内驱力、心理场、信息的内化、再生与外化。经过这一分解，之前盖在诗歌创作心理过程上的那层蒙娜丽莎的神秘面纱缓缓地被揭开，找到了可靠的心理依据。

第一，诗歌创作的内驱力是一种物质性、精神性兼具的心理能。

从主体论的角度出发，作者将诗人创作的内驱力作为探讨诗歌创作心理过程的首个话题是十分自然的，因为要从心理的角度把握诗歌创作，作为构思初级阶段的创作冲动是必须首先面对的。从表面上看，创作内驱力只是诗人大脑的一种精神活动，但在吴思敬看来，它是一种物质性、精神性兼具的心理能,这也进一步印证了吴思敬诗学主体观的特殊之处。在论述内驱力的内涵、生成及调节时,作者令人信服地阐释了这一点,如关于内驱力的内涵,吴思敬将其看作一种多元的行为动力系统,由原始内驱力和继发内驱力两部分构成。其中,原始内驱力指有机体为维持生存和延续种族而与生俱来的、带有基本生物效能的内驱力,如饥渴内驱力、思睡内驱力、避痛内驱力和性内驱力等,继发内驱力则是由原始内驱力派生出来的、有明确指向的,与满足社会性欲求或自我实现欲求的某一具体活动相联系的内驱力。可见,无论是原始内驱力还是继发内驱力,它们都是有着物质性(生理性、社会性)与精神性(心理性)这两种属性的。而原始内驱力必须经过转化与整合成为与社会实践和自我实现活动有关的继发内驱力时才能进入到诗歌创作中来,也就是说,诗歌创作的内驱力是"以原始内驱力为基本动力来源,经过转化与整合的一种继发内驱力,它与诗人的艺术创造相联系,是诗人写作的内部动力。"接下来,作者从自我实现的渴望、心理平衡的追求和社会因素的诱导这三方面对诗歌创作内驱力如何生成的分析,同样是从主体内部、外部两方面展开的,即诗歌创作的内驱力"既植根于人的基本需要和人类历史文化的积淀成果,又是在社会因素作用下习得的"。而对创作内驱力调节、导向作用的分析,同样也从社会导向和自我导向两个方面展开。

第二,心理场是主客体间动态的对应与平衡。

心理场作为诗人创作的内在心理环境,同样存在着物质性与精神性两方面的因素,正如作者所说:"心理场是由自我与环境两种基本因素组成的。但心理场不是自我与环境的简单相加,而是客观环境作用于主体以后,主体通过对外部刺激的同化与顺应所实现的主客体的动态的对应与平衡。"具体说来,诗歌创作的心理场主要由自我因素和环境因素两部分组成,其中,自我因素主要包括主体的生理状态和主体的心理定式,环境因素则主要包括自然环境的影响和社会环境的影响。诗人在现实生活中,总是处于不同的心理场中,有的有利于创作,有的不利于创作,因此诗人必须对其进行调节。按吴思敬的理解,这可以从实用心态的摆脱、情感的控制和创作氛围的形成三个方面来进行。从其主体论立场出发,这是很容易理解的,由于创作主体是社会性与心理性的统一体,那么创作主体的心理质数在本质上也必然具备相应的物质性与精神性。这是吴思敬诗歌思想的基本逻辑思路。

第三，以信息的内化、再生与外化揭示诗歌创作心理过程中信息链的奥秘。

从系统论和信息论的观点出发，吴思敬将诗歌看作一种信息交流活动，诗的创作过程也因此被看作"诗人同外部世界交流信息的过程"。以此为出发点，从信息的内化、再生与外化三个方面揭示了这一信息交流过程的内在运行机制。叶橹曾将其主要内容进行过精练的概括："诗人的内心感应应如何汲取原始的生活素材，以及存贮这些生活素材对诗歌创作的作用；在把内心感应和存贮的生活素材形成为诗的过程中，诗人的主观意识的能动作用；诗歌定格为诗的形式时，诗人做出的语言的物质化和言语的个性化的追求。"实际上，吴思敬对这三方面内容的分析同样是依据其主体论的逻辑原则展开的。以其对诗歌思维要素的分析为例，我们可以深切地体会到这一点。思维在诗歌创作的心理过程中处于核心地位，吴思敬主要分析了五种思维方式：潜思维、灵感思维、我向思维、表象思维与抽象思维。只有从物质性、精神性相统一的主体观出发才能领会吴思敬对他们所做阐释的深刻含义。潜思维虽然不受主体控制，呈现出无序和非逻辑的特点，但吴思敬坚决反对将其神秘化，并认为潜思维的发生仍然离不开特定的主客观条件，如潜思维以人的脑神经为生理基础，它不仅与人的一系列基本需要相关，而且其发生还有一定的实践基础，它作为人脑的功能对人类的社会实践具有依存性，甚至潜思维与理性也不是截然分离的，它们是对立的统一，"你中有我、我中有你、互相渗透、互相补充、互相转化"。对于灵感思维，吴思敬同样认为不能将其神秘化，灵感思维的产生乃是由于"潜意识活动的总和接近于阈限，受到内在或外在因素的触发，那些潜意识中酝酿已久的思维成果就会一下子涌现到意识世界中来"，从这个表述中，我们不难体会吴思敬努力将灵感思维与人的意识及其社会性相联系的苦心。对于我向思维，作者认为它并不是单纯指向自我中心的，而是与有指向思维发生交织作用后的结果，它们在一个更高的层级上达到了统一，这里的有指向思维乃是指与现实相适应的言语和逻辑观念。对于表象思维和抽象思维而言，作者同样是将其放入一个物质性与精神性兼顾的辩证逻辑框架中展开论述的，在此不再赘述。

总之，吴思敬对诗歌创作心理过程的一系列分析都是以集物质性与精神性于一体的实践性主体观为逻辑基础展开的，与他对诗歌本质的把握具有内在的一致性。

三 诗歌批评：包容与坚守

　　吴思敬不仅是一位深有造诣的诗论家，更是一位独具慧眼的诗评家。他一方面通过对新诗基本理论的研究追踪"诗的精灵"，另一方面通过对新时期以来新诗创作潮流的考察守护当代诗坛。与诗学理论研究一样，吴思敬的诗评同样是其诗学思想主体论特质的体现。诗论、诗评乃至诗歌活动（如编辑《诗探索》）的互动，展现了吴思敬诗学思想主体论特质的全貌。

　　从上面的分析中，我们指出吴思敬诗学思想主体论的特质就在于它是物质性与精神性兼具的，对于诗歌研究而言，这就意味着诗歌理论必须具备相应的现实指向性和行动性，这不仅是对诗人创作的要求，也是对诗歌理论研究者本身的要求。换言之，作为诗歌理论研究者，他不仅要将实践性的主体观落实到诗歌理论研究中，而且更为重要的是，他不能只是坐在书斋里搞理论研究，他也得关注当下诗坛，甚至参与到当下诗歌潮流当中，也即将其诗学思想与所掌握的理论资源贯彻到自己的诗学实践与现实行动中，这种对诗歌理论研究者"身体力行"式的要求，正是具备极强实践性的主体论诗学思想的题中应有之义。

　　从这个角度出发，你会发现吴思敬的诗评和诗歌活动在很大程度上都表明他在努力向着这个目标前进。具体说来，我们至少可以从以下三个方面看出这一特点来。

　　第一，对诗歌批评主体意识的重视。吴思敬一直非常重视个体生命体验对于诗歌批评的重要性，正如他所说："批评家把强烈的主体意识渗透到作品中去，将他的艺术感觉转化为理论形态的表述，它既非对批评对象的简单阐释，又不是批评家目无作品的任意发挥，而是基于作品又独立于作品，完全属于批评家本人的一种创作。"这种将批评看作一种"创作"的看法显然是很有见地的。实际上，人格心胸与学术品格的相得益彰在吴思敬身上就有着鲜明的表现。熟读过吴思敬的专著与论文的人大概都有这样的体会：他对诗歌理论、诗歌现象以及诗人作品的分析与解读都不是被动的、冷冰冰的，而是充满了他自己的兴味、匠心乃至神采的，他不是在机械地运用一些理论术语与学术运作对它们进行解剖，而是用自己的悟性与它们进行深入阐发与解读。正如有的论者所指出的："他力求把形象的内心体验、抽象的真理探求、中国传统文论的诗意感悟和西方现代文论的文本分析融为一体,他很多观点的产生都是个人的生命体验与诗歌本体同构的结果,充满了对诗歌本质及存在价值的终极思考,让人能够感受到一种活生生的、浑然一体的生命律动。"这个评价是准确的。

第二,始终保持与当下诗坛的沟通与对话。这种沟通与对话包括相辅相成的三个方面。第一个方面,无论是新的诗歌潮流,还是不断涌现的新一代诗人,吴思敬都以极大的热情和审慎的理论立场关注着他们的发展演变。在诗歌潮流与现象方面,从朦胧诗、到"新生代"诗歌,到90年代诗歌,到转型期诗歌,乃至网络诗歌、新世纪诗歌等诗歌潮流与现象都得到了吴思敬"跟踪式"的批评;从诗人诗作看,他不仅对于坚、西川、朱文、孙文波、西渡等诗人进行了深刻的解读,而且对蓝蓝、沈苇、竹马等具有独特创作个性的诗人进行了积极的挖掘。第二个方面,以开放的心态和包容的眼光对诗美的丰富性不断探求,博采众长,不断获取新的理论资源以面对纷繁复杂的诗坛现象,系统论、符号学、原型批评、意象分析等比较先进的诗歌理论资源,在其诗歌批评中运用自如,以至于他的评论文章总是那样地充满活力与前沿性。第三个方面,包容综合中又有坚持与取舍,即吴思敬在论述某思潮或诗人时,总是注重阐发诗人的情感及其对情感的态度,将诗人的创作特色与其生命体验、个性特质联系起来看,这既使得批评有很大的包容性与深度,能有效地与研究对象产生认同感,同时也使其诗评具有了取舍的依据,能更有效地揭示其创作的复杂性。对此,如果不从其具有极强实践性的诗学主体观来理解,我们又将如何解释呢?

第三,积极参与诗歌活动。如果说前两者还主要是在理论意义上体现主体性与实践性结合的话,那么,编辑诗歌刊物《诗探索》、组织和介入诸多重要诗歌活动与诗歌事件,乃至以首都师范大学中国诗歌研究中心的创办人和主持者的身份搭建起一个实力雄厚而活跃的学术平台等具体行动则是现实层面的实践性的表现。《诗探索》创刊自1980年,1985年停刊后又于1994年复刊,吴思敬和他的团队就是在复刊以后担当起《诗探索》编辑重任的。在吴思敬等人的主持下,《诗探索》不仅继续坚持创刊时就确立的"在探索中前进,在前进中探索"的信念,而且进一步将其发扬光大,到现在它已经成为一个以"始终站在诗歌艺术事业和实践的前沿"为精神,以"非官方的非营利的以及不带贬义的民间的和知识分子的立场"为立场的刊物。可以说，这种鲜明的信念、精神、立场正是吴思敬诗学主体论特质的最好体现。翻阅《诗探索》，无论是对中国新诗史的写作、女性诗歌、后新潮诗歌等诗坛热点现象与问题的追踪研究，还是通过改版增加作品卷以更加具体而深入地介入诗歌创作实际中去的努力，这种理论与创作齐头并进的活跃姿态都昭示着《诗探索》及其编者蓬勃的朝气、独特的学术眼光和鲜明的个性。

综上所述，通过对吴思敬诗学思想在诗歌本质观、诗歌创作心理和诗评这三个层面上的分析，我们发现吴思敬的确是以一种独特的诗学主体观作为理论核心的，这是一种充分重视主体的物质性与精神性相统一的实践性主体观。只有对其诗学思想的主体论特质有了清晰的认识，我们才能够更有效地进入吴思敬的诗学世界中来，感受其严谨的学术品格和精深的诗学思想。

2012 年 10 月 15 日

（原载《当代作家评论》2013 年第 2 期）

作者单位：吴晓，浙江大学中文系；王治国，河南南阳师范学院文学院

新诗研究的自由立场与探索精神
——谈吴思敬的新诗理论研究

刘 波

21世纪初,在和诗人郑敏的一次对话中,吴思敬先生曾提出过"新诗已经形成了自己的传统"这样一种观点。其实,经过与新诗创作同步的这近百年时间,新诗研究也已形成了自己的传统。而这样的传统,就是吴思敬这一代诗评家和研究者所努力开创的。在经历了政治抒情诗、朦胧诗、"第三代"诗、"中生代"诗、"70后"乃至"80后"诗歌创作的各个阶段后,吴思敬就成了整个中国当代新诗发展的亲历者和见证人,其新诗研究也正是在这样一个历史背景和精神层面上展开的。与很多研究者依附作品进行单一的评论不同的是,吴思敬这三十多年不仅一直坚守在诗歌批评的现场,而且更注重对新诗的发生与演进作理论总结,这是对诗歌评论的提升,也是其从事诗歌史研究的基础。新近出版的《吴思敬论新诗》,即可看作是先生三十多年新诗研究的心得,也是在这本带有总结性的文集中,他真正赋予了自己的研究一个完整的体系,从学术准备到研究方法,再到批评精神,从文本到理论,再到诗歌史,这样的新诗研究已打通文史哲的各个方面,体现出了其学术上更内在的思想力度和探索精神。

一 自由立场是新诗研究的思想基础

在不少学术讨论的场合,吴思敬都曾谈到过新诗的自由立场,而在他的论文和专著中,我们也常能读到他如何谈论新诗自由灵动的精神,这是新诗之所以为新诗的根本所在。这个"新"字很大程度上其实是在打破束缚,创建一种真正符合新诗奔放特点的自由格局。正是基于新诗自由精神的这一独特性，吴思敬在理解新诗的过程中，也是以自由精神来衡量和评价他所研究的对象；而且，他的行文中包含了真正的自由思想和革新精神，这内外两方面的融合，让他在突出诗人主体精神和诗歌本体性的同时，也拓展了诗歌研究的精神空间。

有的研究者只是热衷于现场评论，没有更开阔的视野，因此在研究的纵深度上长期以来并无多大长进，这与其理论素养的欠缺不无关系。吴思敬是一个对理论有兴趣的研究者，这就为他的自由批评奠定了基础。自由是他理解和研究新诗的条件，也是其美学趣味的体现。"在我看来，新诗的灵魂全在自由二字，这是因为诗人只有葆有一颗向往自由之心，听从自由信念的召唤，才能在宽阔的心理时空中任意驰骋，才能不受权威、传统、习俗或社会偏见的束缚，才能结出具有高度独创性的艺术思维之花。对新诗的自由精神的肯定和张扬，是我论述有关新诗基本理论问题的一个出发点。"①"心灵的自由"不仅是新诗创作的前提，更是新诗研究的重要维度。吴思敬那些论述新诗自由精神的文章，也都是对这一观点的回应和拓展，打破束缚，寻求超越，正是大胆尝试在其学术研究中与自由精神对接的呈现。

他以自由精神切入新诗内部，由此形成了其独具一格的"自由的诗学"（王光明语），无论是从研究方法，还是从学术心态上，自由的气场和开阔的风度，乃是他诗学理论研究的精神底色。他由废名"新诗应该是自由诗"这一观点所生发出来的思考，可以看作其新诗研究的一个理论宣言："自由诗的自由，体现了开放，体现了包容，体现了对创新精神的永恒的鼓励。自由诗不仅有自己的审美诉求，而且出于表达内容的需要，它可以任意地把格律诗中的具体手法吸收进来，为我所用。"② 有了自由这一底线，新诗可以游刃有余，否则，被束缚的不仅是形式，而且是一种创新的精神。吴思敬对废名这一观点的强调，在当下诗歌界意义非凡。尤其是在新诗百年后向何处去的问题上，诗人和研究者其实都面临着困境：是继续向西方学习开放，还是回归传统和古典，这些方面如果处理不好，都可能与自由相悖。

---

① 吴思敬：《〈吴思敬论新诗〉后记》，《吴思敬论新诗》，中国社会科学出版社2013年版，第358页。

② 吴思敬：《新诗：呼唤自由的精神——对废名"新诗应该是自由诗"的几点思考》，《吴思敬论新诗》，中国社会科学出版社2013年版，第9页。

就"新诗是否形成了自己的传统"这一命题，吴思敬认为"新诗已经形成了自己的传统"，这种传统正是针对郑敏所说的新诗没有形成与古诗相类似的定型的形式规范和审美规范而言，新诗的传统就是"不定型"，这意味着打破一些规范，"新诗取代旧诗，并非仅仅是一种新诗型取代了旧诗型，更重要的是体现了对自由的精神追求"。① 在此，吴思敬所持的一个重要根据，还是归结到了新诗的自由精神上，这与他所提倡的观念是统一的。自由肯定不是一种外在的姿态，而是内在的精神，它渗透在诗人和研究者的理念与行动里，为新诗的阶段性突围提供了思想保障。吴思敬在他非常重要的一篇谈中国新诗90年的文章中提到了新诗的一体两面：新诗作为在天空飞翔的精灵，本是自由的，但在其九十多年的历程中，受政治意识形态和传统诗歌审美习惯的制约，其实走得并不顺利，甚至一直在"进三步退两步"地艰难行进。而自由如何在这近百年时间里与这一对"沉重的翅膀"博弈，正是新诗突出重围的折射。"诗是自由的精灵，强调的是诗人精神的解放，个性的张扬，艺术思维的宽阔辽远，至于落实到写作上，却不能不受媒介、诗体等的限制，即使是自由诗，也并非不要形式，只是诗人不愿穿统一的制服，不愿受定型的形式的束缚而已，具体到每一首诗的写作中，他仍要匠心独运，为新的内容设计一个新颖而独特的形式。"② 打破规范、摆脱束缚对于新诗人来说，不仅需要胆量和勇气，更是一种品质与担当。在新诗历史并不久远、诗人身份认同还显模糊的现实下，自由创造的心态异常重要，吴思敬在自己的新诗研究中也深深地意识到这一点，因此，他后来格外重视独立言说，强调自由审美的宽广视野。

从新诗创作的历史和现状来看，自由也是力量的来源，尤其是先锋诗歌的发展进程更是伴随着现代性的起伏跌宕，唯有在相对自由的时代，新诗的实践会获得一丝光彩，一种灵动。吴思敬作为亲历者，他更能深刻地体会到自由对于新诗这一文体的重要性，唯此，他这些年才会不遗余力地倡导自由的价值。尤奈斯库说，所谓先锋派，就是自由。而作为具有先锋性的新诗，一直就是各种文体语言、形式和精神的探路者，在这种心灵活

---

① 吴思敬：《新诗已形成自身的传统——从我与郑敏先生的一次对话谈起》，《吴思敬论新诗》，中国社会科学出版社2013年版，第19页。
② 吴思敬：《自由的精灵与沉重的翅膀——中国新诗90年感言》，《吴思敬论新诗》，中国社会科学出版社2013年版，第44页。

动中,自由的独白与对话,本就是一种自觉。"有了自由的心灵,诗人才能超越传统的束缚,摆脱狭隘的经验与陈旧的思维方式的拘囿,让诗的思考在广阔的时空中流动,才能调动自己意识和潜意识中的表象积累,形成奇妙的组合,写出具有超越性品格的诗篇。"① 自由是超越的前提,没有放飞自由的想象,所谓的超越可能就是一句空话。吴思敬由新诗创作所生发出来的自由标准和尺度,其实是一种研究的伦理。

自由在新诗创作中所占据的位置,与它在新诗研究中所拥有的价值是成正比且相辅相成的。吴思敬正是认同了诗人创作的自由后,才会将这样一种精神嫁接到自己的认知中来,以"理解之同情"的眼光,将心比心地进行批评和研究。这是他从事新诗研究的义理,也是他自成体系的学术通途。

二 心理学方法的介入与专业精神

当自由成为标准而非姿态时,新诗创作就可能进入了一个让人信任的阶段,尤其是自由精神的落实,最终也是要在实践中完成。吴思敬早期的几部专著,像《诗歌基本原理》《诗歌鉴赏心理》与《心理诗学》,都是从诗歌本体的角度进行研究的,显得系统化、科学化,这应与他浓厚的理论兴趣紧密相关。在80年代的诗歌热潮中,他并没有去追新逐异,而是沉下来深入诗歌的肌理中,以生命体验与科学方法相结合的方式,挖掘新诗内部的风景,这是一种学术修养的体现,也可从中见出他所存有的诗学理论抱负。

80年代初期,西方各种文化和哲学思潮相继被译介到中国,此时,朦胧诗和"第三代"诗歌运动又陆续兴起,两者的对接,形成了80年代中国先锋文学的一大景观。这场西方理论与先锋诗潮的接轨,对于当时的批评家和研究者来说,算是获得了一次难得的理论发挥的契机。吴思敬就是在这一形势下写出了他富有本体性的诗学理论专著,他以心理学理论渗透到新诗创作中,建构了属于汉语诗歌新的诗学体系。这在当时具有填补学术空白的开拓性价值,且对诗人们的创作和读者接受先锋诗歌真正起到了引导作用。在研究过程中,他将自己放到对作品的理解中,以此与诗人

---

① 吴思敬:《心灵的自由与诗的超越》,《吴思敬论新诗》,中国社会科学出版社2013年版,第48页。

创作时的心理感受形成共鸣，这样才可能更准确、更深入地理解作品的内涵。对于诗歌的主体性，我们后来虽有论述，但吴思敬早在1984年即对其作了详尽探讨："诗歌创作的主体与一般认识的主体有共同的属性，但又有自己的特殊性：诗的创作主体不是一般人，而是具有系统的审美观点的诗人，他有着不同于科学家，不同于画家、音乐家，也不同于小说家、戏剧家的特殊的心理气质、艺术造诣、美学理想。"现在看来，这样的言说仍不过旧，因为他是从诗歌的常识出发来考虑问题的，这样的理论放到任何时代、任何国度的诗歌中都是有效的。尤其是他最后提出："诗的主体性原则要求诗人真诚地展示自己的内心，因而优秀的诗篇是最富于个性色彩的。"① 这直接道出了诗人创作时以真实为标准的心理要求，而在真诚的基础上体现个性，则是诗人的语言表达能联于更多人真实的情感共鸣，这也契合了诗歌主体性原则所期待的富有常识感的诗学认知。

吴思敬曾提出诗歌是"生命的律动"，此为他从心理学角度切入新诗研究的范例，这种科学方法，看似与诗歌的恣肆想象格格不入，但人在心理和情感作用下的语言释放，同样属于学术研究的范畴。他早期有一段话，颇能印证诗歌作为生命律动的产物这一理念："人在客观世界中生活，客观环境随时都在发生变化。这变化反映到人的心中，便产生情绪的律动，即内心的动作。诗歌就正是这种内心动作的产物，它是生命的律动，是生命力的强烈表现，凡是有人的地方就有诗，凡是有生命的地方就可以发现诗。"② 我们似乎从中感受到了80年代心理学与文化思潮在诗学研究中的涌动，带着个人捕捉常识的独特理解。正是这样一些富有常识感的说法，才真正支撑起了新时期以来先锋诗歌由青春书写到成熟创作的格局。包括他提出的一些观点，如诗歌中的时间和空间皆属于心理时间与心理空间（《诗歌中的时间与空间》），如诗歌创作是能发现自己的潜能并激活且最终达到自我实现的目的（《诗歌创作与自我实现》），如引导初学者和读者怎样去发现和领悟诗歌之美（《诗的发现》），这些归结到一点，都可能是诗歌与心理学碰撞出火花的产物，它一方面是自我学习和经验投射的结晶，另一方面，也是个人感悟和理性分析相结合的专业精神的

---

① 吴思敬：《诗的主体性原则》，《吴思敬论新诗》，中国社会科学出版社2013年版，第95—104页。

② 吴思敬：《诗：生命的律动》，《吴思敬论新诗》，中国社会科学出版社2013年版，第107页。

体现。

如今，我们可能很少去追问诗人何以写诗，他写诗的目的是什么？动力又源自哪里？这些诗歌最基本的问题，往往被我们所忽视，而它又真切地联结着诗人的创作本质。我很感兴趣的一文，是吴思敬探讨诗歌创作的内驱力问题，他着重分析了诗人创作的两种内驱力——原始内驱力和继发内驱力，它们处于不同状态和不同阶段，只有将非个性的原始内驱力转化为继发内驱力，诗歌创作才能成为可能，才会保持明确的方向。① 这几乎被新一代诗人和批评家遗忘的研究，真正指出了诗歌创作中的一些困惑和疑难，现今读来，仍颇受启发，因为它不是趋时的随意言说，而是在精细的论证中出示了某种普适性。

我觉得，"原理"是吴思敬诗歌理论研究的关键词，即抓住诗歌的本质元素作系统深入的探究，让其明晰化、科学化。尤其是创造性地化用西方诗学观念，对于吴思敬的新诗研究至关重要，他不是生搬硬套，而是与时俱进地作了更新，并结合具体诗人的写作来呼应和验证，这才是批评和研究的有效之处。从心理学出发的诗学研究，属于典型的生命诗学范畴，既有着诗人角色的独特体验，也不乏在鉴赏中激活汉语诗歌的本土性特征。

吴思敬早期的新诗研究，大都是从诗的本体角度切入，直接针对创作中的"实战演练"，即如何去琢磨构思、表达、修辞等与诗本身相关的元素，才会切近诗之根本。虽然吴思敬一直在坚持这种扎实稳重的研究方法，但他的努力并未引起后来者足够的重视，尤其是近距离和诗歌对接，往往能发现诗之利弊，然而，这种研究方法现在正面临失传。在一些更年轻的新诗研究者看来，那种下笨功夫的举措，似已与成熟的诗歌写作产生了错位，无法循势而变地融入当下先锋诗人创作的心路历程中去。这样的观念，其实是一个很大的误解。吴思敬的本体诗学研究应该被倡导重新回归，这毕竟是研究新诗的基本功，他在自己早年专业化的研究中挑战了理论难度，同时也留下了一些可延展的思想空间。

---

① 吴思敬：《魔鬼与上帝进行的永恒战斗——诗歌创作内驱力说略》，《吴思敬论新诗》，中国社会科学出版社 2013 年版，第 154 页。

三 诗学理论与诗歌批评的互动

在 80 年代，诗歌创作与诗歌批评之间其实有过良好的互动局面，那样一种开放的氛围，也为几次先锋诗潮推波助澜，诗坛由此涌现了一批优秀诗人和诗评家。作为 80 年代先锋诗评家中的重要一员，吴思敬当时并不是以某篇论文引起关注，而是以扎实的诗学理论研究，在诗人、读者和研究者中确立了他诗学启蒙者的地位，也是由此，他成为新时期以来为数不多的以诗学理论获得读者认可与接受的批评家之一。

沈奇先生称吴思敬为诗坛的"摆渡者"，我觉得是很准确的定位。吴思敬是一个富有良知的学者，他以三种身份介入了诗歌的现场：其一，他以批评家的身份关注个案与诗坛现象；其二，他以文学史家的身份梳理诗歌史；其三，他以理论家的身份，切入诗歌的内部，以探求诗歌的本体价值与真相。吴思敬在这三种角色之间自由转换，且互为补充。当然，他在诗学理论和诗歌批评这两者之间找到了一个交接点，以让二者形成了有效的互动。在我们惯常的理解里，似乎只有创作和批评可以形成互动，也即是诗人和批评家之间的互动，然而，在诗学研究领域，诗歌批评和诗学理论之间同样也可以形成互动。"诗学理论的研究与诗歌评论的写作是相辅相成的。诗歌批评需要诗学理论的指导，诗学理论越是精辟、科学、有说服力，诗歌批评才越深刻、透彻、一针见血。诗学理论需要诗歌批评的推动，诗学理论是思辨性很强的学问，但它不是悬在半空的抽象、玄虚的清谈，而是诗歌创作与鉴赏的实践经验的概括和升华。诗学理论研究与诗歌批评的进行最好能保持同步。"[①] 从吴思敬对诗学理论和诗歌批评的关系认知来看，诗歌批评很大程度上也是一种创作，诗学理论此时可能就成了诗歌批评的衡量标准，它引领着诗歌批评朝着常识的方向行进。

吴思敬称诗人彭燕郊为"新诗自由精神的捍卫者"[②]，这与他一直主张的诗歌自由精神密切相连。自由精神在吴思敬的诗学研究体系里已经是一个重要的理论元素，他从个体诗人的创作中将其总结出来，再将这一理

[①] 吴思敬、王士强：《诗路纪程三十年——诗评家吴思敬访谈》，《星星》（下半月刊）2011 年第 3 期。

[②] 吴思敬：《风前大树：彭燕郊诗歌论》，《自由的精灵与沉重的翅膀》，安徽教育出版社 2011 年版，第 111 页。

论置于更多诗人的创作中进行验证，以获得理论价值的最终定位。在这个过程中，批评与理论的互动成为可能，且能丰富新诗创作和研究的多元性，最后再与他所倡导的自由理念达至呼应。包括他80年代所写的那些与诗歌本体性相关的文章，之所以在当年能引起巨大反响，与那样一个诗歌热潮有关，更重要的，还在于吴思敬道出了能引起读者共鸣的诗歌核心价值。比如，他在长文《诗的思维》中全面梳理了诗歌思维的来龙去脉，将其作了深度剖析，这不仅对于诗歌创作来说是一种参照，而且对于诗歌批评来说也是非常重要的理论支撑。同样，《创作心态：虚静与迷狂》《知觉障碍的巧妙利用》《言语动机的强化与言语痛苦的征服》等文章，也是他从平时的批评实践中所获的感悟，然后进行提炼加工整理的理论结晶。这样一些"理论成果"，在他后来的新诗研究中，也为其批评实践提供了新的思路和方向。

21世纪以来，吴思敬开始更多关注诗坛现象和命名，这是他诗歌批评的深层次延伸，同时也可能是在为诗歌史写作做准备，这成为他诗学理论研究的重要组成部分。从早期的本体研究，到现在对诗歌精神和思想的关注，虽然中间也有相当长一段时间，但它们之间并未断裂，而是有着一脉相承的精神。早在80年代，吴思敬就曾提出诗歌创作要"摆脱实用心态"，要求诗人有一颗"寂寞之心"①，这是对功利化写作的一种反拨。因为从实用角度来说，诗歌是无用的，但从精神文化生态上来说，诗歌有其"无用之用"，这其实是一种"大用"。带着很重的名利心态去写诗，势必难以保持纯粹性，无法达到永恒之美的创造。时隔二十多年后，吴思敬又提出"诗人应当是一个民族中关注天空的人"，这其实还是对"摆脱实用心态"这一说法的转化与升华。此一观点是吴思敬诗歌批评的重要原则，同时也是他诗学理论研究的一个标高，直指诗歌精神的高地，而不是停留在某一个具体的细节评价上，这或许应该是他的诗学理论和诗歌批评之间最具思想性的互动了。

近几年来，吴思敬曾多次提出新诗的经典化，这样的工作需要诗人的配合，但最终还是要靠批评家来完成。"经典的生成不能脱离批评家的阐释。"这其实是被不少批评家所忽略的工作，他们或专注于很外在的现象评价，或纠缠于概念和命名，唯独对具体的优秀诗歌文本缺乏必要的解

---

① 吴思敬：《摆脱实用心态》，《吴思敬论新诗》，中国社会科学出版社2013年版，第180页。

读。"没有阐释,文本是死的,其内涵是密封的,只有通过阐释,诗的百宝箱才会被打开。文本能否流传,取决于不变的文本与变化的阐释的矛盾运动。"① 这一观点当引起我们足够的重视,并能以此为准则,去真正执行对经典的挖掘工作。经典的诗歌文本,一方面可以给读者带来直接的审美,为其他诗人提供借鉴;另一方面,也能够丰富诗歌史,并对诗歌理论的生成提供有效的范本和参考。对诗歌经典的挖掘,贯穿了整个诗歌创作、批评、理论和文学史的多层面,这也可为吴思敬诗学批评与研究的全方位互动带来诸多可能。

(原载《艺术评论》2014 年第 7 期)

作者单位:三峡大学文学与传媒学院

---

① 吴思敬:《一切尚在路上——新诗经典化刍议》,《吴思敬论新诗》,中国社会科学出版社 2013 年版,第 26 页。

剖析"诗心"播种美

——浅谈吴思敬先生的诗歌评论

李文钢

在中国当代诗坛,几乎没有人不知道吴思敬先生的盛名。有人在文章中称吴先生是诗坛的引渡者、持灯者,有人称他为诗坛的仁者和智者,还有人称他为诗坛的探路者和旗手,称谓虽各不相同,却都显示出人们对吴先生为中国现代汉语诗歌的发展所做出的贡献的高度赞扬和肯定。在这些称谓的背后,还反映了人们的一个共识,这就是:中国当代诗坛虽然纷纷攘攘、众声喧哗,吴思敬先生的诗学研究和诗歌评论却是一座绕不开的重镇,也必将是考察我们这个时代的诗歌生态不可缺少的一个重要坐标。

自吴先生的第一本专著《写作心理能力的培养》始,他就侧重于从现代心理学的角度来系统探索作家的写作问题。从此,他开创了一个从新的视角透视诗歌写作现象的研究领域。这一独特观察视角不仅体现在他的诗学理论专著如《心理诗学》《诗歌鉴赏心理》《诗歌基本原理》中,也体现在他对于诗人诗作的具体评论中。在十分重视文学与现实社会生活相联系的中国现当代文学传统中,作家的主观世界常常是作为一个纯而又纯的人格精神范畴或者政治观念"进步"与否的范畴而被谈及的,其深层心理机制则长期处于被忽视和压抑的状态中。当吴先生将诗学的探照灯射向这一很少有人问津的地下潜流时,他为我们展示了新的矿藏。

在吴先生那里,诗歌写作绝不是被简单等同于"高尚"情感和人格的自然流露,而是被视为一种"心理能力",这种能力必然是要经过刻苦的训练和培养才能得到的。如他所说:"如果我们能对写作心理能力有较深刻的认识并通过写作训练去有意识地培养,那么就有可能获得一枝

'生花妙笔'。"① 因而，观察训练、思维训练和想象训练对于一个写作者来说尤为必要，写作绝不可能是一件轻而易举之事。

既然诗歌创作是一项相当艰苦的事业，那么诗人的写作动力从何而来呢？吴先生在他的《心理诗学》一书的第一章便系统分析了诗人"多元的行为动力系统"，其中并不讳言"原始内驱力""自我实现的渴望""心理平衡的追求""成就声誉诱因"等动力因素，也不回避诸多一向被视为与诗人那"浪漫""高洁"的形象不相符的潜在动因，但谁又能完全否认这些因素的隐蔽作用呢？或许，正是因为"在可以给自己带来声誉的诸多事业中，写作占有得天独厚的地位"②，在诗歌创作的艰辛道路上才从来不乏后继者。

当我们清醒地认识到，诗人进行写作的内在动机可能如此复杂，那么，我们该如何理解和评价诗人的创作？是不是可以在诗人的创作成就与其动机间画上等号？吴先生在他的著述中引入的"心理场"这个概念可以为我们解答这个问题。吴先生认为，诗歌创作需要在一定的"心理场"中才能进行。"创作心理场的形成，一个重要标志就是暂时中断了关于外部世界实用的经验与活动，在此之前因其实用的和功利的价值而深深吸引诗人的东西被弃置在一边。"③ 也就是说，诗人一旦进入创作状态，就将置身于仿佛与日常生活相分隔开来的另一个世界，种种功利的动机此时早已被抛开了。创作心理场是独立的，但又是在现实刺激后的一个反应性生成，因而它与现实世界之间呈现为了一个动态平衡的状态。它既受主体经验影响，又不能与诗人的主体经验简单画上等号。

正是因为"创作心理场"的独立性，诗的艺术思维的核心乃是创造出一种想象表象，而不一定是真实的内心情感反应，故中外诗歌史上向来不少心口不一、欺世盗名的诗人。所以，吴先生在他的诗歌评论中常常由剖析诗人的诗心入手，一再强调对于诗品与人品俱佳的诗人的推崇。他曾如此写道："面对诗品与人品关系的种种复杂情况，以至于卞之琳先生要说：'做人第一，做诗第二。诗成以后，却只能以诗论诗，不应以人论诗。'尽管卞之琳先生的批评原则有其合理性和可操作性，可是我还是固执地笃信诗品与人品的统一，我对那些人品与诗品俱佳的诗人更怀有十二

---

① 吴思敬：《写作心理能力的培养》，北京出版社1985年版，第2页。
② 吴思敬：《心理诗学》，首都师范大学出版社1996年版，第40页。
③ 吴思敬：《心理诗学》，首都师范大学出版社1996年版，第55页。

分的崇敬。因为这样的诗人不光作品动人,他们本人其实就是一首美丽的诗。"①

在吴先生的诗学体系中,"诗,不仅是情感的书法,也是灵魂的冒险。诗人是人类心灵的探险家……"② 这正应和了中国古代"诗者,根情,苗言,华声,实义"的传统认识。吴先生由现代心理学入手研究现代汉诗的学术思路,可以说是将诗学的解剖刀直接伸抵了诗的"根"部,正中其最关紧要处。所谓"新诗",不正是在现代人的现代心理意识之上绽放出的花朵吗?

诗学与心理学的贯通使得吴先生的诗歌评论呈现出了自己的鲜明特色,尤为突出的就是他常常能从心灵的维度出发去透视诗歌创作的得失,这一点在他的著述中不断被触及。在一篇诗歌鉴赏文字中,吴思敬曾这样写道:"一首好诗,一要有真挚的情感,二要有鲜明的意象,三要有优美的旋律。"③ 毋庸赘言,吴先生在这里列出的这"好诗"的三个条件本是并列关系,缺一不可。但他还是坚持把"真挚的感情"摆在了第一位,以示他对于诗的这一难能可贵的品质的强调。也是由对"新诗"内在精神维度的重视这一点出发,吴先生对现代汉语诗歌诗性内容的强调远胜于形式、格律、技巧,诗心、诗情、诗魂永远被他视为诗歌评论的核心。在一篇评论中,吴先生这样写道:"我一直认为,诗的好坏主要不在于是否运用了较为传统的、还是较为现代的手法,而在于是否有内在的诗质,即是否有生命力的涌动,是否说出了掏心窝子的话,是否有独创性的东西。"④

随着"新批评"等西方文论观念的引进,在 80 年代以来的诗歌批评中,更为时尚的常常是从外在形式和艺术手法等方面切入,往往不能对作用于诗歌形式和表现手法的内在心理动力进行深入探讨。而吴先生在将现代诗学与现代心理学融会贯通后,便常常能在诗人的艺术手法或美学风格与其深层的心理结构之间架起一座座互通的桥梁,显示出了一种独特的批评特色。人们常说:"批评是人类心灵的指路牌"⑤,这个心灵的指路牌如

---

① 吴思敬:《牛汉:新诗史研究的重要课题》,《湖南社会科学》2005 年第 5 期。
② 吴思敬:《〈走向哲学的诗〉后记》,学苑出版社 2002 年版,第 382 页。
③ 吴思敬:《〈乡愁〉赏析》,傅天虹主编《汉语新诗名篇鉴赏辞典(台湾卷)》。
④ 吴思敬:《山的凝重,水的灵动——〈黄河魂〉印象》,《文艺报》2004 年 4 月 27 日。
⑤ [丹麦] 勃兰兑斯:《十九世纪文学主流(第五分册)——法国的浪漫派》,李宗杰译,人民文学出版社 1982 年版,第 383 页。

果缺少了心灵的维度将会让自己显得多么尴尬。而如前所述，吴先生在他的诗歌评论中对诗的心灵、情感因素始终最为看重。他说："衡量诗歌的美不应有绝对的僵死不变的标准……诗的美，从根本上来自诗人灼热的情感。读者只有在同诗人的情感交流和共振中，才能领略到这种美。感情的因素，永远是诗歌美感诸因素中最活跃的因素，远远超过诗歌的音乐性、形象性、建筑性。"①

在吴先生的诗歌评论中，我们可以看到，他常常由剖析诗人的"诗心"入笔，为读者细致地展现出诗人的诗心与诗形、诗风之间的内在关联。这里可以拿吴先生对顾城的评论为例。吴先生在《童话诗人：顾城》一文中这样写道："如果说早年的顾城是凭他的孩子的本色而营建童话世界的话，那么到他成了家、立了业以后还有意赖在'孩子世界'中不肯出来，那便是一种心理的病态了……顾城的这种心理固着症，使他越来越偏执，以至模糊了幻想与现实的界线，他不仅在诗歌中，而且还要在生活中营建一个童话世界，一个梦寐以求的天国花园，这自然会处处碰壁，也为他埋下了日后悲剧的种子。"② 吴先生由顾城的"心理固着症"和偏执心态着笔，分析顾城诗歌的单纯底色和表现世界之狭窄的局限，就在诗人的认知结构和心理定式与其诗作风格之间建立起了一条令人信服的通道。

除了具体诗人、诗作的批评，吴先生还将现代心理学知识创造性地应用于现代诗歌本体建设的相关思考中。现代汉语诗歌的形式建设是一个长期困扰着众多研究者的话题，人们虽然已经提出了很多具有建设性的构想，却少有人从心理记忆机能的角度去考虑。吴先生独辟蹊径地提出，现代汉语诗歌诗行的建设应暗合人类短时记忆容量限制的规律，其"组块"不宜超过七个字，如果过长，必然增加读者的记忆负担。因而，"诗的建行问题，本质上是'组块'问题。任何新颖独特的建行，如果不考虑短时记忆的容量限制，恐难收到好的效果"③。从人的心理和生理角度探讨美学问题的论述自古有之，中国古人即认为"羊大则美"，因为在那时的人们的生活经验中，觉得只有长"大"了的羊在烹调后才能给人带来更为甘美的味道。后来，人们又用"羊大则美"的味觉体验来形容艺术的精神之美，便有了"韵味"一说，可见人类的精神审美体验自古就脱离

---

① 吴思敬：《诗歌的批评标准》，《诗学沉思录》，辽海出版社2001年版，第227页。
② 吴思敬：《童话诗人：顾城》，顾城《顾城精选集》，燕山出版社2006年版，第8页。
③ 吴思敬：《心理诗学》，首都师范大学出版社1996年版，第137页。

不了共同的生理、心理基础。古人的经验和吴先生对现代汉诗诗行建设应暗合人类短时记忆容量限制规律的提示都在启发着我们，在思考现代汉语诗歌的形式时也必须高度重视诗歌形式美的心理乃至生理机能基础，避免想当然地去凭空搭建"空中楼阁"。

吴先生在他的诗歌评论中始终不遗余力地倡导"新诗"应是"自由诗"，力图高扬一种自由创造、不断创新的精神，这一点众所周知。而吴先生的这一坚持仍是从诗的内在精神角度出发的，他说："'自由'二字可说是对新诗品格的最准确的概括。这是因为诗人只有葆有一颗向往自由之心，听从自由信念的召唤，才能在宽阔的心理时空中任意驰骋，才能不受权威、传统、习俗或社会偏见的束缚，才能结出具有高度独创性的艺术思维之花。"① 他是由"新诗"应该葆有一颗自由之心、一种自由的信念出发，进而倡导一种自由的诗学精神。理解了这一点，我们也就不难理解为什么他对多种多样的诗歌现象总是能够持有一种宽容、公允的心态。

吴先生不只由解读"诗心"入手剖析诗，还尤为强调诗的"治心"效果——诗可以影响人们的情感，唤起人们美好的人性。作为一个有着深切社会责任感的诗歌评论家，吴思敬先生在80年代初曾这样强调："陶冶人的性情，净化人的灵魂，恢复人的尊严，唤起人们长期泯灭的人性，这才是诗歌最根本的功能。"② 在中国正面临着深刻变革的前夜，他希望诗歌能够在恢复人的尊严、唤醒人性方面起到独特的作用，正应和了时代的呼声。而当时间来到2003年，他又曾这样郑重告诫："诗人作为文化精英，不仅要通过他的创作给人们带来审美的惊喜，同时应当比一般人承担更多的道义上的责任。"③ 诗人不应只是审美大师，更应肩负起自己的道义责任，这是吴先生在市场经济时代对于诗人的另一种期待。无论是担负道义责任还是唤醒人的尊严，吴先生的着眼点始终不脱"人心"。或许，在美的"人心"上浇灌出美的诗歌花朵，并用这诗美的芬芳去感染更多人，正是吴思敬先生作为一个诗歌评论家始终如一的愿望吧。

当然，依笔者拙见，吴先生的诗学体系中也并非无懈可击。如他将"诗"归类为"中介系统"的命名④，就极易引起人们的误解。因为"中

---

① 吴思敬：《新诗：呼唤自由的精神——对废名"新诗应该是自由诗"的几点思考》，《文艺研究》2010年第3期。
② 吴思敬：《新诗讨论与诗歌的批评标准》，《福建文学》1981年第8期。
③ 吴思敬：《欲为诗 先修德》，《中国文化报》2003年3月20日。
④ 吴思敬：《诗歌基本原理》，工人出版社1987年版，第18页。

介"一说，常常让人觉得只是联系其他事物的一个环节，而丧失了诗本身的独立性。这一容易招致误解处不是吴先生本人理解的偏差，更似是用语选择略有不妥所致。在吴先生的理解中："中介系统是介于物质系统和精神系统之间的一种客观存在"，它属于"第三自然"①。实际上，吴先生所说的"中介系统"，也就是西方哲学家卡尔·波普所说的与世界1（物理世界）和世界2（主观世界）相对的"世界3"（人造产品和文化产品的独立世界）②，亦可称为今天人们所说的独立的文化符号系统。但吴先生为了强调诗与物质世界和精神世界的联系而将其归类为"中介系统"，或许是其稍显矫枉过正之处吧。

诚如人们已经认识到的："学术研究的推进，主要取决于两个基本条件，一是新材料推翻了旧结论，二是更有效的理论和方法'发现'了旧材料的价值。"③吴思敬先生用现代心理学——这一现代诗歌研究领域鲜有人触及的理论方法，为中国现代诗歌研究注入了新的动力，不只很多"旧材料"在他的笔下为人们所重新认识，更有诸多理论盲点在他那里被重新照亮。吴思敬先生的诗学评论的意义还有待于我们更深入地了解和认识。

（原载《南方文坛》2013年第4期）
作者单位：河北科技师范学院文法学院

---

① 吴思敬：《诗歌基本原理》，工人出版社1987年版，第18页。
② 赵敦华：《现代西方哲学新编》，北京大学出版社2001年版，第230页。
③ 王光明：《从批评到学术——我的90年代（代序）》，北京大学出版社2002年版，第9页。

守望"自由",呼唤宽容
——吴思敬对中国新诗发展的反思

汪璧辉

"诗人寂寞,千古如斯",这是汪曾祺1947年读穆旦诗集后发出的感叹,也是新诗人命运和心灵的某种写照,因为"所谓'新诗',依然可以看作类似于'虚构'的实践",诗人在"未知的历险"中,需要独自承受创造的焦虑与煎熬。① 面对这份"弱者的事业"②,诗评家也难免与诗人同情同调。

作为新时期以来最活跃的诗评家,吴思敬先生如谆谆儒者,不避寂寞,始终坚持倡导新诗的自由精神,以宽容之心鼓励新诗创作者,以理性之思勾勒新诗嬗变图,几十年如一日,《诗学沉思录》《心理诗学》《走向哲学的诗》等著作是吴思敬有关诗学理论的精辟阐发。新近出版的《自由的精灵与沉重的翅膀》一书,让我们透过对"寂寞者的观察",看到了吴思敬对新诗本质的体认、对新诗发展轮廓的描摹、对新诗理论的整体反思与构建。

《自由的精灵与沉重的翅膀》是吴思敬在21世纪出版的第三本诗学论文集,是具有前瞻性的新诗研究成果,包括自2003年至2008年写作的四十余篇诗歌评论文章。第一部分,站在21世纪的角度梳理20世纪的新诗发展问题,并以历史的眼光回顾了那一时期的重要诗人;第二部分是对21世纪初新诗发展态势的剖析;第三部分是对21世纪初诗人创作的追踪与描述,书名与吴思敬为《文艺报》"中国新诗90年"专栏所写的文章同名,是对中国新诗近百年发展历程的概括:"新诗是自由的精灵,本应

---

① 孟泽:《何所从来——早期新诗的自我诠释》,九州出版社2011年版,第286页。
② 孟泽:《何所从来——早期新诗的自我诠释》,九州出版社2011年版,第292页。

在广阔无垠的天宇中自由自在的翱翔,无奈在中国五四以来的特殊社会环境与时代氛围下,新诗与政治的无休无止地纠缠,新诗与传统的审美习惯的冲撞,就像一双沉重的翅膀拖着它,使它飞得很费力、很艰难"①。

一 政治浮沉中的自由精灵

作为这部著作的"阿基米德支点",老诗人蔡其矫的观点,即"新诗最可贵的品质是自由"②,正是对吴思敬内心的真切呼应。从晚清梁启超、黄遵宪的"诗界革命",到胡适等针对"白话"写诗的论争,以及"诗体的解放"目标,无不在于"精神的自由"和人性的解放。卢梭说"人是生而自由的,但却无往而不在枷锁之中",在新诗倡导者眼里,自先辈承袭而来的传统诗歌形式已经成为约束自由精神的枷锁,"个人"只能带着镣铐在有形无形的各种樊篱中起舞,新诗要摆脱枷锁,才可能还"个人"自由之身。于是,"白话的""不拘格律的""自由的"的语言形式被胡适等人拿来作为向"积习"宣战的武器。

然而,历史的吊诡在于,它不会依照我们的想法而推演,正如黑人领袖曼德拉所言"走向自由之路不会平坦"。我们常常看到的情况是,在"最需要精神的纯粹性与超越性的地方,最需要想象力的地方,我们填上的是结结实实的物欲和功利主义,而在最需要务实的地方却想当然地浪漫,以至把政治文本作成了文学文本,把文学文本作成了政治文本"③。

新诗首先要面对的就是来自政治的纠缠,只因它自诞生之日就交织着救亡图存的情感与目标。从辛亥革命到五四运动,响彻中国社会的是冲破旧体制、重建新秩序的呼声,文学被赋予无可推脱的历史使命,要在这混沌的时空中开辟新的话语空间。鲁迅把改造国民性放在首位,蔡元培则直言"新诗就是要传播新思想",正所谓"文章合为时而著,诗歌合为事而作"。在新诗与政治使命的交错盘结之中,诗人们走向不同的道路:"一方面是政治对新诗的制约,诗人或是自觉的,或是在权力的引导、诱惑与压制下,把诗歌作为服务于现实政治的手段;另一方面,则是部分诗人,

---

① 吴思敬:《自由的精灵与沉重的翅膀》,时代出版传媒股份有限公司、安徽教育出版社2011年版,第3页。
② 吴思敬:《自由的精灵与沉重的翅膀》,时代出版传媒股份有限公司、安徽教育出版社2011年版,第1页。
③ 孟泽:《何所从来——早期新诗的自我诠释》,九州出版社2011年版,第8页。

或出于构建'纯诗'的幻想,或出于对诗歌从属于政治的逆反心理,有意识地使诗的创作与现实的政治疏离。"①

20年代,郭沫若的《女神》拉开新诗与政治联合的序幕,《前茅》更堪革命诗歌的号角;革命诗人殷夫写下《血字》《一九二九的五月一日》《我们的诗》等"红色鼓动诗",倾诉自己对革命理想的执着和与旧世界分道扬镳的决心;30年代,"擂鼓诗人"田间为国人奉献了《中国牧歌》和《中国农村的故事》等风格独特的革命新诗;40年代,穆旦主张以"新的抒情"表现抗战时期的中国社会现实,倡导"有理性地鼓舞人们去争取光明的一种东西"②;50年代,人民的政治热情空前高涨,"战士诗人"郭小川在《致青年公民》组诗、《望星空》中演绎昂扬旋律,振奋民众精神;邵燕祥40年代后期与50年代的诗歌创作历程是诗人被"规范"为"政治抒情诗人"的佐证。在战争的硝烟中,我们仍能看到试图让新诗摆脱政治而高呼的身影。徐迟曾提出"放逐抒情",认为战争消耗了大众抒情的志趣,诗人应写纯粹的新诗。但是,实际情况是,直到共和国成立以后,"抒情"并未真正被放逐,尤其是抗战阶段,"政治抒情"大行其道,反倒是诗人的自我被无情湮没。权力与主流意识形态就这样交织于新诗的成长过程中,常常引导它偏离本质,走向服务于时代特定目标的政治宣传③。

直到80年代中后期,一部分诗人走向刻意疏离政治的反拨之路。"朦胧派"代表诗人北岛、舒婷、顾城、多多等旨在社会批判,把诗歌作为探寻人生的方式,强调人道主义基础上的个体经验。翟永明、伊蕾、唐亚平等女性诗人通过写"感觉""本能"及"欲望",展现了充满个性色彩的书写方式。这一部分新诗创作者在质疑与反思中抒发民族情怀,试图通过对"人"的关注卸下套在新诗上的政治枷锁,还新诗自由之身。90年代以后,新诗中的政治意味逐渐减弱,诗人的主体地位愈发突出。

面对政治的干扰,吴思敬认同回归自我的必然性与合理性,但他并不赞成刻意回避现实政治的做法,他认为应保持诗歌的"多元"特质,允许诗歌"多向展开",因为"人"除了具有自然属性外,还有社会属性,

---

① 吴思敬:《自由的精灵与沉重的翅膀》,时代出版传媒股份有限公司、安徽教育出版社2011年版,第3页。
② 吴思敬:《自由的精灵与沉重的翅膀》,时代出版传媒股份有限公司、安徽教育出版社2011年版,第66页。
③ 吴思敬:《走向哲学的诗》,学苑出版社2002年版,第42页。

两者互存互依。所以，真正的诗人应该知道"如何在最具个人化的叙述中容纳最为丰富的历史与哲理内涵，如何把自由精神与人文关怀融为一身"①。如此看来，在"心理诗学"与"社会诗学"的共同观照下，诗人主体性与诗歌社会性的交集才是"精灵"飞出囚笼的出口。

二 在"影响的焦虑"中突围的自由精灵

在政治的纠葛之外，"自由的精灵"还要面对新诗与西方及中国传统审美习惯的冲突。新诗创作者的纠结与焦虑映射出他们对异域火种的心理性向往和对本民族古典美学的生理性眷恋。毋庸置疑，对新诗而言，西方诗歌和中国古典诗歌同等重要，其影响也很难人为规避。其一，"不破不立"，新诗发端于破除传统旧诗体的浪潮，但这并不代表我们要割裂传承古今的纽带，而是在继承的道路上实现新的突破。因此，"新诗与旧诗不再是二元对立的关系，而是中国诗歌内部自我更替的表现"②。其二，从自由创作方面来考量，根深蒂固的传统的确会成为诗人尽情发挥的羁绊，"他者"的异质性便成为自我进化的外在动力和破旧立新的有力武器。西方审美经验和新思想宛如催化剂，促使中国诗歌在化学反应中完成蜕变。但是，倘若信奉绝对的自由"拿来主义"，"只顾白话之为白话"，终将"放走了诗魂"③。三千年的审美惯习已转化为诗人和读者无法磨灭的基因，不容"他者"因此肆意替代或侵吞，终将把新诗创作者从对传统的偏见导引至古今贯通、中西衔接的路上。所以，面对冲突，我们不能陷入"非此即彼"的极端主义泥潭，应以理性的姿态，允许西方及中国传统美学元素进入新诗自身发展空间，自然完成内在消化与融合，展现生命的本原与诗歌的开放性审美特征。这是新诗的独特品格，也是对"自由"的诠释：真正的自由不是任意抛却过往的洒脱，亦非随性"拿来"后的机

---

① 吴思敬：《自由的精灵与沉重的翅膀》，时代出版传媒股份有限公司、安徽教育出版社 2011 年版，第 6 页。
② 龚云普：《客观的偏至——从另一角度看现时代新诗研究的特点》，《河南社会科学》2011 年第 6 期。
③ 转引自吴思敬《自由的精灵与沉重的翅膀》，时代出版传媒股份有限公司、安徽教育出版社 2011 年版，第 7 页。

械模仿，而是"诗人精神的解放，个性的张扬，艺术思维的宽阔辽远"①。厚古薄今、重今轻古、扬中贬西或媚外损中只会把我们重又抛回狭隘的桎梏之中。

新诗遭受双重夹击，在"影响的焦虑"中无可遁逃，唯有坚守"自由"，突围而出。吴思敬对 20 世纪新诗的发展总结了两条发展路径："第一条是按本民族诗学文化自身发展的内在逻辑而变迁，即在拓展、深化、推进自己固有的东西中，诞生新的因子"②，"第二条是在外来诗学文化影响之下的变迁，也就是说引进自己诗学传统中从未有过的新鲜东西"，发挥"酵母和催化的作用"，促成本民族诗学的"变异"③。

这两条发展路径同时交织着现实主义、浪漫主义、现代主义、后现代主义思潮的各种力量。诗歌与浪漫主义的关系自不待言，古今中外的诗人向来不缺乏浪漫情怀。现实主义诗歌创作主要表现为"面向现实的人生态度，侧重于现实生活的取材，以及力求对现实生活发生一定的影响"④。从五四时期文学研究会"人生的艺术"，到抗战时期"诗歌大众化"，新诗的现实主义精神渐趋张扬膨胀。然而，戴望舒、卞之琳、何其芳、金克木、林庚等诗人更推崇诗歌的现代特色，强调诗歌对"现代情绪"的表达和对内心世界的隐喻式刻画。他们并非专注于对现实世界的临摹或纯粹的情感抒发，更倾向于"主张个性的极端张扬，回返内心世界，展示复杂的自我尤其是深层的情感世界和潜意识领域"⑤，并最终促成 80 年代后期现代诗流派的集群登场。90 年代，后现代主义—解构主义诗学引导诗界走向反思，尝试重构符合本民族言说体系、承载诗歌灵魂的新诗理论。在不同思潮的角力与互补中，中国新诗理论在冲撞与融合中前行，呈现出两种发展趋向，"一是面向社会，一是面向自我；一是强调为人生，一是强调为艺术；一是集体性的民族性格的展示，一是个人化的人格的展示；一是生命的外向张扬，强调日常经验的复现和对存在状态的关注，偏

---

① 吴思敬：《自由的精灵与沉重的翅膀》，时代出版传媒股份有限公司、安徽教育出版社 2011 年版，第 7—8 页。
② 吴思敬：《自由的精灵与沉重的翅膀》，时代出版传媒股份有限公司、安徽教育出版社 2011 年版，第 17 页。
③ 吴思敬：《自由的精灵与沉重的翅膀》，时代出版传媒股份有限公司、安徽教育出版社 2011 年版，第 18 页。
④ 吴思敬：《走向哲学的诗》，学苑出版社 2002 年版，第 38 页。
⑤ 吴思敬：《自由的精灵与沉重的翅膀》，时代出版传媒股份有限公司、安徽教育出版社 2011 年版，第 50 页。

于与现实的接轨，一是生命的内敛与反思，强调精神境界的提升，偏于对现实的超越"①。

在吴思敬看来，无论何种演进路程，"现代化"与"诗体解放"都是20世纪诗歌理论必须讨论的两个焦点问题。"诗歌现代化"是朱自清于抗战期间提出的想法，其现代阐释应该包括"对诗歌的意识形态属性及审美本质的思考，对诗歌把握世界的独特方式的探讨，对以审美为中心的诗歌多元价值观的理解等"，涉及语言和"诗的技艺"，并"最终取决于创作主体自身的现代化"。② "诗体解放"是20世纪中国新诗理论的根基，由此生发出不同的分支：宗白华和田汉看重音律、形式；闻一多、徐志摩、朱湘、孙大雨等"新月派"诗人强调醇正的本质、周密的技巧和严谨的格律；卞之琳推崇哼唱式和说话式。然而，"诗体解放"后到底需不需要规范，需要何种规范，这在新诗理论界至今充满迷思。

新诗的发生源于个体对"自我"的现代诉求，要摆脱"焦虑"就不能忽略个人的自我表达。20世纪新诗理论的建构也需要以这一时期的诗歌创作者为源头活水，如穆旦、牛汉、彭燕郊、顾城等。他们关注个体，感性与理性并重，是新诗自由之魂的真诚守护者。穆旦结合浪漫主义与现代主义，强调透过表面的生活，关注自我。彭燕郊对新诗本质有着深刻的理解，是"新诗自由精神的捍卫者"③，他强调"诗与思"，认为"思考本身也是抒情的另一种形态"，并指出"现代诗人是必须以思考为第一选择"④。顾城向往"纯净的美"，认为应该"忘记形式"，开掘人的心灵深处，追求"单纯"。吴思敬尤其推崇牛汉，认为他是"不可多得的人品与诗品达到完美统一的诗人"⑤，具有刚正不阿的大气魄和自然纯正的童心。这些诗人为20世纪的中国诗坛贡献了宝贵的新诗佳作，它们能否承受时间的洗涤并沉淀为新诗典范，我们尚不可知，因为新诗本身和社会环境的

---

① 吴思敬：《自由的精灵与沉重的翅膀》，时代出版传媒股份有限公司、安徽教育出版社2011年版，第61页。

② 吴思敬：《自由的精灵与沉重的翅膀》，时代出版传媒股份有限公司、安徽教育出版社2011年版，第27页。

③ 吴思敬：《自由的精灵与沉重的翅膀》，时代出版传媒股份有限公司、安徽教育出版社2011年版，第112页。

④ 吴思敬：《自由的精灵与沉重的翅膀》，时代出版传媒股份有限公司、安徽教育出版社2011年版，第109页。

⑤ 吴思敬：《自由的精灵与沉重的翅膀》，时代出版传媒股份有限公司、安徽教育出版社2011年版，第78页。

特殊性决定了"新诗的经典还在生成之中"①。但是，正是他们那些仍进退于历史长河的诗歌实践为新诗理论提供了发展的动力。

三 新世纪初诗坛的自由之声

"多元共生，众声喧哗"是新世纪以来新诗的基本形态，是自由精神在新世纪的延续。吴思敬对此做出了高度概括："消解深度与重建诗的良知并存，灵性书写与低俗欲望的宣泄并存，宏大叙事与日常经验写作并存。"②他对新世纪新诗态势的分析与诊断，闪耀着理性思辨的光芒，展现了俯览全局的大视野。

新世纪迎来了"自由的精灵"，但"消费时代"与"泛娱乐主义"将诗歌遗弃于社会边缘，冲淡了诗的人文内涵和诗性内涵，诗意被流放，欲望化的写作方式企图以"癫狂"抗拒僵化的意识形态，却最终落得与低俗的现实同流合污。"人，首先作为个体，作为从伦理整体中解放出来的个体存在，必须感受到一种根本的缺乏，特别是'灵里贫乏'。"③所幸王小妮、蓝蓝、李琦、白连春、江非、梁平、荣荣、路也等一批诗人在心灵的贫瘠之地"默默撒播种子"，表明了新世纪诗人的立场，即"关注生存，面对现实，勇于承担"④。无论从个人还是民族整体出发，依现时还是历史的向度，他们所做出的努力都是值得肯定和扶持的。在政治主题逐渐淡化的新世纪，诗人的艺术创造力源于对人性贫乏的叩问、对人的生存权利和尊严的呼唤，诗人的责任在于"重建诗的良知"，也就是说"诗中应有深切的人文关怀，有对人性的深刻开掘，有思想的光芒，有厚重的历史感"⑤，比如牛庆国的《杏花》正是以诗人大悲悯的情怀保存着诗人的"良心"。

吴思敬对精神层面的重视体现了他对诗学的哲学思辨，他曾在《走

---

① 吴思敬：《自由的精灵与沉重的翅膀》，时代出版传媒股份有限公司、安徽教育出版社2011年版，第11页。
② 吴思敬：《自由的精灵与沉重的翅膀》，时代出版传媒股份有限公司、安徽教育出版社2011年版，第132页。
③ 孟泽：《何所从来——早期新诗的自我诠释》，九州出版社2011年版，第11页。
④ 吴思敬：《自由的精灵与沉重的翅膀》，时代出版传媒股份有限公司、安徽教育出版社2011年版，第135页。
⑤ 吴思敬：《自由的精灵与沉重的翅膀》，时代出版传媒股份有限公司、安徽教育出版社2011年版，第135页。

向哲学的诗》一书中多次强调诗歌的"生命"激情、诗人的"悟性"和精神超脱,认为"圣化写作"可以提升精神世界。在消费与欲望充斥的当下,"灵性书写"呼唤良知的回归,旨在保留诗的独立、自由品格,强调的是"精神境界的提升,即由欲望、情感层面向哲学、宗教层面的挺进,追求的是精神的终极关怀和对人性的深层体认"①,是荣荣所宣扬的"让诗歌拥有一颗平常心"。这种基于天地境界的书写方式将新诗导向哲学,打开另一个向度,比如,卢卫平的《在命运的暮色中》以寓言实现了诗人的精神超越,江非的《妈妈》、金轲的《父亲!父亲!》、李见心的《我要是个疯女人该多好》等诗作均闪现出灵性的光辉。

从叙事类型来看,创作者的感知情态常常着眼于对历史时空的回望与尊重或是对日常生活的介入与超越。新诗的写作自然也存在历史追问和情感研磨的区分,但是,新世纪诗歌对人性的张扬却是在宏大叙事和日常经验写作中共同实现的。优秀的"宏大叙事"诗作不仅仅涉及重大政治历史事件,更重要的是在于史诗性写作特色,比如胡续东的《战争》就是以伊拉克战争中受伤的小男孩来控诉这场战争对人性的迫害,大解的《悲歌》和梁平的《重庆书》均旨在追求历时性和共时性的统一,具有厚重的历史感。同时,日常生活更是挖掘人性光辉的沃土。诗人精神层面的超越并非海市蜃楼,而是诗人脚踏实地、心怀大众的自然流露,他们能让日常经验也散发出葱郁的诗意,比如路也的《单数》、荣荣的《鱼头豆腐汤》、洪烛的《垃圾之歌》、刘虹的《笔》等。

新世纪诗歌对人性的彰显还体现在面向底层的一种创作走向。随着改革开放的深入,社会矛盾凸显,弱势群体引起了诗人的注意,底层人民的生活与命运成为当代诗歌的一大主题,如翟永明的《老家》、卢卫平的《在水果街遇见一群苹果》、牛庆国的《饮驴》、王小妮的《那些人跑到河底工作》等。大批草根诗人也站上了诗歌大舞台,如杨键、雷平阳、田禾、辰水、江非、江一郎等。这种趋向体现了诗人"最基本的人性立场与道德选择"②,是诗人良知的回归,也是诗歌内在质素的延展。

随着良知的重返,高唱人性的自由之声飘荡于网络化和城市化的现代

---

① 吴思敬:《自由的精灵与沉重的翅膀》,时代出版传媒股份有限公司、安徽教育出版社2011年版,第137页。

② 吴思敬:《自由的精灵与沉重的翅膀》,时代出版传媒股份有限公司、安徽教育出版社2011年版,第186页。

世界。对此,吴思敬的态度是相对积极的。首先,网络影响着诗坛格局的演变。新的思维方式与价值观念造成诗人审美心理结构的改变,艺术想象空间顺势朝着新的方向展开,比如鲁克的《清空回收站》和蓝野的《最小化》。网络不仅为新诗发表创造了更多空间,呈现出当代诗歌发展的多样性和不确定性,还为诗人增添了更多自由创作的体验,体现了独立、自主、平等的民主意识。不过,网络只是"自由的精灵"飞翔的助推器,因为"媒介只是媒介,诗则永远是诗"[1]。其次,城市化也为新诗开辟了一个新的栖息地。在这里,我们能看到当代诗歌"对城市精神的把握与挖掘","揭示出城市人的心态随着城市的发展变化而发展变化的过程"[2],比如梁秉钧的《胡同》、杨克的《天河城广场》、梁晓明的《各人》、谢湘南的组诗《呼吸》等。

四 呼唤宽容的自由精灵

在诗歌发展过程中,诗评家往往会自觉承担起诗歌理论建设的责任。这是诗界幸事,因为"经典的生成不能脱离批评家的阐释"[3],且新诗自由精神的释放也可能受到诗评家的影响。然而,倘若自以为是,盲目指责,诗评家的思想将流失于所谓防止泥沙俱下的急功近利之中,新诗的自由之火也可能会被无情扑灭。70年代末80年代初,现代主义诗潮涌动,舒婷、北岛、芒克等青年新诗人的作品引起了热烈争论,有些人认为他们的诗太"古怪",担心诗歌混乱。谢冕于1980年5月7日撰文《在新的崛起面前》,明确反对"粗暴干涉"式的评论。孙绍振的《新的美学原则在崛起》和徐敬亚的《崛起的诗群》明确表示了对新潮流的礼赞。他们对待新事物的态度得到了吴思敬的高度肯定:"当一种迥异于主流诗歌形态的艺术新苗刚刚出土的时候,便以极大的热情肯定了它们的价值,并吁请给它们以宽松的生长空间,这不仅要求评论家的敏锐的眼光,更要求一

---

[1] 吴思敬:《自由的精灵与沉重的翅膀》,时代出版传媒股份有限公司、安徽教育出版社2011年版,第164页。

[2] 吴思敬:《自由的精灵与沉重的翅膀》,时代出版传媒股份有限公司、安徽教育出版社2011年版,第190页。

[3] 吴思敬:《自由的精灵与沉重的翅膀》,时代出版传媒股份有限公司、安徽教育出版社2011年版,第13页。

种肩住闸门的勇气。"① 实际上，这也正是吴思敬本人的真实写照。对于诗坛纷繁复杂的现象，他从不以激愤之词妄加指点，而是以温厚、谦和的姿态，既超脱又实在，既大度又冷峻，既能入乎其内，又能出其外，试图通过自己的努力让"自由的精灵"拥有宽容的环境与氛围。

吴思敬对新诗的这份宽容并非感情用事，而是由对新诗发展现状的理性分析与对诗歌的原始热忱凝练而成。他看到了拓荒者们在新诗草创阶段的胆识，听到了他们对自由的呼唤。对废名曾提出的宣言"新诗应该是自由诗"，吴思敬认为应拓宽新诗的外延，"不宜把'自由诗'狭隘地理解为一个专用名词，而是看成新诗应该是'自由的诗'为妥"②。对于新诗发展阶段出现的彷徨与尴尬，他更倾向于将新诗从是否应该坚持格律的纷争中解脱出来，以"自由"精神为新诗创作的原动力，包容新诗形式的多样化，因为"每种诗学文化内部都存在与闭锁机制相抗衡的开放机制"③，这正是诗歌创造得以实现的保障和新诗发展的希望。

吴思敬的宽仁之心亦见于他推动诗歌理论发展的锐意持恒之举。借助新诗理论刊物《诗探索》这个平台，他团结了有志于中国新诗发展的诗界同仁，纳百家之言，造多元之势，以兼容并蓄的态度对待各方人士，即使某些观点与主流论调扞格不入，也被视作新诗理论格局的有机组成部分。

吴思敬不仅在诗歌批评方面具有宽厚的雅量，对待诗歌创作实践亦从容有度。首先，不同年龄诗群的作品可以组合构成合理的新诗生态结构。吴思敬了解新生代的稚嫩，甚至偏激，但他更愿意以积极的态度加以引导，宽容待之。他组织和主持了一系列诗人诗作的研讨会，同时保持与主潮诗歌和先锋诗歌创作者的沟通与对话，鼓励青年新诗人大胆创作，促进诗坛新生力量的发展。蓝蓝、白连春、牛庆国、王莹等青年诗人的诗歌创作都曾得到吴思敬的支持与赞许。同时，吴思敬认为，对自由的追逐并无年龄界限，新诗的进化不仅需要青春创作的冲动，还依赖于中年写作的冷静，以增添新诗的自然和理性魅力。艺术理解的厚度会随年龄的增长和阅历的丰富而增加，诗歌也会由此呈现出别样风姿。比如，在诗人荣荣的中

---

① 吴思敬：《自由的精灵与沉重的翅膀》，时代出版传媒股份有限公司、安徽教育出版社2011年版，第58页。
② 龚云普：《客观的偏至——从另一角度看现时代新诗研究的特点》，《河南社会科学》2011年第6期。
③ 吴思敬：《自由的精灵与沉重的翅膀》，时代出版传媒股份有限公司、安徽教育出版社2011年版，第20页。

年时期，诗已融入她的日常生活，创作心态由冲动渐趋平和，所以，她能在《鱼头豆腐汤》中描绘出一幅源于生命本真的自然画面。西川在经历了充满奇妙幻想和真挚抒情的青春创作期后，修正了自己的艺术观，重视思想和经验。他的组诗《近景和远景》闪耀着沉思的智慧之光，充满了诗意，也充满理性精神。

吴思敬的宽容更体现在他对各领域诗群高屋建瓴式的把握，他视大学生诗人为新思潮的响应者和鼓动者，充分肯定网络诗歌的积极效应，关注打工诗人的心理状态，珍惜科学家李荫远在《当代新诗100首赏析》中那颗火热的诗心。吴思敬对世纪初诗人群像的勾勒亦力求全面而客观，进入他的评论视野的，包括朝鲜族诗人南永前的图腾诗、梁平的现代史诗、牛庆国的《热爱的方式》、姚学礼的西部诗、卢卫平"向下"与"向上"的诗歌写作、子川的《背对时间》，以及邰筐、荣荣、阿毛等人的写作。

五　结语

在《自由的精灵与沉重的翅膀》一书中，吴思敬以艺术化的感悟和理性化的分析洞悉新诗与政治的纠葛，体察到传统与现代、东方与西方的冲突，阐述了各大社会思潮对于新诗的合力影响。同时，吴思敬一贯持存对新诗的虔诚，守望自由，呼唤宽容，矻矻求真，自觉秉承诗歌建设的道义感，密切关注诗坛动态，在宽容与从容的辨析中，展现出属于他个人的学术魅力和人格魅力。对于坚守在诗歌创作一线的诗人，吴思敬寄予厚望，认为"诗人应当是一个民族中关注天空的人"[①]，自由行走于天地之间，实现自我与宇宙大自然的交融。诗人要达到这样的境界，"只有葆有一颗向往自由之心，听从自由信念的召唤，才能在宽阔的心理时空中任意驰骋，才能不受权威、传统、习俗或社会偏见的束缚，才能结出具有高度独创性的艺术思维之花"[②]。

（原载《长沙理工大学学报》2012年第5期）
作者单位：南京晓庄学院外国语学院

[①] 吴思敬：《诗人应当是一个民族中关注天空的人》，《艺术评论》2012年第6期。
[②] 吴思敬：《新诗：呼唤自由的精神——对废名"新诗应该是自由诗"的几点思考》，《文艺研究》2010年第3期。

自由诗的自由与难度
——兼谈吴思敬的新诗自由观

师力斌

本文所说的自由诗指新诗。讨论这个话题的动因是，多年来我的诗歌创作一直有一个困扰：新诗要不要格律？如果不要格律，韵律是不是必要？口水诗是不是一种革命性的主张？

关于要格律还是散文化，新诗史上有很多争论，吵得一塌糊涂，最终好像都不能给我明确回答。闻一多、何其芳等人的格律体追求，不能让我信服。艾青、臧棣等人是主张新诗散文化最力的，但他们只是论说了新诗自由的合法性，然后就袖手了，至于新诗可以自由到什么程度，则未置一词。

三十年来，新诗承担了社会转型和艺术变革带来的巨大压力。一种背靠两千年传统的诗歌，频繁遭到来自文化保守主义者、审美懒惰的公众和充斥市场的功利主义者的包围和质疑。与此同时，不到百岁的影视仿佛包揽了全部的民族艺术精华和文化能力，并且以赢得市场的叫好为能事。这就是新诗的当代处境。

抛开头脑发热的诗歌青年对80年代或对历史上诗歌的黄金时代的盲目崇拜，单从新诗在表达世界的广度深度上来讲，也并不逊于其他各个门类。只是由于社会想象中的"古典诗歌"庞然大物的虎视，以及市场化的四面包围，才导致年龄很嫩的新诗的"渺小"。一个基本不读诗歌的人，可以很轻率地指责当下没有李白、杜甫而不会遭人耻笑，但他完全不会以同样的口吻指责电影电视，他很清楚汉唐宋元明清两千多年里，根本没有出过一个电影导演，也没有出过一个电视剧明星。连对"古典诗歌"一向保持高度警惕的臧棣也觉察到，"我们总能在对新诗进行总体评价的时候感觉到古典诗歌及其审美传统的徘徊的阴影"。①

对新诗的这种处境谁都没有办法，谁让我们有两千年之久的诗歌记忆呢。想打破两千年培养起来的审美惯性，不会轻而易举。新诗想以新形式代替唐诗宋词那样的旧形式，进而取而代之，成为诗歌主流，需要付出的努力不啻是一场革命。诗歌理论首先必须经历这样的革命性变革。吴思敬的新诗自由观或许可以在这种框架里得到理解。

一 自由诗面临的形式问题

刘慈欣在其科幻小说《诗云》中曾写道，克隆体李白已经将所有的诗歌写出，办法就是把所有汉字的所有排列形式写出来，杰作就包含在其中了。第一首是啊啊啊啊啊，啊啊啊啊啊，啊啊啊啊啊，啊啊啊啊啊。以此类推，以至无穷。困难在于，如何从这些所有的诗歌当中挑选出名作，这是个问题。

这个故事提出了一个诗歌理论问题，那就是，名作和普通作品的关系。普通作品可以有无数，但经典名作是有限的，是挑选的结果。这对新诗的启发是，新诗可以有无数，但好的新诗却是有限的。挑选好诗就成为问题。那么就有人问，到底什么样的新诗是好诗？

至少在当下，更多的人会倾向于下列名单：徐志摩《再别康桥》，闻一多《死水》，戴望舒《雨巷》，余光中的《乡愁》，北岛《回答》，舒婷《致橡树》，海子《春暖花开》，等等。我们可以在学校教材、新诗选本、推介文章、朗诵会以及有的新媒体诗歌介绍中看到这些诗人或文本名字。这个单子绝不单纯是审美的结果，而是一系列文化生产、传播、评价机制长期运作的历史合力的结果。在这个名单中，可以非常明显地看到古典诗歌审美的影子，比如对于韵律的偏好。新诗尽管已经诞生一百年了，但看待它的眼光仍然是一千年前的，甚至更古老。要弄清这个问题，涉及对非常复杂的文化记忆和文化传统的清理，显然本文无此力量。除去审美的顽固古典羁绊，其他诸多因素，诸如政治社会经济等外在因素的影响。不要以为诗歌是能够脱离复杂的社会的纯文学的宠儿，其实他始终与中国社会紧密联系在一起。比如，《乡愁》所依赖的两岸分隔的语境，以及总理级

---

① 臧棣：《现代性与新诗的评价》，《文艺争鸣》1998年第3期。

的政治人物引用该诗所产生的巨大社会效应,《回答》所赖以发生的80年代思想解放的文化大潮,众多的研究已经有力地证明,诗歌在80年代的走红不单单是文学本身的力量,与意识形态的合拍是重要原因。《春暖花开》与房地产商的青睐,等等。这些非文学的因素,都对于塑造这些新诗名作产生过不可忽视的推动作用。同样道理,21世纪前后的口水诗、丽华体、乌青体的网络走红,背后也牵涉一系列复杂的文化力量和文化机制的运作。

然而,这样的观点在大众中间基本没有市场。在其他艺术领域,可能还注重思想在作品中的比例,但在诗歌,古典式审美思维最顽固。来自读者大众的质疑集中在一个问题上,新诗没有像古诗那样形成自己的形式规范,你拿不出令人信服的像唐诗那样的统一形式。这个要求似乎与人生来平等一样无比正确。这正是新诗合法性危机最核心的内容。

新诗是不是要追求韵律和形式的规范,与古诗不同的新的规范的形式,要不要成为新诗追求的目标?

我的答案是,不要。新诗绝对不可返回古诗的老路上去。新诗的本质是自由,这是新诗安身立命的本钱,因为自由,它才推翻了古诗的统治和束缚,因为自由,它才在新文化运动之后由小逐渐壮大,因为自由,它才吸引了一代代的年轻人的热爱,也因为自由它才在图像文化充斥世界的今天在网络上占有了一席之地,也因为自由,新诗才保持了在当下文化商业的时代里相对的洁身自好。

正是出于对自由的人性的向往和追求,新诗才在一百多年的历史进程不断发展壮大,直至今天。尽管"自由"和"人性"是两个具有理论陷阱的词(这个话题当另文讨论),尽管对新诗的争论不断,看法不一,但毋庸置疑的是,它从古诗的樊篱中挣脱出来,独立了,生根了,成长了。现在的问题是,在发展上面遇到了市场的瓶颈,在接受上面备受大众的争议,在形式上面在格律和自由之间摇摆不定,在成就方面缺少更有说服力的诗歌经典。这是诗歌要解决的几大问题。

第一个问题不是问题。因为现在新诗基本上是无功利生存,非市场化。写诗不为赚钱,诗歌的传播基本免费,诗歌的阅读也基本免费。比起戏剧、影视、歌曲、书画、收藏等艺术领域,诗歌是当今最便宜的精神消费。无功利生存反倒使诗歌的生命力更加强盛,不会像艺术收藏市场那样随着行情的起伏而大起大落。从新诗诞生到今天的一百年,新诗的生存经历了革命、运动、战争、市场、全球化等多种历史环境的考验,也从一种青春的冲动、政治的附庸、革命的工具发展成为今天传媒时代独特的交流和表达方式,而且也经历了复古与革新的反复较量,诗歌从青春期、骚动期进入了成熟期。在我看来,当今的诗歌正当年。

第二个问题,在接受方面备受争议,这不但是诗歌的问题,几乎所有的领域都存在这个问题。不过诗歌的特殊性在于中国诗歌历史的特殊记忆,这是影视、网络等新媒体艺术不存在的。新诗尽管是新事物,但毕竟从古诗化蝶而来,脱胎于传统,因此,无法不让大众将它与古诗作对比。争议并没有将诗歌彻底打倒。打了一百年,诗歌生存发展了一百年,而且还不时小有辉煌。世界上哪种东西没有争议?连美和民主都有争议,何况新诗。争议是前进的动力,没有争议才不正常。

第三个问题是经典的问题,与第二个问题紧密相连。古诗有将近二千年历史,从唐诗到现在也有一千年历史,这在世界文化史上都是罕见的。在这漫长的历史的文化创造中,留下大量的经典,被历代民众广泛阅读,广泛接受,进而积淀为一种民族特色文化心理,它的强大犹如连绵的昆仑山,是谁都无法否认的。新诗只有一百年,你要求它产生和一千年、两千年那样多那样高的经典,首先不公平,其次太着急。心情可以理解,事实上不可能。大众老抱怨新诗没有经典,但实际上,北岛的《回答》,余光中的《乡愁》,海子的《春暖花开》,徐志摩的《再别康桥》,这些诗的经典化程度应该说相当之高。即使新诗今后停下来不写作,以上这些经典也足够新诗骄傲,更何况,80年代以后的这三十年,中国新诗的数量、质量、反映时代的深度、广度,艺术形式之多样,技艺之精深,已经有了巨大的飞跃。这些问题待以后的章节再交代。许多当代诗人,如于坚,西川,欧阳江河,昌耀,沈浩波,王家新,多多,严力,等等,这些诗人的诗歌成就相当可观,只是还需要公众有一个认识和接受的过程。优秀的艺术往往是超越于时代的。借助网络这一现代技术的中介,诗歌的接受目前正在经历一个大众化的过程,而这个过程既不是由政府推动,也不是由资本推动,而是由诗人和诗歌的读者来推动的,它有平民化程度非常之高。这是个非常独特的过程。这个过程也绝非一个诗歌的问题,而涉及文化民主化、社群意识的重新建构、社会交往方式和精神沟通方式的新变化等一系列复杂的社会重构。

第四个问题是新诗的形式问题。这是新诗面临最突出的问题和挑战,也是最难以回答的问题。新诗边缘化小众化的重要原因,就是新诗没有规范化的成熟的形式,这影响了大众的接受。新诗还没有像古诗一样创造出一种被广泛认可的规范的形式,也就是说还没有李白、杜甫意义上的经典。自由诗人面目各异。闻一多追求格律,卞之琳富于智趣,沈浩波相当肉感,西川超脱得出奇。《乡愁》类似于民歌,《零档案》无以类比。昌耀偏爱文字古奥,欧阳江河热衷矛盾修辞。有人押韵,有人散文,女诗人安琪将日记、碑文、会议记录全搬了进长诗,臧棣的丛书又迷宫一般回旋曲折。没有哪一种形式拥有绝对权威,也没有哪一种形式不合理。好像都可以,又好像都不太令人满意。这些感觉可能是阅读新诗的人的普遍感觉。新诗提供了大量新奇的艺术表达,但始终缺乏经典的阅读感觉。经典让你不敢随便质疑,只能质疑自己。正如欧阳江河所说,大众对待古诗和新诗是不公平的,李商隐的诗也并非那么好懂,但很少有人会质疑李商隐的经典性,但是面对你欧阳江河的诗则会问,写得什么呀,不明白。大众"欺侮"新诗的现象时有发生,只不过人们不在意罢了。总之,人们的感觉是,新诗由于缺乏成熟的形式规范,制约了新诗传播;反过来,新诗经典的缺乏又鼓舞了公众排斥和怀疑新诗。我认为,新诗行进一百年的问题中,只有形式问题是需要解决的理论问题,这个问题不解决,新诗在形式方面的创造就不理直气壮,新诗仍然会受古诗和大众的夹板气。

二 自由诗的本质是自由

新诗区别于旧诗的最本质特点是,形式自由。这是新诗被称为自由诗的理由。新诗自由的形式充分保证了诗人自由的表达。新诗通过五四以来一百年的实践,彻底破除了旧诗的形式束缚,诸如格律、对仗、押韵、平仄等。但百年实践并不足以成为理论上的依据。许多人仍然认为,形式自由并不构成新诗的充分条件,自由形式说白了就是没有形式。如何回应这种看法?

缺乏形式规范仿佛是新诗的伤疤。这是新诗认识上最大的误区。恰当的说法应该是,新诗本质是自由的,但这种自由对于形式有比旧诗更高、更难的要求。按照吴思敬的说法,旧诗是制服,是统一服装,新诗是个性化服装,需要因地制宜,因此要求更高,难度更大。每一首诗都要求最贴切最恰当的形式。

过去一百年的实践新诗以自由诗为绝对主流且不说。近年来随着网络的勃兴，网络已经成为诗歌生产、传播、消费的重要方式，新诗的自由特征体现得更为明显。旧体诗虽然也有点市场，但对现实的言说能力远不及自由诗。"走红"的都是自由诗。口水诗，乌青体，梨华体，五花八门，眼花缭乱。自由诗的大众化传播，代表了一种精神自由的追求，无拘无束，绝对自由。没有权威的看管，没有传统的束缚，没有经典的焦虑，我手写我口，诗言志。尽管这种"口"可能是后现代消费之口，这种"志"大部分都是资本和权力所污染的精神意志，但其中不乏个体的生活呈现和精神流露。诗歌成为最便宜、最便捷的文化生产、传播和消费方式，这是其他艺术形态所不具备的。在当代语境，诗歌是最自由的文化表达方式。

吴思敬新诗理论最让我受启发的地方就在于，他彻底解决了有关新诗自由的问题。在他看来，新诗本质是自由的，形式也是自由的，没有给格律诗和古典诗歌的当代迷恋留下任何余地。吴思敬总结了一百年的新诗创作，认为自由诗占到主流。"与现代格律诗理论探讨和创作日稀的情况迥异，自由诗在诗坛则日趋繁荣。'五四'以来的重要诗人，如胡适、郭沫若、冰心、戴望舒、艾青，以及以牛汉、绿原为代表的'七月派'诗人，以穆旦、郑敏为代表的'九叶派'诗人，全是以自由诗为自己的主要创作形式的。新时期以后，北岛、舒婷等'朦胧诗人'，海子、西川、韩东、于坚等'第三代诗人'，直到90年代后涌现的'70后'、'80后'诗人，就更是以自由诗为主要的写作手段了。朱自清在新诗的第一个十年所构拟的'自由诗派'与'格律诗派'两军对垒的情况不复存在，自由诗成为新诗主流已是相当明显的了。"①

吴思敬在考察了新诗发生史之后认为："辛亥革命推翻封建皇帝带来的一定程度的思想自由，外国'自由诗'的影响，是新诗产生的外部条件，而从内因来说，则是那个时代青年学子心灵中对自由的渴望与追求。"②他的两篇文章集中论述新诗自由观，《新诗：呼唤自由的精神》《心灵的自由与诗的超越性》。前者是对中国新诗史的回顾与总结，后者是对一些中外著名诗人的诗歌创作和诗歌观念的不完全归纳。他说："重提七十年前废名'新诗应该是自由诗'的判断，意在阐明自由诗最能体

---

① 吴思敬：《新诗：呼唤自由的精神——对废名"新诗应该是自由诗"的几点思考》，《文艺研究》2010年第3期。
② 吴思敬：《吴思敬论新诗》，中国社会科学出版社2013年版，第37页。

现新诗自由的精神,最具有开放性与包容性。而新诗诞生90余年的实践表明,现代格律诗之所以未能与自由诗相抗衡,是由于与传统格律诗相比,其公用性与稳定性的缺失。当下的诗坛,自由诗尽管占据着主流位置,但也为各种现代格律诗的实验,提供了最为广大的舞台。不过,解决当下新诗存在的问题,还是应该从诗性内容入手,希冀设计出若干种新诗格律来克服新诗的弊端是不现实的。"① "新诗的创始者胡适是把'诗体的解放'与'精神的自由'联系在一起谈的:……形式上的束缚,使精神不能自由发展,使良好的内容不能充分表现。若想有一种新内容和新精神,不能不先打破那些束缚精神的枷锁镣铐。'"胡适之后,"郭沫若讲'诗的创造就是要创造人…他人已成的形式是不可因袭的东西。他人已成的形式只是自己的镣铐。形式方面我主张绝端的自由,绝端的自主'。艾青则这样礼赞诗歌的自由的精神:'诗与自由,是我们生命的两种最可贵的东西。'"② 在《心灵的自由与诗的超越性》一文中,通过对一些著名诗人,如叶赛宁,拜伦,波德莱尔,瓦雷里,英国诗人墨锐,郭小川,郑敏,徐复观,唐湜,以及卞之琳的例子,说明诗乃自由的结论。尽管是个不完全归纳,也是有相当说服力的。因为我们几乎看不到哪一个诗人是在心灵不自由的状态下创作出伟大诗篇的。吴思敬认为:"有了自由的心灵,诗人才能超越传统的束缚,摆脱狭隘的经验与陈旧的思维方式的拘囿,让诗的思绪在广阔的时空中流动,才能调动自己意识和潜意识中的表象积累,形成奇妙的组合,写出具有超越性品格的诗篇。"③ 这样的观念,无论是对于权力还是资本的批判,无论是对于矫正口水诗对诗歌艺术的简化,还是对于知识分子、学院派写作的复杂化,都仍然有效。《二十世纪新诗理论的几个焦点问题》是吴思敬对百年新诗理论的总结性思考,回答了诗歌现代化的若干理论问题,其中对诗歌是自由诗这一命题的论证占有突出位置。在我们的印象中,戴望舒是格律派诗歌的代表人物,应该对自由诗持怀疑态度,但吴思敬发现,戴望舒由格律转向自由的个案有力地说明,新诗是自由诗。"《雨巷》时代的戴望舒,也曾深受'新月派'诗人的熏陶,讲究诗的音乐性和画面美。但是当戴望舒接触了后期象征主义

---

① 吴思敬:《新诗:呼唤自由的精神——对废名"新诗应该是自由诗"的几点思考》,《文艺研究》2010年第3期。
② 吴思敬:《吴思敬论新诗》,中国社会科学出版社2013年版,第38页。
③ 吴思敬:《心灵的自由与诗的超越性》,《文艺争鸣》2012年第5期。

诗人果尔蒙、耶麦等人的作品后,他逐渐放弃了韵律,转向了自由诗。"[1] "格律派强调'音乐的美',《望舒诗论》却认为'诗不能借重音乐,它应该去了音乐的成分'。格律派强调'绘画的美',《望舒诗论》却说'诗不能借重绘画的长处'。格律派强调'格调'、'韵脚'和字句的整齐,《望舒诗论》却说'韵和整齐的字句会妨碍诗情,或使诗情成为畸形的。倘把诗的情绪去适应呆滞的、表面的旧规律,就和把自己的足去穿别人的鞋子一样'。格律派强调用均匀的'音尺'或'拍子'以及协调的'平仄'来形成诗的节奏,《望舒诗论》却说'诗的韵律不在字的抑扬顿挫上,而在诗的情绪的抑扬顿挫上,即在诗情的程度上'。"[2] 可以看到,吴思敬在总结新诗格律化实践的过程中,尽管对格律的追求给予肯定,但更重要的是指出了其中包含的消极因素,这为他坚决地主张新诗自由的理论打下了基础。吴思敬的结论是:"对于新诗史上乃至今天,希望克服自由诗的散漫,想为新诗建立一套新格律的诗人和学者,我是充分理解的,并对他们的努力怀着深深的敬意。只不过我还看不出这种种现代格律诗方案对纠正当下新诗写作弊端有多大的可能性。"[3] 我个人认为,自从吴思敬得出这一彻底的理论后,新诗人可以完全放弃在创作中夹带格律的机会主义努力了,可以将传统对新诗的最后一点束缚彻底抛开了。

心灵的自由比什么都重要,这是现代诗人一百年的历史体验的汇总,也是对未来新诗发展的最重要的告诫。新诗如果依然要依赖韵律,就像电影仅仅依赖画面,好的社会仅仅寄希望于吃喝一样,无疑是极其片面和狭隘的观念,是典型的文化保守主义和文化惰性。它反映了一种消极的、狭隘的艺术观念。

自由诗的形式自由,是人的精神自由的充分外化,是自由诗革命性发展的宪法,是其精神自由的制度性保障。

三 自由诗的难度:设计个性化的服装

自由诗能不能无限自由?换句话说,如何评价口水诗、梨花体?

---

[1] 吴思敬:《二十世纪新诗理论的几个焦点问题》,《文学评论》2002年第6期。
[2] 吴思敬:《二十世纪新诗理论的几个焦点问题》,《文学评论》2002年第6期。
[3] 吴思敬:《新诗:呼唤自由的精神——对废名"新诗应该是自由诗"的几点思考》,《文艺研究》2010年第3期。

在百度上搜索，可以看到以下条目的解释："梨花体"谐音"丽华体"，因女诗人赵丽华名字谐音而来，又被有些网友戏称为"口水诗"。自 2006 年 8 月以后，网络上出现了"恶搞"赵丽华的"赵丽华诗歌事件"，文坛出现了"反赵派"和"挺赵派"，引起诗坛纷争。

来看一首梨花体诗：

> 毫无疑问
> 我做的馅饼
> 是全天下
> 最好吃的
> ——《一个人来到田纳西》

不少人认为，赵丽华的诗歌在网上引起强烈反应的一个原因，就是"明显的口语化写作"，换句话说，"梨花体"起到祛魅的功能，把诗歌降低为一种随意可为的艺术，给大众参与创造了合法性。正如网上给出的梨花体写作秘密：1. 随便找来一篇文章，随便抽取其中一句话，拆开来，分成几行，就成了梨花诗。2. 记录一个 4 岁小孩的一句话，按照他说话时的断句罗列，也是一首梨花诗。3. 当然，如果一个有口吃的人，他的话就是一首绝妙的梨花诗。4. 一个说汉语不流利的外国人，也是一个天生的梨花体大诗人。① 梨花诗与芙蓉姐姐的网上走红分享了相同的逻辑，那就是对日益精英化的艺术的嘲讽，和大众分享文化话语权的强烈要求。这是在中国社会文化资源的社会分配越来越不等、网络新媒体提供的技术平等的支持越来越广泛的社会语境下发生的。网络上对梨花诗的广泛戏仿，反映了大众层面对于新诗的大众化诉求，也是对 90 年代以来，以所谓的"知识分子写作"为代表的诗歌日益精致化的一种反拨。"知识分子写作"在很大程度上警惕大众对诗歌的要挟，其极端的主张是"献给最少的少数人"，这种说法自有其合理性，却没有能够征服大众，甚至引起了大众反感。口水诗的出现似乎提供了一种对精致文化矫枉过正的救治方式，它不惜抛弃新诗在艺术上取得的曲折成就。

梨花体式的口水诗提倡怎么写，没有什么问题，但是，将一种低低在

---

① 相关材料均引自百度。

下、唾手可得的写作方式作为新的规范加以确立，产生了非常消极的负面效应。口水诗重新祭起了二元对立的思维模式：口水诗等于民主，复杂的诗歌写作等于反民主。梨花诗在艺术上没有新的发现，它吸引眼球的地方在于，彻底去除了诗歌的神秘性，表达了大众对于文化消费的强烈诉求。它是一种新的大众主体意识的表征。放在后冷战时代社会主义在全球化市场化转型的历史语境中，它是一种解构意义上的文化实践。它拒绝精英文化高高在上的姿态，转而呈现低低在下的草根姿态。梨花体以一种唾手可得的随意感和低低在下的草根感，从内容和形式上表达了大众对文化领导权的渴望。在 90 年代以来的文化脉中，王朔、冯小刚、赵本山，这些文化符号参与到新的文化主体意识的建构中去，即一种游戏的、消解的、对体制有轻度嘲讽但又非常安全的文化表达方式。这当然不能算李大钊"庶民的胜利"，与毛泽东所描绘的工农兵文艺也相差甚远，而是一种新的社会意识的表达。我们当然要清醒地看到在资本和权力钳制下的意识形态痼疾，要警惕那些虚假的主体性表达，对于盲目乐观的民主化想象以及各种文化梦幻保持戒备，但必须看到这一声势浩大的草根化潮流所带来的思想解放和知识普及，以及公众参与意识的觉醒，社会交往的加强等积极层面。正因为我们这个国度艰难而漫长的求索，这些新呈现的现代化事物和现代化意识才显得尤为珍贵。

因此，梨花体诗歌作为一种新的大众意识的表达，自有其文化上积极的意义，但在思想上，没有提供更多的力量。在形式上，它甚至是保守的。一旦降低了新诗的形式难度，也就降低了新诗的思想。如果开个玩笑，梨花体是蹩脚的古诗，李白的歌行体倒是优秀的自由诗。

一千三百年前的李白，不单能写形式严整的格律体诗歌，也有大量形式自由的歌行体，如《行路难》《将进酒》《梦游天姥吟留别》《西岳云台歌送丹丘子》《少年行》《江上吟》等。郭茂倩选编的《乐府诗集》收集了李白的首形式自由的乐府诗。在这些诗歌中，李白式抒情似急风暴雨，行云流水，感情洪流从胸中奔涌咆哮出来，形式已经完全不在考虑之中。大跨度跳跃，"烈士击玉壶，壮心惜暮年，三杯拂剑舞秋月，忽然高咏涕四涟"。阅读这些诗歌可以感到，李白浪漫自由的性格完全受不了法度森严的近体诗的限制。他要自由抒写心灵，因此，相对自由的汉魏歌行体成了他的至爱。只需看一首跟今两千年、距李白七八百年的一首汉乐府诗，就能明白李白的选择：

> 有所思，乃在大海南。
> 何用问遗君，双珠玳瑁簪，用玉绍缭之。
> 闻君有他心，拉杂摧烧之。
> 摧烧之，当风扬其灰。
> 从今以往，勿复相思，相思与君绝！
> 鸡鸣狗吠，兄嫂当知之。
> 妃呼狶！
> 秋风肃肃晨风飔，
> 东方须臾高知之。
> ——《有所思》

形式上，谁也不敢相信这是两千多年前的诗歌，它与现在的自由诗有什么区别？相当权威的袁行霈主编的《中国文学史》认为："李白的歌行，完全打破诗歌创作的一切固有格式，空无依傍，笔法多变，达到了任随性情之所之而变幻莫测、摇曳多姿的神奇境界。不仅感情一气直下，而且还以句式的长短变化和音节的错落，来显示其回旋振荡的节奏旋律，造成诗的气势，突出诗的力度，呈现出豪迈飘逸的诗歌风貌。"①

本文引用李白有两层用意，一是把古典诗歌想象为完全的格律诗是一种常识性错误，古典诗歌也有它丰富多变的形式探索。二是李白形式探索的动力来自情感的涌动，服从于他自由的心灵。这又一次验证了吴思敬的理论。放在两千年诗歌史上，即使仅在形式的意义上，李白都是革命性的艺术家。也是在这一意义上，古典诗歌完全可以成为新诗的思想源泉，并非只能引进西方。所谓传统，也是在这样的意义上来思考和继承。因此，口水诗只是新诗大众化的权宜之计。将自由诗的自由理解为艺术形式上的随意绝对是庸俗的，这不会让新诗真正赢得大众，只能让新诗沦为一种轻浮的玩物。

吴思敬辩证地回答了新诗的内容与形式的问题，具有一种理论上的彻底性。新诗在内容上是自由的，在形式上是高难度的。与古典诗歌的统一着装相反，新诗要求个性化的服装。"有人说，自由诗不讲形式，这是最大的误解。自由诗绝不是不讲形式，只是它没有固定的一成不变的形式。

---

① 袁行霈主编：《中国文学史》（第二卷），高等教育出版社2005年版，第222页。

如果说格律诗是把不同的内容纳入相同的格律中去,穿的是统一规范的制式服装,那么自由诗则是为每首诗的内容设计一套最合适的形式,穿的是个性化服装。实际上,自由诗的形式是一种高难度的、更富于独创性的形式,从某种意义上说,比起格律诗来它对形式的要求没有降低,而是更高了。"① 在另一篇文章里,他从朱湘的诗歌创作得出结论,朱湘"几乎是每写一首诗都在探讨一种新的建行,精心地为自己的诗作缝制合体的衣裳"②。

通俗点说,每一首自由诗都像一个人,要求有合体的服装,不可以复制、山寨,只能独创。自由诗不是全裸体。好的自由诗可以是比基尼,也可以是唐装,可以长袍马褂,也可以是西装革履,还可以休闲运动。总之,包裹的是一个自由的个体,展示的是各不相同的个性和风采,甚至不能复制自我和从前,这是自由诗形式的唯一要求。这就使新诗的形式创造不但不是随意而为、信手拈来那样的轻松和容易,反而是独一无二、别无分店般的艰难。形式上的要求与内容上的自由辩证地统一起来,成为新诗革命性的、创造性的、永葆青春的生长机制。吴思敬的自由观抓住了自由诗的先锋性和革命性,彻底解决了自由诗形式与内容关系问题,它甚至启发新诗重新看待古典诗歌的传统。

吴思敬通过对早期白话诗的语言缺陷的反思,提出了新诗形式的难度观,对当下口水诗也有棒喝作用,"正如梁宗岱当年批判初期白话诗的问题一样:所以新诗底发动和当时底理论或口号,——所谓'建设明了的通俗的社会文学',所谓'有什么话说什么话'——不仅是反旧诗的,简直是反诗的;不仅是对于旧诗和旧诗体底流弊之洗刷和革除,简直是把一切纯粹永久的诗底真元全盘误解与抹煞了"③。他认为胡适提倡诗体大解放和白话诗,仅从语言文字的层面着眼,导致"诗人的主体性不见了,诗人的艺术想象不见了,而'有什么话,说什么话;话怎么说,就怎么说'则取消了诗与文的界限,取消了诗歌写作的技艺与难度,诗歌很容易滑向浅白的言情与对生活现象的实录"④。他严厉批评将自由诗随意化

---

① 吴思敬:《新诗:呼唤自由的精神——对废名"新诗应该是自由诗"的几点思考》,《文艺研究》2010年第3期。
② 吴思敬:《吴思敬:"不定型"恰恰是新诗自身的传统》,《中国艺术报》2011年10月26日。
③ 吴思敬:《二十世纪新诗理论的几个焦点问题》,《文学评论》2002年第6期。
④ 吴思敬:《吴思敬论新诗》,中国社会科学出版社2013年版,第43—44页。

的写作观念:"他们不知道,任何自由都是有限度的,自由诗中不仅有自由的形式,更重要的它还要有诗的内涵。自由诗绝非降低了诗歌写作的门限,而是把这一门限提得更高了。俞平伯早就说过'白话诗的难处正在他的自由上面。他是赤裸裸的,没有固定的形式的,前边没有模范的,但是又不能胡诌的;如果当真随意乱来,还成个什么东西呢!所以白话诗的难处,不在白话上面,是在诗上面;我们要紧记,做白话的诗,不是专说白话。'"①

因此,民众当拿到诗歌民主这个利器时并没有好好珍惜他,而是让民粹主义给毁了。诗歌口水化正是这种打着民主旗号的群盲运动,它让大众与好的精神艺术擦肩而过。这是本文反思口水诗的一个用意。提倡一种简单易懂的理论,是基于与足球普及一样的判断:只有当中国民众真正对诗歌在精神上的创造性具备了辨别力,诗歌的传统才能真正激发出来。

(原载《湖南文学》2015年第5期)
作者单位:《北京文学》杂志社

---

① 吴思敬:《新诗:呼唤自由的精神——对废名"新诗应该是自由诗"的几点思考》,《文艺研究》2010年第3期。

吴思敬诗学研究的"中和之道"

邱景华

凡接触过吴思敬的人，都会被他谦和的微笑、亲切的语调和富有修养的待人接物所吸引，感受到一种仁者的温情。他身上的儒家风范，是如此显现而鲜明，所以学界和诗界尊为"当代诗坛的儒者"。但他并不是具有复古倾向、迷恋传统的旧式文人；恰恰相反，作为一个现代知识分子，他对于新的思想、现代科学知识与方法，是终生追求不懈的。吴思敬不同寻常之处，就在于把追求中外文化相互融合的新诗学，作为他毕生奋斗的理想和目标；而融合着唯物辩证法与儒家智慧的"中和之道"，则是他实现的理想和目标的学术方法和成功途径。

唯物辩证法与儒家"中和之道"

辩证法是关于自然、社会和人类思维的最一般发展规律的科学。对立统一规律是辩证法的实质和核心。辩证法的精髓，就是从"对立面的统一中把握对立面"。但由于时代的局限，辩证法的对立统一原则，被片面地理解为"一分为二"，形成一种长期流行的二元对立思维模式。只讲"一分为二"的对立，不讲"合二而一"的统一；后来发展为用"一分为二"反对"合二而一"，片面强调对立面的斗争和对抗，甚至认为"综合就是一方吃掉另外一方"。所以，很长一段时间内，在这种非此即彼的二元对立思维模式和方法论的影响下，片面性泛滥，从一个极端走向另一个极端和独断论流行，严重影响了学术研究的正常发展，窒息了学术研究的生机。

所以，新时期学界的拨乱反正，在思维模式和方法论层面，就是对只讲"一分为二"的偏颇,进行反思和纠正。吴思敬就是其中的一位先行者,他的学术研究从一开始,就表现出对辩证法的准确理解,超越了只讲"一分为二"的时代顽症,善于从"合二而一"来研究对立,表现出不同寻常的智慧和超前意识。

从1978年开始,吴思敬在报刊上发表系列文艺随笔《藏与露》《形与神》《动与静》《直与曲》等,对艺术辩证法进行探讨。也就是说,这一时期,他已在研究唯物辩证法,并开始运用到文艺领域。这几篇文艺随笔,修改后收入专著《诗歌基本原理》"诗歌艺术的辩证法"这一章。他写道:"艺术辩证法要求把种种的文学艺术现象置身于辩证法的视野之内,看到想到对立的因素之间的内在联系。"① 文中引用古人写的一首词《我侬词》:"我泥中有你,你泥中有我",吴思敬认为这是"很形象地说明艺术辩证法的真髓"。②

吴思敬认为:"对立统一规律贯穿于诗歌创作的全过程,体现为一系列的两极相通,构成各种对应的审美范畴。"③ 他选择了其中的十一对范畴:有我与无我、有限与无限、单纯与复杂、写形与传神、精确与模糊、虚与实、大与小、藏与露、直与曲、平与奇、生与熟,进行分析,主要是在两个对立面中探寻内在的相互联系、相互渗透和相互融合,表现出对对立统一规律熟练的掌握和运用。比如,在分析"有我"与"无我"这一对范畴时,吴思敬指出,"有我"并不是纯主观,"无我"也不是纯客观,"'有我'与'无我',看似对立,实际上是互相渗透、相互补充、统一在一起的"。又如,虚与实,是中国古代文论中经常运用的一对范畴。实是基础,虚是生发,吴思敬分析了虚实结合的两种基本途径:一是化实为虚,化景物为情思;二是化虚为实,把抽象的情感和哲思,化为具体的意象。再如,"生与熟"这一对范畴,初学写诗,总要经历一个由生到熟的过程;但熟练之后,又容易重复,失去创意。所以,要"熟而能生",熟练之后,还要有新的创造,给人以熟处带生之感。

吴思敬善于从统一看对立,深入探寻对立面双方在什么样的条件下,相互转化、相互融合。他分析中引用了很多外国和当代的诗论和创作实例,还有大量中国古代文论的观点和中国古典诗词的例子,具有鲜明的民

---

① 吴思敬:《诗歌基本原理》,工人出版社1987年版,第275页。
② 吴思敬:《诗歌基本原理》,工人出版社1987年版,第273页。
③ 吴思敬:《诗歌基本原理》,工人出版社1987年版,第277页。

族特点。

吴思敬为什么能超越一分为二的时代局限？为什么能超越二元对立、非此即彼的思维模式和方法论？

1978年8月，著名哲学史家、历史学家庞朴，发表《孔子思想再评价》。1980年庞朴又发表在学界有很大影响的《"中庸"平议》，作者试图用儒家辩证法的"一分为三"，来匡正只强调"一分为二"的弊病。著名哲学家李泽厚也发表《孔子再评价》。这些开风气之先的宏文，影响了当年积极参与思想解放运动的吴思敬。

二千多年来，孔子的学说，已融化在中国人的思想、意识、风俗、习惯、行为中，成为汉民族的一种集体无意识，构成一种民族性的文化—心理结构。换言之，儒家文化的遗传基因，已经积淀成为中华民族的气质和性格。虽然自"五四"以来，批孔的声浪不断，但儒家作为民族的集体无意识，还是稳定地在一代又一代的中国人，特别是知识分子中遗传。

吴思敬所处的青少年时代，文化环境是反中国传统文化、反孔子的。也就是说，已经很难通过研读孔子的著作，获得儒家的真传。但是，通过民族集体无意识的遗传，儒家的仁爱、理性、宽容、平衡，成为吴思敬的气质和性格的基型。他大约是在"文革"后期的"批林批孔"中，研读儒家的著作，最初可能是出于批判，但后来孔子学说与他身上所遗传的儒家基因，产生微妙的共鸣，开始受到影响并产生正确的理解，很快就吸收了儒家文化的"中和之道"，形成内在的学养。

所以，在20世纪80年代初期，吴思敬在研读唯物辩证法的过程中，儒家的"中和之道"作为"前理解"，发生了很大的作用。哲学阐释学认为：理解是从"前理解"开始，每个人的"前理解"包括先天的遗传、后天的教育和所处的文化环境。对吴思敬而言，是"前理解"的儒家文化遗传基因在先，对唯物辩证法的研读在后。这样，"中和之道"作为"前理解"的内容，就不知不觉影响了吴思敬对唯物辩证法的理解和吸收。"中和之道"是儒家辩证法，讲的也是对立统一规律；所以与唯物辩证法的对立统一规律是相通一致的。这样，儒家的"中和之道"，使他本能地更关注唯物辩证法的"合二而一"，反过来，掌握了辩证法的对立统一规律，又能更自觉地理解儒家的"中和之道"。但两者也有差异：比起唯物辩证法"两极相通"的"合二而一"，儒家辩证法的"执两用中"，更明确是以"用中"作为对立面融合的原则,"中和之道"特别强调在两个对立面中寻找"中和",产生新的统一体;也就是庞朴所说"一分为三"①。

这样,再加上当年学界兴起的思想解放思潮的启示,吴思敬很快就超越了所处时代只强调"一分为二"的局限,真正掌握了辩证法的精髓。

如果说,唯物辩证法主要是一种思维模式,一种方法论;那么,儒家的"中和之道",既是一种思维方式,又是一种伦理修养和道德实践("中和之道",即是"中庸之道",庸,用也)。对吴思敬来说,辩证法的对立统一规律,不仅表现为他的思维方式,成为他学术研究的基本方法;而是还表现在他的道德修养上。他的为文和为人,都表现出典型的"中和之道",具有鲜明的民族特色。

所以,本文认为:用"中和之道"比用辩证法,能更好地阐述吴思敬具有民族特色的学术研究方法和学术品格。

"心理诗学":打开创作心理的"黑箱"

吴思敬研究新诗理论的一个出发点,就是新诗的自由精神。他认为:从新诗诞生起,自由就是新诗所追求的精神。辛亥革命推翻了封建皇帝带来一定程度的思想自由,外国"自由诗"的影响,是新诗产生的外部条件;而从内因来说,则是五四时期青年学子心灵中对自由的渴望和追求。②

具体而言,新诗的自由精神,是落实到诗人的身上,也就是诗人们代代相传的自由精神。所以,他提出"诗的主体性原则"。不要小看这个原则,它是吴思敬新诗整体观中一块重要的基石,是他新诗理论的生长点。(有的研究者误以为是来自刘再复的"文学主体性"理论,其实不是。刘文发表于1985年年底,而吴文则写于1984年。)"诗的主体性原则"主要是源自吴思敬对新诗自由精神的探求,是合乎逻辑的必然发展。

长期以来,传统"反映论"的理论,是把现实生活作为客体,作家

---

① 庞朴:《浅说一分为三》,新华出版社2004年版。
② 吴思敬:《自由的精灵与沉重的翅膀——中国新诗90周年感言》,《吴思敬论新诗》,中国社会科学出版社2013年版,第37页。

作为主体，文学创作是作家主体对现实客体的反映。而吴思敬的"诗的主体性原则"却认为："诗歌，尤其是抒情诗，它的创作客体就是主体自身，诗人总是以自身的生活经验、意志情感等作为表现的对象。抒情诗当然也有对主体之外的客观现实的描写，但它不是一种照相式的模拟，客观现实在诗歌中不再是独立的客观，而是渗透着、浸染着诗人的个性特征，成为诗人主观情感的依托物了。"①

"诗的创作客体就是主体自身"的结论，这在当年可谓石破天惊，是创作理论的重大突破。吴思敬还认为："诗的主体性原则"，是区别于小说和戏剧的诗的质的规定性。通过对诗的客体与主体的层层分析，两者之间的内在联系，相互融合所产生的新的形态，被深刻地揭示出来。既然"诗的创作客体就是主体自身"，那么研究诗人的创作心理，就是诗的创作论的主要内容。吴思敬的《心理诗学》，就是研究诗歌创作心理的过程和内在产生机制。

这样，从新诗的自由精神出发，到提出"诗的主体性原则"，再到"心理诗学"的创建，后到"自由的诗学"的建构，就形成吴思敬新诗理论的探索和建设的发展过程。

吴思敬对新诗理论的建设，有一个清晰的目标，就是追求新诗理论的科学化和现代化。1985年，正是引进"新三论"自然科学方法的所谓"方法论年"。掌握了"中和之道"的吴思敬，也在积极探索学术研究的新方法，但他并不热衷于单一的自然科学方法。他应《诗刊》之约，写了一篇《用心理学的方法追踪诗的精灵》，指出："心理学是在充分吸收了哲学、人类学、生理学等学科的成果的基础上建立的，心理学的方法也可以说是多边研究的方法。在诗歌研究中，引入心理学的方法，与引入其他的方法并不矛盾，它们完全可以在追踪诗的精灵的过程中统一起来。""诗人的心理活动既有流动性、变异性、复杂性，但又有机地统一在一起，这可以用系统论的方法来加以考察，把它看成是多维的、连续的、具有一定层次的系统。至于研究诗人的人际关系，信息交流，诗人所处社会的群体特征，社会定势等等，则又需要心理学与社会学方法的交叉。总之，未来的诗歌研究方法将是开放的，多维的，我们不必要也不可能将某种方法定为一尊。"②

---

① 吴思敬：《诗歌基本原理》，工人出版社1987年版，第49页。
② 吴思敬：《用心理学的方法追踪诗的精灵》，《诗刊》1985年第11期。

吴思敬提出的这种"多边研究"的综合方法，其实也就是"中和之道"的具体运用，它避免了单一方法的片面性，反对把某种方法定为一尊；用"多边"（社会科学与自然科学的多种学科）的内在联系相结合所形成的综合性，来研究诗歌的整体性。善于寻找事物对立统一内在联系的吴思敬，独具只眼看到现代心理学，不仅与他的创作心理研究内容相适合，而且从方法论的层面讲，是一种"多边研究"，可以与其他新方法结合起来。他采用这种方法，写了三部诗学专著：《诗歌基本原理》，将系统论与心理学相结合，从诗歌的历史和现状出发把握诗歌的特殊性，在诗的观念和诗歌理论的构架和体系上，均有创新。《诗歌鉴赏心理》，是把信息论与心理学相结合，研究诗歌鉴赏的一般规律。《心理诗学》，也是将信息论与心理学相结合、心理学与社会学相融合，特别关注积淀在潜意识中的人类社会活动，避免了片面性，从而较为全面地展示了诗人创作心理全过程和创作发生的内在心理机制。

在这三部诗学理论著作中，吴思敬熟练运用"中和之道"，形成了独树一帜的心理诗学理论和方法，表现出科学化和现代化的特征，具有一种科学求真的精神；他所采用"多边研究"的综合性方法，更接近于科学的实证方法。这是以前新诗理论著作所罕见的。

如果与谢冕、孙绍振的诗学著作和方法相比较，就可以看得更清楚。他们三人都是支持朦胧诗而起步，随后各自走出一条不同的诗学研究道路。耐人寻味的是：他们三人都有一部"创作论"：谢冕的《诗人的创造》、孙绍振的《文学创作论》、吴思敬的《心理诗学》。这三部"创作论"，从不同的角度、用不同方法，研究诗歌和文学的创作过程；但有一个共同点，就是对以反映论为基础的传统创作论的重大突破，构成了新时期理论创新的多元格局。

谢冕的《诗人的创造》，是对诗歌创作内部规律的探讨，分为感觉篇、意象篇、想象篇、灵感篇、构思篇、变形篇、语言篇、节律篇。他所采用的是传统感悟和现代思辨分析相融合的方法。以生动的例子和精美的文字，再现了诗歌创作中艺术生命的诞生过程。这本书，收入"今诗话丛书"，是对中国古典诗文评传统的传承和再创造。很少有诗学著作，能写得这样简洁、单纯和新鲜，充满着文采和诗意。

孙绍振的《文学创作论》认为：文学创作的特殊矛盾，就是生活真实与文学假定性的矛盾和统一。他以文学假定性为逻辑起点，以假定性与生活真实性的各种矛盾和统一为主要内容，讨论文学创造如何把生活真实变成文学形象。书中把文学形象看成感性特征、生活特征和形式特征的三位一体结构。这样，就形成一种利用矛盾特殊性来分析和探究文学创作内在审美结构的新方法。

吴思敬的《心理诗学》，是第一部用"潜意识"作为心理基础的诗歌创作论。因为诗人们的创造大都发生在潜意识领域，但至今人类对潜意识的认识，还处在把它视为"黑箱"的阶段。吴思敬借助最新的现代心理科学成果，先对潜意识的特征和发生机制，作了生理学的描述，然后深入探究潜意识与创作的关系和过程。他把古今中外诗人和作家们的创作经验，作为一个整体来研究（他的几万张卡片派上大用场）。诗人和作家们的创作谈，原本是片断式的、零散的、各说各的；现在经过吴思敬的分析、选择和组织之后，被纳入由"灵感思维""我向思维""表象思维"和"抽象思维"所组成的整体有序的架构和逻辑体系，成为其中的有机部分。概言之，《心理诗学》清晰地描述和阐释了创作心理过程中的审美规律和创造发生的内在机制。这是迄今为止，对于发生在潜意识中的诗歌创作心理和创造发生机制，最为系统和清晰的揭示。其精彩无比，但也艰难无比，吴思敬为此整整花费了十年的心血，才完成这样一部独特的创作论。

《心理诗学》第一次打开诗歌创作心理"黑箱"的盖子，虽然还未能看清"黑箱"内全部的神秘内容，比如后现代主义理论认为：语言的根不在人的逻辑中，而是在人的无意识中。[①]《心理诗学》是 1988 年写出初稿，还来不及吸收这个最新的语言学成果，未能描述出潜意识中语言诗化的发生过程，虽然在相关的内容中有所涉及，但主要是把语言放在"信息的外化"，即艺术的传达过程。然而，能打开创作心理"黑箱"的盖子，可谓居功至伟。《心理诗学》的理论价值和重大意义，至今还未能得到应有的认识和评价；但二十多年过去了，我们重新读它，还新鲜如初，它所揭示的创作心理审美规律和创造发生的内在机制，不断得到当代诗人们的创作所证实。谢冕早年有过十年的新诗创作经历，青年孙绍振曾是以诗人闻名。与他们相比，吴思敬缺少诗歌创作的经验，但他与当代诗人们的广泛交往，特别对创作心理全过程的研究，让他搞清楚了诗人创作心

---

① 郑敏：《诗歌与文化》，《诗歌与哲学是近邻：结构—解构诗论》，北京大学出版社 1999 年版，第 253 页。

理发生的内在机制，所以"懂诗"。他后来的诗歌评论所依据的理论和标准，主要是"心理诗学"，并在数十年的批评实践中没有产生大的失误，也反过来证明他的"心理诗学"是正确的，符合诗歌创作的审美规律。

读吴思敬的诗学著作，不仅知道诗歌的创作心理是什么？而且知道"为什么"会这样，因为他清晰地描述了发生在潜意识中的创作心理的发生过程，不是猜想，不是感悟，而是实实在在、可以实证的审美机制。这就是吴思敬一生矢志追求的新诗理论现代化和科学化。所以说，吴思敬的诗学著作，是一种独特的现代文本。读他的诗学，虽然没有谢冕的诗意和孙绍振的敏锐，但有一种清晰的求真思路。像吴思敬《心理诗学》这样充满现代科学色彩的诗歌创作论，以前没有，现在也未曾看到，可见这种科学化的现代诗学研究道路之艰难。

"自由的诗学"：对新诗精神和诗体的再认识

21世纪初，吴思敬对新诗走过的90年历程，有一个重要的"回望"，写下了他对新诗本质和文体的系列思考：《新诗：呼唤自由的精神——对废名"新诗应该是自由诗"的几点思考》《自由的精灵与沉重的翅膀——中国新诗90年感言》《心灵的自由与诗的超越》《诗人应当是一个民族中关注天空的人》等。

如果说，他早年就认识到：自由是新诗的精神，并且作为他新诗研究的出发点；那么，经过30多年的研究，他对新诗自由本质的思考，有了更全面更深刻的理解和认识。他认为：新诗是在五四运动的思想解放中诞生的，追求人的自由解放，是它内在的精神，并举出郭沫若、艾青、蔡其矫、彭燕郊等新诗史上的一流诗人，在不同时期对新诗自由精神的呼唤为例证。

为什么要一再呼唤新诗的自由精神？

吴思敬认为：诗人只有具备了自由的精神，才会有心灵的自由，才能创作出超越性的杰作。在《心理诗学》中，他从创作心理的层面，对诗人的心灵自由对创作的影响，做了精彩而翔实的描述和揭示，令人信服。换言之，他是把诗人的心灵自由对创作的影响，作为艺术规律来认识。他反复强调："诗人只有葆有一颗向往自由之心，听从自由信念的召唤,才能弃绝奴性,超越宿命,才能在宽阔的心理时空中任意驰骋,才能不受权威、传统、习俗或社会偏见的束缚,才能结出高度独创性的艺术思维之花。"① 但是,新诗的自由精神和诗人的自由心灵,在现实社会中却受到各种的干扰和束缚,"新诗的自由精灵,本应在广阔无垠的天宇中自由自在地翱翔,无奈在中国五四以来的特殊社会与时代氛围中,新诗与政治的无休无止地纠缠,新诗与传统的审美习惯的冲撞,就像一双沉重的翅膀拖着它,使它飞得很费力,很艰难"②。

"自由的精灵与沉重的翅膀"所构成的矛盾,是吴思敬对新诗的自由精神,在 90 年的进程中,不断遭遇到的坎坷和曲折的形象概括。新诗的自由精神,在吴思敬的笔下,不再是一种抽象的空洞理论,而是具有了丰富而深刻的历史内涵。正因为新诗自由精神在各个历史时期所受到的阻碍和挫折,才需要不断地呼唤、认同、继承和发扬光大。

在当代的诗歌理论家中,还很少看到像吴思敬这样,对新诗的自由精神,如此重视并作长期的研究,把它概括为"新诗的自由本质",形成他新诗理论的核心和基石。吴思敬认为:"自由诗最能体现新诗自由的精神,最具有开放性和包容性。"③ 他重提 70 年前废名所说的:"新诗应该是自由诗"的话题,但又不仅仅是对前人观点的复述和认同,而是借废名"新诗应该是自由诗"的命题,进行新的解读:不能把"自由诗"仅仅理解为一种诗体,而是"自由的诗",即具有自由精神的新诗。

为什么在新诗 90 年的发展历程中,成为新诗主流的是自由诗,而不是"现代格律诗"？这就必须讲清楚新诗进程中自由与格律相互缠绕的复杂关系？这也是新诗理论的焦点问题之一,诗界和学者们争论了几十年,未能达成共识。

吴思敬从诗体的特征,来分析这个焦点问题。他说:"一种诗体只有不仅被开创者自己,而且也被当时和后代的许多诗人所接受并共同使用,

---

① 吴思敬:《新诗:呼唤自由的精神——对废名"新诗应该是自由诗"的几点思考》,《吴思敬论新诗》,中国社会科学出版社 2013 年版,第 5 页。
② 吴思敬:《自由的精灵与沉重的翅膀》,《吴思敬论新诗》,中国社会科学出版社 2013 年版,第 39 页。
③ 吴思敬:《新诗:呼唤自由的精神——对废名"新诗应该是自由诗"的几点思考》,《吴思敬论新诗》,中国社会科学出版社 2013 年版,第 14 页。

才能成为真正意义上的诗体。"① 并提出衡量诗体的标准：公用性和稳定性②，而所谓的"现代格律诗"还处在试验阶段，不仅没有定型，没有定体，更没有形成现代格律诗的"公用性"和"稳定性"。从理论上讲，"现代格律诗"作为一种新诗体是不能成立的，它只是自由诗的现代格律化。换言之，自由诗的现代格律化试验，并没有产生新体从自由诗中分离出来，真正自立门户。

吴思敬第一次从诗体的标准，在理论上讲清楚了自由诗与"现代格律诗"长达数十年的争论，给人一种拨开云雾见太阳之感，表现出强大的理论穿透力和说服力。

此外，诗界讨论"现代格律诗"，总是从闻一多《诗的格律》说起。特别是那些提倡现代格律诗的学者们，更是以此作为"现代格律诗"的理论根据。遗憾的是，他们对闻一多的理论却是误读，严重忽视了闻一多提出的新诗格式与古典律诗的三点不同。

"律诗永远只有一种格式，但是新诗的格式是层出不穷的。这是律诗与新诗不同的第一点。做律诗无论你的题材是什么？意境是什么？你非得把它挤进这一种规定的格式里去不可。仿佛不拘是男人、女人、大人、小孩，非得穿一种样式的衣服不可。但是新诗的格式是相体裁衣。""律诗的格律与内容不发生关系，新诗的格式是根据内容的精神制造成的，这是他们不同的第二点。律诗的格式是别人替我们定的，新诗的格式可以由我们自己的意匠来随时构造。这是它们不同的第三点。有了这三个不同之点，我们应该知道新诗的这种格式是复古还是创新，是进化还是退化。"③

但那些现代格律诗的积极提倡者们，偏偏是把古典律诗的标准，作为现代格律诗的标准，强调自由诗也要像古典律诗那样建立固定的现代格律；忽视了闻一多所说的建立新诗格式，要根据不同的内容"相体裁衣"，创建层出不穷的新诗格式的理论（请注意，闻一多并没有说新诗要像古典律诗那样，建立固定的格律）。

对比之下，作为诗歌理论家的吴思敬，对闻一多《诗的格律》原意

---

① 吴思敬：《新诗：呼唤自由的精神——对废名"新诗应该是自由诗"的几点思考》，《吴思敬论新诗》，中国社会科学出版社2013年版，第11页。
② 吴思敬：《新诗：呼唤自由的精神——对废名"新诗应该是自由诗"的几点思考》，《吴思敬论新诗》，中国社会科学出版社2013年版，第13页。
③ 闻一多：《诗的格律》，杨匡汉、刘福春编《中国现代诗论》（上编），花城出版社1985年版，第125页。

的理解则准确到位。他说:"自由诗绝不是不讲形式,只是它没有固定的一成不变的形式。如果说格律诗是把不同的内容纳入相同的格律中去,穿的是统一规范的制式服装,那么自由诗则是为每一首诗的内容设计一套最合适的形式,穿的是个性化服装。实际上,自由诗的形式是一种高难度的、更富有独创性的形式,从某种意义上说,比起格律诗来说它对形式的要求没有降低,而是更高了。"①

这是对闻一多的新诗要根据内容"相体裁衣",创造不同的格式观点的发扬光大。吴思敬不但正确继承了闻一多的观点,而是还与他的诗体理论相结合。他指出:"作为一种诗体,现代格律诗是介于格律诗和自由诗中的一种中间状态,它不像自由诗与格律诗之间有明晰而森严的分野,它与自由诗之间往往纠缠不清,某些被一些诗人和批评家视为现代格律诗的诗作,往往被另一些诗人和批评家纳入自由诗的范围。我认为,由于自由诗的巨大的包容性,那些缺少公用性和稳定性的个别的现代格律诗的创作,都是可以纳入自由诗的范畴的,因为自由诗可以押韵,也可以不押韵,可以有整齐的建行,也可以有参差的建行,可以有明显的外部节奏,也可以没有明显的外部节奏。"②

换言之,自由诗与所谓的"现代格律诗"的关系,并没有构成自由与格律的二元对立;自由诗的现代格律化,所追求的是一种"中和"的状态。即自由诗为了防止形式的散漫,向对立面的格律诗吸取长处,以补形式的不足。自由诗的现代格律化,仍然属于自由诗。著名诗人辛笛说:"新诗的弊病,还得在自由体的前提下来考虑。我们可以从古典诗词、民歌、十四行诗中吸取营养,但仍然得化为自由体的诗。"③ 吴思敬也认为:当下新诗存在的问题,不是设计几种现代格律诗就能解决,而是缺少"诗的内容",其中一个最重要的是诗人缺少自由的精神和心灵的自由,而不是形式的问题。④ 概言之,吴思敬所提倡的"自由诗",是必须具有

---

① 吴思敬:《自由的精灵与沉重的翅膀》,《吴思敬论新诗》,中国社会科学出版社2013年版,第9页。
② 吴思敬:《新诗:呼唤自由的精神——对废名"新诗应该是自由诗"的几点思考》,《吴思敬论新诗》,中国社会科学出版社2013年版,第12页。
③ 辛笛:《新诗的发展及诗的回归》,《辛笛集》(第五卷),上海人民出版社2012年版,第64—65页。
④ 吴思敬:《新诗:呼唤自由的精神——对废名"新诗应该是自由诗"的几点思考》,《吴思敬论新诗》,中国社会科学出版社2013年版,第13页。

自由的精神内涵，并能根据所写的不同内容创造各种新形式的自由诗。

这就是吴思敬为什么要不断呼唤新诗自由精神的重要原因。

概言之，从理论层面讲，在自由诗与"现代格律诗"的争论中，不能简单地把吴思敬视为捍卫自由诗的代表性人物；因为吴思敬并没有因为争论而陷入二元对立的思维模式，否定"现代格律诗"，而赞美自由诗。他是把诗体"公用性"和"稳定性"的标准，与闻一多"相体裁衣"观点相结合，从学理上对自由诗与"现代格律诗"的争论，作了正本清源的辨析和厘清。他根据新诗百年进程的经验和教训，对自由诗的内涵重新定义，弘扬它的自由精神，并且强调自由诗要根据不同内容创造各种各样新的形式。这也是对当下自由诗创作普遍存在的弊病，提出的纠错方法。吴思敬以他"中和"的辩证思维和深厚的学养，对新诗史的焦点问题，交出了令人满意的答卷，这是他对新诗理论所做出的重大贡献之一。

著名新诗研究学者王光明，把吴思敬30多年来对新诗自由精神与自由诗体的深入研究和理论概括，誉为"自由的诗学"。[①] 吴思敬的"自由的诗学"，是对新诗精神和诗体的独到而深刻的理论概括，是对新诗发展道路的深入思考和展望；它既是对百年新诗经验和教训的总结，也是对当代新诗创作主要弊病的对症下药，亦是对未来新诗发展方向的提倡和引领，具有重大的理论价值和现实意义，所以它是当代新诗理论最重要的成果之一。

"和而不同"的诗歌批评

吴思敬不仅在新诗理论上卓有建树，而且在诗歌批评中也是硕果累累，他是一个诗学理论和诗歌批评并重且和谐发展的全面型人才。这种"并重"，是源自他的"中和之道"。"并重"不是并列，而是"相辅相成"，他把理论与批评，看作新诗研究的两面，努力探寻两者之间的内在联系和相通相融，追求一种亦A亦B的"中和"形态。

他说："诗学理论的研究与诗歌评论的写作是相辅相成的。诗歌批评需要诗学理论的指导，诗学理论越是精辟、科学、有说服力，诗歌批评才越深刻、透彻、一针见血。诗歌理论贫困失血，诗歌批评自然软弱无力。

---

① 转引自吴思敬《〈吴思敬论新诗〉后记》，中国社会科学出版社2013年版，第359页。

诗歌理论又需要诗歌批评的推动，诗歌理论是思辨性很强的学问，但它不是悬在半空的抽象玄虚的清谈，而是诗歌创作与鉴赏的实践经验的科学概括和升华。诗歌理论研究与诗歌批评的进行最好能保持同步。诗学理论不能停滞，停滞了，成了一潭死水，便没有生命力了；有了诗歌批评，有了诗歌批评从生活和创作的源头带来的清清的泉水，诗学理论才会永远清亮、明净，滋润着诗歌的繁荣发展和一代代诗歌新人的成长。"①

具体而言，吴思敬借助"创作心理"的理论，来研究诗人和作品；又从对诗作和诗人的批评实践中，丰富和深化他的"心理诗学"理论，使得两者相辅相成，蔚为大观。

比如，吴思敬对江河和他诗歌的研究。80年代初，针对《纪念碑》等诗作，他写了《男子汉的诗》，分析江河诗中的"英雄气质和集团意识"，并以"追求诗的力度"概括江河的艺术特色。后来江河不断推出力作，正在建构"心理诗学"的吴思敬，便撰写了《超越现实超越自我——江河创作心理的一个侧面》，在《诗刊》发表后，引起很大反响。当年对江河诗歌的评论，也曾是一个热点，多是从文化寻根的角度进行阐释；只有吴思敬从"创作心理"的层面来解读江河的诗歌，认为诗人江河的精神特点，是"超越"——既包括对外部现实世界的超越，又包括对自己心灵世界的超越。吴思敬的"创作心理"分析，提供了一种新的研究诗歌方法。

江河组诗《太阳和他的反光》一问世，就赢得一片喝彩，甚至被誉为"民族的史诗"。但吴思敬以一个理论家的清醒和批评家的敏锐，做出独到而深刻的辩证分析。他从初稿和修改稿的对比中，指出这组诗取材于神话，但又超越神话，其内在的精神是源于现实，但又超越现实；是对民族心理建构原型的探寻并有新的构拟，是对新时期诗歌创作的独特贡献；但这种超越原神话的力度还不够大，与屈原的《离骚》和艾略特的《荒原》相比，还有相当的距离。他对江河满怀期盼，希望他有更大的超越，体现了一种真正的友情和关爱。江河后来创作的中断，有各种原因；其中一个重要的内因，就是未能超越自己内心世界的局限，也从反面证明吴思敬分析其局限的准确深刻。

吴思敬也善于在与诗人们的交往中，观察、倾听和思考来自创作源头

---

① 吴思敬：《〈诗学沉思录〉自序》，辽宁人民出版社、辽海出版社2001年版，第5页。

的"活水"。有一回,江河告诉吴思敬,他在听一段轻音乐时,突然出现一个女人提着灯走的幻觉,立即用纸记下来"你提着那盏易碎的灯",接着联想,又有了"提着那盏铜制的灯""提着那盏熟透的杏子""提着那盏梨子那盏樱桃",形成四个主干意象和旋律,每个旋律自成起讫,全诗的结尾处又可以同开头连起来读,类似音乐中的回旋曲,所以命名为《回旋》。① 吴思敬把它作为潜意识突发创作灵感,出现"神来之笔"的例子,写入《心理诗学》,并对《回旋》作出精彩的解读。这首艺术精品,最初无人关注,但一经吴思敬解读,《回旋》那来自潜意识的妙处,便获得了众多知音而成为名篇。自江河的《纪念碑》问世后,批评家们大都津津乐道于江河的"史诗",而对他诗作的多样性缺少全面细致的研究。是吴思敬兼顾到《纪念碑》《太阳和他的反光》和《回旋》,展示了江河诗歌艺术风格的丰富和多样。吴思敬研究江河诗歌的成果,是诗歌批评与诗学理论相辅相成的成功范例。

顾城,是吴思敬最早研究的朦胧诗人。1983年写了《他寻找"纯净的心灵美"——读顾城的诗》,准确把握了"童话诗人"顾城的美学理想和艺术追求。1993年顾城悲剧发生后,国内媒体上各种想当然的猜测和情绪化的评论,形成了一种非理性的简单否定。为了帮助读者对顾城及其诗歌的深入理解,吴思敬在复刊的《诗探索》专门开设一个专栏"关于顾城",推出一组文章,为深入研究顾城事件提供可靠的资料。他还应约为《文艺争鸣》写了《〈英儿〉与顾城之死》,以他早年与顾城的交往和理解为基础,根据他的"心理诗学",对顾城的病态心理作了透彻的揭示:从幻想在尘世建立"天国花园",以及在激流岛的幻灭;后期创作的枯竭感,以及对"死亡美"的推崇,层层深入分析顾城心理缺陷和悲剧的根源。

吴思敬还根据《心理诗学》创作内驱力的理论,作这样的分析:"每个人的内心都有魔鬼与天使的斗争。如同歌德在《浮士德》中所说:'每个人都有两种精神,一个沉溺在爱欲之中,/执拗地固执着这个尘面。/另一个则猛烈地要求离开尘面,/向那崇高的灵的境界飞驰。'在顾城的内心世界中这魔鬼与天使的冲突表现得尤为激烈。顾城在他的诗歌中向我们展示的是一个寻找纯净的美的天使形象,在《英儿》这部忏悔录中则坦

---

① 吴思敬:《心理诗学》,首都师范大学出版社1996年版,第183—184页。

诚向读者揭示了他内心魔鬼的一面……""那些达到自我实现的杰出人物,内心不见得没有魔鬼,不过他最终使天使的一面压倒了魔鬼一面。顾城也曾一度做到这点,在他写出了他的优秀诗作的时候。但最终由于上述已知因素和未知因素的作用,当他向谢烨扬起斧头的时候,他内心的魔鬼一面无疑占了上风,为一个富有才华的诗人的一生涂下极难令人索解的一笔。"①

这是顾城悲剧发生后,最为公正、周全的理性分析和清醒判断的诗评,也是吴思敬将"心理诗学"理论与创作批评相结合的一篇独具慧眼的诗人论。

30多年来,吴思敬写了大量的诗歌批评,仅以2015年出版的《中国当代诗人论》的选本为例,收在其中的诗评分为:"归来的诗人研究""朦胧诗人研究""中生代诗人研究""西部诗人、少数民族诗人研究""女性诗人研究""当代诗人散论"六辑,可以说涉及当代诗坛老中青的众多重要诗人和诗群。

如果说,吴思敬对青年诗人一向支持和鼓励,他善于敏锐地发现青年诗歌的新质和意义;那么,他对老一辈诗人的研究,则更加用心。他对牛汉、邵燕祥、彭燕郊、穆旦、郑敏、辛笛、张志民等老诗人的研究,表现出一种深沉的历史感,即从新诗史的角度,来阐述他们诗歌的重要价值和贡献,尤见工力。比如,《牛汉:新诗史研究的重要课题》,《寻找灵魂和良知——邵燕祥在当代诗坛的意义》,《郑敏文集·序言》。他还撰写《穆旦研究:几个值得深化的话题》,对目前穆旦研究的现状和采用二元对立话语的弊端,在理论上进行分析和思考。他不辞辛苦,编有《牛汉诗歌研究论集》《郑敏诗歌研究论集》《看一枝芦苇——辛笛诗歌研究文集》《苦难中打造的金蔷薇——邵燕祥诗歌研究论集》。他还有计划地组织对这些老诗人的研讨会。如"牛汉创作研讨会""郑敏诗歌创作与诗歌理论研讨会""辛笛诗歌创作70周年研讨会""邵燕祥诗歌创作研讨会""穆旦诗歌创作研讨会"等;并且在他主编的《诗探索》上,开设专栏,选登研讨会上的优秀论文。吴思敬所做的这些综合性的工作,是其他研究者所无法替代的。是他把对当代第一流老诗人的整体研究,推向一个亮处和高处,其意义深远,功莫大焉。

---

① 吴思敬:《〈英儿〉与顾城之死》,《中国当代诗人论》,社会科学文献出版社2015年版,第169页。

吴思敬理论与批评的相辅相成，在对当代诗潮的追踪研究中得到精彩的发挥，成为他的特长。对当代诗潮的研究，是一种对诗歌现象的宏观批评，需要相当的理论素养和宏观概括的能力，具有很大的难度。特别是90年代的中国，正处在一种重大的社会转型期，诗歌现象发生了很大的变化，表面上看是泥沙俱下、乱象纷呈，很难辨清。尤其是一些当年坚定支持朦胧诗的著名诗评家，对90年代的新诗创作感到极度失望，甚至做出全盘的否定。吴思敬对90年代诗潮的研究成果，产生了广泛的影响，并为诗界所公认。他长期阅读大量公开和民间的诗歌报刊，不断进行梳理和思考，然后谨慎地做出理性的判断，在辩证分析的基础上，概括并肯定了90年代诗潮的特点和成就，并分析其局限性。他写出了一系列的论文：《90年代中国新诗的走向》《90年代诗潮的平民化倾向》《当今诗歌：圣化写作与俗化写作》《中国女性诗歌：调整与转变》《世纪之交的先锋诗潮：裂变与分化》等，从宏观的角度，细致的观察，辩证的分析和理论的概括，对各种思潮变化和走向的条件和演变过程的分析，都能把握关键、切中要害。吴思敬的理论家视野和诗评家的文本分析，结合在一起，产生了一种很大的优势。比如，在《当今诗歌：圣化写作与俗化写作》一文中，就是用"执两用中"的辩证思维，不仅分析了诗潮中"圣化"和"俗化"两种不同的写作方式，而且细微地分析了这两种写作方式的内在联系和相互渗透的复杂现象，表现出一种敏锐而周全的审美判断，给读者以诸多的启发。

从方法论上讲，对诗潮的研究，是一种宏观与微观的结合，也有人称之为"中观"，其实也就是"中和之道"的一种运用。吴思敬对新时期"中生代"诗歌的代际研究，也是用这种方法。2007年，吴思敬撰写了《当下诗歌的代际划分与"中生代"命名》，对出生于20世纪50—60年代的几个重要诗人群体进行研究，并对其中的代表性诗人进行个体解剖。写有：《"北大"三剑客：西川、海子、骆一禾》《20世纪80年代：韩东、于坚与"他们"诗群》《周伦佑、杨黎与"非非主义"》等。

"中生代"的研究视角并不局限于一般的诗群研究，它是从更大的"代际"宏观视角，对诗群进行研究，能看出单一的诗群研究所未见的"代际"内容。比如，吴思敬指出："知识分子"写作与"口语派"写作之间，曾经互相攻击，火药味极浓。但用代际划分的尺子一衡量，他们都是属于"中生代"诗人，他们之间的共同性，其实远远超出他们标榜的不同。所以,"中生代"的命名,不仅不会给诗坛添乱,反而可以促进诗人们的代际认同及彼此间的理解。① 这种"代际"视角的研究,不仅仅是对几个群体中的诗人,从青年到中年的成长过程中的思想和艺术演变的清晰描述和准确概括,而且是从理论的高度,对群体做出分析和评判。

"中生代"包括各种重要的诗群,比如"他们"。掌门人韩东自言:《他们》"仅是一本刊物,而非任何文学流派或诗歌团体"。但是吴思敬对《他们》的研究,却表现出一个理论家充满智慧的穿透力和判断力:"判定一个文学流派是否存在,不是看作者的声明与表态,而是看相关的创作活动和创作实绩。""通常认为,文学流派是指在一定历史条件下,某些思想倾向、艺术见解和文学风格相近的作家自觉或不自觉地集聚在一起所形成的文学派别。构成同一流派的作家尽管思想倾向、艺术观念较为接近,但是各自仍然保有独特的对人生、对艺术的理解,保有独特的艺术个性。流派的形成以诗人的个性为基础,却不是以泯灭个性为前提。""《他们》尽管是一块发表园地,但是不同于社会上的一般刊物,而是带有明显的同仁刊物的性质,有一个相当稳定的作者群,而这一作者群正是由于思想倾向、艺术观念较为接近才聚集到一起的。从这个意义上说,《他们》已具备了流派滋生与成长的基本条件。韩东否定《他们》是一个文学流派,只是从他创办《他们》的本意而言的,他的声明并不能阻止后人及评论界用流派的观点来考察《他们》,进而做出《他们》已构成文学流派的判断。《诗探索》在1994年第一辑上开辟专栏介绍《他们》的时候,用的是'当代诗歌群落'这个栏目,而回避了'流派'的提法。'群落'似乎是诗歌生态着眼的,强调莽苍苍的那种较为原始的感觉。'群落'中可以包容流派,也可以包容那些在特定时间与地域一拨拨出现的诗歌作者与创作现象。在讨论没有结论之前,或许'群落'是《他们》创始人与评论界都能接受的一个提法?"②

这段精彩的评论,对《他们》是不是流派?如何命名?流派与群落的关系,作了冷静而周全的理性分析和判断,体现了吴思敬深厚的理论修养和辩证思维。在他的笔下,理论不是"死"的,它在辩证分析中,充

---

① 吴思敬:《当下诗歌的代际划分与"中生代"命名》,《中国当代诗人论》,社会科学文献出版社2015年版,第204页。

② 吴思敬:《20世纪80年代:韩东、于坚与"他们"诗群》,《中国当代诗人论》,社会科学文献出版社2015年版,第224页。

满穿透力和活力,使他的诗歌批评具有深度和力度。而缺少理论深度的批评家,常常局限于诗歌现象,只能作有限的观察和描述。

吴思敬"中和之道"在学术研究中的另一个重要表现是"和而不同"。

如果你以为讲"中和"的吴思敬,是不讲原则、和稀泥的好好先生,那就大错特错。他的"中和之道"既不是折衷主义,也不是调和主义,而是"和而不同"。庞朴指出:中和不是调和与折中,而是在对立的两面中寻找和谐,但又不是泯灭矛盾,而是对立同一,仍然保持着对立。①

在学术研究中,吴思敬是一个旗帜鲜明的研究者,对他所认同的诗歌真理,是一位坚定的捍卫者。对新诗理论和实践的重大问题上,吴思敬是不会沉默的,都会发出自己独立的声音,他的诗歌批评之所以有重大的影响力,即来自于此。要言之,"和而不同",是吴思敬具有儒家色彩的批评个性和学术品格。

自1990年以来,郑敏的诗作特别是她的诗学和文化理论,在诗界和学界产生了很大的影响。吴思敬对郑敏非常敬重和推崇,他深入研究过郑敏的诗作和诗学,但他对郑敏关于新诗没有传统的观点,并不认同。他积极与郑敏展开两次对话和讨论。2004年,吴思敬与郑敏关于"新诗传统的对话"发表后,引起广泛的关注和讨论。这场对话,之所以能产生如此广泛的影响,就在于对话双方是以一种平等的态度,进行真诚而深入的讨论,展示出来的是一种多维度的思考,并不是简单地下结论。

既不人云亦云,坚持自己的观点;又积极与不同意见者,进行友好平等的讨论,这是一种研究者的现代品格。从理论上讲,这是一种"主体间性",不是对他者的简单否定,而是两个互为主体之间的积极交流和对话。在当代的新诗研究中,最需要的就是吴思敬和郑敏这种既坚持自己的观点,又积极主动与不同意见者的"对话"。这样的"和而不同",作为一种学术品格,值得大力提倡。

再如,关于"新诗的经典化"讨论。曾经有一度"经典的命名和经典的打造"大为盛行。吴思敬写了《一切尚在路上——新诗经典化刍议》进行冷静的分析和有力的批评。他借用西方学者"恒态经典"和"动态经典"的区别,指出新诗不足百年,其名篇也只能是属于"动态经典",

---

① 庞朴:《"中庸"平议》,《浅说一分为三》,新华出版社2004年版,第170—172页。

尚未经过较长时间的考验,不稳定,有可能被颠覆。这篇充满辩证的分析,表现了作者清醒的理性和深厚的理论修养,从理论上纠正了对新诗经典化的错误认知,为诗界所称道。

1998 年关于"后新诗潮"的讨论中,面对名家对"后新诗潮"的全盘否定,吴思敬"站出来说话",对"后新诗潮"在深入分析和充分讨论的基础上,作了"基本肯定"。因为在这背后,是他长期以来对 90 年代诗潮所作的深入而扎实的研究。

总之,吴思敬做人的谦和低调,与他诗歌批评的敏锐果敢;宽容、厚道的个性,与坚持自己独特看法,不沉默苟同的学术品格,形成鲜明的对照。作为一个诗歌批评家,吴思敬对他所研究的诗人和诗作,一方面充满着善意和理解之同情,另一方面则是好处说好,局限说局限;批评的实事求是和公正,是他坚持的原则。比如,对他曾经欣赏的顾城和江河的诗作,他既有热情的评赏,又有细致的批评。对"非非"诗群,在充分肯定的分析中也寓着毫不含糊的批评(《周伦佑、杨黎与"非非"主义》)。

吴思敬的诗歌批评,主要是在学理层面上的讨论,在谨慎分析的基础上得出的结论,他善于发现创作中的"不及"和"过"所造成的局限;分析中对"度"的把握准确到位,语气诚恳而委婉,完全不同于那种充满片面性和走极端的激烈"酷评"。所以,吴思敬的诗歌批评具有一种特殊的亲和力,令人心服。

"和而不同"不仅是吴思敬的学术品格,也是他所提倡并希望当代诗人们所要达到的理想境界。1999 年,他和林莽一起策划、组织了影响很大的"盘峰诗会"。希望"知识分子写作"与"民间写作"的诗人,在对话和交流中,不要各执一端,陷入非此即彼的二元对立;而要寻找双方的内在相通和互补,争取做到"和而不同"。

批评是一种灵魂的冒险,这就对诗歌批评家提出很高的要求,因为他们不是先知,也不可能永远正确。如果说,某些诗歌批评家,在某一个时期,曾经作为引领诗歌潮流的旗帜,但不能保证他在下一个时期,还能继续作为引领的旗帜。因此,不断自我反思和自我纠错,是优秀的诗歌批评家不可或缺的重要品质。

霍俊明认为:"吴思敬在多年的诗歌批评还形成了其他的批评家所普遍欠缺的一个重要的品质——不断地自我修正和反思。与那些随着名望的增长不再认真读诗而胡乱说话的批评家和那些自以为是,自诩自己的每一句话都是'真理'和'金科玉律'的批评家相反,吴思敬是一个能够不断进行修正和反思的自觉的批评家。正是这种优异的自我反思和纠正的姿态,使得吴思敬的诗歌理论与诗歌批评具有历史感、重要性和准确性。"①

吴思敬这种品格,还让我们联想到儒家自我反省的修养传统。"中和之道"的形成过程,也是对自我的"不及"和"过"的纠正,是需要不断地反思和自我纠错,才能达到的上乘的精神境界。超越,是吴思敬著述中经常出现的关键词。既立足于时代又要超越时代,是吴思敬的生存方式和精神追求的目标。所以,他的诗歌批评,从为朦胧诗辩护开始,长达数十年,从未间断,靠的就是这种不断反思和纠错的自我超越。

概言之,吴思敬对始于朦胧诗,再到 21 世纪初期的当代诗歌,作了全景式的扫描和研究:从对诗人诗作细读、当代诗潮追踪、代际考察、再到史的观照(2012 年主编《中国诗歌通史·当代卷》)。出版有《诗学沉思录》《走向哲学的诗》《自由的精灵与沉重的翅膀》《中国当代诗人论》等著作,取得了一系列的重大成果。他在大量细读的基础上,持论之公正、分析之透彻,分量之重、影响之大,是当代最重要的诗歌批评家之一。

正因为掌握了"中和之道",吴思敬才成为感性和理性平衡和谐的学者,才能避免片面性,不走极端,其诗学理论和诗歌批评呈现出大家的气象:开阔、圆融、厚重,富有全局观。他的诗学和批评最突出的特点:既不雄辩,也不以史料见长;而是善于辩证说理,以理服人,表现出一种科学的理性力量。

"中和之道"的启示意义

吴思敬在他主编的《20 世纪中国新诗理论史》绪论中,谈到中国诗歌理论的现代转型,必然要经历中外不同诗学文化的冲撞和融合:"诗学文化的冲撞与融合看似对立的两极,其实彼此又是相互渗透、互为因果的。诗学文化的冲撞虽以不同文化的排斥为主,但排斥中有吸收。诗学文化的融合虽以不同文化的互相吸收为主,但吸收中有排斥。二者随着当时

---

① 霍俊明:《诗坛"迷津"的引渡者》,《诗坛的引渡者》,长江文艺出版社 2012 年版,第 301—302 页。

发展的大趋势互相推移，我们很难把它们泾渭分明地区分开来。""但冲撞与融合不是目的，冲撞和融合的结果导致一种新的诗学文化的诞生。这种新的诗学文化来自于传统的母体又不同于传统，受外来诗学文化的触发又并非外来文化的翻版；它植根于过去的回忆，更立足于现代的追求；作为一种全新的创造，体现了文化建设主体对传统诗学文化和外来诗学文化的双重超越，这也正是中国新诗理论所要追求的理想状态。""这种双重超越在诗学建设过程中集中表现为主体面对处于冲撞与融合过程中的各种各样的诗学文化因素，根据现实的状况与未来的目标加以抉择，并建构出某种新的诗学文化模式。超越的过程，既是抉择与建构的过程，也是新的诗学文化过程诞生的过程。"①

这段绪论，表现出吴思敬"中和之道"在诗学研究中高明而精妙的运用，以及所达到的理论高度。这段绪论，也可以看成是吴思敬的"夫子自道"：是他一生所孜孜追求的崇高目标。他用40多年的时间所创建的诗学理论和诗歌批评，就是这样一种新的诗学文化。

吴思敬的"中和之道"，既源自古老的儒家辩证法，又充满蓬勃旺盛的活力，是因为他给传统的"中和之道"，融入崭新的时代内容：他在唯物辩证法和儒家辩证法中，找到了相通的对立统一规律；他把现代知识分子的思想、价值观和使命感，与儒家的传统美德融合起来。所以，吴思敬的"中和之道"，既具有中外文化融合之后的新质，也表现出他个人的特点。他完成了具有民族特色的文化人格和诗学与批评的现代品格。他为文和为人的统一，呈现出一种"中和之美"。

吴思敬的"中和之道"，不仅对如何继承中国智慧，探求当代学术研究方法和学术品格的民族化，提供了成功的范例；而且对21世纪学术研究如何正确处理中外文化冲突与融合，朝着稳定、平衡、和谐方向发展，创造新的文化形态，都具有重要的启示和现实意义。

作者单位：福建省文联海峡文艺发展研究中心

---

① 吴思敬：《〈20世纪中国新诗理论史〉绪论》，人民文学出版社2015年版，第7页。

吴思敬新诗传统观谫议

何娟娟　王　永

一　"错位"的争辩

新诗的脚步已在文学传统的发展道路上漫步百余年，相关的论争随时间更迭不断增生。其中，关于新诗有无传统的讨论则发轫于 2000 年吴思敬和郑敏的一次对话，此对话被整理后在 2002 年《粤海风》上刊出。随后，吴思敬又将其观点系统地提炼，刊发《新诗已形成自身传统》一文，新诗传统观就此定性。吴思敬与郑敏的争辩，一言蔽之，是一场"错位"的辩白。郑敏的反对之言是从新诗无定型的艺术角度出发，诗歌的形式被过度的自由拉扯而至变形，审美规范与形式规格均未框定，进而失去了最根本的格律美和音乐性。而吴思敬"新诗形成传统"的断言则是从新诗现代化的形式与精神层面切入，认为新诗中蓬勃倾泄的自由精神稳定、持久地影响了后世文学，而这种对于新诗形式的突围与现代化的形成，成为其自由传统的呈现。如同吴思敬本人之言："'不定型'恰恰是新诗自身的传统。新诗取代旧诗，并非仅仅是一种新诗型取代了旧诗型，更重要的是体现了对自由的精神追求。"①

这场讨论现在看来是各持明理，一家说一家话，厘清新诗有无传统需要先钩沉何为传统。吴思敬给出"传统"的三条准则：时间上是稳定持久而无断裂的；效应上应是润物无声般对时下或未来植入影响；而从发展层次来看，真正的传统应该是随时代发展自身内容不断增殖，呈现活水般的动态化。新诗积淀百余年，其中的硕果已经验证新诗的传统已然形成。

---

① 吴思敬、张健：《回顾与展望：百年新诗访谈》，《长江学术》2018 年第 1 期。

当下的目光应该聚焦于对新诗传统观的提纯,在其精粹中甄选新诗该如何定位与发展的新思。

首先应当界定"新诗传统"的内容,它不似古典诗歌般,具有一种强制的、束缚的、强有力的审美范式将其外化,它的内容核心是由外在艺术角度到精神层次的诗歌轴心转化。章亚昕曾指出新诗与旧诗根本不同在于新诗情生文而旧诗文生情,因而新诗若要实现重点从外在的形式艺术呈现转移内在的精神风貌反映,就必须要打破千百年古典诗歌格律的枷锁天然赋予的围困,胡适于《尝试集·自序》中"要须作诗如作文"的提倡与黄遵宪"我手写我口"的主张都揭示着"从文学改良到文学革命,他们要改变的是传统的言、文分离状态"①。固定的形式已经成为束缚诗人索套,而带着镣铐舞蹈出的新作又实在不能抒发内心的情思,由此而言,新诗的不定型不是脑热的反叛与无根的突围,而是从新诗诞生伊始就诞生的、预谋已久的突破。新诗形式的多变与散漫是为"情感的泄洪"服务,形式的解放实则是个性的解放。诗歌的变革与时代的洪流涌动密不可分,这新诗的萌动是为了启蒙,为了新民,为了民族的"凤凰涅槃"。新诗的诞生也意味着人的胜利,对人的戕害被撤除,人本身的价值与存在就被突出,创造热情随之迸发。在吴思敬看来,新诗没有固定的形式就是新诗最本质的形式,新诗的形式是灵动多变的,诗人量体裁衣,依据内心的真实情感择取最合适的体式。

二 自由是新诗的灵魂

新诗这个"自由的精灵",一是诗情抒发的自由,二是为人的自由。如同康白情所说:"新诗破除一切桎梏人性底陈套,只求其无悖诗底精神罢了。"② 近代是风雨飘摇的,人们的情感更加多元丰富,诗歌的功能性由此被放大,它成为人们宣泄与排忧的器物,然而囿于狭窄的口径,诗人内心的情感与触动只能一点一滴慢慢倾露,更多的情绪不断积压,急需一个更大的喷发口。"第一欲言者,古来难明言。姑将谲言之,未言声又吞。"(龚自珍《自春徂秋偶有所触拉杂书之漫不诠次得十五首》之

---

① 谢冕:《中国新诗史略》,北京大学出版社2019年版,第71页。
② 康白情:《新诗底我见》,《中国新文学大系·建设理论集》,上海良友图书印刷公司1935年版,第295页。

一。) 诗歌形式束缚内容表达的情形已经被人知晓, 然而面对的挑战是如何跨越千百年的诗歌体系、脱离那完整又深入人心的审美范式与创作条例, 新诗的抒情自由是建立在对传统的大破坏与摧毁之上, 当西方文学与文化的龙卷风袭来, 面对疮痍般的文学领地, 新诗在废墟之上去坦然表述"我心"。这种"为人"革新的勇气与五四的人文精神不谋而合, 新诗的突围、破坏、重建带来了新的问题、新的思考、新的审美话语与多元的审美范畴, 人性的闪光点就在新诗的传颂之中不断被放大与传播。五四的自由之火曾在一定时期黯淡, 然而新诗的自由精神一直绵延至今。

新诗传统观的讨论是在于廓清新诗的自身定位, 我们到底该如何看待新诗、新诗的未来究竟该走向何处, 这是郑敏与吴思敬先生论争的根本所在。郑敏曾用唐诗宋词与新诗做比较, 认为后者根基尚浅, 而其中门派众立, 二三流诗人混入其中, 致使新诗呈现良莠不齐之症, 这些弊病实则是新诗该如何定位的问题所在。新诗不同于古典诗歌, 古典诗歌因为有外在的形式束缚与规范, 对于好与坏的界定是清晰明了、毫无争议的, 而新诗的内核在于自由的精神、感情的自在抒发, 但若是把新诗的"情"作为评介标准, 衡度的考量之尺便显得十分主观, 众说纷纭是诗评常态。新诗的发展, 就在此中徘徊。

然而何需有此顾虑?不统一的审美与灼见凝聚在一首短短的诗歌之中, 这不正是新诗传统——自由的魅力吗? 在笔者看来, 新诗的真正效益就是抒发、排解人心中积压的情感, 对于新诗褒贬不一的评价不断涌现, 正是因为诗歌真正勾动了人们心底的情绪与感怀, 在新诗的牵动下, 人自发地进行思考, 去审视新诗究竟是好是坏。大家在新诗的自由之风下, 能够畅所欲言、各抒己见, 五四精神也在对新诗的评判中得以落实。杂间其中的劣作是难以避免的, 然而, 新诗毕竟提供了自由的发声权力, 亦给予了开阔的创作平台, 人人作诗、人人借诗排情, 这不正是"诗体大解放"的旨归所在吗? 新诗的甄选能力不同于古典诗歌直截了当, 它借用人的力量对此进行筛选与传颂, 新诗那真挚的感情、释放的人性是不需要固定范式为之摇旗鼓吹的, 刘延陵对《蕙的风》的支持放在此处实在恰当——"近来躁急的批评者遇到描写自然之作, 就唤之'风云月露山光水色'之文章; 看见叙述爱情之诗, 即称之为'春花秋月哥哥妹妹'之滥调。其实风云月露哥哥妹妹都没有得罪世人; 我们只须问诗人唱得好歹, 不必到处考他们唱的什么。而且自然的景色与爱情的翱翔，谁能见之而不凝睇？"①

三 传统的融汇

对于吴思敬新诗传统观的再回顾、再讨论，亦是为了明了当下新诗的去从。新诗的任务在于如何根植自身传统之余，汲取外在的养分。新诗的自由传统，理应一直保持、延续，这是立命之本，而不是攻讦之源。新诗的未来发展，需在坚持传统的前提之下，融注他力。新诗的发展从不是孤立的，诗学嬗变源自西学东渐。新诗草创之作脱胎于西方诗歌，梁实秋也承认"新诗，实际就是中文写的外国诗"②，对于西方技法的无差别吸收在一定程度上隔绝了新诗与传统的联系，如无须押韵、不讲平仄等，使得新诗的律动成为世人诟病的内容，然而又不得不如此为之，新诗需要突破一切才能真正"破后而立"，而今新诗自身传统浮现、地位巩固，诗人便开始搭建传统与新诗的桥梁了："从新诗发展的历程来看，新诗的草创阶段，那些拓荒者们首先着眼的是西方诗歌资源的引进，但是当新诗的阵地已经巩固，便更多地回过头来考虑中国现代诗学与古代诗学的衔接了。"③ 从新诗史上看，新月派的格律美追求就是对传统的回溯。

回归郑、吴的论争，郑敏对于新诗无传统言论的一大依据就在于新诗语言失去了汉语的色彩，语言成为苍白的符号，直白、空洞，能指与所指一一对应，古典诗歌那种含蓄而韵味极其浓重的表意被颠覆，新诗以一种绝对直接的力量向外倾诉。在急需精神慰藉的今天，读者和诗人一起孤独，温饱之余对于精神层次的渴求不息，而真正有价值的诗歌产出面临着时代的难题——商业化、媚俗化……就像海德格尔所言："算计的人越急，社会越无度，远思的人越稀少，写诗的人越寂寞。"市场经济的冲击波延续至今，新诗要突破商业的束缚，找到延续传统的新路子才能发新芽，新诗的言语是需要向传统靠拢的。就文学的历史而言，其实并无古代、现代、当代之分，这是人们体现自我成长性的衡量手段之一，新诗回溯古典，并不意味丢失了自身自由的传统。

---

① 刘延陵：《蕙的风·序》，《蕙的风》，亚东图书馆1922年版。
② 梁实秋：《新诗的格调及其他》，《诗刊》"创刊号"，1931年1月20日。
③ 刘延陵：《蕙的风·序》，《蕙的风》，亚东图书馆1922年版。

其次，新诗还要在发展与探索中找到别的渠流，不只于内部的吸收、消化，新诗要向外蔓延。过往的新诗是建立在西方的养分基础上，漫漫百余年，新诗也出现了相当多的经典之作，向外输出是一条全新的路径。新诗的自由传统归根还是人的发现与解放，这是跨越文明的精神财富。

结　语

吴思敬的新诗传统观的论述迄今已历经二十余年，今天再对其回顾观照，是为了发掘新诗的传统究竟能为新诗的定位与发展提供何种可能性。新诗患有一种难以言喻的焦虑与不自信之症，没有固定的审美参照与艺术形式在一定程度上确实让新诗难以自持。当今时代，面临"千年之未有之大变局"，诗歌仍然要肩负记录时代风云，彰显时代精神，充任民族的"冒烟的良心"的使命，因之新诗的风向也就成为文学发展的焦点之一。新诗之风需要坚守自由、融入传统，甚至吹向世界——一切仍然在路上。

作者单位：燕山大学中文系

吴思敬代表作概述

王　珂

"吴思敬自1980年代朦胧诗论争开始，参与中国当代诗歌理论与批评建设。他行走于诗学问题前沿，对中国当代诗歌做出前瞻性与客观性研究，以史家眼光考察中国诗歌的历史与现状，普及诗歌理念，进行诗歌教育，扶持新人，以人本主义和启蒙批评方式维护诗坛的活力与健康。"① 从出版的著作和发表的论文的数量和质量看，吴思敬都堪称新诗研究界的"劳动模范"，奠定了他的当代著名的诗评家和诗论家的重要地位。

他的主要著作有：《诗歌基本原理》（工人出版社1987年版）、《诗歌鉴赏心理》（辽宁人民出版社1987年版）、《诗歌鉴赏心理》（辽宁人民出版社1987年版）、《写作心理能力的培养》（北京出版社1985年版）、《冲撞中的精灵》（陕西人民教育出版社1994年版）、《心理诗学》（首都师范大学出版社1996年版）、《诗学沉思录》（辽海出版社2001年版）、《吴思敬论新诗》（中国社会科学出版社2013年版）、《中国当代诗人论》（社会科学出版社2015年版）……《文学原理》（主编，中国社会科学出版社1998年版）、《文学评论的写作》（合著，天津教育出版社1986年版）、《文章学》（合著，档案出版社1986年版）……主编或编选的著作主要有：《磁场与魔方——新潮诗论卷》（北京师范大学出版社1993年版）、《主潮诗歌》（北京师范大学出版社1999年版）、《校园朗诵诗选》（语文音像出版社1999年版）……

吴思敬的重要"诗论家"声誉主要是他的《心理诗学》和《诗歌基

---

① 陈卫：《撒播诗的新绿——吴思敬1980年代以来的诗学研究》，《首都师范大学学报》（社会科学版）2012年第5期。

本原理》等著作奠定的,他的著名"诗评家"地位主要是由他的《他寻找纯净的心灵美——谈顾城的诗》和《女性人格独立的宣言——读舒婷的〈致橡树〉》等论文奠定的。

"在新诗史上有一个奇特的现象,优秀的诗歌流派或较大的诗歌运动总是有自己的理论家'保驾护航'。如新月诗派有闻一多,象征派诗歌有梁宗岱,七月诗派有胡风,现代格律诗运动有何其芳,新民歌运动有张光年,朦胧诗运动 80 年代有谢冕、孙绍振、徐敬亚,90 年代有陈仲义。……第三代诗人出现时,给予强有力支持的理论家有陈超。90 年代出现生活流、个人化写作时,有吴思敬、王珂等为之辩护。……在每一次较大的诗歌创作'运动'中,新诗理论家们都及时提供了理论支援,特别是当新诗的创作方法及美学原则发生重大变革时,如朦胧诗问世时,理论家的投入更是积极,甚至爆发了影响巨大的'论争',政治意识形态还卷了进来。"① 在当代诗坛,吴思敬是为"新潮诗歌""保驾护航"的诗评家和诗论家,尤其是为"朦胧诗"做出了巨大贡献。

70 年代末 80 年代初,当朦胧诗这个新生事物刚刚出现,由于各种复杂的原因,众多读者和诗评家纷纷对其行口诛笔伐之"礼"时,国内关于朦胧诗的代表诗人顾城的第一篇评论《他寻找纯净的心灵美——谈顾城的诗》,冲破层层有形无形的阻碍,发表在香港的《诗与评论》上。该文在当时的国内外新诗评论界获得了强烈的反响。这篇评论的作者吴思敬自从 1978 年在《光明日报》上发表他的第一篇诗评《读〈天上的歌〉——兼谈儿童诗的幻想》以来,一直辛勤耕耘在诗歌评论这个越来越寂寞化边缘化的园地里。

在围绕朦胧诗的论争中,吴思敬先后发表了《要允许"不好懂"的诗存在》《说"朦胧"》《新诗讨论与诗歌的批评标准》等文章,其中的《说"朦胧"》较早地引入了"模糊论"的某些理论来解释文学现象,在诗歌理论界开了用自然科学的某些方法研究诗歌现象的先河。②

1978 年到 1980 年,正是中国改革开放的发轫期,吴思敬就发出了"石破天惊"的"改革"声音。1978 年 3 月 11 日,《读〈天上的歌〉——兼谈儿童诗的幻想》发表于《光明日报》;5 月,《读高士其的

---

① 王珂:《新诗现代性建设研究》,东南大学出版社 2017 年版,第 121—122 页。
② 百度百科:吴思敬, https://baike.baidu.com/item/%E5%90%B4%E6%80%9D%E6%95%AC/7310833? fr=aladdin。

科学诗》发表于《诗刊》第 5 期;7 月 9 日,《为文艺的趣味性恢复名誉》发表于《北京日报》;1979 年 6 月 18 日《艺术的生命是真实》发表于《人民日报》;12 月 8 日《标语口号与诗》发表于《中国青年报》;1980 年 7 月 24 日《让人讲自己的话》发表于《北京日报》;8 月 3 日《要允许"不好懂"的诗存在》发表于《北京日报》。

9 月 20 日至 27 日,在北京定福庄煤炭干部管理学院参加中国作协《诗刊》社举办的"诗歌理论座谈会"时,他在会上做关于诗歌现代化的发言更是"激进"。"得思想解放之先的朦胧诗,有如冲破严冬阴霾的春燕,也阻挡不了它在广阔的天空中翱翔。谢冕在一次座谈会中指出:'近一两年里出现的两批年轻诗人及他们的一些'新奇''古怪'的诗,是新诗史上的一种新的崛起,它'打破了诗坛的平静',引起了习惯势力和惰性的惊恐与不安。'思想激进的钟文、吴思敬进一步补充了谢冕这种反规范的意见,认为'这批年轻诗人的诗作不仅是'新的崛起',并在一定程度上是方向是未来诗坛的希望,他们必将掀起诗歌发展的大潮'。"①

吴思敬"推出"过多位朦胧诗人。1984 年 1 月,《他寻找纯净的心灵美——读顾城的诗》发表于《诗与评论》,香港国际出版社出版。7 月,《追求诗的力度——江河和他的诗》发表于《诗探索》总第 10 期。1986 年 9 月,《痛苦使人超越——读梁小斌的〈断裂〉》发表于《星星》第 9 期。

吴思敬更是舒婷重要的"保驾护航"者。2000 年发表的《舒婷:呼唤女性诗歌的春天》认为:"1979 年到 1980 年之交,舒婷的出现,像一只燕子,预示着女性诗歌春天的到来。由于女性的生理特征和多年来在以男性为中心的社会中形成的女性角色意识,女性诗歌有着不同于男性诗歌的独特风貌。男性诗人一般情况下不存在对性别的特殊强调。但女性诗人则不然,在男性中心的社会中,女性对自己的地位、处境、生存方式等最为敏感,因而女性诗歌在新时期首先以女性意识的强化的面貌而出现是自然的。作为一位真诚而本色的女诗人,舒婷自然而然地显示了女性立场,她的诗歌也渗透着一种鲜明的女性意识。"②"舒婷的《祖国啊,我亲爱的祖国》《风暴过去之后》等作品在浪漫主义的抒情话语中融有丰富的社会

---

① 古远清:《中国当代文学理论批评史》,山东文艺出版社 2005 年版,第 488 页。
② 吴思敬:《舒婷:呼唤女性诗歌的春天》,《走向哲学的诗》,学苑出版社 2002 年版,第 225 页。

性内涵,可称之为'一代人'的心声。"① 2006 年写的《女性人格独立的宣言——读舒婷的〈致橡树〉》对舒婷评价更高:"《致橡树》是舒婷的名篇,写于 1977 年 3 月。1979 年 4 月在《诗刊》发表后,便以其鲜明的女性意识、崇高的人格精神和对爱情的热烈呼唤,引起了广大读者的强烈共鸣,被多种诗歌选本选入,并成为朗诵会的保留篇目。"②

吴思敬还为多位女诗人"保驾护航"。他在《现代女性心灵的自我拯救——读从容的诗》中说:"从容所提出的'现代女性心灵禅诗'是有宗教意味的,这当然与人的宗教信仰有密切关系。但是从容提出这一命题的本意而言,是针对当下女性诗歌写作的弊端,而不是为了传播宗教。……从容的'现代女性心灵禅诗',其核心就是希望在诗歌写作中融入禅宗思维,提升诗歌的精神高度,从而在物欲横流的时代,使女性书写从琐屑的生活流与狭隘封闭的心态中解脱出来,如法国诗人让·罗贝尔所言,让诗歌'中止绝望,维系生命'。"③

吴思敬的一些论文也奠定了他的"诗论家"地位。1980 年 5 月写的《把心灵的波动铭记在物体上》(发表于《星星》1981 年第 9 期):"诗应当是发自心田的流泉,是拨动心弦的颤音,是点燃心灵的火种,只有这样的作品才有可能经受住时间的检验。"④ 1984 年写的《诗的主体性原则》强调说:"诗的主体性原则要求诗人真诚地展示自己的内心,因而优秀的诗篇是最富于个性色彩的。……自我与时代、与人民是一致的,因诗人本身就生活在这个时代,是人民的一员。伟大的诗人往往有整版涵盖一切的气魄:我是人民!人民是我!"⑤ 2012 年 4 月写的《诗人应当是一个民族中关注天空的人》认为:"在任何一个时代,诗人都不能把自己等同于芸芸众生。他不仅要忠实地抒写自己真实的心灵,还要透过自己所创造的立足于大地而又面向天空的诗的世界,展开自觉的人性探求,坚持诗的独立

---

① 吴思敬:《舒婷:呼唤女性诗歌的春天》,《走向哲学的诗》,学苑出版社 2002 年版,第 225 页。
② 吴思敬:《女性人格独立的宣言——读舒婷的〈致橡树〉》,《中国当代诗人论》,中国社会科学出版社 2015 年版,第 373 页。
③ 吴思敬:《现代女性心灵的自我拯救——读从容的诗》,《中国当代诗人论》,中国社会科学出版社 2015 年版,第 402—403 页。
④ 吴思敬:《把心灵的波动铭记在物体上》,《走向哲学的诗》,学苑出版社 2002 年版,第 225 页。
⑤ 吴思敬:《诗的主体性原则》,《吴思敬论新诗》,中国社会科学出版社 2013 年版,第 104 页。

品格，召唤自由的心灵，昭示人们返回存在的家园。"①

吴思敬没有出版过论述新诗诗体的专著，却是重要的诗体理论家，还是"自由诗派"的领袖。一直主张新诗应该是自由诗，2013年出版的《吴思敬论新诗》由他自己编著，精选了他一生中的优秀诗论30篇，多篇涉及诗体建设，如《诗体略论》《论新诗的分行排列》《短时存贮容量限制与诗的建行》。他的代表作《新诗：呼唤自由的精神——对废名"新诗应该是自由诗"的几点思考》被放在首位，这篇论文的四个小标题充分显示出他的自由化诗体观："'新诗应该是自由诗'是从内在精神角度对新诗品质的概括"②，"'新诗是自由诗'标明了自由诗在新诗中的主体位置"③，"自由诗在新诗中具有本原生命意义与开放性的审美特征"④，"公用性与稳定性的缺失使现代格律诗难以与自由诗相抗衡"⑤。

吴思敬主张的不是极端的诗体自由，他推崇的是诗的自由精神："'自由'二字可说是对新诗品质的最准确的概括。这是因为诗人只有葆有一颗向往自由之心，听从自由信念的召唤，才能在宽阔的心理时空中任意驰骋，才能不受权威、传统、习俗或社会偏见的束缚，才能结出具有高度独创性的艺术思维之花。而对废名'新诗应该是自由诗'的理解，恐怕也不宜把'自由诗'狭隘地理解为一个专用名词，而是看成新诗应该是'自由的诗'为妥……这里所谈的与其说是一种诗体，不如说是在张扬新诗的自由的精神。"⑥ 吴思敬十分赞赏蔡其矫直率的说法："2005年在广西玉林举行的一次诗歌研讨会上，一位记者向老诗人蔡其矫提出了一个问题：'如果用最简洁的语言描述一下新诗最可贵的品质，您的回答是什么？'蔡老脱口而出了两个字：'自由！'蔡其矫出生于1918年，他在晚年高声呼唤的'自由'两个字，在我看来，应当说是对新诗品质的最

---

① 吴思敬：《诗人应当是一个民族中关注天空的人》，《吴思敬论新诗》，中国社会科学出版社2013年版，第357页。
② 吴思敬：《新诗：呼唤自由的精神——对废名"新诗应该是自由诗"的几点思考》，《吴思敬论新诗》，中国社会科学出版社2013年版，第3页。
③ 吴思敬：《新诗：呼唤自由的精神——对废名"新诗应该是自由诗"的几点思考》，《吴思敬论新诗》，中国社会科学出版社2013年版，第6页。
④ 吴思敬：《新诗：呼唤自由的精神——对废名"新诗应该是自由诗"的几点思考》，《吴思敬论新诗》，中国社会科学出版社2013年版，第8页。
⑤ 吴思敬：《新诗：呼唤自由的精神——对废名"新诗应该是自由诗"的几点思考》，《吴思敬论新诗》，中国社会科学出版社2013年版，第10页。
⑥ 吴思敬：《新诗：呼唤自由的精神——对废名"新诗应该是自由诗"的几点思考》，《文艺研究》2011年第3期，第37页。

准确的概括。"①

吴思敬的"诗论家"地位主要是由他的诗学著作奠定的,最重要的是以下三部专题性著作。

《诗歌鉴赏心理》,辽宁人民出版社1987年版,收入柳萌和林非主编的《文学青年小丛书》中,10.4万字,第一次印刷高达9829册。全书分为四章：一、诗歌读者的审美心理结构；二、诗歌欣赏的心理条件；三、诗歌鉴赏的心理流程；四、诗歌鉴赏的心理状态与效应。作者在序言中说："《诗歌鉴赏心理》这本小册子,就想对读者鉴赏诗歌中的微妙心理变化做一粗略描述,从而使诗歌爱好者对诗歌鉴赏规律有一定的把握,提高诗歌审美的自觉性。"②这本书采用了大量心理学知识,仅参考的心理学著作就有杜·舒尔茨的《现代心理学史》、R. F. 汤普森的《生理心理学》、萨哈洛夫的《获得性遗传》、托马斯·门罗的《走向科学的美学》、J. M. 索里与C. W. 特尔福德的《教育心理学》。

80年代中后期新诗心理学研究随着文艺心理学的兴起引起多位诗论家的注意,如1988年华东师范大学出版社出版了钱谷融和鲁枢元的《文艺心理学教程》,1989年上海文艺出版社出版了《文艺心理阐释》。但是由于学科跨度太大,对研究者的知识结构和思维方式要求太高,很多人都"眼高手低",只有吴思敬和尹在勤出版了新诗心理学著作。"和诗歌变革紧密相连的是诗歌评论与研究方法的更新、对于中国大陆的诗歌理论批评来说,1985年是令人难忘的'早晨'。这一年,诗歌理论批评家的主体意识得到了复活和苏生。他们不谋而合地领悟到,理论批评和创作同样享有天赋的、平等的创造权利。为了更好地使用这个创造权利,诗论家们大面积地吸收和运用心理学、生态学、符号学、自然科学的方法。尹在勤的《诗人心理构架》,就是运用普通心理学原理写成的诗歌心理学。吴思敬的《诗歌鉴赏心理》,也是运用心理学知识,描述读者鉴赏诗歌中微妙心理变化的专著。"③

吴思敬是新诗心理学研究的奠基人。1985年11月,《用心理学的方法追踪诗的精灵》发表于《诗刊》第11期,人大复印资料《心理学》第

---

① 吴思敬：《自由的精灵与沉重的翅膀——中国新诗90年感言》,《吴思敬论新诗》,中国社会科学出版社2013年版,第37页。
② 吴思敬：《诗歌鉴赏心理》,辽宁人民出版社1987年版,第2页。
③ 古远清：《中国当代文学理论批评史》,山东文艺出版社2005年版,第483页。

11期转载，人大复印资料《文艺理论》1986年第1期转载。11月，专著《写作心理能力的培养》由北京出版社出版。该著1987年获"北京市高等学校哲学社会科学中青年优秀成果奖"。1987年10月，专著《诗歌鉴赏心理》由辽宁人民出版社出版。1988年3月，《情感的控制》发表于《诗神》第3期。5月至7月，《诗歌创作心理场的实质与效应》于《未名诗人》第5期、第6期、第7期连载。1989年5月，《诗歌创作中心理平衡的追求》发表于《文艺学习》第3期。1995年10月，吴思敬还写了《心理平衡的追求》长文，三个小节题目是：宣泄、升华和补偿。他认为："人的心理有一种追求平衡的倾向。国外医学界新兴起的'整体医学观'，把健康看成是生理、心理、自然、社会等多种因素综合的结果。这种医学观认为：人的机体内存在着两个平衡，生理平衡和心理平衡；外部也有两个平衡，自然生态平衡和社会生态平衡。因此彼此交叉作用。……外部的自然生态和社会生态不平衡，往往会导致人的生理和心理不平衡。"① "诗歌所以能成为一种'情感的体操'，起到宣泄的作用，就在于诗人在写作过程中创造了一个虚拟的境界，在这里扬弃了审美主体与客观现实之间的具体的利害关系，此时的主体已经超越了粗陋的利害之感与庸俗的功能之思，而以审美的眼光来观照诗的境界，人世间的种种苦难被净化了。"② "诗歌所以能成为一种'情感的体操'，起到宣泄的作用，就在于诗人在写作过程中创造了一个虚拟的境界，在这里扬弃了审美主体与客观现实之间的具体的利害关系，此时的主体已经超越了粗陋的利害之感与庸俗的功能之思，而以审美的眼光来观照诗的境界，人世间的种种苦难被净化了。"③

1996年由首都师范大学出版社出版的《心理诗学》是将新诗理论界的诗歌心理学研究推向了顶峰。1998年获北京市第五届哲学社会科学优秀成果一等奖。全书分为七章：一、内驱力；二、心理场；三、信息的内化；四、信息的再生；五、信息的外化；六、诗人的创作心态；七、诗人的个性特质。第六章的第二节《创作心态举隅》中分为四种心态：虚静

---

① 吴思敬：《心理平衡的追求》，《吴思敬论新诗》，中国社会科学出版社2013年版，第164页。
② 吴思敬：《心理平衡的追求》，《吴思敬论新诗》，中国社会科学出版社2013年版，第170页。
③ 吴思敬：《心理平衡的追求》，《吴思敬论新诗》，中国社会科学出版社2013年版，第170页。

心态、迷狂心态、焦虑心态、快乐心态。从这些题目就可以显示出此项研究的"科学性"。

2010 年他接受"中国社会科学网"记者采访时还提出了新观点。

记者问："您刚才谈到诗有宣泄情绪、心理疏导的作用。那么，我联想到另外一个问题，就是诗歌与心理之间的关系。在当今这个浮躁的时代，人的心理特别浮躁，出现了这样那样的心理疾病。我一直认为诗歌是人安放灵魂的居所，对疗治心理具有重要作用。以色列诗人耶胡达·阿米亥早就说过：'诗歌是一种治疗'，这两年福建师范大学的王珂教授也开始关注'诗歌治疗'这种功用，翟永明前不久在深圳一次研讨会上也做了《写诗是一种心理治疗》的发言，甚至还存在一个国际诗歌治疗协会。据我了解，您曾在 20 世纪 80 年代开始便以多部著作和多篇论文对诗歌与心理的关系进行过系列探讨，您对诗歌与心理之间关系的探讨与这种'诗歌治疗'是否有关？您如何看待'诗歌治疗'"？

吴思敬回答："现在有一种医学观念，叫'整体医学观'。'整体医学观'把人的健康不是仅仅看成身体的健康，而是看成生理、心理、自然、社会等多种因素综合的结果。这种医学观认为：人的机体内存在着两种平衡，生理平衡和心理平衡；外部也有两个平衡，自然生态平衡和社会生态平衡。一旦外部的自然生态和社会生态不平衡，就会导致心理不平衡，比如人由于其所处的社会地位的不同，所扮演的社会角色的不同，而产生心理不平衡；而心理不平衡，又往往会导致人的生理不平衡，由此导致各种疾病。可以说，人的身体疾病，往往是由心理不平衡的心理疾病引起的。音乐，有陶冶人的情操和平静人的心灵的作用。同样，书法也有。有些擅长写书法的人在不痛快或有些郁塞的时候，他不会找别人发泄情绪，而是拿起笔来用狂草书写一番，就能把心里的情绪发泄出来，使心情平静下来。这些艺术形式都有心理宣泄的作用。同样诗歌的这种作用也是非常明显的。一个是阅读诗歌。在你心情不舒畅的时候，读几首与你心境相近的诗，很可能心情就平静下来了。另外是创作诗歌，你拿起笔来在创作中用诗的形式很快就把内心不愉快的情绪排解出来。我国诗人李广田在 20 世纪 40 年代便说过，他觉得现在这个时代青年人的压力都非常大，内心很苦闷，如果不找一个宣泄口把内心郁积的东西发泄出来，那不是要把人闷死吗？他觉得诗就是一个非常好的宣泄口，因此他把青年人写诗当成一种心理的、精神的卫生，或是一种'情感的体操'。他实际上就谈到了诗对郁积的心理情绪的发泄，平衡人的心理的作用。所以我觉得诗对人的治疗作用主要就在于这种心理疏导作用。当然，诗并不能包治百病，否则我们就不用去医院看医生了，只要开一些诗歌的学习班就行了，但那是不可能的。"

1992年工人出版社出版的《诗歌基本原理》是吴思敬最重要的著作。1992年获"北京市高等学校第二届哲学社会科学中青年优秀成果奖"。"新时期诗歌理论批评是当代诗歌史上最活跃、最具建设性的时期。……拿基础理论研究来说，'十七年'时期只有亦门的《诗是什么》，90年代则有吕进的《新诗的创作与鉴赏》、吴思敬的《诗歌基本原理》等数种专著。这些专著，以诗歌自身掌握世界的方式、创作规律、语言特点作为研究对象。"① 吴思敬1985年12月24日写的《后记》说："1984年8月至1985年5月，我应《工人日报》视之约，为该社和中华全国总工会宣教部联合主办的'全国职工文学创作函授讲座'撰写一部诗歌教材，每月刊载一讲，每讲约三万字，共十讲。教材刊登以后，我收到许多相识和不相识的青年朋友的来信，他们热情的鼓励和诚恳的建设使我感到这十个月的劳动毕竟还有些价值，于是我对这部教材又做了些体合例上的调整，删除了一些枝蔓，定名为《诗歌基本原理》，现交工人出版社出版。"② 这本书出版后成了"畅销书"，第一次印数高达11440册。

这本书出现"洛阳纸贵"现象，与当时的"诗歌热"有关，更与它的理论性和操作性都很强有关。全书分为四编：一、本体论；二、创作论；三、鉴赏论；四、诗人论。第一章采用了"信息论"的研究方法，如第二节诗的系统构成分为两小节：一、诗在中介系统中的位置；二、诗的信息系统。诗的信息系统一节又分为：诗歌的信息加工系统——诗人；诗歌的信息贮存系统——诗作；诗歌的信息接收系统——读者；诗歌的根本信息源和最终信息宿——客观世界。诗的构思一节的操作性特强，如诗歌构思的内容一节分为：炼意（要从宏观去思考、要避俗、要忠实于自

---

① 古远清：《中国当代文学理论批评史》，山东文艺出版社2005年版，第482页。
② 吴思敬：《诗歌基本原理》，工人出版社1997年版，第429页。

己的内心感受）；取象（意象的来源、意象的种类、意象的选择）；发想（扩想、聚想、联想）、角度（主观角度与客观角度、正面角度与侧面角度、凝聚角度与散射角度）；结构（结构的特征、结构的功能、结构类型举隅）。直到现在，也没有一本诗歌，尤其是新诗的基本原理及基础理论著作，超越《诗歌基本原理》和《新诗的创作与鉴赏》（重庆出版社1983年版），它们仍然是大中学教师最重要的新诗教学"参考书"，是新诗爱好者的"入门书"。

当代新诗研究界主要有诗评家、诗论家和诗歌史家三种角色，有的人偏向"诗歌史家"，如孙玉石，有的偏向"诗评家"，如谢冕，像吴思敬这样的既能当诗评家又能当诗论家的新诗学者屈指可数。

（原载《名作欣赏》2021年第7期）

作者单位：东南大学现代汉诗研究所

穆如清风，缉熙敬止
——吴思敬先生新诗研究概览

张大为

吴思敬先生长期从事中国新诗理论研究和当代诗歌批评工作，是中国新时期以来最为重要的诗歌理论批评家之一。吴思敬的新诗研究，与新时期以来的中国当代诗歌发展史伴随始终，当代诗歌史各个或惊涛骇浪，或者潜移默化的重大节点与重要关头，吴思敬都是重要的开拓者、引领者、见证者之一。在吴思敬的新诗研究当中，潜伏着一条当代诗歌发展史的激流。梳理与总结吴思敬丰富的诗学思想与新诗研究的整体状貌，不仅仅是对于吴思敬个人学术成就的致敬，同时也是参证这四十多年的当代诗歌史的重要环节与有效方式，以及在新的历史时代开展诗学理论与诗歌批评建设不可或缺的步骤。

一

20世纪80年代初，在有关"朦胧诗"的论争当中，吴思敬与谢冕、孙绍振、徐敬亚等先生站在一起，为新生的"朦胧诗"的"崛起"作辩护，写作了《说"朦胧"》《时代的进步与现代诗》等著名文章，成为新潮诗论家的主要代表之一。"朦胧诗"论争之后，在继续从事诗歌批评的同时，诗学基本理论研究成为吴思敬的重点工作领域。四十多年来，经过吴思敬的着力关注与辛勤耕耘，诗歌理论研究领域的成果最为集中，也最为卓著。吴思敬在这方面的主要著作，有《诗歌基本原理》《诗歌鉴赏心理》《心理诗学》《诗学沉思录》《走向哲学的诗》《吴思敬论新诗》等。

20 世纪 80 年代中期，中国文艺理论界正处于"方法论"热之中。所谓的"三论"（系统论、信息论、控制论），以及各种人文社会科学甚至自然科学方法，都被文学研究领域热烈地引进、讨论和应用。而当时的显学"文艺心理学"，以及稍后的"文学主体论"思潮，也都显赫一时。这是吴思敬写作他的第一部诗学理论专著《诗歌基本原理》时的学术生态与学术思想背景。通观《诗歌基本原理》与后来的《心理诗学》等重要理论著作，可以看出，吴思敬虽然对于心理学方法有所借重，甚至也可以说有所偏爱，但心理学方法与"心理诗学"绝不是他所构想中的诗学理论体系的全部。吴思敬曾不止一次地说过，他一直在考虑着写一部"诗歌社会学"或"社会诗学"方面的著作，正像"心理"与"社会"在吴思敬的观念系统中不是相互割裂、不相连属的两个领域一样，"心理诗学"与"社会诗学"加起来，也只是吴思敬丰赡的诗学基本思想，在某种层次、某种向度上的细化与展开。同时，在实际的操作与应用当中，吴思敬使这两种理论范式尽量相互渗透、相互含纳，以将各自的理论局限性压缩到最小，将其理论包蕴力撑展为最大，从而使它们在具有强大的逻辑整合力的同时，也具有最大限度的逻辑弹性与可塑性。此外，更主要的是，当吴思敬将主体性原则贯穿于这两种理论范式之中的时候，也便赋予它们以行云流水般的、生动的逻辑动力性。这是吴思敬诗学理论视野的基本格局。

《诗歌基本原理》作为一部诗学原理性质的著作，诗歌"本体论"是不可或缺的重要组成部分，也是首先需要面对的问题，但要解决"什么是诗"这个"斯芬克司之谜"，靠简单地给诗下一个定义是远远不够的。为此，吴思敬采用了系统论和信息论的方法：从纵向上，吴思敬首先将诗歌确定为"第三自然"之中介系统的一个子系统[①]，在横向上，则引入了信息论的观点，这样便纵横交叉地结构出了诗歌的"信息系统"。而按照信息在诗人、诗作和读者间的运动过程，诗的信息系统又可分为诗歌信息加工系统（诗人）、诗歌信息贮存系统（诗作）、诗歌信息的接收系统（读者），以及诗歌的根本信息源和终极信息宿（客观世界）。然而，系统论和信息论的引入，虽然可以跳出对于诗歌本质及其构成因素静止、孤立的分析模式，却也还仅止于诗歌系统构成之客观性描述；要建构系统严

[①] 吴思敬：《诗歌基本原理》，工人出版社 1987 年版，第 20 页。

密、生动有力的诗学体系，还需要找到理论展开的更加充分的逻辑根据、逻辑动力与逻辑线索。于是，吴思敬找到了诗歌"主体性"原则："我们认为诗歌与小说、戏剧的区别固然可以从内容上、形式上列成许多条，但其中最根本的一条就在于诗歌依据的是主体性原则，而小说戏剧依据的是客体原则。"① 在这里，"主体性原则"既是观念原则也是逻辑原则，它主导着吴思敬诗学理论的观念内容与逻辑展开形式的统一结构。

既然以主体性原则作为诗学思想的主导理念和建构原则，吴思敬在诗歌"本体论"问题的探讨上，继诗歌系统构成的客观性描述之后，进一步将诗歌当作一种主体掌握世界的特殊方式，从主体观、社会观、运动观、时空观四个方面，对诗歌本体进行了全方位透视，确立了以主体性为中心原则的"诗歌本体论"之观念系统：诗歌主体是主体性原则的出发点和承担者；社会生活是主体性原则的展开中介与实现场域；诗歌作品是主体生命律动之外化表现；诗歌中的时空是主体的心理时空投射和生命律动展现条件与场所。这四者不是相互割裂的，而是被主体性原则融会贯通在一起的。作为诗学理论体系最重要的组成部分，"本体论"意味着诗歌观念系统结构的基础与骨架，因而诗学理论的"本体论"探讨，不仅以其观念内容论证着、同样也以其思维运动方向和观念组织方式指示着如下法则：主体性原则也必须作为诗学理论整体展开的主导性逻辑脉络。于是，之前对于诗歌信息系统构成所作的客观分析，此时也都相应地被赋予了一种逻辑方向性，最终被整合到诗歌观念系统结构中来，并以诗歌信息的加工、贮存、接受为单位，依次构成诗学基本原理体系的三个部分：诗人论、创作论、鉴赏论；而在每一部分中，主体观、社会观、运动观、时空观，都被贯穿以主体性原则，综合应用、逐级渗透于问题分析与理论展开之中。这样，也就可以在保持理论体系的严整的同时，避免了因理论视角的单一造成理论内涵的单薄，而始终保证理论视野多维立体的、充满思想力量的开放性，与理论意蕴的充实厚重。

接下来，最耐人寻味的地方是，构成诗学基本原理体系的每一部分，诗人论、创作论、鉴赏论，都是严格地沿着主体性原则展开的：首先，与诗歌信息贮存系统和接收系统相应的，本来应该是"作品论""读者论"，但在这里，却被赋予了一种与主体的创造性和能动性相应的理论观照维

---

① 吴思敬：《诗歌基本原理》，工人出版社1987年版，第37—38页。

度，变成了"创作论""鉴赏论"。而这其中最具显著特点的，是"创作论"编：既然将诗歌看作一个信息流动的过程，既然从创作论的角度，可以将这个过程看作是主体生命律动经由社会中介、在心理时空中的表现这样一种特殊的掌握世界的方式，那么"创作论"这一诗歌信息最关键的处理流程，也就同样被纳入主体性原则之中加以观照和展示。于是，在通常的诗学理论和一般的文学原理著作中常见的，诸如对于诗歌的意象、语言、结构、建行等问题进行琐碎、孤立、静止的分析罗列不见了，而是分别被置于"诗的构思""诗的传达"之中来综合考察。"炼意"—"取象"—"发想"—"角度"—"结构"等创作机制，在这里构成一个绵绵不绝的心意运作链条，生动地展示了诗歌构思的复杂机理与完整过程，而对于诗歌创作主体构成因素的全面系统分析，也就包含在其中了。在这样做的时候，主体性原则也就这样纵横交叉、层层下渗、一以贯之。这不是简单的名词改换与章节结构调整，而恰恰是体系突破意义和逻辑动力性的最充分、最生动的体现。

如前所述及的，心理观与心理学的视角，吴思敬其实已经在诗歌基本理论建构当中综合地加以应用，在诗学原理的某些（比如诗的构思、诗的鉴赏等）方面，"心理诗学"的视野甚至充当了相当重要、相当突出的角色。因此，为了对于诗歌本体进行更细致、更深入的透视和考量，只要时机成熟，心理学的视角是可以，也需要作为独立的诗学范式，来将诗歌的基本理论研究引向深入和细化的。吴思敬于1987年出版的《诗歌鉴赏心理》，既可以看作《诗歌基本原理》的进一步延续与延展，更可以看作大的"心理诗学"范畴的展开。1996年出版的《心理诗学》（首都师范大学出版社）则是这方面的主要著作。由于建立在《诗歌基本原理》当中以主体性为主导原则的诗歌观念系统与诗学思维逻辑的成熟建构基础之上，使得这一"心理诗学"范式具有以下特点：首先，心理学在这里不是一个简单的、单向度的透视窗口，而是处于成熟的诗歌观念系统的整体压强与语义场中，因此它具有观念、方法上的多维互渗和逻辑上的自由灵活的特点；其次，因为主体性原则贯穿其间，吴思敬的"心理诗学"体系，也具有学理上层次井然和体系上简洁明了的长处。在此基础上，《心理诗学》把诗人诗歌创作的心理结构分为三部分：创作心理过程、创作心态、诗人的个性特质，从诗人的创作心理过程、创作的心理能量——"内驱力"开始讲起，将"心理诗学"的问题模块渐次铺展开来。

在这里，正如前面讲到过的，"社会诗学"的观念方法在这里被辩证地综合、融通在"心理诗学"的理论范式和方法当中。举例来说，这不仅是指《心理诗学》在讲到"内驱力"的生成时，把"社会因素的诱导"作为一项重要诱因来予以论述，在讲到"内驱力"的调节导向作用时，把"社会导向"先于"自我导向"来加以并列；事实上，将"内驱力"界定为"多元的行为动力系统"的理念本身，就是在联系与映衬着"社会诗学"的观念，寻找内化于创作主体的外部动力源头，其逻辑前提正是诗歌主体及其创作行为的社会属性、外部属性。正因此，当沿着"创作心理过程"的探讨路径，通过诗人"创作心态"的中介、抵达"诗人的个性特征"时，作为诗学建构主导观念与逻辑线索的主体性原则，此时最清晰、鲜明地体现为由内而外、由里及表、由"心理"到"社会"的视角融合与动力指向："诗人的个性特征"的探讨，又浮上了"社会诗学"的堤岸，它既是"心理诗学"的终点，也展开了"社会诗学"研究的最佳入口。从体系建构形式上讲，《心理诗学》在此充分地体现了一种计白当黑、要言不繁、清通雅洁的妙处。

二

在当今诗坛，吴思敬不仅仅是诗歌理论家，同时也是始终保持敏锐的前沿意识与责任担当意识的重要的诗歌批评家。随着时间的流逝，人们不无遗憾地看到，当年为了朦胧诗的"崛起"与吴思敬一起并肩战斗的部分批评家，由于过于固执于自己那未必靠得住的诗歌美学观念，实际上已经丧失了与当下诗坛展开实质性沟通和对话的能力。然而，吴思敬的情形却正好与之相反，作为批评家的身份与使命，高度自觉的职业批评的主体意识，使得吴思敬不是把个人趣味、而总是把对于中国新诗前途命运的责任放在第一位。由于同样的缘故，吴思敬也从来不满足于各种程度不同的印象式批评，多年来孜孜不倦的理论探索，使得他不仅有愿望、更有能力对于日新月异的写作趋势做出最为精准、有力的阐释与评判。正因此，吴思敬在当今诗坛充分展示出了其批评大家的风范：既有能够同时统观主潮诗歌和先锋诗歌的总揽全局的视野与胸怀，又能与诗歌写作，尤其是先锋诗歌写作前沿保持密切的、有效的对话与沟通，以视界的宽广与见解的精微而言，对于当下诗坛有着直接的、多方面的现实指导意义。除了对于北岛、顾城、江河、赵恺、彭燕郊等诗人的研究文章早已为人们所称道外，20世纪90年代之后，《90年代中国新诗的走向》《精神的逃亡与心灵的漂泊》《转型期的中国社会与当代诗歌主潮》《当今诗歌：圣化写作与俗化写作》《仰望天空与俯视大地——新世纪十年中国新诗的一个侧面》等代表性文章，不仅为众多的同行所瞩目，也令桀骜的诗人折服；不仅对于一个时代的诗歌现象做出了精确的定位、分析，同时也充分地体现了诗歌批评的职业尊严。

  吴思敬在重视诗学基本原理构建和诗歌批评的同时，也非常重视对于新诗史、新诗理论史的整体考察。就诗歌史方面而言，他除了着重于当代诗歌的评介之外，也深入中国新诗的源头中去，沿波讨源，以一种文学史的整体性眼光，来考量百年新诗的发展与走向。在这方面，他写作了《冲撞中的精灵》《自由的精灵与沉重的翅膀》《中国当代诗人论》等专著，编选了如《主潮诗歌》(《90年代文学潮流大系》)《校园朗诵诗选》等诗歌选本，以及一批当代重要诗人的专题研究论集。这方面的代表作，则是2012年人民文学出版社出版的与赵敏俐教授共同主编，并且同时担任"当代卷"主编的800多万字的《中国诗歌通史》(11卷)。20世纪90年代，尤其是21世纪以来，一个日益碎片化的诗坛呈现在人们面前：每个诗人和批评家都抱定一些零碎的、偶然的、游移的关于诗歌的"观点""知识""范式""定义"，对于历史与现实的理解，事实上只是流于片面与狭窄的偏颇，反而更加虚假与不得要领。在这种情况下，吴思敬用并不时髦的人文主义与历史主义眼光所作的诗歌史理解，反倒是更具宽度与纵深的、融贯的大历史视野，让人们在更大程度上把握与接近诗歌与历史的真实。

  对于中国新诗理论史，吴思敬显然有着更为系统与深远的考量，也是其学术思想领域的一个重点。这是因为诗歌史尽管重要，但一般人都比较关注，研究成果层出不穷；但在此之前，对于百年新诗理论史这一领域的整体研究、全史研究，还基本上是空白，而已有的相关研究水平也参差不齐。于是，吴思敬首先自己身体力行，写下了一系列这方面的研究论文，如《中国新诗理论：在现代化进程中的诗学形态》《回望〈女神〉》《李金发与中国象征主义诗学》《启蒙·失语·回归——新时期诗歌理论发展的一道轨迹》《1980—1992：新潮诗论鸟瞰》《新诗：呼唤自由的精神——对废名"新诗应该是自由诗"的几点思考》《在传统与现代间行进的诗学（1949—1976）》等，属于宏观的审视；而《闪烁的光透明的雾——〈新意度集〉读后》《诗美奥秘的新探求》《〈钟声照耀的潮水〉序》《营建诗歌的意象大厦》《诗化人生的实录》《语言诗学与史识》等，则构成诗论家的个案研究。同时，他编选了那本引用率极高的新潮诗论选本《磁场与魔方——新潮诗论卷》，以及《中国新诗总系·诗论卷》《中国新诗总论：1950—1976》，此外还主编过《字思维与中国现代诗学》等专题论集，这些是新诗理论史料方面的收集整理工作。在此基础上，早在多年前，他就指导研究生以"中国新诗理论史"为题，接续进行学位论文的写作，这是他本人学术思想的延伸；而他本人也承担了此方面的国家社会科学研究课题，2015年由人民文学出版社出版的90万字的《20世纪中国新诗理论史》（上下卷），是这方面成果的集大成者。《20世纪中国新诗理论史》对于一个世纪以来的新诗理论发展史作了系统的总结梳理，为继承百年来新诗理论建设成果，开创面向未来的诗学理论建设新局面，奠定了坚实基础。

关于吴思敬的诗歌研究，还必须提及的是吴思敬主编的《诗探索》。自1994年推动《诗探索》在首都师范大学出版社复刊之后，吴思敬对于《诗探索》付出的心血与重视程度，肯定不次于自己的学术研究与著作。《诗探索》诞生于新时期初期，与"朦胧诗"的崛起相伴相生，除了中间一段时间的停顿之外，整体上跨越了新时期以来当代诗歌四十年的发展历程。《诗探索》所代表着的，是中国新时期以来以先锋诗歌、现代诗歌为主体，同时兼容主流诗歌及其他诗歌走向的学院派诗歌理论研究与诗歌批评的基本阵容。在这四十年间，"它坚定而鲜明的理论立场，已作为可贵的一页被保留在世纪记忆之中"[①]。从《诗探索》本身的创办理念来说，鲜明的"理论"定位，从一开始就不只是刊物自身主题、主旨与风格的问题，同时也不仅仅是对于学理或学科意义上的"理论"形态的重视，而是代表了办刊者穿透历史的深远眼光与宏大视野。诗歌写作问题、诗歌理论批评问题，不再只是诗歌"本身"的问题，它们都内在地具有并延展出一种更加渊深、更为内源性的"理论"要求与"理论"姿态：理论不只是书本上的概念思辨与某个学科领域，这种"理论"的要求和姿态，根本上代表的是诗歌与人在这个世界上存在、面对这个世界时的严肃、全

---

① 谢冕：《〈诗探索〉改版弁言》，《诗探索》（理论卷）2005年第一辑。

面、复杂的态度，以及生活的深度模式。

从这个意义上来看，《诗探索》其实不只是一个刊物：在它背后和通过它所联系着的以谢冕、杨匡汉、吴思敬、林莽等中国新诗理论与批评领域的旗帜性人物，以及各种研究机构、会议、奖项、出版物等，代表了当代诗歌的一方文化景观与文化山脉。在这当中，如果要为这个研究方阵与研究格局寻找一个象征符号，《诗探索》可能是为数不多的、最合适的选项之一。这个研究阵容和研究格局，在新时期以来的中国当代诗歌史的各个关键历史阶段，起到了重要的疏瀹创通、正本清源、保驾护航的作用，在当代诗歌研究乃至整个当代文学研究当中，都是中坚性力量。这个阵容在今天不仅并没有终结，而且正在通过高校与研究机构所培养的一代代的学术新生力量，不断地传递、扩大与延续。它不仅决定性地影响了当代诗歌研究乃至当代文学研究的整体面貌，同时也对于诗歌写作领域本身的基本态势与历史走向，继续发挥着巨大的推挽、促进作用。

三

吴思敬先生的研究领域当然不仅仅是新诗，比如写作学、文章学方面的研究，其实是吴思敬早期重要的研究领域，1985 年出版的《写作心理能力的培养》涉及的主题，至今仍然是重要的、非常具有价值问题领域，同时也为后来的诗学理论研究奠定了学理基础。此外还有一般性的文艺理论研究与文学批评工作。当然，诗歌研究确实构成其主要的领域，而在如此深广的诗学领域中，像吴思敬先生这样进行全面、精纯的诗学探索，并取得如此丰硕成果者，在当今诗坛实为罕见。而先生高尚的人格风范，对于诗歌矢志不渝、一以贯之的热爱与热情，对于各种诗坛事务的组织与领导能力，更是跨越近半个世纪的、中国诗坛最为耀眼、最令人温暖和感动的亮丽风景。对于我们这些做弟子的，每次想到先生，总是油然而生一阵发自心底的暖意。2022 年，适逢先生 80 寿辰，深蒙先生教诲却无以为报，唯衷心祝愿先生身康体健、永远年轻，继续引导中国诗歌走在康庄大道之上！如此则诗坛幸甚！

作者单位：天津社会科学院文学研究所

回　响

艰难的突破

——评吴思敬主编《20世纪中国新诗理论史》

罗振亚

新诗历史转瞬已近百年，但是对其理论研究因为难度过大，所以一直陷于孱弱的困境之中，进展十分缓慢，仅有的孙玉石、龙泉明、许霆、潘颂德和常文昌的几部著作，它们或则注重批评家的解诗理论进行散点透视，或则以断代的方式出现，或者停浮于理论批评现象的客观梳理，虽各有相对理想的学术视野和切入点，在不同的向度上有所建树，却均欠系统和深入，没有完整地凸显出20世纪中国新诗理论发展的全貌和品质。2015年，吴思敬先生主编、积十余年学术之功的《中国现代新诗理论批评史》（上下卷，人民文学出版社）的出版，则在某种程度上传递出成功突破的信息。它以高度自觉的学科意识，借鉴传统与当代文学理论的各种观点和模式，将跨越中国现当代历史过程的新诗理论作为一个整体，把贯穿其中的一些重要的诗学思潮、理论发现、批评家个体等因素，有效地将其整合到一个逻辑框架内，构建起了科学、严谨、自足的中国新诗理论批评研究谱系，不但填补了新诗理论研究的空白，而且以科学精神、艺术品位的坚守，抵达了中国新诗学的历史与本质深处，理论价值与现实意义也十分重大。

一部著作的体例绝非只是外在的结构形态，它本身就表现思想，启用一种什么样的述史模式，往往凝聚着研究主体的文学观念和逻辑判断。《20世纪中国新诗理论史》堪称体大虑周，宏观扫描与微观透析结合，整体把握和批评个案研究互动，二十一章里具体论列的内容，基本按20世纪之初至20年代的新诗理论，30—40年代的新诗理论，50—70年代的新诗理论，80—90年代的新诗理论，台湾、香港与澳门的新诗理论的时间序列，纵向呈现中国现代新诗理论历史轨迹的"大观"，又在不同时段中抓取梁宗岱、袁可嘉、谢冕、中国新诗派诗学思想、围绕"三个崛起"与"中国现代诗群体大展"的论争等重要的批评家、诗学潮流和理论探讨，以诸多"微景"展示中国现代新诗理论的丰富与复杂。这种各部分相对独立又互为联系的立体、动态的述史构架，纵横交错，点面结合，既在总体风貌上达到了史的要求，符合中国新诗的理论发展实际，容易把握，又利于诗学深层底蕴及规律的发掘，充满独立的思想发现，有理想的可信度与说服力。其中，把两岸四地的诗学空间整合在一处，以专章或章中渗透的方式论述港澳台的新诗理论，也可谓整体框架上的创举。

尤为可贵的是，《20世纪中国新诗理论史》具有强烈而自觉的问题意识，它不是孤立地就诗学论诗学，而是把研究对象置于百年中国的历史、文化、诗歌创作的多位关系网络中加以探讨，并从中抽取出能够覆盖不同时段的现代化、新诗解放诗体变革、诗体的互动消长、现实主义浪漫主义和现代主义思潮的互渗交融等一些代表性、规律性的理论问题进行探讨，确实贴近了中国新诗理论批评的本质和深层，完成了一部诗学理论著作应该承载的使命，形成了从问题出发，以问题带动史料和史实展开叙述的风格。如在探讨40年代现代诗学过程中，就联系在当时的社会文化背景，着力研究胡风、艾青、阿垅为代表的"七月派"浪漫诗学的主观战斗精神和情感原则，袁可嘉、唐湜为代表的"中国新诗派"诗学的"综合论"和"经验说"，萧三为代表的解放区诗学的训谕性和意识形态特质，并通过几种诗学理论形态、内涵、价值以及和传统诗学、西方诗学的关系把握，触摸到了40年代现代诗学的流变规律，贴近了40年代纷纭多变的现代诗学历史本身。

很多人以为，在学术研究中材料是第二位的、次要的、寄生的，其实这是必须击破的迷信。事实上，新诗及其理论研究是否能够取得突破的关键，不在于观点阐释的如何深刻新奇，也不在于方法运用的如何娴熟灵活，而主要取决于新材料的发掘、解读，只有它的支撑才会使研究趋于科学化。《20世纪中国新诗理论史》页下大量注释中珍贵资料的搜求、发掘本身，以及附录于书后的《20世纪中国新诗理论著作要目（1920—2000）》，都有不可小觑的价值，它们本身既彰显了现代中国诗学理论和历史的丰富与复杂，也为后来者从事新诗学的探讨打下了坚实的基础。

总之，《20世纪中国新诗理论史》的理论视野开阔，学术规范讲究，诗学问题的抓取准确独到，批评家的个案选择典型科学，承续性与平衡性兼顾，观念开放包容，批评立场实事求是，研究方法多元，注意吸收古代诗论和西方诗学理论资源的优长，与研究对象之间达成了较好的契合。许多观点的提出都是建立在大量的理论批评文本的细读基础之上，体现了不放空言的踏实学风。可以毫不夸张地说，该著在前人研究成果的基础上获得了艰难而可贵的学术突破，它把国内同类问题的研究水准扎实地向前推进了一步，在廓清新诗百年理论批评历史、揭示新诗理论发展本体规律同时，也势必会为当下新诗创作乃至理论的繁荣提供有益的启迪。《中国现代新诗理论批评史》是近些年来诗歌研究界一部不可多得的优质、理想的学术力作，它的学术价值将得到越来越多的学人认可。

(原载《文艺报》2016年10月28日第3版)
作者单位：南开大学文学院

新诗理论史研究的重要收获
——评吴思敬主编《20世纪中国新诗理论史》

王士强

由学者吴思敬主编、人民文学出版社出版的《20世纪中国新诗理论史》共两册、近90万字，颇显厚重。说它厚重当然不仅因其字数与规模，更因其内容的丰厚、扎实与研究的高质量、高水准。事实上，该书的确是十年磨一剑的结果，它是以吴思敬为负责人的国家社科基金项目的最终成果，该项目自2004年启动，由6位中国新诗研究领域的学者通力合作、积数年之功完成。

一般来说，文学理论、文学史、文学批评如鼎立三足构成学科意义上的文学。对中国新诗而言，诗歌史、诗歌批评方面的研究相对比较活跃，产生的成果较多，也更引人注目，而诗歌理论的研究则相对薄弱，比较琐碎，不够全面和系统。以20世纪作为时间段落来考察中国新诗理论的发展无疑是可行且必要的，它不但具有足够的历史长度与段落意义，而且具备了足够的丰富性与复杂性，在此意义上，该书的出现可以说是应和了历史的召唤。

该书主编吴思敬是著名的新诗研究专家，其新诗评论、新诗史研究成果丰硕，广为人知，同时他对于新诗理论也有着长期的思考、关注与研究。自20世纪80年代至今他曾写作数本新诗理论专著、主编数种新诗理论文选、发表大量相关学术论文，可以说近数十年一直都在新诗理论研究的"现场"。课题组六人老（古远清、吴思敬）、中（孟泽、陈旭光）、青（张大为、霍俊明）相结合，他们或德高望重，或年富力强，在经验、学养、研究基础等方面各有所长，且对各自所分工负责的区域非常熟悉，可谓强强联合，整体上保持了较高的质量。

迄今诞生约百年的中国新诗所走过的道路可谓跌宕起伏、一波三折，令人欣慰的是，它毕竟从无到有、从小到大，发展壮大起来，逐步形成了自身的"小传统"，并行进到当前较为宽阔、多元、自由的格局。新诗理论是关于新诗发展道路的规划、想象与反思，它与新诗的发展息息相关，其所走过的道路同样是艰难、曲折的，当然也取得了可喜的成绩，达成了应有的历史共识。该书指出，20世纪新诗理论最重要的是发生了意义重大的"现代转型"，这种转型是相对本民族诗学和外来诗学而发生的。新诗学与传统诗学、外来诗学既同中有异，又异中有同，努力追求着对二者的双重超越。由此，它形成了若干的"现代品格"：主体性的强化、诗体解放的呼唤、审美独立性的追求、思维方式与研究方法的现代转型等。本书对诸如"为人生"与"为艺术"、民族性与世界性、传统与现代、自由与格律、书面语与口语等20世纪所出现的不同新诗解决方案进行了充分的介绍、深入的辨析，是对于新诗理论相关问题的一次认真的学术总结。

该研究一方面尊重历史，呈现了历史的具体样貌与细节，避免了简单化和先入为主，另一方面则充分发挥研究主体的能动性，条分缕析，披沙拣金，从庞杂混沌的历史现场辨识、捡拾有价值的思想珠贝，在研究的客观性、全面性与深刻性、穿透性之间达成了较好的平衡。该书所讨论的人物大致都是著名诗人、学者，但研究者做到了"不虚美，不隐恶"，既肯定其成就，也指出其局限与不足，显示出独立不倚、客观公正的学术态度与立场。

《20世纪中国新诗理论史》是到目前为止规模最大、内容最全、最为系统的新诗理论史研究著作，是该研究领域的重要收获。也许在某些地方还存在疏漏与讹误，但它在相当程度上能够反映当前该领域的研究水平，具有"集大成"的作用，它对此后中国新诗、中国新诗理论的健康发展起到积极的作用也是可以期待的。

(原载《人民日报》2016年10月7日第8版)
作者单位：天津社会科学院文学研究所

如何建构开放的诗歌理论史景观

——评吴思敬主编《20世纪中国新诗理论史》

刘 波

新诗已经走过了它的百年历程，各种新诗史也相继推出，但多为断代的观念流变史，少有将新诗理论放在百年新文学大背景下进行深度研究的论著。目前已出版的各种新诗理论史，因缺少全局视野，在新诗的美学发展中，那束整体性的理论之光也相应地变得黯淡了。在此现实下，吴思敬先生主编的《20世纪中国新诗理论史》（人民文学出版社2015年版，以下简称《新诗理论史》，本文引用该论著仅标页码）就显示出了重要价值。这部上下卷的新诗理论史，是立于百年新诗发展的后期，来把握整个20世纪的新诗理论，这样拉开时间距离后的研究，在历史分析与现实评价上就会相对精准和有效。

一 现代性主导下的纵向与横向研究策略

在21世纪回顾整个20世纪汉语新诗，除开文本之外，很重要的一点就是具体文本背后所反映出来的诗歌审美史、写作理念史和作品批评史，这些都可以划归到新诗理论史的范畴。之所以要进行这种回访式追索，不仅是学科研究的需要，更在于探讨诗学规律以作借鉴之用。"如今，在新世纪的大文化环境及背景下，对20世纪中国新诗理论的发展历程做一梳理与反思，并对其中某些规律性的东西予以探讨，是当代诗歌理论工作者所应负的历史责任。"（第1页）也正是出于此目的，吴思敬先生才会在"历史责任"的感召下去完成对诗歌理论史的梳理。

相比于历史悠久的中国古代诗歌和外国诗歌，新诗至今不过百年，但因其内部的复杂性，理论史的编撰也面临很大的挑战。正如编者在谈到现代性是贯穿百年新诗的重要因素一样，打通新诗理论史的关键词，同样也是现代性。诗人们在实践中所体现出的诗学观念，会以理论的形式投射在具体的写作中，而写作再反过来对理论构成一种影响。这种影响可能是融合式的，也可能是抵抗式的，它们之间的博弈和审美反复，也很清晰地体现在了20世纪新诗理论史的演变过程中。当这些现象反映在创作和理论的交织里，新诗现代性的发展就有了一条跌宕之路。尤其是伴随着各种意识形态的介入，在保守与激进、徘徊和前行之间，新诗有着多重困境。这些也都是新诗理论史必须要面对的问题，无论是横向的移植，还是纵向的传承，皆对我们认知新诗理论史有一个参照。

对于现代性这个关键词，它不仅影响着诗歌写作本身，同样也属于新诗理论的重要命题。我们如何认识新诗的现代性，从新诗发生初期就有争议，且从未停止，一直持续到了21世纪。但不管怎样看待现代性在百年新诗中的流变与反复，它已经成为一个不可忽视的事实，也许就是在对现代性的不断质疑和丰富中，新诗理论也随之有了它的现代性品格。因此，吴思敬先生在序言中专就此命题作了评述：现代品格首先就体现在诗人主体性的强化上，这其实是一个前提，只有诗人意识到了新诗写作的价值，才会由此去探寻其美学意蕴和内涵，而后来在诗体解放、审美独立性的追求以及思维方式和研究方法上的现代转型，都是主体强化的结果，它们之间看似一种横向的并列关系，共存于诗人对新诗理论体系的建构中，其实也形成了一条纵向的因果链。如果说现代性的提出，是对新诗之"新"的深化，那么还有一点就是，它让新诗变成了更为开放的文体，不仅表现在自由的形式上，更重要的是强化了新诗所具有的先锋精神和现代审美。

所以，现代性作为新诗创作和理论体系建构的一个核心，它涵括的内容和思想，或许早已超越了本身所具有的内在审美特性。在新诗现代转型的曲折历程里，新诗理论同样也遭遇了很多困境，这些困境一度让新诗在政治、传统与诗歌内部的各种博弈中，也变得不确定：标准问题，身份问题，还有诗体价值问题，都时时让诗人经受着考验。当然，也就是在对新诗各种命题的不懈探索中，诗人们对现代性的理解和实践，也内化在了各种诗学命题里。既然新诗的现代性流变不仅体现在形式上，也联系到诗人们的精神觉醒和思想启蒙，这就涉及了新诗的起源问题。《新诗理论史》并没有直接从新诗发生之初的1917年开始，而是往前回溯到了清末民初一些学者对文学改良与革新的探讨中。这种纵向的认知，其实是将新诗置于新旧文学交替的大背景下，为新诗理论的发生厘清思路和精神源头。

何以要寻找源头呢？"'新诗'及其理论创生的动力和背景，显然不是单一的。新诗的建构并不只是一个单纯形式的演绎过程，而同时是一个复杂的逐渐凝聚的精神生长过程，普遍的感应和激发需要一个相似的精神起点，一种共同的精神诉求，这才会有'新诗'的陡然兴起和普遍认同。"（第44页）所以，第一章《新诗理论的生成背景与精神渊源》对黄遵宪、梁启超、王国维和鲁迅早期诗学思想的重新溯源，也是为新诗及其理论的发生提供一条原始的线索，只有这样的溯源才会让新诗理论的生成变得完整，而非单纯地从白话诗那里直接获取理论资源。这种回溯性探源，其实从纵向的时间来说构成了新诗理论的一个"共同体"，这不是想象的"共同体"，而是基于诗学发展趋势的一个逻辑"共同体"。虽然这里面可能会涉及新旧诗之间的差异和衡量标准的不同，但对于新诗如何突围以及从传统里获得超越感，当是一个参照，对于新诗及其理论从发生到发展的整个过程，都不失为重要的镜像。

或许正是为了这种完整性，《新诗理论史》的结构依据的仍然是时间线性发展的逻辑，这个明晰呈现的脉络，即20世纪初至20年代新诗理论的发生，再到30至40年代的现代性拓展，而以1949年为界，50至70年代属于新诗理论的迂回曲折式困境，再到80至90年代重新接续现代性的新生，这是四个按纵向逻辑形成的阶段，我们可以清楚地审视其中焦点性的诗学命题。还有一个横向的空间探讨，那就是与大陆相对应的台港澳地区的新诗理论，因受地域影响，它们的发展看似简单，但也还是有着内在丰富的诗学体系，尤其是台湾50至70年代的现代诗学，乃中国新诗理论史不可或缺的一部分。在纵向的时间考察和横向的空间开掘中，这本书遵循的是动态的问题式研究，而非完全的静态历史整合，如此更显出宏阔和新意。

二　问题意识和理论建构

如果说按照时间逻辑来梳理20世纪中国新诗理论史，这是出于写史层面考虑需要遵循的方式，那么，在这样一个前提下，从横向的诗学探索来看，《新诗理论史》最大的一个特点，就在于以问题意识切入各个时期的诗学现场，并深入挖掘诗学内部的各种复杂经验，"形成了从问题出发，以问题带动史料和史实展开叙述的风格"①。这一方面与新诗本身的曲折发展有关，另一方面，也与每个阶段特殊的时代氛围相连，在这种内部与外部交叉的诗学演进中，新诗理论的"革新"与"反复"才会显出一条不同于其他文体的路径。

针对新诗初创期的问题，我们之前在研究其理论时，总是撇开当时的时代与社会因素，而直接进入诗学层面，但吴思敬先生在"绪论"中就对其作了定位："新诗的发生和实践，一开始就并不纯粹是一个关于诗歌的审美事件，而毋宁说更是一个和启蒙的社会、文化、教育有关的事件。"（第36页）那么，新诗的发生就不仅仅是单纯的诗学事件，而是一个与时代进程有关的文化综合事件。它必须和具体的时代现实对接起来，才会更清楚地折射出其最初的生成机制。也就是说，新诗的发生不完全源自文学内部，而是伴随着更大的时代转型和社会变革。这种认识虽有些绝对化，但无不透出白话诗发生时的某种"工具论"意味。一切都围绕着"解放""启蒙""觉醒"等这样一些核心命题展开论述，对于和新诗"周边"问题的探讨之结合，将其置于大时代变局的背景下来进行审视，以便于我们能够在内外几个层面上全方位地观照新诗及其理论发生的内在动因。

的确，以往不少文学理论史基本上都遵循的是一种面面俱到的述评方式，但这样的理论史给人的印象就是简单，大而全，并无多少困惑感，更难言新意。"就文学史写作而言，困惑就是面临种种难于破解的文学现象与问题时茫然而苦闷的心态，解蔽就是通过艰苦的资料搜集、梳理与认真的思考，拂去历史的浮尘，从而呈现出某一时段文学真相的过程。"② 吴思敬先生近些年在编撰诗歌史的过程中，就是以"困惑与解蔽"之心态来作为动力并如此践行的，其很重要的体现就是问题意识。从问题意识出发，以点带面地来阐述新诗理论，能够更为立体地表现其多元化的景观。撰写者在立足于历史真相的同时，也会以当下眼光来对那些曾引起反响甚至争议的诗学论题，进行更富"求真意志"的还原和理论阐释。如果从

---

① 罗振亚：《艰难的突破——评吴思敬主编〈20世纪中国新诗理论史〉》，《文艺报》2016年10月28日第3版。

② 吴思敬：《困惑与解蔽——关于〈中国诗歌通史·当代卷〉写作的几点思考》，《中国文化研究》2013年冬之卷。

新诗发生初期及其稍后形成的各种诗歌流派与团体来看，新诗理论的重要特征就在于这些诗歌派流的共同宣言，还有不同流派之间对诗学理解的差异性，这也是由新诗所独有的圈子化特点所决定的。从早期白话诗到"创造社"，从"新月派"到早期"象征派"，从左翼文学到"现代派"，从"七月派"到"中国新诗派"，这些流派之间并不是孤立的，它们有着交流传承乃至美学冲突。也许就在这些流派对新诗不断的深度实践中，构成了一个强大的理论场域，且为整个新诗理论的持续性带来了更为丰富的历史化取向。将研究对象历史化，其实就建基于问题意识，这种问题意识的践行，一方面在于宏观的把握与整合，另一方面在于微观的经验探寻，以从内部再现那些曾被遮蔽和忽视的话题。

比如说，对于稍晚于"左联"两年后成立的"中国诗歌会"（1932年9月成立），因其处于特殊历史时期，它的成立本身就"负有伟大的时代使命"，即为大众服务，起到宣传和鼓动之效。而承担起这种责任的，就有早期象征派诗人穆木天，他为《新诗歌》"创刊号"写的《发刊诗》，与其早期的新诗理念有了很大差异，这种反转为什么会发生在曾主张"纯诗"的穆木天身上？这一方面与当时的社会大环境有关，另一方面，也可能在于他的写作中所隐藏的激进美学。从20到30年代新诗的美学过渡中，诗人前后期观念的对比，也在理论的梳理中被验证。正是在这种个人诗学观念的对比中，"中国诗歌会"这一诗歌团体所取得的成就与不足也得以自然呈现。在"大众化"意识主导下的"使命感与责任感"凸显，而"对诗歌抱着一种急功近利的态度，忽略了诗的本体特征，忽略了诗歌把握世界方式的独特性，忽略了诗歌表现人的心灵世界的丰富性与复杂性，仅仅是用诗歌来充当革命的工具和武器，这看似是对诗歌的重视，长远来讲对诗歌的发展恰恰是一种伤害"（第308页）。这种评判既是出于客观公允的考虑，也是就诗歌本体所作的警醒式定位。

问题意识是新诗理论研究的出发点，从某种程度上说，也是其归宿和落脚点。当然，这种问题意识也是被置于具有整体感的爬梳整理中，否则，问题意识也带不出更多的理论价值。吴思敬先生在"后记"中说："只有把中国新诗理论八十余年的发展过程作为一个整体，才能看出新诗出现和成长的必然性，才能发现在新诗不同的发展阶段曾反复出现的创作现象及理论话题，才能找出在新诗发展过程中某些规律性的东西，从而为新诗未来的发展提供借鉴。"（第986页）而对于50至70年代这一时期的大陆新诗及其理论，因为特殊的时代原因，成就不高。那么，针对这一段的新诗"空白期"，是不是就没有必要梳理了呢？相反，《新诗理论史》则给予了更多的观照，并将之前不为我们所了解的问题置于这一背景下，予以全面审视。这种从问题意识进入史料，当是具有"启蒙"色彩的诗学理论建构。尤其是对稍后出现的朦胧诗论争，也是以理性意识来探讨，并上升到了一种"知识生产"的高度，这同样是带着问题意识和独立立场所进行的理论创造。

三 "以人为本"的历史书写

从时间上看，《新诗理论史》打通了现代史与当代史，以"新文学整体观"的方式，与20世纪新诗理论进行了对话。这是21世纪以来比较通行的文学史书写模式，它将文学史的发展当作一个整体，这样就避免了过多意识形态因素的干预，以还原文学史的本体性功能。《新诗理论史》虽然也有着历时性的脉络梳理，以及空间性的诗歌流派和群体考察，但最终还是建基于历史的立场，尽量去恢复诗歌理论史的丰富性和多元性。正如吴思敬先生所说的："本书对中国新诗理论的发展与形态做出全方位的描述与剖析，就新诗史的研究而言，将会提供观察新诗发展各个历史时期纷纭复杂的诗人诗作、社团、流派、刊物等诗歌现象的一个新的视角。"（第987页）这种新视角，其实也是新诗理论史书写的一个宗旨，在一个宏大的框架内，呈现的却是各个诗歌流派与社团的理论新见与建构诗学的勇气。

无论什么样的历史，都离不了人这一主体。《新诗理论史》也不例外，它打破了过去的观念史形态，而以个体诗人、诗评家和诗论家作为贯穿这八十余年新诗发展的线索，建构起了更为明晰的以人为中心的理论史。用大量新的史料来印证个体的诗歌创作与诗学观念的演变，也以新的批评方法来对典型的个案进行症候性解读，这样针对诗人和诗论家所运用的研究范式，让新诗理论史的撰写在文体风格上显得更为鲜活。当那些诗人和诗论家被遮蔽的理论史大行其道时，我们应该重新给他们以更大的阐述空间，让那些民间力量能够被释放出来，以形成更具活力的新诗理论史。这样的实践，会让整个新诗理论史在共时性中获得细节与经验的支撑，同时，也会让动态的研究更具持续性和延展性。因此，以诗人和诗评家、诗论家贯穿起来的新诗理论史，体现的就是一种历史书写的开放性，这样的编排看起来简单，但其内在的难度，让其真正有别于以诗歌现象、诗歌运动和思潮串联起来的新诗理论史。

  针对主要诗人和诗论家的诗歌理论史，貌似一个个分散的点，可它消解了那种由预设的观念所支配的诗歌史趣味，尽量体现诗人和诗论家作为独立个体的价值，而这也正是新诗这一独特文体在20世纪的与众不同之处。在新诗史上，很多有个性和创造性的诗人，都无不显出了他们特立独行的写作风貌，而在《新诗理论史》中，这些既有实践经验也不乏理论素养的诗人，也在其创作和理论建构的过程中得以展现自己的才华。从这一点来看，新诗理论史很大程度上其实是与新诗史同构的，既有相互渗透，也存互补性，这也是新诗史和理论史都以个体作为基本书写对象的原因，它能够打破那种观念史所构成的"虚幻"局面，重新勾勒一个新的诗歌理论史现实。

  与小说、散文和戏剧等文体不同，新诗史和新诗理论史在诗人和诗论家的选择上有着相当重合的部分，这在1949年之前体现得尤为明显，从胡适、周作人、刘半农、俞平伯、康白情，到郭沫若、宗白华、闻一多、徐志摩、朱湘、李金发、王独清等，从蒋光慈、蒲风、任钧、戴望舒、梁宗岱、施蛰存、徐迟到胡风、艾青、阿垅、袁可嘉、唐湜、朱自清、冯文炳等，多为经典诗人，而他们在创作的同时，也有着个人独特的理论自觉。更有意思的是，包括像李健吾、朱光潜、沈从文这几位"京派"批评家、理论家和小说家，也曾参与过新诗评论，他们在新诗上的理论尝试，也可以从另一侧面反映出30年代新诗及其理论所具有的影响力，各种文体之间也有相互交流的空间。这可能与新诗这一新文体有关，少有专门去研究新诗的学者，或者有些诗人根本不信任新诗研究者，那么，这项工作也就落到了诗人自己和其他文体研究者身上。这也是新诗理论史在1949年之前的独特性之所在。这种状况到了80年代之后，随着当代文学的学科化，专门研究新诗的学者出现，由诗人构成的理论史有所改观。虽然在50至70年代，如臧克家、林庚、何其芳、卞之琳、安旗、公木、冯至等诗人，也一度在新诗格律、民歌化、叙事诗、政治抒情诗等方面提出了自己的诗学观，但是，随着80年代新诗重新接续上现代性实践，这种由诗人构成的新诗批评和理论体系，基本上开始交到由谢冕、孙绍振、徐敬亚、吴思敬、唐晓渡、陈超、程光炜、沈奇等专业诗论家手中，这种新诗理论的悄然转型，其实也正显示了新诗理论在走向学科化时，一种新的诗歌理论史格局正在形成。

　　整个20世纪新诗理论史的梳理工作，最终抵达的还是新世纪的诗歌写作和理论更新。"就新世纪诗人的写作而言，吸取20世纪新诗发展与理论建设的经验与教训，将会使他们具有历史的眼光，站在一个新的起点上，不再重复前人走过的弯路，有利于开创新世纪诗歌书写的新局面。"（第987页）这也许是《20世纪中国新诗理论史》编写的一个重要目的，它立足于历史，最后也须回到当下，为当下提供更多美学借鉴，这不仅针对诗歌创作本身，而且也对新世纪新诗理论史的编撰提供了一条思路。而由诗人、诗评家和诗学研究者构成的新世纪新诗理论史，在现有基础上，可拓展更广的空间。希望在不将的将来，能接续上这一工作，重建百年新诗理论史的新秩序和新格局。

（原载《中国现代文学研究丛刊》2018年第2期）
作者单位：三峡大学文学与传媒学院

成功的"突破":评吴思敬主编《中国诗歌通史·当代卷》

罗振亚

由于研究对象处于现在进行时状态的不稳定性,人们对之缺乏必要的审视距离,大多中国当代诗歌史著作均因大同小异的平庸而自生自灭,理想、高质、被普遍认可者迄今尚未出现。尽管如此,谢冕、洪子诚、刘登翰、程光炜、王光明等一批研究者的潜心耕拓,仍在一定程度上接近了当代诗歌的历史与本质深处。日前,吴思敬先生主编的《中国诗歌通史·当代卷》(人民文学出版社2012年版,以下简称《当代卷》)的面世,再次为摆脱当代诗歌史的书写焦虑做出了成功的尝试。

当代诗歌史撰写资料搜集相对容易,而怎样将纷纭复杂的诗歌现象纳入明晰、科学的逻辑框架中,建构独特的述史模式则至为重要。《当代卷》没对诗人、诗派座次做简单的厘定、排列,走线索分明却嫌浮泛的传统编年体路线,也回避了抽取体现诗歌内部规律"问题",利于深入但易流于紊乱的模式,而启用了带有较大包容性的还原式结构。它把两岸四地的诗歌空间整合一处,前十四章探讨大陆当代新诗,后二章集中探讨台湾、香港和澳门的当代新诗,整体框架上已有所突破。前十四章尽量把"当代诗歌"历史化,按"十七年"诗歌、"文革"诗歌、新时期诗歌和九十年代诗歌的时空序列,兼及它们前后间的互渗互动、承上启下、演化变异,展示当代诗歌由一体化到多元化的进程,还原当代诗歌的原貌与全景。然后按分期块状切割,抓住"诗学规范的确立与新诗话语转型""革命时代的政治抒怀""归来者的第二个春天""多元写作姿态的展开""蔚为大观的西部诗歌"等有代表性的诗歌群落、潮流及现象进行评述,从而建构起了以思潮为经,以诗歌发展阶段为纬的架构格局和述史模式。

这种结构形式统摄了诗歌史中的思潮、流派、运动、社团、期刊、诗人、文本等各个方面，抓住了诗歌史的症结和关键，在基本框架、总体风貌上达到了回归历史本真的述史要求。并且，在纵向结构的每一个板块里，又都不是一般性地循序描述，而是把诗歌置于文学、文化、历史、政治等多维关系和背景中，恢复那一时段或那一股诗潮发生、发展的具体历史情境，像第三章对反右斗争中《诗刊》《星星》遭遇的考察，第九章对民刊《今天》之于朦胧诗作用的彰显，还强化了文学刊物、出版对文学生成的控制的研究，这样就在某种程度上把全书纵向的时序坐标转换成了一种空间上的研讨，达成了历时性观照和共时性考察的统一。这种历史"还原式"批评结构，纵横交错，点面结合，主次分明，重点突出，路向清晰，确实堪称全景式的诗歌通史。

诗歌史要记录历史，更要对历史做深度的诠释和反思，成为现象之上的经验、规律性内涵的阐发。作者深厚的学养见识和敏锐判断力的支撑，使《当代卷》注意思想的经营，新见迭出。其表现一是在研究对象的选择上着力于经典的确认和重构，取舍精当。诗歌史最终要靠重要的诗人、文本、流派支撑，因此诗人、文本经典的选择十分关键，其中哪些该随时代推移而淡化，哪些该进一步凸显，这种取舍、调整本身也是文学史另一种重要的隐性书写。新中国成立后一段时间，那些执着于艺术和心灵者被边缘化，政治和现实色彩浓郁的诗人与作品则被视为主流。新时期尤其是经典焦虑的世纪末，研究者们不约而同地对历史进行"经典化"叙述，尝试经典的重构。《当代卷》一方面尊重历史，复现颂歌时代的诗人、新民歌、革命时代的政治抒怀、七月诗人群、九叶诗人群、军旅诗、西部诗等公开、主流、体制内诗歌的风貌，另一方面兼顾白洋淀诗群、贵州高原诗人群、《今天》走出的朦胧诗、民刊发家的新生代诗人等地下、民间诗坛，对体制外的"潜在文本"给予了充分的关注与评价，把过去缺少关注又十分重要的诗人、流派大胆推出，其选择视域、标准和传统的诗歌史明显不同；并且对以往人们印象中的郭沫若、何其芳、田间、臧克家、冯至、张志民、李季等"大诗人"进行简约化处理，在篇幅上尽量控制，而对食指、多多、芒克和白洋淀诗群及他们、莽汉、非非诗群则有意彰显，对"文化大革命"时期诗歌沙龙、流放诗人的地下写作和黄翔、哑默等人更是详尽叙述和肯定，其对当代名家名作的再体认，对主流的重估、边缘的发现，对诗歌史书写中偏枯现象的重视，使《当代卷》的诗歌史重写、改写倾向不言自明。

其次是在叙述中力求突破已有的看法，提出新见解。《当代卷》不墨守成规，更不人云亦云，对前贤的研究成果有继承也有超越，对某些违背历史真实的所谓定评自然加以修正。如论及非非诗群的实验理论时，作者在肯定其消解价值同时，也指出它"所要追寻的'前文化世界'与其具体的手段之间存在着无法摆脱的两难处境"，进而它"情绪的宣告意义要大于其理论建树的意义……在其理论建构与创作实践之间显出一段长长的断裂"（第417—418页）。这种有距离的评说，客观辩证，看到了问题的精髓所在，符合诗歌史实际，也体现了较好的艺术胆识和批判意识。再如谈到世纪末诗歌论争时，出于对写作者的尊重，《当代卷》没粗暴指责"知识分子写作"与"民间写作"中的任何一方，而是指出它们各自强调了诗歌创作的一个侧面，有为先锋诗歌发展带来契机、冲决审美思维定式的合理性，但都存在着意气用事，甚至人身攻击与谩骂的事实偏颇（第527—528页）。作者的透视既超越了企图借助诗歌图解现成理念的狭隘功利主义，也超越了论辩双方的自我标榜，观点朴实却很有深度。这种独立性判断和思想"发现"的频繁闪现，触摸到了研究对象的本质内核所在，强化了著作自身的学术分量。另外，因为作者的视野阔达、思想穿透力强，使《当代卷》总能通过有代表性的个人、诗作分析，进而引出具有普遍意义的诗歌史问题。如谈道田间1949年以后诗歌困境时，说他"努力地歌唱胜利，成为一个乐观的预言者和'革命的学者'，但是当一个时代的诗歌写作和政治文化极其复杂地纠缠在一起的时候，包括田间在内的诗歌写作不能不成为一个时代的文化和政治标本，成为值得反思的文学现象"（第53页），就在无形中沟通了个案细读和文坛的普泛理论话语，由一个诗人艺术上的失败经历，引发出了功利观念和审美价值之间冲突的共性问题，给人的启示远比呈现出来的还要多，的确，从现代走来的卞之琳、冯至、何其芳等老诗人都面临着同样的艺术悲剧。

《当代卷》达到了作者追求的"美学的批评与历史的批评相统一"的效果，既注意将诗放在驳杂历史情境的"场"中，发掘诗和社会、历史、文化的多元关联，以规避孤立地谈论诗人与诗作、凌空蹈虚的怪圈；又坚持诗之为诗的本体言说，以文学的眼光去观照历史，突出当代诗歌行进中的特有节奏，从而实现对当代诗歌现象及诗人、诗潮的整体的深度叙述。如在论述《今天》出现的背景时，就没从文学外部去寻求诗歌的内驱力，而是从十年内乱中青年一代的心态、食指诗歌的地下流传、白洋淀相对宽松的政治环境氛围和诗歌群落萌生等多维因素出发,特别强调人的心灵、情绪、话语、表现符号的诗歌内部环节的作用,指认白洋淀诗歌群落超功利的写作态度、诗人主体意识的觉醒和诗歌本体意识的觉醒,为《今天》的创刊和朦胧诗的崛起打下了坚实的契机,诗歌内外缘由周延、稳妥的阐发,令人信服(第321—324页),这种和历史视角互渗互惠的诗歌本体言说,保证了诗歌史撰写没有沦为社会、文化学附庸的独立品格,而把《今天》等刊物晋升为研究对象,把文学同出版文化嫁接的"拓域"和"拓容",又提供了新的学术生长点。《当代卷》兼顾审美与历史批评标准的又一表现,是做到了理论宏观概括和文本微观剖析的结合,几位作者有透视思潮、流派的"望远镜"之功,也肯在作家和文本面前弯下腰来,以"显微镜"之力仔细端详,正是这一微小、宏大的融合,才带来了著作的坚实、严谨与厚重。如在研讨梁小斌诗歌时,既在朦胧诗的整体格局中考察他与江河、北岛、舒婷、顾城等的相似性和异质点,又以具有专业品位的出色感悟、理解力,对《雪白的墙》做一丝不苟、纤毫毕究的文本细读,由暗示象征手法而多层结构而隐晦寓意,层层剖析,将梁小斌的艺术个性甄别得一清二楚,颇具深度。

如果著作观照的时段适当地对新世纪有所延伸,论述文字均能保持简练的风格,台、港、澳的叙述自然地融入其他的相关章节,我相信《当代卷》会更加精彩。

(原载《诗刊》2013年第3期)

作者单位:南开大学文学院

评吴思敬主编的《中国诗歌通史·当代卷》

王士强

由赵敏俐和吴思敬主编的《中国诗歌通史》是一项大工程，对从古代到当代，包括各少数民族及港澳台的中国诗歌进行了系统研究，形成了共 11 卷、800 余万字的研究成果，由人民文学出版社于 2012 年出版。这其中，《中国诗歌通史·当代卷》既是距离当今最近，从时间段来看是作为收尾的整体性研究的一个组成部分，又由于文体、政治等方面的原因而在相当程度上具有独特性，构成了一部完整、独立的中国当代诗歌史。

现在，由吴思敬主编，吴思敬、霍俊明、张立群、古远清四位学者撰述的《中国诗歌通史·当代卷》的出版当是中国当代诗歌史研究领域一份重要的收获。从研究者的人员组成来看，这四位学者要么是成名已久、诗歌研究领域资深、权威的学者，要么是近年颇具活力、受到广泛好评的青年学者、诗歌评论家，这首先为这部诗歌史的质量提供了可靠的保证。从成果的规模来看，《中国诗歌通史·当代卷》共 70 多万字，是到目前字数最多、内容最翔实的当代诗歌史，堪称厚重。而从其水准与质量来看，这部著作在目前已出版的同类著作中无论是论述的深度与广度、材料的取舍与运用、观念与方法的创新等方面均有所突破，有其自身独具的追求与特色。

关于这部诗歌史写作的特点与追求，在其《后记》中有清楚的申明："坚持美学的批评与历史的批评相统一的原则，把诗人诗作放到一定的历史条件下，根据诗歌的特殊的审美规律，科学地衡量其成败得失。参照历时态的传统文学理论与共时态的当代文学理论的诸种观点和模式，并从人文科学、自然科学等多种学科中汲取新的观念，拓展观照中国新诗的视角与思维空间。"（第 704 页）应该说，这种初衷是较好地实现了的，这部著作在美学批评与历史批评之间实现了并不容易达到的微妙的平衡，一方面是在与政治，与社会，与历史进程，与文化环境等的多重互动中观照诗歌，另一方面则是立足于诗歌本身，考察其本体特征、价值追求、美学嬗变等，将诗歌的外部研究与内部研究较好地结合了起来。尤其是针对此前的当代诗歌史写作中一定程度上存在的重社会学、轻诗学，重思潮、现象、轻诗歌文本的现象，这部著作有意识地进行了一种纠偏："针对以往某些诗歌史写作侧重在对诗人生平、创作经历、创作形态等做社会学层面的评述，《中国诗歌通史·当代卷》则强化了对诗人诗作的审美意义的开掘，以思潮为经，以诗歌发展阶段为纬，在注重对这一时期诗歌的总体特征宏观描述的同时，又对这一阶段有代表性的诗人作了微观分析，希望能对当代诗歌创作做出较为客观而实事求是的评价。"（第704页）这种"诗歌审美意义的开掘"，确实体现了该著的一个鲜明特点。对诗歌审美意义、美学价值的探讨实际上本应是诗歌史研究的重中之重，但是由于中国当代诗歌本体性发育严重不足，而更多是作为一种工具存在，加之新时期以来诗歌本体的合法性虽然得以确立，但是时间较为切近，未及从容发展，而诗歌批评状况的不尽如人意导致了对诗歌史写作的支援不足，种种的问题使得对于诗歌本体的研究一直是不充分的。在这样的情况下，《中国诗歌通史·当代卷》有意识地加强了诗歌美学研究方面的权重，努力使美学的批评与历史的批评两个方面更好地结合起来，不偏不倚、"两手抓""两条腿走路"。

　　《中国诗歌通史·当代卷》研究的是20世纪下半叶，具体而言是1949年至2000年的中国新诗。由于这一时段中国社会样态的特殊性，诗歌与政治一直处于一种密切关联、深度纠缠的关系之中，甚至在很长时间里被捆绑到政治战车上，成为政治的工具与附庸，其间的关系，诚如书中所述："当代诗歌注定了与政治的剪不断理还乱的关系。一方面是政治对新诗的制约，诗人或是自觉的，或是在权力的引导、诱惑与压制下，把诗歌作为服务于现实政治的手段；另一方面，80年代以后部分诗人或出于构建'纯诗'的幻想或出于对诗歌从属于政治的叛逆心理，有意识地使诗的创作与现实的政治疏离，却未尝不可以看作是对另一种形态的政治的趋近。"（第2页）所以，诗歌与政治的关系其实是书写这一段诗歌史绕不过去的，尤其是在前期高度政治化的社会环境下，它制约甚至决定着诗歌发展的形态、面貌、题材、风格等，此时的政治与诗歌已经高度同质化，诗歌本身已经成为政治的一部分。在该著中，对不同时期诗歌的观照方式也有所不同，大致说来，对50—70年代的诗歌，不但描述这一时期诗歌发展的基本形态，更着重分析其何以如此，对诗歌背后那只"看不见的手"进行探究，揭示了这一时期诗歌发生、发展的内在机制、体制问题，非常有启发性。在这之外，则注重对隐在形态、被遮蔽、非主流，但是具有较高诗歌价值，与诗歌政治化大潮相疏离的诗歌存在进行了重点观照和探讨。而对"新时期"以来的诗歌，随着意识形态压力的减弱，诗歌本体性的逐渐建立，诗歌与政治之间的紧张关系表面上得以缓解（从深层来讲当然这种紧张关系是一直存在的），对这一时期诗歌的观照则更多的在诗歌本身，着重探讨的是其思想内容、艺术特色、诗学与美学意义等的方面。所以，尤其是对80年代中期以来的诗歌，书中更多关注的是诗人、诗作，这当然也是诗歌回归常态的一种表现，是时代性的进步和诗歌的进步的一种体现。一个明显的外在对比是，对于新中国成立后"十七年"及"文化大革命"时期的诗歌，所重点讨论的诗人诗作的数量要远远低于"新时期"，这是和不同阶段诗歌的繁荣程度以及诗歌创作的质量、水准成正比的，是对当代诗歌发展状况的一种客观呈现。这本书在章节设计和论述重点等方面显然也有自己独特的追求和处理方式。比如，书中对诗坛在1949年以后政治运动中诗歌刊物《诗刊》与《星星》的处境，20世纪六七十年代"贵州高原诗人群"等的关注，这些都是此前诗歌史没有涉及或者叙述不多的部分，对它们的论述要么是关乎是时诗歌的处境与命运，要么是对被忽略、被遮蔽的诗歌存在的重新发现与评价，均具有重要的意义；又如，书中以较大的篇幅对时间上较为晚近的诗人诗作进行了"散点透视"，其覆盖面较广，而较少做直接的价值判断，这种处理方式对于尚处于"进行时态"的研究对象来说是较为合适的。因为其到目前只能说走进了诗歌史的视野，而至于能够走多远、能够达到怎样的高度，现在下结论着实为时尚早；再如，关于台湾与香港诗歌，著者结合其社会、文化的特殊性考察诗歌，并对代表性诗人及其重要作品进行了重点论述，条理非常清晰，有助于人们对之的理解和把握。

  诗歌史写作不是一次性行为，不可能毕其功于一役，更不可能真正的盖棺论定。一定意义上诗歌史写作甚至是出力不讨好的行为，因为其优长往往会被视为理所当然，而其缺点与不足则会被"盯住"、被放大，因而，它注定不完美、注定要作为"历史中间物"被后来者所"超越"。尤其是在中国当代这一特殊的、不断变化的文化语境之中，诗歌史的不断改写、重写更是难以避免的。正如学者陈仲义在其《个人化视野中当代诗歌史的写作疑难》中所指出的："由于当代的特殊性，'改写''重写'是正常的。关键是我们怎样尽可能把'改写''重写'，降到最低程度，力争更长时段的'保鲜'与'保险'。所以，不要指望有那么一部大一统的诗歌史，可以涵盖一切，定论一切，了结一切。有的，只能是具有真正意义的——个人眼光的诗歌史，从各自不同视角，不同层面，不同方法切入对象，不断分解不断打开的过程。"（《江汉大学学报》2006年第2期）诗歌史写作正是在不停地增添与删除、改写与重评中达到其在特定语境和一定限度中的理想形态的。就该著而言，关于90年代诗歌的论述其"篇幅"与80年代相比要少很多，这或许与其时间太过晚近，未经充分地沉淀和经典化，著者对之的处理态度比较审慎有关，但若就这一时期的诗歌成就而言，如果不说它比80年代更高的话，即使是比之低的话恐也不至于低很多，两相对比之下现有关于90年代诗歌部分的容量还是给人一种意犹未尽之感。又如，在关于台港诗歌的论述中，不时有比较强烈的政治意识形态话语的出现，这固然体现着一种"政治正确"，但有时会有以某种大一统的思维模式覆盖其主体性、越俎代庖之嫌，于诗歌本身的论析并无帮助甚至会形成一种伤害。当然，谈论存在的问题总是容易的，难的是一点一滴、一砖一石的建设，应该说，《中国诗歌通史·当代卷》已经做得够好、够出色，所有的关于"更好"的想象只能建基于目前已有的"好"的基础之上。总的来看，《中国诗歌通史·当代卷》实现了诸多因素在较高层面上的结合：材料、史实与识见、才情，治史的严谨、理性与诗歌的激情、感性，论述的专业性、深度与视野的开放性、广度……堪称一部厚重而有平衡感的著作，代表了近几年当代诗歌史写作的新成就。

（原载《中国现代文学研究丛刊》2013年第8期）
作者单位：天津社会科学院文学研究所

贯注自由精神的诗学理论探索
——评《吴思敬论新诗》

刘　波

在经历了政治抒情诗、朦胧诗、"第三代"诗、"中生代"诗、70后乃至80后诗歌创作的各个阶段后,吴思敬成了整个中国当代新诗发展的亲历者和见证人,其新诗研究工作也正是在这样一个历史背景和精神层面上展开的。这三十多年来,吴思敬不仅一直坚守在诗歌批评的现场,而且更注重对新诗的发生与演进作理论归纳。《吴思敬论新诗》(中国社会科学出版社2013年版)即可看作先生多年诗学理论研究的心得,在这本带有总结性的文集中,他真正赋予了自己的研究一个完整的体系,从学术准备到研究方法,再到批评精神,从文本到理论,再到诗歌史,这样的新诗研究已打通文史哲的各个方面,体现出了更内在的思想力度和探索精神。

在《吴思敬论新诗》中,有相当一部分篇幅是在谈论新诗自由灵动的精神。或许正是基于新诗自由精神的这一独特性,吴思敬在理解新诗的过程中,也是以自由精神来衡量和评价他所研究的对象:"在我看来,新诗的灵魂全在自由二字,这是因为诗人只有葆有一颗向往自由之心,听从自由信念的召唤,才能在宽阔的心理时空中任意驰骋,才能不受权威、传统、习俗或社会偏见的束缚,才能结出具有高度独创性的艺术思维之花。对新诗的自由精神的肯定和张扬,是我论述有关新诗基本理论问题的一个出发点。""心灵的自由"不仅是新诗创作的前提,更是新诗研究的重要维度。吴思敬那些论述新诗自由精神的文章,也都是对这一观点的回应和拓展,打破束缚,寻求超越,正是大胆尝试在其学术研究中与自由精神对接的呈现。

他以自由精神切入新诗内部，由此形成了独具一格的"自由的诗学"（王光明语），无论是从研究方法，还是从学术心态上，自由的气场和开阔的风度，乃是他诗学理论研究的精神底色。自由是超越的前提，没有放飞自由的想象，所谓的超越可能就是一句空话。吴思敬由新诗创作所生发出来的自由标准和尺度，其实是一种研究的伦理。尤其在80年代的诗歌热潮中，他并未去追新逐异，而是沉下来深入诗的肌理，以生命体验与心理学方法相结合的方式，挖掘新诗内部的风景。吴思敬曾提出诗歌是"生命的律动"，此乃他"心理诗学"研究的范例。包括他在80年代提出的一些观点，直指诗歌的内部经验，如诗歌中的时间和空间皆属于心理时间与心理空间（《诗歌中的时间与空间》），如诗歌创作是能发现自己的潜能并激活且最终达到自我实现的目的（《诗歌创作与自我实现》），如引导初学者和读者怎样去发现和领悟诗歌之美（《诗的发现》），这些归结到一点，都可能是诗歌与心理学碰撞出火花的产物，也是他个人感悟和理性分析相结合的专业精神的体现。

沈奇先生称吴思敬为诗坛的"摆渡者"，我觉得是很准确的定位。作为一个富有良知的学者，吴思敬以批评家、诗歌史家和诗歌理论家三种身份介入了诗歌的现场，且在这三种角色之间自由转换。当然，他在诗学理论和诗歌批评这两者之间找到了一个交接点，以让二者形成了有效的互动。"诗学理论的研究与诗歌评论的写作是相辅相成的。诗歌批评需要诗学理论的指导，诗学理论越是精辟、科学、有说服力，诗歌批评才越深刻、透彻、一针见血。诗学理论需要诗歌批评的推动，诗学理论是思辨性很强的学问，但它不是悬在半空的抽象、玄虚的清谈，而是诗歌创作与鉴赏的实践经验的概括和升华。诗学理论研究与诗歌批评的进行最好能保持同步。"从吴思敬对诗学理论和诗歌批评的关系认知来看，诗歌批评很大程度上也是一种创作，诗学理论此时可能就成了诗歌批评的衡量标准，它引领着诗歌批评朝着常识的方向行进。

吴思敬称诗人彭燕郊为"新诗自由精神的捍卫者"，这与他一直主张的诗歌自由精神密切相连。自由精神在吴思敬的诗学研究体系里已经是一个重要的理论元素，他从个体诗人的创作中将其总结出来，再将这一理论置于更多诗人的创作中进行验证，以获得理论价值的最终定位。在这个过程中，批评与理论的互动成为可能，且能丰富新诗创作和研究的多元性。比如，他在长文《诗的思维》中全面梳理了诗歌思维的来龙去脉，将其做了深度剖析，这不仅对于诗歌创作来说是一种参照，而且对于诗歌批评来说也是非常重要的理论支撑。同样，《创作心态：虚静与迷狂》《知觉障碍的巧妙利用》《言语动机的强化与言语痛苦的征服》等文章，也是他从平时的批评实践中所获的感悟，然后进行提炼加工整理的理论结晶。这样一些"理论成果"，在他后来的新诗研究中，也为其批评实践提供了新的思路和方向。

这部《吴思敬论新诗》，是先生新诗研究的一个阶段性理论总结，从新诗的自由立场到研究的专业精神，从新诗的本体性价值到诗人创作的内在动因，从新诗研究的方法论到批评与创作及理论的互动，文集皆有详尽论述。尤其是他概括出的本土化心理诗学，不仅对后来的诗人创作产生了影响，对于当代新诗批评也是重要的理论参照。

作者单位：三峡大学文学与传媒学院

新诗本原问题的求思与阐解
——读《吴思敬论新诗》

张德明

中国社会科学出版社2013年11月出版的《吴思敬论新诗》一书，汇集了著名诗评家吴思敬教授从事诗学研究近40年所撰写的30篇重要论文，这些论文分别对新诗的内在本质和外在形式、新诗的创作过程和思维特质、新诗的文体特点等本原性问题进行了深入的求思与细致的阐解，对我们深入领会新诗这种历时不足百年的文学文体所具有的艺术个性与美学精神而言，这部著作所提供的引导和启示无疑是较大的。

长期以来，吴思敬都是一直笃信"新诗是自由诗"这一诗学信条的，他始终把"自由"看作中国新诗独具特色的美学品质，看作新诗保持生机和活力的重要法宝，曾有学者将他的诗学思想概述为"自由的诗学"（王光明语），可谓一语中的。在《新诗：呼唤自由的精神》《自由的精灵与沉重的翅膀》《心灵的自由与诗歌的超越》《诗歌内形式之我见》等论文中，我们都能确切地把握到他以"自由"为核心语汇来思考新诗的发展历程和当下状况、阐释新诗的艺术构造和内在本质这一学术思路。在吴思敬看来，自由首先是一种可贵的生命源泉和精神动力，"伟大的诗人无不高度珍视心灵的自由"，"有了自由的心灵，诗人才能超越传统的束缚，摆脱狭隘的经验与陈旧的思维方式的拘囿，让诗的思绪在广阔的时空中流动，才能调动自己意识和潜意识中的表象积累，形成奇妙的组合，写出具有超越性品格的诗篇"。其次，"新诗是自由的精灵"，不过它尚未"在广阔无垠的天宇中"轻盈地展翅飞翔，其主要原因在于，在五四以来的特殊社会环境与时代氛围下，"新诗与政治的无休无止的纠缠"，"新诗与传统的审美习惯的冲撞"等，积压在它身上，使它的翅膀一直显得沉重，飞起来很费力和艰难。复次，废名的"新诗是自由诗"的论断，是从内在精神对新诗品质的概括，它告诉我们，现代诗人只有"葆有一颗向往自由之心，听从自由信念的呼唤"，才能结出具有高度独创性的艺术思维之花。最后，废名的"新诗是自由诗"观点也标明了自由诗在新诗中的主体位置，相比格律诗，自由诗之所以会在新诗历史舞台上占据更显赫的位置，是因为它"具有本原生命意义与开放性的审美特征"。此外，针对人们有关自由诗"不讲形式"的误解，吴思敬精彩地指出，"自由诗绝不是不讲形式，只是它没有固定的一成不变的形式"，因此，解决当下新诗存在问题的办法绝不是构建几种新格律诗体那么简单，而是要"从内容上入手，强调诗性的回归，强调诗的发现"。以"自由"为重要的艺术尺度，吴思敬对新诗的内在本质、形式特征、文体特点等基本问题进行了特定思考与巧妙阐解，是富有真知灼见的。

　　对新诗文体特征和创作原理等进行心理学层面的透视与详解，也是吴思敬谈论新诗的一种重要理论策略。《吴思敬论新诗》一著中，收录了不少从心理学角度谈论新诗的学术论文，这些论文虽然大部分写于80年代，但今天读来丝毫不觉得理论老套和观念过时，仍闪现着光芒熠耀的学术睿智，大概是因为诗评家确乎吃透了心理学的基本原理，也熟练掌握了运用它来阐释新诗的方法，加上他对新诗这一独特的美学对象有着极为精准的把握和极为透彻的领悟，并且始终围绕着新诗中的一些本原性问题在加以思考和阐发。在吴思敬心理诗学的观照视野之中，举凡诗歌的主体性原则、诗歌创作的内驱力、诗歌创作与自我实现、新诗的创作心态、诗性的发现、诗歌的思维、知觉障碍与新诗创作等问题，都有涉及。这些基本的诗学问题，可以说从新诗诞生以来至今，都是始终与诗歌和诗人相伴相随、不离左右的，因此，对它们的思索和解答便具有长久的学术价值。何况，吴思敬对这些问题所做的心理学分析与阐发，总是显得那样的深刻和透辟。如论述诗歌创作的心态问题，吴思敬从"虚静心态"和"迷狂心态"两种最为普遍的心态上来加以阐发，他先是细致梳理了虚静心态的理论渊源，分析了虚静心态与诗歌创作的内在关系，以及保持虚静心态对于诗歌创作的重要意义，接着又阐述了迷狂心态对诗歌创作的影响，迷狂心态的几种主要标志以及各自的心理学表征，通过分析两种心态与诗歌创作的密切关联，吴思敬将心态在诗歌创作中扮演着不可忽视的重要角色这个诗学原理系统而深入地阐发出来。由于对诗歌进行心理学层面的学理阐发时，吴思敬主要是列举中国当代诗歌创作中的具体案例来加以说明，因此我们似乎可以说，吴思敬已初步建构出了新诗心理诗学体系，从而为我们顺利进入新诗的美学境地开辟了一条特别的通道。

此外，这部论著还涉及"新诗经典化""新媒体与当代诗歌创作""字思维"与现代诗学建设等问题，这些问题某种程度上说也是中国新诗的一些本原性问题，而且还是具有当下性和前沿性的本原问题，因此对这些问题的思考和回答，也体现出不凡的价值和意义。

2014 年 5 月 18 日

（原载《文艺报》2014 年 7 月 21 日）

作者单位：岭南师范学院人文学院

自由精神的诗学建构

——《吴思敬论新诗》的价值与启示

马春光

在中国新诗 90 多年的发展历程中，出现了很多优秀的诗歌理论家，他们以个性鲜明而富有创建的理论建构，为新诗的发展祛除一个个障碍，用富有生命质感的诗学建构呵护着新诗，引领着新诗的良性发展。吴思敬就是其中独具特色的一位，他从 20 世纪 80 年代涉足新诗理论研究，迄今已经 30 多年。新近出版的《吴思敬论新诗》（中国社会科学出版社 2013 年版），是他新诗理论研究成果的一次集中呈现。这本书总体上彰显出一种"自由精神"的诗学建构姿态，通过对吴思敬诗学思想的深入解读，可以为当下的诗学研究提供重要的价值与启示。

一 自由精神的张扬

吴思敬新诗理论最鲜明的特征，是他对新诗之"自由"本质的强调，正是这一"基质性"的体认，使他的新诗理论表述始终张扬着一种自由精神。

新诗的自由本质，是由创作主体内在"心灵的自由"和外在表现上对严饬格律的摒弃共同塑形的。基于此，在反思废名所言的"新诗应该是自由诗"这一论述时，他明确指出自由诗"与其说是一种诗体，不如说是在张扬新诗的自由的精神"[①]。吴思敬对废名这一理论的阐发，暗合了他自己对新诗之自由本质的理解，这其实是主体内在自由精神的外在体

[①] 吴思敬：《吴思敬论新诗》，中国社会科学出版社 2013 年版，第 5 页。

现。在他这里，形式的自由与心灵的自由在新诗中是相互支撑的。一方面，在新诗的创作主体层面，他强调创作者"心灵的自由"，从这一意义上说，新诗是生命自由律动的语言体现。另一方面，正是基于新诗的自由本质，吴思敬强调新诗在语言、表达方式上的自由性与包容性，而反对呆板的格律化。通过对新诗历史中"自由"与"格律"之间博弈关系的梳理，吴思敬指出，虽然在早期的新诗中存在"自由诗派"与"格律诗派"的两军对垒，但随着历史语境的变化和新诗的不断发展，"自由诗在新诗中居于主体位置"则是一个不争的事实。"正是这种对精神自由的追求，贯穿了我们的新诗发展史。而新诗在艺术上的多样化与不定性，其实也正是这种精神自由传统的派生结果。"[①] 在对"自由诗"进行阐发的同时，吴思敬还对格律诗的历史境地和现实处境进行了详细辨析，对现代格律诗的内在症候进行了细微分析，他指出，"公用性和稳定性的缺失使现代格律诗难以与自由诗相抗衡"[②]。吴思敬在对这一问题进行辨析时，始终坚持从具体的诗歌现象和历史语境出发，其结论也具有很强的说服力。

  自由是生命的渴望，同时也是新诗的血液，吴思敬指出，自由诗以其内蕴的本原生命意义，确立了开放性的审美特征。这种"开放性"与"包容性"是现代格律诗所不具备的。实际上，把握了新诗的"自由"本质，也就等于洞穿了新诗的艺术本质，它由此成为一个基点，扩散至新诗艺术的方方面面。在《心灵的自由与诗的超越》一文中，吴思敬从"抒情主体"与"艺术功用"出发，揭示诗与"自由"的内在联系："心灵的自由与诗的超越是相辅相成、一体两面的。心灵的自由是从诗人的心理层面而言的，诗的超越是从诗歌的价值层面而言的。没有心灵的自由不会有诗的超越，没有诗的超越也很难印证诗人所获得的心灵的自由感。"[③]

  在对新诗之自由本质进行理论辨析的同时，"自由"在某种意义上构成了审视近百年中国新诗的一个独特视角。在《自由的精灵与沉重的翅膀——中国新诗90年感言》一文中，吴思敬从具体历史语境中"新诗的发生"这一问题入手，认为特定时代语境中的自由思想与外来"自由诗"的影响，以及精神主体对自由的渴望促成了新诗的发生。新诗是"自由的精灵"，但"五四"以来中国的特殊社会环境，特别是"政治无休无止

[①] 吴思敬：《吴思敬论新诗》，中国社会科学出版社2013年版，第18页。
[②] 吴思敬：《吴思敬论新诗》，中国社会科学出版社2013年版，第10页。
[③] 吴思敬：《吴思敬论新诗》，中国社会科学出版社2013年版，第52页。

的纠缠"和"传统审美习惯的冲撞"这两大因素,就像"一双沉重的翅膀"限制了新诗自由飞翔的可能性。吴思敬从"自由"及其限制这一角度对新诗历史症结的透视,为我们认识中国新诗史特别是反思百年新诗史的历史经验提供了深刻的启示。

对新诗自由精神的张扬,在某种意义上彰显了吴思敬对新诗艺术规律的深刻体认,这使其在面对新诗发展过程中的一些问题,特别是针对新诗本身的诸多质疑时,往往能发表深刻的洞见。百年新诗史的发展过程中,对新诗格律的讨论与建构尝试一直不曾间断,闻一多、何其芳等都提出过自己的独具特色的格律化主张,在某些人的视域中,格律的缺失是新诗一直难以取得较大成就的关键原因。针对这一问题,吴思敬指出,新诗的症结并非在于外在的格律,新诗当下所面对的问题,也绝非建构几种现代格律诗所能够解决的,而是"要从内容入手,强调诗性的回归,强调诗的发现"[①]。他认为,只有深刻体认新诗的自由本质,并遵循这一艺术规律,新诗才能取得更大的成绩,并逐渐构筑自己的传统,为人类的精神需求贡献更多的经典作品。在具体的历史情境中讨论新诗,善于透过问题的表象而深入问题的深层,使得吴思敬自由诗理论有着明确的"历史意识"和"问题意识",它对于纠正人们脑海中对新诗认识的偏颇具有重要的意义,并在深层上为新诗的发展指明了道路。

二 心理诗学的建构

吴思敬新诗理论的另一鲜明特征,是其善于从心理学的视角来透视新诗,对新诗的创作过程和阅读、鉴赏进行细致入微的阐释,进而建构了一种"心理诗学"。

文学与心理学有着天然的联系,特别是诗歌这种更加侧重对内在心理世界进行表现的文学体式,更是与心理学有千丝万缕的联系。朱光潜曾指出,"诗的起源实在不是一个历史的问题,而是一个心理学的问题"[②]。20世纪以来,西方心理学研究取得了丰硕的成绩,心理学理论与方法的引入,为理解现代诗人的内在世界、分析诗歌文本的深层意蕴提供了重要的理论支撑。吴思敬先生在熟练掌握心理学相关知识的基础上,从这一角度

[①] 吴思敬:《吴思敬论新诗》,中国社会科学出版社2013年版,第14页。
[②] 朱光潜:《诗论》,漓江出版社2012年版,第5页。

揳入对新诗创作和阅读过程的阐释与分析。在某种意义上，这种视角是进入诗歌内在结构进而揭示诗人"内宇宙"的一把钥匙。

吴思敬基于心理学视野对新诗进行的论述，既涉及传统心理学的相关概念，如思维、潜思维等，又涉及认知心理学、语言心理学的相关概念，显示了一个理论家深邃的理论修养。在对新诗的"创作过程"进行探讨时，则涵盖了从新诗的主体、创作内驱力、诗的发现、思维、创作心态、语言实现、诗的建行、语感等方方面面。特别是《诗的发现》《诗的思维》两篇长文，是作者对诗歌创作心理的精准阐释。前文从具体特征、地位与作用、产生条件等对"诗的发现"这一问题进行阐述，通过对具体诗人诗作的印证分析，他认为"诗的发现"作为诗歌创作的前期准备，关乎一首诗的好坏，甚至一个诗人的成长。《诗的思维》在诗的创作这一层面是对《诗的发现》的延续，作者详尽地阐释了诗歌创作思维的过程，怎样经由潜思维进入显思维，经由灵感思维的驱动到表象思维，直到理性思维的加入。在这篇长文中，作者对心理学术语的运用驾轻就熟，对古今中外诗歌文本信手拈来，深入浅出地阐明了诗歌创作的思维运作。在某种意义上，这篇文章照亮了诗歌思维中某些黑暗的成分，使"诗的思维"作为一种创作心理得到了理论的阐明，具有极大的学术价值。

在对诗歌创作的两个关键心理过程进行阐释之外，吴思敬还对诗歌的"创作心态"进行了精彩的阐发。对"虚静"和"迷狂"两种最普遍的创作心态的详细描述，在某种意义上是从心理学的视角对诗歌创作过程的还原与展示。正是通过对这两种心态的描述，吴思敬指出诗人在创作时要"摆脱实用心态"。在具体的诗歌写作层面，吴思敬还就诗歌的建行与分行、对知觉障碍的巧妙利用等进行了详尽的阐发。在诗的阅读与鉴赏层面，吴思敬同样强调从心理学的角度进入，并指出诗歌中的时间、空间是一种"心理时间"与"心理空间"，在诗人"主体性"的作用下，诗歌中的"时间"和"空间"呈现出与现实时间和空间不同的样态，"时间"和"空间"可进行相互的诗性转化。"时间"和"空间"是诗歌结构的基本要素，吴思敬从这二者入手，可以说抓住了诗歌阅读的关键，对于人们有效地进入诗歌提供了某种通道。

《吴思敬论新诗》在心理学视野下对新诗创作与阅读之基本属性的探讨，组成了完整的理论链条，并以其理论与文本的高度融合、深入浅出的言说方式建立了独具体系的"心理诗学"。值得注意的是，心理诗学的建构,最终指向的是"生命诗学"。吴思敬指出:"诗,是诗人生命的燃烧,是生命力经过升华以后的一种光华四射的形态。"① 这是一种内在性的、心理化的生命诗学,它强调生命意志的参与,注重考察个体生命的内在激情与驱动力如何转化为诗歌的语言,诗歌以怎样的艺术方式"熔铸"熊熊燃烧的个体生命。这种诗学建构迥异于那种单纯从语言、形式入手的理论化阐释,更加契合诗歌的本质,同时也是抒情主体的"自由精神"在诗歌文本中的具体呈现。

三 审美诗性的坚守

新诗90多年的发展过程一直伴随着种种来自外部的压力和冲击,吴思敬对此有着非常敏锐的警醒,他总是能准确、及时地洞察诸种外部因素对新诗的参与,进而指出新诗应对的策略以及应该注意的问题。这其实渗透着他对中国新诗历史发展经验的思考,在对新诗的传统、新诗的经典化、新媒体与新诗创作以及诗歌在商品化、低俗化时代的处境等问题的思考中,他始终坚守着诗之为诗的审美特性,并以此为基点,不断丰富、深化新诗的相关理论。

正是对审美诗性的坚守,使得吴思敬在论述与新诗发展相伴生的一些问题时,始终持一种相对开放的治学态度,理论指涉的准确性与论述方式的开放性,使得这本《吴思敬论新诗》在当下的新诗理论著作中彰显出自己独特的风貌。虽然本书谈论的对象以"新诗"为主,但在具体的论述中,古典诗歌的例子比比皆是。针对有些新诗理论著作对古典诗歌、古典诗学的"敌视"与"轻视",《吴思敬论新诗》的开放性心态,具有很大的启示意义。因为新诗与古典诗歌并不是完全断裂的,新诗只有以一种正确的态度对待"古典诗歌"这个传统,才能更好地铸造自己的"自由诗"传统。

针对有些人对新诗自身传统的质疑和对新诗经典化的过于乐观或过于悲观的看法,吴思敬先生从新诗的艺术本性出发,进行了富有启发性的阐释。摒弃绝人云亦云的言说方式,他深入具体的语境,对新诗内在"革新精神"和外在"分行排列"的美学特征进行了详细阐发,对"新诗无

---

① 吴思敬:《吴思敬论新诗》,中国社会科学出版社2013年版,第149页。

传统论"进行了反驳。他指出:"从艺术层面上讲,新诗与古典诗歌相比,根本上体现出一种现代性质,包括对诗歌的审美本质的思考,对诗歌把握世界的独特方式的探讨,对以审美为中心的诗歌多元价值观的理解等。"① 在这个意义上,新诗是"没有固定模式可循的","'不定型'恰恰是新诗自身的传统"。② 我们对待传统应该采用一种辩证的观点:"传统带给我们的既是悠久的文化资源,又是沉重的历史重负。对新诗来说,古典诗歌的传统是如此,新诗90多年的自身传统更是如此。"③ 在对新诗经典化的论述中,吴思敬引入"动态经典"与"恒定经典"的理论表述,对新诗的经典化问题进行了极富科学性、历史性、多维度的精准阐释。新诗的传统和经典化问题,是一个"二而一"的问题。吴思敬是在开阔的历史视野中谈论这一问题的,他结合新诗自身的历史和艺术特质,表达了对待新诗的科学态度:既不要妄自菲薄地否定新诗的传统和它生产经典的可能性,也不要狂妄自大地过分估量新诗的成就。正是这种科学、严谨的态度,为新诗提供了一个良好的生态环境,并为新诗自身伟大传统的营造和经典作品的产生铺平了道路。

新诗在21世纪以来面临的首要外部压力是来自新媒体的冲击。吴思敬首先充分肯定了新媒体对新诗带来的种种变化,但他同时辩驳了种种过分的以外部媒介来衡量诗歌的做法,这其实是对新诗之"诗性"的一种坚守。与新媒体不同,作为大众文化的重要表征,歌词在现实生活中有与现代诗相混淆的倾向,吴思敬通过深入的学理分析,指出了歌词与现代诗在文体、艺术手段等层面的不同。这其实同样来自对新诗之"诗性"的坚守。新诗发展中面对的压力,还鲜明地体现在商品社会与大众文化对诗人主体精神的削弱与矮化。吴思敬对此有敏锐洞察,他借用冯友兰先生"天地境界"的哲学概念,指认出"诗人应当是一个民族中关注天空的人",并通过具体的诗作来说明。这一说法强调诗人主体精神视野的开阔,强调诗歌基于现实而又超越现实的"终极关怀",这不仅是对当下诗歌"低俗化"倾向的有效匡正,它在深层上正是新诗之自由精神的彰显。

80年代以来,中国的社会语境发生了深刻变化,新诗在与时代的碰撞中不断呈现出新的问题与症候。如何"与时俱进"地与新诗展开"对

---

① 吴思敬:《吴思敬论新诗》,中国社会科学出版社2013年版,第18页。
② 吴思敬:《吴思敬论新诗》,中国社会科学出版社2013年版,第19页。
③ 吴思敬:《吴思敬论新诗》,中国社会科学出版社2013年版,第22页。

话",在不断深化、拓展新诗相关理论的同时,对新的问题与症候有敏锐的洞见,既检验着新诗研究者的学识,更是对其心性的考验。在《中国新诗总系·理论卷》的"编后记"中,吴思敬先生说,"诗歌理论研究是个寂寞的事业,难得的是曾有那么多的诗论家在这里默默地耕耘"。[①] 实际上,只有长期进行诗歌理论的深入研究,才能对这个"寂寞的事业"有深刻的体认。可贵的是,吴思敬先生30多年来不仅以"在场者"的身份进行诗歌评论,而且以极大的热情对新诗理论保持持续关注与思考,在"新诗研究"这片土地上默默辛勤耕耘,并取得了让人敬佩的成绩。他对新诗自由精神的张扬、对诗歌审美诗性的坚持、对心理诗学的建构不仅使新诗内部某些晦暗不明的部分得以清晰,同时对新诗未来的发展具有重要的启示意义。

(原载《当代作家评论》2016年第2期)
作者单位:山东大学文学与新闻传播学院

---

① 吴思敬:《〈中国新诗总系·理论卷〉编后记》,人民文学出版社2009年版,第844页。

当代诗歌的守望者

——吴思敬新著《中国当代诗人论》读后

王 永

翻阅着这部厚实的《中国当代诗人论》（社会科学文献出版社 2015 年版），心里由衷地感叹，吴思敬先生真是一位勤恳、创作力健旺的诗歌理论家和批评家！在诗歌面前，吴思敬永远有一颗年轻的心。他屡屡提及，诗歌与青春相连，与梦想相连，"作为一名诗评人，我要永葆一颗童心，只有这样才能够与中青年诗人心灵相通，才能够在与他们的对话过程中，碰撞出更精彩的火花，从而让彼此对诗歌的理解和认识，进一步地升华，这也是我在不断学习和进步的过程"。由于吴思敬的"童心"，他才绝无高高在上的架子，能够与诗人心灵相通，平等对话。即便是年轻的，甚或初涉诗坛的诗人在吴思敬面前也没有丝毫的隔膜和"代沟"之感。与一些早已"功成名就"的评论家不同，他始终关注着诗歌的场域，从未离开诗歌的现场。

诗歌批评是一项独立的事业，它并不是诗歌写作的附庸和次产品。在这部著作的"后记"里，吴思敬引用了陆游的诗句"六十余年妄学诗，工夫深处独心知"，表达了数十年来从事诗歌批评的体会。从为学的角度看，诗歌批评是一种"术"，是对学术性和艺术包容性的整体考量，需要技术性的能力和水平；同时，它也是一种别样的"思"，是艺术鉴赏力和审美趣味的综合呈现，需要吴思敬所说到的"超越性"——对于诗歌文本的超越，对于诗人和读者经验和感受的超越。从根底上来看，诗歌批评更是一种精神，是艺术对于生存境界的砥砺，是对寂寞时间的坚守与对抗。吴思敬对于诗歌评论、诗学研究有着强烈的责任感和使命感，他多次表达过，诗歌是寂寞的事业，诗歌批评是更加寂寞的，但是他愿坚定地做诗歌批评的守望者。

　　作为颇负盛名的诗歌理论家，吴思敬早在20世纪80年代就出版了《诗歌基本原理》《诗歌鉴赏心理》等理论专著，在此基础上，他又构建出了系统、新鲜的《心理诗学》，这部著作被谢冕称为吴思敬"对中国当代诗学建设做出的又一扎扎实实的贡献"。同时，吴思敬又一直关注着诗歌写作的现场，写出了大量的有现实针对性的批评文章。多年前，在《诗学沉思录》的"自序"中，他曾提及在诗学理论建设和诗歌批评领域，他不断地"交叉换位"。他认为，诗学理论研究和诗歌批评的进行最好能保持同步。"有了诗歌批评从生活和创作的源头带来的清清的泉水，诗学理论才会永远清亮、明净，滋润着诗歌的繁荣发展和一代代诗歌新人的成长。"吴思敬作为当代诗坛的亲历者和守望者，在诗歌潮流、诗歌事件和诗歌活动中，以理论家的身份完成对诗歌的批评，在其中呈现出他包容而谨严、扎实而求真的个人风格。以其特有的对于诗歌的赤诚，以其深厚的学养和敏锐的发现意识，以其批评的激情、理性与活力，拓殖了中国当代诗歌批评的疆域，深化了中国当代诗歌的研究。这部《中国当代诗人论》即是他的诗歌批评上述特征的验证。

　　《中国当代诗人论》所论涉的诗人甚夥，分列为"归来的诗人""朦胧诗人""中生代诗人""女性诗人""西部诗人""少数民族诗人"等专辑。对于业已在当代诗歌史上成名的"归来的诗人"，吴思敬立足于"重评"，即要把颠倒的历史再颠倒过来，从"知识考古学"的立场揭去覆盖在这些诗人的标签。尤其是对于邵燕祥、郑敏、牛汉、彭燕郊、辛笛的专论，都是沉实有力、独具慧眼的文章。比如，他对现代文学史所忽略的邵燕祥20世纪40年代后期诗歌的关注和研究，为邵燕祥后来诗歌创作的研究提供了新的视点。再如，他对彭燕郊的研究并没有囿于文学史关于"七月派"的评判，而是放在了20世纪诗歌发展的大背景之下，论述了彭燕郊对于中国诗坛的独特贡献。这些翔实的论述既深化了对于诗人的研究，也丰厚了诗歌史的研究。而另外专辑中所论的诗人大都是青年诗人，或者是"当时的青年诗人"。关注青年诗人，一直是吴思敬写评论的初衷和着眼点。相对于"锦上添花"的评论，一位有作为有责任的批评家更应该做的是"雪中送炭"和"点石成金"。正如沈奇在《摆渡者的侧影：仁者无疆》一文中所说，三十年间，吴思敬以个我的鲜明立场、确切方向和卓越才识投身现代诗学和现代主义新诗潮，成就卓著、影响广大，同时更以仁厚、真诚、热切、亲和的仁者风范,相濡以同侪,相携于同道,奖掖晚学,扶助新生,兢兢业业,一以贯之,尽显"摆渡者"济世淑人的精神风貌。

古人讲,墨非蒙养不灵,笔非生活不神。吴思敬从事诗歌评论三十余年,有着深厚的学养、广博的视野和精敏的眼光,他的诗歌批评真正做到了"深入浅出"。从他的文章中,我们读不到艰深的"行话"、晦涩的术语,他对于西方和中国古典的诗学资源总能信手拈来,在评论中综合着诗歌文本的细读和诗歌史的整体把握。同时,他的评论的又一个独特优势在于,由于他的年龄、经历和身份,他与所论诗人都有着或密或疏的过从,因此能够"知人论世",给诗人一个更加全面的评判。

在这部著作的"后记"中,吴思敬曾提到,诗人元好问曾发出"谁是诗中疏凿手,暂教泾渭各清浑"的呼唤。——毋庸置疑,吴思敬就是当代的"诗中疏凿手"!

(原载《文艺报》2015年7月27日)
作者单位:燕山大学文法学院

文学史维度中的审视与阐释
——读吴思敬《中国当代诗人论》

张德明

从 1949 年至今，中国当代文学已历经了 60 多载寒来暑往。60 多年来，尽管中国当代文学的发展并非一帆风顺，但它所取得的成就无疑又是巨大的，其间涌现出的优秀作家和作品数量可观，艺术性不凡，为世人所瞩目。尤其在诗歌创作上，当代文学 60 多年来出现的优秀诗人之多，优异诗作之丰厚，简直达到了令人叹为观止的程度。不过，当代诗歌史上的佳作甚多，而学界对它们的研究和阐发明显不足，这是目前存在的令人尴尬的诗学现状。毕竟每个人的精力都是有限的，即便是最为勤勉和敬业的批评家，面对日新月异的当代诗歌发展态势，面对如此众多的诗人和诗歌文本，都会感觉到阅读中的难以穷尽，感觉到研究上的顾此失彼。此种情形下，我们该如何适切地关注和审视当代诗人与诗歌，并对之加以细致的烛照和有效的诠释呢？最近出版的吴思敬《中国当代诗人论》[①] 一书为我们提供了某种富有启发和借鉴意义的研究范例。该著凸显了当代诗歌研究的文学史视野，在文学史维度中考量和评判了诸多诗人个体，从文学史维度上诠释和剖解不同诗人的各自独特性以及他们的创作所具有的历史和美学意义。对于我们深入理解当代诗人的艺术创造、理解当代诗歌的发展历程而言，《中国当代诗人论》提供了极为有益的指导与帮助。

着眼于文学史维度，以彰显文学史观念与意识为研究宗旨和立论标杆，是《中国当代诗人论》所体现出的突出学术特征。当代诗歌的创作成果是极为丰硕的，尤其是新时期之后，中国新诗迎来了快速发展阶段，

---

① 吴思敬：《中国当代诗人论》，社会科学文献出版社 2015 年版。下面的引文均出自该书，故只在文后随标出页码，不再特别注明。

优秀诗人与诗作如雨后春笋般不断浮出历史地表，而90年代末至今，随着互联网等新媒体的出现，当代诗歌创作更是进入了一个爆炸期，诗歌的生产量极其巨大，诗人数量成几何级数增长，这既是令人欣喜的文艺兴盛的良好征兆，同时也给研究者的阅读与阐释造成了很大困难。不过，客观而论，诗人的创作水平是有高下之分的，不同诗人的诗歌创作也显示着各自不同的意义，那么，诗评家对诗歌研究对象的选择和诗人创作意义的挖掘，其依据何在呢？毫无疑问是文学史观念和意识。阅读《中国当代诗人论》，我们不难发现，吴思敬的诗歌研究始终是以文学史观念为圭臬，在文学史的坐标系中展开的。首先，文学史观念与意识为诗评家打量当代诗坛铺设了意义凸显、开敞宽阔的观照视野。当代诗坛群像纷杂，人影绰绰，如何在这人潮涌动的历史舞台中识辨最有代表性的诗人个体呢？仅靠直觉和印象显然是不行的，必须有更具深度的历史意识来指导，吴思敬的研究正是在历史意识的指导之下而开展的学术实践。《中国当代诗人论》由近70篇论文构成，一共评述和阐释了62位当代诗人，这60多位诗人分属归来诗人、朦胧诗人、中生代诗人、西部和少数民族诗人、女性诗人等不同群类，论著对这些来自不同群体的诗人的涉猎以及对他们最具典型意义的诗作的指认，显示着准确把握当代诗歌潮流和格局的宽广视野与识别能力，如此宽广的观照视野与高强的识别能力的形成，显然得益于诗评家鲜明的文学史意识。其次，文学史意识为吴思敬提供了思考与分析诗人个案、诗歌现象以及相关诗学问题的方向和维度。每一诗人个体在创作上的表征并不是单一的，而是多元和复杂的，诗歌现象生成的原因和携带的意蕴也多种多样，在此情形下，怎样的理解和阐释才更为合理和恰当呢？在我看来，对当代诗人和诗歌现象的思考与分析，只有建立在文学史基础上，以文学史观念和意识为指针，才可能得出更为稳妥可靠的学术论断。《中国当代诗人论》正是以文学史观念为基准，从文学史的角度切入诗人的文本之中，来深入思考和理性回答某些诗学问题的。如阐释作为"归来"诗人的艾青时，吴思敬注重发掘他与当代诗歌伦理的深度关系，论著收录的《归来的艾青与新时期诗歌的伦理》一文这样指出："归来的艾青带给诗坛的不只是惊喜，不只是振奋，也不只是那些广为传播的佳篇名句，更重要的是他对长期以来与主流意识形态纠结在一起的高度政治化的诗歌伦理的突破。"（第1页）在这篇论文的结尾，诗评家还写道："艾青在新时期的诗歌创作未能超越他20世纪30年代曾达到的高度，这在让我们感到惋惜的同时，也向我们提出了一个新的命题：如何把伦理的内涵通过诗的审美评价表现出来，把美与善统一起来，从而构建我们这个时代的新的诗歌伦理。"（第9页）伦理问题是新时期以来至今一直受中国诗界高度关注的诗学问题，"诗歌伦理"也是当代一个具有文学史潜能的理论话语，吴思敬以艾青复归诗坛后的创作为例，围绕艾青与新时期诗歌伦理的关系作了深入阐发，此中折射的正是诗评家鲜明的文学史自觉意识。最后，文学史维度也在一定程度上为诗评家的学术立论提供了明确的标准和依据。对当代诗人进行研究和阐释时，分析和把握其审美特征或许要相对容易些，只要拥有了一定的审美感受力，掌握了基本的诗歌理论，就能大致捕捉到诗人在文本中所呈现出的艺术世界的审美图景，但对诗人创作所具有的诗学意义的准确概述，所体现出的美学价值的深度挖掘，仅凭感性认识是很难办到的，必须有更为深厚的理论根底，这根底中一个最为重要的构件，就是文学史思想与观念。《中国当代诗人论》不只是对诗人作品的审美赏析，更是对诗人个体创作的诗学意义和审美价值的阐明，如"新时期的邵燕祥，是中国当代真正继承了鲁迅风骨的少数作家之一，在他身上有一种严于解剖自己的精神和冷静的对现实的批判态度"（第27页）。晚年的曾卓"诗与生命达到完美的合一"（第80页），等等。这些富有见地和启发性的结论，是诗评家在文学史维度上认真审视诗人的诗歌文本之后谨慎得出的。

　　诗评家所一直秉持的文学史观念，坚守的文学史立场，不仅体现于上述相对宏观的三个层面，也体现在具体的研究过程之中。在对每一诗人进行阐释时，吴思敬始终立足于内部研究，坚持从诗人的典型文本出发，细致剖析诗歌文本的内在美学素质，并由此引申到对诗人所具有的特定文学史意义的言说上。对诗歌文本审美素质的挖掘与阐发，这不只是诗评家秉有的美学立场在诗歌研究中的具体体现，同时也折射着他无处不在的文学史意识。在吴思敬看来，真正优秀的诗人都是靠作品说话的，因此，评判一个诗人美学地位的高低与历史意义的大小的唯一依据，就是他创作出来的诗歌作品，只要抓住他的代表性诗作，对之加以鉴赏与分析，将其中的审美韵味和深层内涵揭示出来，就可以标画出诗人在文学史上的特定位置。稍加留意就能得知，《中国当代诗人论》所提及的优秀诗人的代表诗作逾千首，用一定篇幅来加以鉴赏和诠释的也有几百首。在论述邵燕祥时，吴思敬以《匕首》为例来阐述诗人早期诗歌所体现出的英雄主义品质,又从《到远方去》的品读中见出了诗人的理想主义情怀,最后从《假如生活重新开始》和长诗《长城》的读解中见证了诗人在"归来"之后唤回良知、重铸诗魂的艺术追求。在评论食指时,吴思敬不仅细致分析了诗人的两首名作《相信未来》和《这是四点零八分的北京》,还从《归宿》一诗中读到了诗人的命运轨迹:"是诗给了食指生存的勇气,是诗成了食指生命的归宿,是诗使他跨越了精神死亡的峡谷。"(第133页)在阐释海子时,吴思敬细解了《雨》《亚洲铜》《面朝大海,春暖花开》的内在奥义,向我们生动敞现了作为本真意义上的抒情诗人海子极为纯粹的一面。此外,《中国当代诗人论》中还有部分论文,是对一些诗人某一首代表作的细读文章,如《读杨键长诗〈哭庙〉》《心灵与自然的雄浑交响——读吉狄马加长诗〈我,雪豹……〉》《女性人格独立的宣言——读舒婷〈致橡树〉》,等等。近些年来,"新诗经典化"是诗学界热议的一个学术话题,在我看来,"新诗经典化"至少包括两个方面:诗作的经典化与诗人的经典化。在这两个方面中,诗作的经典化是基础和前提,也是关键,诗人的经典化和历史化是在诗作经典化之后自然形成的。《中国当代诗人论》中对许多诗人的代表作的细致阐发,体现着当代诗歌经典化的一种历史诉求,也是促进当代诗人经典化的重要步骤,其文学史意义是不可忽视的。

在对每一诗人进行细致研究时,吴思敬能抓住各个诗人的独特性来深入阐发,这也是诗评家深厚文学史意识的突出体现。我们知道,每个能跻身到文学史序列中的作家都是有其独特艺术个性的,换句话说,只有有着独特艺术个性的作家才有可能被文学史所收纳。在当代诗坛,大凡优秀的诗人都是拥有自我个性的,而这种突出的自我个性,也为诗人们将来进入历史殿堂提供了某种可能性。在《中国当代诗人论》中,吴思敬不仅对许多诗人的代表诗作进行了大量分析,也对他们的各自个性加以具体的概述和阐明。如评论李瑛,吴思敬将其比喻为"终身歌唱的播谷鸟",通过追述诗人七十余年的创作生涯,指出了他的诗歌始终饱含激情、贴近时代、充满人格力量等个性特征,并评价说:"李瑛的一生是诗化的一生,是生命与诗高度融合在一起的一生。"(第415页)在评论公刘时,吴思敬援引艾青的话,称公刘是"诗歌界中的真'李逵'",即对老诗人对待诗歌创作的严肃、认真、一丝不苟给予高度赞扬,尤其作为"归来"诗人的公刘,其诗歌创作上的严肃态度和认真劲儿更是令人钦佩。书中论曰："他的激情还是像年轻时那样澎湃，他的诗心还是像年轻时那样跳动。不同的是比起年轻时，他的诗不再是纯情、浪漫的歌唱，而是代之以对历史的反思，对极左思潮的鞭挞，对人性异化的诘问，平添了一种沉重的沧桑感，对诗的语言也更加炉火纯青。"（第40页）这段文字，对公刘"归来"之后袒露的艺术个性作了极为精彩的陈述。吴思敬对于老诗人的艺术个性的描述是精准的，对年轻诗人，他也注重挖掘他们的独特性，发现他们身上存在的审美特长。他总结出卢卫平的诗歌中有两个精神向度，一是"执着地固守着大地"，二是"要向崇高的灵的境界飞驰"（第283页）；他称杨晓民的诗歌"追求的是诗歌所内蕴的生命的高度"，"诗人不管观照什么，都会有一种强悍的生命之流灌注其中"（第287页）；他还指出，邰筐的诗歌"是他所体验的城市与农村生活的交响，展示了一代农民在城市化中的精神历程，平淡中透着真情"（第294页），徐俊国诗歌中"有一种大悲悯的情怀"（第296页），这使他"能以自己的独特面貌屹立在诗坛"（第299页），等等。吴思敬对这些青年诗人艺术个性的阐释，使他们的诗歌美学面貌变得清晰化和明确化，也赋予他们的创作以某种历史化的意味。

与此同时，我们还应该看到，《中国当代诗人论》中出现了诸多对诗人的创作进行价值定位和审美评价的话语，这些语言往往是直接的，果断的，恳切的，甚至是大胆的，但又显得公允与客观。吴思敬极为看重诗歌批评中的审美评价，在《中国当代诗人论》的"后记"中，他阐述道："诗评家对作品不仅要感受、体验，还要在此基础上去进一步探究诗作的思想内涵与美学特征，并根据自己的审美趣味和艺术观念作出审美评价。"（第447页）可见，他把审美评价看作诗歌批评中极为重要的一环。诗歌批评中的审美评价确乎重要，但诗评家对一个诗人作出斩钉截铁的审美评断并非易事，这既需要有历史意识和美学辨识力，还需要有胆量与勇气。基于此，不少批评家在阐释某个诗人时，往往不会把评价之语说得很着实很恳切，而是惯用"也许""或许""可能""似乎""差不多"等语气模糊的词汇。但吴思敬从不如此，他对诗人下评语时从来都是直接果断的，然而又并不显得武断和不妥，这得益于他始终葆有的鲜明文学史意识。他肯定牛汉："他是我们这个时代不可多得的人品与诗品完美统一的诗人。"（第59页）"牛汉有一种大气魄，他的刚正不阿与勇于抗争为缺钙的中国知识分子树立了一种精神榜样。"（第63页）他称赞绿原："从他的第一本诗集《童话》开始，诗人走的是一条不断自我超越之路。到了晚年，更是以他丰富的人生经验与艺术积累，把富含哲理的情思与艺术的独创性结合起来，把深厚的民族文化积淀与西方诗歌的现代手法结合起来，为当代诗坛带来一种自由的空气，在新诗发展史上留下了灿烂的一页。"（第 75 页）他认可北岛："在中国新时期诗歌发展史上，北岛是位有重要影响的诗人。这种影响可从两方面来看：一方面，北岛作为一个新时代的歌者，他的直面现实的勇气、独立的人格力量和觉醒者的先驱意识，他的强烈的使命感和社会责任感，他诗中凝结的一代人的痛苦经历与思考，使他理所当然地成为朦胧诗派的代表人物，他的作品也构成了当代中国的一种重要的文化现象……另一方面，北岛作为新时期现代主义诗风的开启者，为中国新诗的现代转型超了重要的推动作用。"（第 141—142 页）他高度赞扬屠岸："作为一个诗人，屠岸最重要的贡献，是在他的诗歌中创造了一个真与美统一的世界。"（第 425 页）上述有关诗人的评定之语，语气恳切、果决，用词毫不含糊，但丝毫不给人偏颇和牵强之感。个中原因主要在于，诗评家不仅有着独到的审美趣味和较高的审美鉴赏力，还能始终从文学史维度上来审视和阐释诗人，由此得出的审美评价，就很少会出现偏差与走样的情况了。

作者单位：岭南师范学院人文学院

吴思敬诗学研究综述

王 永 韩 飒

吴思敬是当代著名诗评家和诗论家，长期从事诗歌理论研究和中国当代诗歌批评工作。"在当今这物欲横流的世界中，写诗是寂寞的事业，搞诗歌评论更是加倍寂寞的事业"①，这不仅是当今诗坛的确切状况，也是吴思敬学术道路的真实写照。他从1978年在《光明日报》上发表第一篇诗评《读〈天上的歌〉——兼谈儿童诗的幻想》以来，一直在日渐边缘化的诗歌园地中辛勤耕耘，历尽艰辛而茹苦为甘。作为当代诗坛的亲历者和守望者，吴思敬在四十余载的诗歌研究道途中，出版了多部学术专著，发表了近百篇重要的诗学论文，为诗坛培养了一批影响日盛的优质诗歌评论家，是当代诗歌浪潮中坚定的摆渡者和引路人。因此，作为新时期最为重要的诗歌评论家之一的吴思敬的学术动向，一直是诗坛的关注点。从20世纪90年代至今，学界对其诗学的研究保持着稳定且持续的关注，相关文献主要从以下三个方面呈现当前的理论研究现状，一是对其诗学理论的研究；二是对其诗学批评的研究；三是对创作主体的研究。总体来说，学界对吴思敬的研究呈现多角度、全方位的发展趋势，其中不乏洞见之作，这些研究成果的出现，有助于明晰吴思敬的诗学探索历程，对当代诗歌的发展也大有裨益。

一 诗学的探险者：吴思敬诗学理论研究

自20世纪80年代以来，中国新诗泛起了朦胧诗、第三代诗、90年

---

① 吴思敬：《诗学沉思录》，辽宁人民出版社2001年版。

代诗歌等诗潮,也经历了从前所未有的繁荣到逐渐"边缘化"的过程,在起起伏伏的当代诗歌进程中,吴思敬一直是诗坛的亲历者和在场者,被誉为"一座活的诗歌博物馆"①。自1978年走上诗学研究的道路开始,吴思敬怀着强烈的问题意识和厚重的历史使命感,一直在诗歌的园地默默地耕耘,追寻着诗的精灵,一步步向诗歌小径的纵深处探险、开拓。回顾近半个世纪的诗学探索历程,吴思敬以其敏锐、独到的学术洞察力立于诗歌发展的潮头,引领着诗潮的方向,以深厚的学识积累和矢志不渝的诗学理想,构建了独特的诗歌理论体系,为当代诗歌的发展提供了坚实有力的理论支撑。因而,不少学者从他的诗学理论出发,发掘其诗学理论之于诗坛的重要意义。

(一)"主体性"与"自由精神"

吴思敬从事诗歌研究之始,正是中国文学、研究界重建的高蹈时期,也是一个高扬着"主体性"旗帜的时代。1978年前后,中国社会开始进行一系列的拨乱反正,新时期的文学理论也掀起了"向内转"的热潮,吴思敬对此做出了积极的回应,早在1985年《用心理学的方法追踪诗的精灵》一文中便可以窥见他对于"主体性"的思考:"诗歌这一最古老的文字形式,在其悠久的历史发展中形成了独特的掌握世界的方式,其核心就是主体性原则。"② 同时,吴思敬还是"自由诗派"的重要精神领袖,他将诗歌称为"自由的精灵",对诗的自由精神尤为看重和推崇:"'自由'二字可说是对新诗品质的最准确的概括。这是因为诗人只有葆有一颗向往自由之心,听从自由信念的召唤,才能在宽阔的心理时空中任意驰骋,才能不受权威、传统、习俗或社会偏见的束缚,才能结出具有高度独创性的艺术思维之花。"③ 主体性和自由精神贯穿了吴思敬的诗学研究,因而学者多从这两个角度切入,阐释其诗学理论的独到之处。

张大为认为"主体性"用在吴思敬身上有两种含义,那不仅是一种诗学思想,还是一种内化于在其生命境界、人生态度和价值取向中的一种

---

① 舒晋瑜:《亲历诗坛四十年》,《中华读书报》2018年5月2日。
② 吴思敬:《〈走向哲学的诗〉后记》,学苑出版社2002年版,第382页。
③ 吴思敬:《新诗:呼唤自由的精神——对废名"新诗应该是自由诗"的几点思考》,《文艺研究》2010年第3期。

人格精神。在主体性精神的驱使下,吴思敬自觉承担了对于诗坛的道义感、使命感和责任感,并将这种精神贯彻于诗学理论的建构和诗歌批评的开展中①;吴晓、王治国认为主体论是吴思敬诗学思想的鲜明特质,论者通过细读吴思敬的诗学著述,得出了"对创作主体,尤其是诗人主体创作质素的探究乃是其诗学思想的理论核心,也是其诗论与诗评的逻辑起点"这一论断②;姜玉琴认为吴思敬在"主体性"思想的主导下,建立了一套与以往不同的创作论体系,使诗歌观念、研究方法等得到了前所未有的突破③;师力斌指出吴思敬的新诗理论彻底解决了有关新诗自由的问题,他辩证地回答了新诗形式与内容之间的关系,具有一种理论的彻底性,甚至启发了新诗对古典诗歌传统进行重新审视④;刘波认为"自由立场"是吴思敬新诗研究的思想基础,吴思敬深深地意识到自由的创作心态对新诗的重要,所以能够认同诗人创作的自由,将心比心地进行研究,从而形成了独具一格的"自由诗学"体系⑤。

(二) 心理诗学研究范式

瑞士心理学家荣格在《心理学与文学》一文中说:"心理学作为研究心理过程的一门学问,很明显,是能用于文学研究的,因为人类心理是孕育一切科学与艺术的母胎。我们一方面可以指望心理学研究来解释一件艺术品的形成,另一方面又可以要求心理学揭示促使人们进行艺术创作的各种因素。"⑥ 吴思敬是中国当代新诗心理学研究的奠基者,他将心理学的知识引入诗歌中,著有《心理诗学》《诗歌鉴赏心理》等,开创了全新的心理诗学研究范式,将诗歌心理学的研究推向了顶峰。由于过去我们习惯于将现实的政治斗争作为唯一的参考,所以导致了诗歌理论的僵化,谢冕

---

① 张大为:《主体性精神与全方位的诗学探索——论吴思敬的诗学思想》,《阴山学刊》2004 年第 2 期。
② 吴晓、王治国:《论吴思敬诗学思想的主体论特质》,《当代作家评论》2013 年第 2 期。
③ 霍俊明:《诗坛的引渡者——吴思敬诗学研究论集》,长江文艺出版社 2012 年版,第 16 页。
④ 师力斌:《自由诗的自由与难度——兼谈吴思敬的新诗自由观》,《湖南文学》2015 年第 5 期。
⑤ 刘波:《新诗研究的自由立场与探索精神——谈吴思敬的新诗理论研究》,《艺术评论》2014 年第 7 期。
⑥ [瑞士] 卡尔·古斯塔夫·荣格:《心理学与文学》,顾良译,《文艺理论研究》1982 年第 1 期。

认为吴思敬的新诗心理学研究为诗歌研究建立了新的参照体系，弥补了参照系统的不足，拓展了诗歌理论的研究领域①；叶橹也肯定了心理诗学对于诗歌理论建设的非凡意义和价值②；吴开晋从"驱动力""心理场""潜意识"三个问题入手，阐述了《心理诗学》的独特价值，他认为从心理学角度揭示诗人创作过程中的奥秘，对诗人、诗歌爱好者和研究家都有着宝贵的启示③；吴晓、潘正文认为吴思敬的心理诗学是以科学为基础的，同时还有多种研究手段的运用，从而形成了完整、严密的体系，有助于人们走出诗歌创造的心理迷障④；周晓风认为从心理学的角度揭示诗歌的发生原因，比单纯的社会历史动机更深刻，也更准确⑤；邹建军指出了心理诗学研究方式的三个突破，即完整建构了诗歌心理学的学科体系、深刻把握了诗人的创作心理、嫁接了心理学与诗学，从而实现了心理学与诗学的双向结合和渗透，对中华诗歌理论研究有着特殊的贡献⑥；蒋登科指出从心理学角度研究新诗，解决了过去诗学研究中未能解决的问题，即诗人的创作心理过程，别有一番新意⑦；陈超指出《诗歌鉴赏心理》沟通了诗歌和接受心理之间的关系，对读者和诗人有双重启示意义⑧。

（三）多视角多领域的融合

"1985 年是令人难忘的'早晨'。这一年，诗歌理论批评家的主体意识得到了复活和苏生。他们不谋而合地领悟到，理论批评和创作同样享有天赋的、平等的创造权利。为了更好地使用这个创造权利，诗论家们大面

---

① 霍俊明主编：《诗坛的引渡者——吴思敬诗学研究论集》，长江文艺出版社 2012 年版，第 133 页。
② 霍俊明主编：《诗坛的引渡者——吴思敬诗学研究论集》，长江文艺出版社 2012 年版，第 137 页。
③ 霍俊明主编：《诗坛的引渡者——吴思敬诗学研究论集》，长江文艺出版社 2012 年版，第 158 页。
④ 霍俊明主编：《诗坛的引渡者——吴思敬诗学研究论集》，长江文艺出版社 2012 年版，第 161 页。
⑤ 霍俊明主编：《诗坛的引渡者——吴思敬诗学研究论集》，长江文艺出版社 2012 年版，第 166 页。
⑥ 霍俊明主编：《诗坛的引渡者——吴思敬诗学研究论集》，长江文艺出版社 2012 年版，第 168 页。
⑦ 霍俊明主编：《诗坛的引渡者——吴思敬诗学研究论集》，长江文艺出版社 2012 年版，第 192 页。
⑧ 霍俊明主编：《诗坛的引渡者——吴思敬诗学研究论集》，长江文艺出版社 2012 年版，第 135 页。

积地吸收和运用心理学、生态学、符号学、自然科学的方法。"① 吴思敬是偏向于从理论的角度来把握诗歌,并有着理论家的宽博视野,因此,他的诗学理论常常与不同学科交叉融合,从而在一定程度上拓宽了新诗研究的范畴,颇具新意。

张颐武指出吴思敬运用多种学科知识,对"什么是诗""怎么写诗"这类缥缈的、无定论的问题进行了探索和开拓,促人深思,且始终不发空议,将理论与实际紧密结合,娓娓道来,自成风格②;杨光治认为吴思敬在开拓理论研究新路时顾及了广大读者的感受,在博采众说的同时也不怯发表个人观点,这些都是十分可贵的③;李保初指出《诗歌基本原理》在熟练运用唯物辩证法的基础上,广泛吸取了信息学、心理学等研究成果,在保证理论深刻的同时也做到了语言的灵动多彩,十分通俗易懂。此外,论者也指出了此著的一些不足,如作者在谈论诗歌的基本特性时提道"诗歌以诗人丰富的心灵世界为内容",论者认为这种提法过于强调主体性和情感因素,有待商榷④;邹建军认为通过吴思敬对理论深入、系统的阐释,我们可以看到作者心理学、系统论、控制论等方面深厚的学识储备,同时论者也指出了某些瑕疵,如对心理学知识阐释过多,会妨碍诗歌鉴赏心理的深入⑤;刘毅认为《诗歌鉴赏心理》的独特之处,就在于将诗歌鉴赏引入了与多种学科搭界的研究领域,完整描述了诗歌鉴赏心理的全过程,作者还运用现代系统学精心设计了不同内容的布局,使得著作的新颖性、耐读性大大提升⑥;罗振亚、徐志伟看到了吴思敬在理论创新方面的努力,指出他所织的理论之网大而密,而多视角的研究方法对于他把握复杂的诗歌现象起到了至关重要的作用,此外,吴思敬对于流行理论从不

---

① 古远清:《中国当代文学理论批评史》,山东文艺出版社 2005 年版,第 483 页。
② 霍俊明主编:《诗坛的引渡者——吴思敬诗学研究论集》,长江文艺出版社 2012 年版,第 141 页。
③ 霍俊明主编:《诗坛的引渡者——吴思敬诗学研究论集》,长江文艺出版社 2012 年版,第 150 页。
④ 霍俊明主编:《诗坛的引渡者——吴思敬诗学研究论集》,长江文艺出版社 2012 年版,第 154 页。
⑤ 霍俊明主编:《诗坛的引渡者——吴思敬诗学研究论集》,长江文艺出版社 2012 年版,第 145 页。
⑥ 霍俊明主编:《诗坛的引渡者——吴思敬诗学研究论集》,长江文艺出版社 2012 年版,第 195 页。

盲从，表现出了极具理性的内省精神和一个成熟学者的冷静①。

从对吴思敬诗学研究的整体来看，关于其诗学理论的研究占的比重最大，取得的成果也最多，但对其诗学理论体系的把握还不够全面和完善，存在着缺乏系统性等问题，还有着继续深掘的空间。首先，在对其诗学思想的研究中，学者们注意到了"主体性"和"自由精神"这两个特质，并进行了阐述，但忽略了这种思想产生的缘由，并未有人结合时代背景等对他的诗学思想的来源进行更深一步的探寻；其次，吴思敬对诗歌发生和接受层面的阐释都是以心理学为支撑的，它们之间是否存在承续和差异，互涉和共通的地方在哪里？研究方法是否有所不同？这样的对比研究目前还无人涉及。

二　诗坛的引渡者：吴思敬诗歌批评研究

"每个时代有每个时代的精神追求，每个时代有每个时代追求的美和发现的美"②，吴思敬早在朦胧诗兴起之初，就以充满思辨力量的文字加入到声援朦胧诗的行列中，此后，他始终保持着积极的姿态，活跃在诗歌批评的前线。当前诗歌批评现状与小说等文体相比，不容乐观，存在着明显的滞后性，而吴思敬的批评文字为建立诗歌的学科规范和中国诗歌的向好发展做出了拓荒性的突出贡献，在此背景下，探究吴思敬诗歌批评的独特性和深刻意义成为研究者们所着力的关键点。

（一）跟踪诗歌现场

吴思敬自1978年踏上诗歌研究的道路以来，一直都是新诗发展过程中的在场者和亲历者，始终与诗坛共进退，同时，关注、鼓励、奖掖年轻诗人，堪称诗坛"引渡者"。陈亮形容吴思敬是当代诗歌的同路人和持灯者，他认为吴思敬的批评历程与当代诗歌发展息息相关，并且总是能够在混沌时为诗坛指明方向，照亮晦暗。除此之外，论者还指出吴思敬是以理

---

①　罗振亚、徐志伟：《值得信赖的诗评家——读吴思敬的〈诗学沉思录〉》，《南方文坛》2002年第6期。

②　魏克：《诗人与他们的生活——吴思敬教授谈访录》，《诗歌报月刊》1998年第7期。

论的视野来关照诗歌的,其批评文字有着历史的纵深感和对多元诗美的包容①;吕家乡认为除了做出鞭辟入里的诗歌批评之外,吴思敬还像一个辛勤的园丁一样关爱着诗坛,因诗坛的兴衰而悲喜,这种大爱让人动容②。的确,从20世纪70年代末对朦胧诗潮的及时研究批评,为朦胧诗的"合法性"做辩护,80年代对于女性诗歌写作的批评,90年代对于"民间写作"的关注,21世纪对于"底层写作"的写作伦理的辨析等,都是吴思敬跟踪诗歌现场,及时研究,为诗人"把脉"的案例。需要注意的是,虽然及时跟踪诗歌现场,但吴思敬的批评并不只是局限于"就事论事"的"报道性"批评。张桃洲就指出吴思敬的批评实践对于"跟踪式"批评方法有颇多启示,他总是以开放、包容的姿态迎接新鲜事物,从诗歌发展与时代进步相联系的角度出发,以原理为基础去剖析诗歌现象和潮流,其总体性、全局式的视角和个案批评相结合的方式能够有效避开跟踪式批评的陷阱,从而"走向哲学的诗性探询"③。吴开晋也认为吴思敬的诗歌批评并不因袭旧说,对不同时期、不同流派的论争经过科学的分析,得出了恰切的评判,对诗歌史的论说也提出了新鲜、独到的见解④。

(二) 史家立场

一位优秀的诗歌理论家、批评家必须具有史家立场,一是客观公正,不徇私情,二是要有历史的眼光和宏阔的思维视野。吴思敬的诗歌批评有着鲜明的史家意识,如对"新诗已经形成自己的传统"、新诗的形式等在诗歌理论界产生广泛影响的论述,都是立足于中国新诗史这个坐标轴。陈卫指出吴思敬自80年代进行诗学研究以来,始终走在诗学问题前沿,体现出史家立场的宏阔视角和学术前瞻性⑤;韩国学者金慈恩从诗歌史的角

---

① 霍俊明主编:《诗坛的引渡者——吴思敬诗学研究论集》,长江文艺出版社2012年版,第114页。
② 霍俊明主编:《诗坛的引渡者——吴思敬诗学研究论集》,长江文艺出版社2012年版,第189页。
③ 霍俊明主编:《诗坛的引渡者——吴思敬诗学研究论集》,长江文艺出版社2012年版,第37页。
④ 吴开晋:《当代诗学建构的重要参照——读吴思敬〈走向哲学的诗〉》,《吴思敬诗学思想研讨会论文集(增补部分)》,2012年,第34—36页。
⑤ 霍俊明主编:《诗坛的引渡者——吴思敬诗学研究论集》,长江文艺出版社2012年版,第25页。

度切入，论述了吴思敬对 20 世纪中国诗歌发展历程的看法①；由于吴思敬的批评成果已逐渐纳入诗歌史，所以张立群选择将其 90 年代以来的诗歌批评作为论述的重点，论者指出吴思敬的诗歌批评有着历史意识，他十分重视诗歌的整体走向，能够精准把握诗歌潮流、透视诗歌现象，在冷静的思考中探寻新诗发展的出路②；姜玉琴认为吴思敬的诗学批评有着史家的意识和美学立场，吴思敬无论是对诗歌现象还是诗人诗作，都站在史家的高度进行阐释、批评，在对朦胧诗和新潮诗的批评中可以看到，他始终坚持着将美学标准作为诗歌评判的最高标准③；张德明认为吴思敬的诗歌批评着眼于文学史的维度，并以彰显文学史观念与意识作为研究的宗旨和立论标杆④。

（三）以理论为基石

吴思敬在从事诗学研究的四十余年里，不断地在诗学理论建设和诗歌批评领域交叉换位，变更角色，在他看来，诗歌理论和诗歌批评是一体两面、相辅相成的，诗歌批评的开展需要诗歌理论的指导，而诗歌批评的实践也会推动诗歌理论前行。因此，吴思敬的诗歌批评与诗学理论的核心思想是存在承续和连接的，其诗学理论的某些主张在诗歌批评中也有所体现。子张以《诗学沉思录》为切入点，追踪吴思敬的当代诗歌批评，他指出吴思敬从心理学角度立论的诗学批评是有着逻辑上的依托的，绝不是一时的情感冲动，而吴思敬对于诗歌批评方法的学理化规引，又和他对文艺学的积累、重视密切相关⑤；李文钢认为侧重从现代心理学角度来探索诗歌写作，不仅是吴思敬诗歌理论的重要组成部分，同时也在他对诗人诗作的具体评论中有所体现，吴思敬善于从心理层面透视诗歌创作的得失，

---

① 霍俊明主编：《诗坛的引渡者——吴思敬诗学研究论集》，长江文艺出版社 2012 年版，第 78 页。
② 霍俊明主编：《诗坛的引渡者——吴思敬诗学研究论集》，长江文艺出版社 2012 年版，第 86 页。
③ 霍俊明主编：《诗坛的引渡者——吴思敬诗学研究论集》，长江文艺出版社 2012 年版，第 19 页。
④ 张德明：《文学史维度中的审视与阐释——读吴思敬〈中国当代诗人论〉》，《中国现代文学研究丛刊》2015 年第 11 期。
⑤ 霍俊明主编：《诗坛的引渡者——吴思敬诗学研究论集》，长江文艺出版社 2012 年版，第 12 页。

诗学与心理学的贯通融合已经成为其诗歌批评的鲜明特色①；孙基林认为吴思敬在进行批评实践时，以内在性作为标准，强调批评者的主体意识、自主性和文本的独立性，批评方法方面尤其推崇心理学的研究方法②；杨志学认为吴思敬的诗歌批评十分重视科学性，论者指出他基本不从事创作，却与诗人和其作品有着息息相通的心灵感应，这与他运用心理学方法研究诗歌是分不开的。③

（四）客观包容的态度

吴思敬作为当今诗坛最为重要的诗评家之一，展示出了其批评大家的风范，他在面对纷繁复杂的诗坛万象时，既有肩住闸门的勇气，也有着温厚、谦和的姿态，绝不以激进之词妄加指点，始终努力为诗歌这一"自由的精灵"营造宽容良好的环境。在对《中国当代诗人论》的研究中，王永看到了吴思敬作为一位批评家的责任感，论者指出作者对待不同类的诗人有着不同的方式，对于"归来的诗人"，作者从"知识考古"的立场，旨在为他们撕掉标签，为他们正名，而对于正在成长中的青年诗人，吴思敬做的更多的是"雪中送炭"和"点石成金"④；王士强认为诗歌评论也是一种人文关怀，与批评主体密不可分，论者指出吴思敬的诗歌批评与其为人一样从容宽厚，他对新诗的包容和理解有助于形成良好的诗歌生态，对新诗的健康发展有着建设性的意义。⑤ 这种客观包容的批评态度也体现在21世纪之交的"知识分子写作"与"民间写作"的论争中，吴思敬没有持非此即彼的二元思维，而是认为二者并非完全对立的，且各有所长，具有互通性。

在对吴思敬诗歌批评的研究中，总体上是比较全面的，角度颇多，论述翔实，但由于许多学者都是从宏观的角度来把握吴思敬的整个批评历程

---

① 李文钢：《剖析"诗心"歌唱美——浅谈吴思敬先生的诗歌评论》，《吴思敬诗学思想研讨会论文集（增补部分）》2012年版，第26—31页。

② 霍俊明主编：《诗坛的引渡者——吴思敬诗学研究论集》，长江文艺出版社2012年版，第176页。

③ 霍俊明主编：《诗坛的引渡者——吴思敬诗学研究论集》，长江文艺出版社2012年版，第199页。

④ 王永：《当代诗歌的守望者——吴思敬〈中国当代诗人论〉读后》，《文艺报》2015年7月27日。

⑤ 王士强：《评吴思敬主编〈中国诗歌通史·当代卷〉》，《中国现代文学研究丛刊》2013年第8期。

的，所以对其诗歌批评的阐释存在着笼统的现象和观点大同小异的缺憾。

三 "诗坛醉翁"的剪影：创作主体的研究

艾布拉姆斯在《镜与灯——浪漫主义文论及批评传统》一书中曾提出文学的四要素：世界、作品、作家、读者。作家，即创作主体，是文学产生的关键因素之一。对创作主体生平、性格、文化思想等方面的研究，有利于受众更好地了解其作品的产生、内蕴架构、艺术风格等，从而实现文本的多维度解读。因此，对创作主体的研究也成为了学者们关注的焦点。

要想为吴思敬全面画像，除了对其诗学理论和诗歌批评的阐释之外，回归创作主体本身也是绝不可忽略的一笔。只有足够了解创作主体，才能更深刻地领悟作为其内心力量和人格精神的外现的诗学与诗心。许多学者基于不同身份，回忆了与吴思敬的相识相交。诗评家沈奇称吴思敬是当代诗坛的"摆渡者"，认为吴思敬不仅是一位出色的批评家，更重要的是他有着"渡人"重于"渡己"，"以公器为重、以历史为怀"的仁者情怀，其卓越的学术成就与仁厚的形象风范一体两面，相得益彰①；龚奎林从诗学贡献的维度进行观照，他指出吴思敬引领着诗歌发展的潮流，不仅开创了心理诗学的研究范式，还为诗坛培养了大量的优质诗人和评论家，这充分显示了吴思敬的智者魅力和长者情怀②；谢冕称与吴思敬相识是人生的幸运和福分，两人既是并肩作战的战友，在"定福庄会议"中坚定地站在同一战线，为朦胧诗辩护，同时也是对方的得力帮手，在工作中互相帮助，在学业上互相支持，情同一家③；刘士杰指出吴思敬之所以受到学生的爱戴，与他的人格魅力、教育方式和学术水平都有着莫大的关系④；程光炜认为吴思敬的为人是真正的学界长者风范，他关心、爱护着每一位年轻诗人，期待、呵护着他们的成长，而作为《诗探索》的主编，他更是

---

① 霍俊明主编：《诗坛的引渡者——吴思敬诗学研究论集》，长江文艺出版社2012年版，第3页。

② 霍俊明主编：《诗坛的引渡者——吴思敬诗学研究论集》，长江文艺出版社2012年版，第96页。

③ 谢冕：《有幸结识吴思敬》，《名作欣赏》2021年第19期。

④ 刘士杰：《以诗结缘的手足情谊——记好友吴思敬》，《吴思敬诗学思想研讨会论文集（增补部分）》，2012年，第56—59页。

事事躬亲，认真负责，数十年如一日，这种非一般的毅力和修养让人钦佩①；李文钢分享了求学期间的点滴细节，在论者眼里，吴思敬是严师，对未来诗歌研究的接班人严格要求，也是仁师，悉心关爱着每一位学生，还是智师，能在潮来潮往的诗坛中始终保持着清醒②；路也从与吴思敬日常的交际入手，勾勒了生活中的吴思敬的一面，在论者的描述下，一个温厚、文雅又不失可爱的长者形象跃然纸上③；王珂称吴思敬不仅是一位慈师和严师，更是爱生如子的"父亲"，吴思敬的严格教育让其迅速成长，而他父亲般的大爱让其感到家的幸福与温暖④；徐秀指出吴思敬并不是"幽居高山的孤兰"，而是"积极入世的莲花"，他能够看透世间人情，并以练达的心态处之，坚持着自己做人为师的标准，在诗坛耕耘一生，默默奉献⑤；文殊将吴思敬称为"诗坛醉翁"，他对于诗歌事业有着执着的热爱与痴迷的沉醉⑥。

王国维在《人间词话》中说："词人者，不失其赤子之心者也。"⑦ 学者们对吴思敬这一创作主体的研究让我们看到了吴思敬对于诗歌的一颗赤子之心，也为我们走进吴思敬的诗学世界打开了又一扇窗户——正是待人的宽厚、对待诗歌的包容、为学术献身的执着等的共同作用，造就了今天卓然有成的诗歌理论家、批评家吴思敬。此外，也有学者梳理了吴思敬的创作年谱，如王士强整理的《吴思敬创作年表》、王珂的《吴思敬代表作概述》，这些文献资料的补充，也为系统研究其诗学思想提供了坚实有力的支撑。

综上所述，就吴思敬诗学研究的现状而言，目前已经取得了一系列可喜的成果，诗学理论研究与诗歌批评研究并驾齐驱，宏观细处相互补充，而对创作主体的研究，让大家看到了吴思敬的另一个侧面，有助于其整体

---

① 程光炜：《吴思敬先生印象》，《南方文坛》2013年第4期。
② 李文钢：《吴思敬先生轶事——一位诗学教育家的剪影》，《吴思敬诗学思想研讨会论文集（增补部分）》2012年版，第60—66页。
③ 霍俊明主编：《诗坛的引渡者——吴思敬诗学研究论集》，长江文艺出版社2012年版，第215页。
④ 霍俊明主编：《诗坛的引渡者——吴思敬诗学研究论集》，长江文艺出版社2012年版，第219页。
⑤ 霍俊明主编：《诗坛的引渡者——吴思敬诗学研究论集》，长江文艺出版社2012年版，第227页。
⑥ 霍俊明主编：《诗坛的引渡者——吴思敬诗学研究论集》，长江文艺出版社2012年版，第230页。
⑦ 王国维：《人间词话》，人民文学出版社1960年版，第197页。

形象的刻画。但若论起吴思敬诗学的整体容量，以及他在诗坛的地位及造成的影响而言，当前的研究成果还是略显单薄，尚有可以继续深入发掘的空间。

作者单位：燕山大学

从诗歌到戏剧的人生导师

林喜杰

前三十年一直做着文学的梦。三十而立之年,我从东北小镇,负笈京城求学。初入首都师范大学读语文学科教育硕士,教育硕士的课都在周末上,其他的时间全部选修文艺理论的硕士课程,吴老师文艺理论教研室的各位大咖课均选上,那时候总是先跟教授讲:我的基础不在此,不用提问我。读完硕士,临别之际,一场"非典",将我隔在校园里。我做出人生的最美好的决定——考博。美好的决定推送美好的际遇,吴老师的弟子从大到小,温馨而友爱地出现在我的身边,给了我近似同门的鼓励和期待,这是我永志难忘的啊!

诗歌是幼年的启蒙。东北平原漠漠林如织,广袤而苍凉的平原培育了生命的诗缘。诗歌,带我到吴老师门下。读博初入学就生病住了院,师母受老师之托亲自来探望我,出院后处处照顾我虚弱的身体。毕业前,老师编写了人民教育出版社第一本面向高中生的诗歌选修教材《中国现代诗歌散文欣赏》,我和师妹共同编写这本教材的教学参考书,这本教材一直在学校中使用。这是跟老师一同做的诗歌普及教育工作。

在中学工作的五年,每年元月能和老师、同门在一起是一种返乡的幸福,仿佛敌营十八年,昭君归汉一样。在中学,竟然稍微先于同门做了北京师范大学"培养—研究型学校"项目教育学博士后,研究报告《"培养—研究型"学校的诗歌教育研究——以中学现代诗歌课程为例》,出站报告请两名教授鉴,理所当然是吴老师和王光明老师。母校和恩师永远是学术灵感的源泉。

2010年,我带领初一学生策划西班牙文化日戏剧《堂·吉诃德之旅》,这是基础教育戏剧课程的启程。当我决定把研究方向转向戏剧教育时，诗歌给了我良好的感觉。终于在中学工作满5年，如老师指示的一样转入教科研岗位。时光转过就是10年，这10年里，无论是工作、安居我都是首问老师的意见，"博导基本上都是对的"。

10年研究，我打开了国际国内的戏剧教育局面，做了两项国家级课题和一项北京市课题，出了一本戏剧教育专著，在老师门下打下的基础和长情的深入研究态度，把戏剧教育做得独树一帜。很多合作过的国内外戏剧专业人士问我：林老师，你为什么要做戏剧？每次，我的回答都一样：我是学诗歌的。他们都释然笑着鼓励"那你能做好。"

老师喜欢看戏，他很想看前卫小剧场戏剧。疫情前，师妹当司机，两代人四口是大剧院的常客，我们看《假面舞会》等一些有名的戏。常常带着师兄弟妹的子侄们去看儿童剧，想他们的时候，就在剧场见面。

从首都师范大学毕业10年后，文学院领导打听到吴老师的学生在做戏剧教育，请我为影视文学系搭建平台，义不容辞，羁鸟恋旧林，池鱼思故渊。我推荐几位戏剧教师为首都师范大学录制戏剧教育慕课，并且亲自录制前部分的理论课。录课间歇，回首都师范大学探望老师。中午，老师和师母亲自下厨、包饺子。窗外，蝉鸣，阳光如翼。

作者单位：北京市海淀区教育科学研究院

恩师・导师・名师
——记我心目中的吴思敬老师

杨志学

吴思敬老师于我而言,已不是泛泛意义上的老师,而是在学业上和人生之路上洒甘霖于我的恩师。我是他的入室弟子。学生谈起自己的老师,自然会有许多话想说。

人生路上的恩师

我的工作履历虽然比较丰富,但从大的方面看可以划为前后两个阶段。前面近二十年时间是个军人,先后在几所军校供职;后面近二十年时间是个文人,在中国作家协会从事文学编辑和研究工作。前后两个阶段的连接点,是我考取首都师范大学博士生、从吴思敬老师做诗歌理论研究的三年。如果没有这三年,也就没有我职业生涯的转变与拓展。遇见吴思敬老师是我人生转折的契机,是我此生的幸运和福分。

在吴门众多弟子中,一些师弟师妹习惯亲切地称呼我大师兄,其原因一是我年龄较长,二是我入门较早。2002年,因为军校学科撤并,我从部队转业,离开军校教员的岗位。这时我已步入人生不惑之年,是个不上不下的年龄。经过一番考虑,我决定根据自己的志趣,攻读博士学位。这样的选择,一是可以在学业上获得更高荣誉,二是可以将其作为重新就业、向新的人生目标前进的起点。做出这个决定后,选择专业方向和导师便成了当务之急。我以往在军校的工作主要是讲授中国文学史和诗词鉴赏课程,而我兴趣最浓的是新诗,当时已经在全国各地报刊发表了一些诗歌和评论,还曾组织军校大学生诗社、主编校园诗报。经简单了解,得知首都师范大学的吴思敬老师刚刚开始招收文艺学专业诗歌理论方向博士生,比较符合我的心愿。吴思敬老师是80年代崛起的著名诗评家,是我仰慕的学者,但我与吴老师素昧平生,当时心里是特别没底的。在我辗转与吴老师取得联系并将自己的工作经历和科研成绩做了汇报以后,没想到得到了吴老师极大的肯定与鼓励。吴老师对我说:年龄不是问题,你的条件还是不错的,好好准备吧,预祝成功!后来我的愿望顺利实现了,成了吴老师的弟子。这虽然证明我本人尚有一定实力,但我想最主要的还是运气好,在正确的时间做了正确的选择。当时吴老师在诗歌界名气很大,但不少人可能还不知道他在招收博士,所以当时的竞争者虽然也有一些,然而不像随后那样越来越多。而我正是适时把握了机会,这要感谢命运之神的眷顾。试想,如果我当时听了一些朋友的意见(在部队再多干一年就有了二十年军龄,从而物质待遇也就很不相同)而延迟一年转业的话,我很可能也就失去了成为博士、成为吴老师弟子的机会。所以吴老师注定是我的贵人,我和吴老师之间是有缘分的。

说到这里,我想补充一个插曲。多年以后,当我在诗刊社、中国诗歌网等单位工作有年、在诗歌界也有一些成绩时,遇到一位青年诗人在京举办自己的诗集研讨会,这位诗人对诗歌界状况不太熟悉,不知道该邀请哪些嘉宾与会,这时候有人向他提供了一份名单,让他在名单上选,他就勾选了吴思敬和杨志学两个名字。后来我问这位青年诗人,北京有那么多重要的诗评家和诗歌理论家,吴思敬老师数得上,而我不是,为什么邀请我参加呢?这位青年诗人引经据典地做了回答,他说他想到了《论语》中的"学而不思则罔,思而不学则殆",他要做到既学又思、既思又学,所以就选择了吴思敬和杨志学。这话听起来有点好笑,而想一想也不能说一点道理没有,起码为我和吴老师之间的缘分增加了一份佐证。

当我入了吴门、成了吴老师弟子后,吴老师不仅精心指导我的学业,而且在工作和生活方面也对我十分关怀。当然,吴老师对自己所有的弟子都非常关爱。吴老师不光学问好,人也特别好,他对待学生就像家长对待自己的子女那样,更有家长们做不到的付出。我们所有弟子都为自己能够成为他的学生而感到幸运、幸福、骄傲。

吴老师在诗歌界资源很多,他经常主持举办一些有意义的诗歌研讨会,带着自己的弟子参加,把我们推到前台。比如,2003年在廊坊举办的牛汉诗歌研讨会,吴老师便给我分配任务,让我除了提交一篇评论牛汉诗歌的有分量的论文以外，还指定我负责撰写会议综述。正是在这样的会上，认识了不少诗歌界名流包括当时诗刊社的负责人，而我也给他们留下了印象。后来，当诗刊社领导说到诗刊社有进人计划和指标并向吴老师了解我的情况时，吴老师不失时机地推荐了我。毕业时我之所以进了诗刊社工作，虽然与我的笔试、面试成绩有关，但是如果没有吴老师的推荐也许不会那么顺利。

吴老师圆了我的博士梦，这是第一大恩；后又为我的就业助力，当为第二大恩。此外，他还有更多恩情体现在对我其他方面的关爱中。比如，我在北京工作后，夫人和儿子也随之进京，而单位又不提供住房，吴老师便让师母亲自出马，不仅很快帮我们租到了合适的住房，而且为我儿子转入北京市东城区（户口在东城区）某小学读书发挥了不可替代的决定性作用。吴老师和师母还不时请我们一家吃饭，早些年过年过节时师母还带着东西来看我们，令我家属和孩子十分感动。我当时心里想，应该是我们去看老师和师母的，怎么反过来由师母来看我们了，这种恩情以后该如何回报！现在，我儿子也由当年的小学生变成了赴美留学的博士，但他心里永远忘不了吴爷爷和高奶奶对他的关心和鼓励。

学业上的导师

在首都师范大学读博的三年中，我真切地体会了恩师的指导之功，感受到了他在弟子身上耗费的心血。

读博第一年，主要是上一些课。除了外语等公修课之外，就是导师开设的专业课。听吴老师讲课留下了许多美好的记忆。

吴老师的课信息量大，兼具广度与深度。上课的过程是双向互动的过程。既是弟子进入角色、全面深化专业知识并选取课题点的过程，也是导师了解弟子、因材施教的过程。这个过程中，我感受到了吴老师讲课的特点和魅力。恩师学识渊博、造诣深厚，其授课旁征博引，从内容看可谓充实有趣；而从效果看，因为吴老师是老北京人，普通话讲得好，讲课字正腔圆，声情并茂，而且条理清晰。还有就是理论与实际结合，理性与感性交融。这些都是吴老师讲课的特点。他在大学讲台上站了多年，开始主要给本科生上大课，又是一所师范性大学，绝对练就了一流的讲解本领。后来他做了文学院院长和博士生导师后，便以学科建设和指导研究生为主了。他给我们几个研究生上课，常常是那样面对面、一对二或一对三地小范围讲授，但我们依然感受到他授课的规范性、严肃性和生动性。

读博的重头戏是博士学位论文。其步骤大致如下：确定选题、搜集资料、开题报告、论文撰写（期间进一步搜集资料）、预答辩、答辩。论文字数要求最少要在十万字以上，当然更重要的是质量，要看选题有没有新意、创意，以及论证的功夫。

恩师对我学业的指导，主要体现在博士论文方面，所以我这里也想花更多笔墨谈谈吴老师在这方面给予的帮助。

记得是在第一学年的第二学期，吴老师根据对我的了解，建议我考虑诗歌传播学或传播诗学方面的选题，而我也觉得这样的选题颇有新意。这样选题便被确定下来了，我也就开始了搜集资料、框架构思等相关准备工作。

吴老师与我商定诗歌传播的选题，我当时只是觉得有新意，而对其意义并没有做过多的思考。多年后我才有了更深的领悟：一个优秀的学者和研究生导师，并不一定要求弟子按照他业已耕耘和熟悉的学术领地做文章，而往往会让学生举一反三，掌握研究的方法。吴老师正是这样的人。在我入学之前，他在心理学与诗歌的交叉融合方面已经取得了突出成就。熟悉诗歌理论研究的人都知道，吴老师撰有多部有影响的学术著作，其中《诗歌鉴赏心理》《写作心理能力的培养》和《心理诗学》三部著作，都是将心理学运用于诗歌研究而结出的硕果，它们均因开拓性贡献而获得了哲学社会科学领域的优秀成果奖。

为什么说吴思敬老师的《心理诗学》等著作具有开创性贡献。我们不妨往前追溯。在 20 世纪 80 年代学术研究中"方法论"盛兴的时候，心理学成为一门显学应用到文艺研究上，涌现了金开诚、鲁枢元、童庆炳等在文艺心理学研究领域卓有成就的学者，促成了文艺心理学这样的交叉学科的快速形成；而到了 90 年代，又出现了吴思敬《心理诗学》这样的突破性成果，进一步将文艺学与心理学的交叉研究拓展到了诗歌理论研究领域。这些开创性研究已得到学界的充分肯定，并对此后的研究工作具有重要的启发意义。把吴老师的相关著作放在这样的背景下考量，其价值便凸显出来了。

那么，在吴老师的心理诗学研究，和我的传播诗学研究之间，又有着怎样的内在联系？这便体现了恩师的高瞻远瞩和深刻用意。他寄托弟子以希望的，不是亦步亦趋的照搬，而是掌握相关方法后的拓展，正像他对前贤所做的拓展一样。这才是真正有价值的师生关系传承和学术火炬传递。同时，恩师向我出示的命题，还触发了我如下的进一步思考：以往关注文艺心理学或心理诗学，是研究领域的"向内转"——深入挖掘创作主体的心理机制；而现在关注"传播诗学"则是一种"向外转"——关心诗歌在人类生活中的命运、价值和意义。在这样的关注背后，是否有着深刻的时代缘由？

不无遗憾的是，我因功力尚欠加上自身勤苦不够，导致完成的博士学位论文虽然在答辩中通过了，但是并未达到优秀境地。即便我的学位论文存在这样那样的不足，但老师依然以他宽厚的胸怀予以包容，并对我学术成果的及时面世做出如下提示：学校正有面向博士的学术课题出版资助，你是否申请一下？但我深知自己的论文，与著作出版尚有距离，所以就暂时搁置了。直到我毕业差不多十年之际，我的博士论文才在华中师范大学出版社列入太平基金文库正式公开出版，我也向恩师交上了这份迟到的汇报。

还需要补充一笔的是，我的博士论文虽然谈不上优秀，但在首都师范大学编辑并在我们毕业之后不久便由出版社正式出版的《研究生优秀论文选》中，我的博士论文的相关章节却赫然在册。我知道，这准是恩师推荐的结果。

此外，吴老师还十分注重在实践中培养和锻炼弟子。我读博期间，北京常有各种诗歌研讨活动，有些是吴老师组织策划的，他便让弟子参加，前提是最好提交论文或者书面发言提纲。而这些，也都成为老师指导弟子学业的一部分，也构成了我感念老师提携之恩的温暖记忆。

新诗界的名师

吴老师作为名师，首先是首都师范大学课堂上的名师。课堂是他的出发点，也是他成为名师的起点。他在教学上获得的各种奖项，还有他赢得学生们交口称赞的口碑，都已经充分证明了这一点。这一点不是此文的重点，所以不展开说了。

吴老师自身的学术成就，是他作为名师的最有力的支撑。在各种网络页面，不难搜索到吴思敬的简历和学术成果介绍，这里也不做重复了。

我想重点说一下我自己的体悟。

在我入校读博不久，适逢吴老师著作《走向哲学的诗》出版，得吴老师签赠一本，我便写下了一篇题为《诗歌批评的至高境界》的读后感，文章后来在《中国图书评论》上发表了。此文通过对吴老师这一部著作的解读，对老师的总体学术成就与研究风格做了窥探。这里引述其中片段如下。

> 如果说谢冕的声名鹊起主要来自于他对20世纪80年代"朦胧诗"的鼓吹的话，那么吴思敬则主要是通过对90年代诗潮转向的敏锐把握和对当今诗坛多元化格局的精辟论述而显示了自己诗歌批评的内在力量。
>
> 就其大致倾向而言，《走向哲学的诗》更主要地体现了吴思敬诗学成就的一个方面：面向当前新诗潮流和问题，以及众多诗人诗作而进行的诗歌批评。
>
> 作为一个80年代开始崛起、90年代以来影响日趋广泛的诗评家，宽阔的学术视野与海纳百川的胸怀在吴思敬身上得到了鲜明的体现。这也是本书首先向我们显示的一个重要特点。
>
> 对新诗发展潮流把握之及时与概括之准确，是本书向我们显现的又一特点。
>
> 本书折射出的第三个特点，是它再一次显示了吴思敬对诗歌批评的科学性的重视。如果要谈诗歌批评中的学者型批评，我觉得吴思敬的批评是比较典型的学者型批评。吴思敬不像谢冕那样诗情浓烈，也不像杨匡汉的诗歌评论有主观精神的强烈投射。冷静与客观，就是吴思敬诗歌批评的魅力与特色所在。吴先生基本上不从事创作，但这丝毫未影响他对于诗歌的"心有灵犀一点通"，相反，他与诗人及其作品之间常能达至息息相通的感应与交流状态。这很大程度上要归功于他对诗歌批评的科学性的重视。
>
> 文如其人，风格即人。吴思敬将科学的"真"与艺术的"美"结合在一起，显示了他诗歌批评的爽朗之气与学院之风。
>
> 这部书的书名——《走向哲学的诗》——所昭示的境界，或许就是吴思敬诗歌批评所追求的至高境界。

为诗歌界用心培养人才，彰显着吴老师作为名师的业绩。新诗批评与理论研究，不同于其他专业方向，它要面向新诗现场，与诗人对话，拿文本做依据。吴老师作为名师，同时培养着两个方面的诗歌人才：一是学历教育中的研究生、博士生、博士后，培养新诗批评人才；另一种是创立驻校诗人制度，面向全国选拔优秀青年诗人驻校，为他们充电，为他们诗歌写作的更大成功提供难得机遇、良好条件和实实在在的支助。如今，吴老师桃李满天下，其弟子便主要由这两路可观的人马构成。

主编《诗探索》几十年，向诗坛证明着吴思敬老师以此阵地弘扬诗歌精神、推动中国新诗发展的成就，显示了他作为诗歌界名师的风范。作为新诗界唯一的重要学术阵地，《诗探索》创办伊始，吴老师就是其中重要一员。只不过，刚开始《诗探索》由谢冕先生主持，吴思敬老师是一名年轻编辑。这是《诗探索》的第一阶段。《诗探索》的第二阶段，是在中断几年后于1994年复刊时由谢冕、杨匡汉、吴思敬三人共同担任主编。再后来，《诗探索》的第三阶段，是由吴思敬老师独立担任主编。关于这一点，谢冕先生在2021年撰写、发表的《有幸结识吴思敬》一文中也做了叙述："因为合作久了，我对他有充分的信任。我主事《诗探索》多年，身边琐务甚多，多半办不过来，遇有难事，也多半推给思敬去办。再后来，干脆把《诗探索》的全部编务推给他和林莽了。思敬办事，我总很放心，不多过问，由他自主。"谢冕先生的话，对吴老师做了朴实而中肯的评价。

吴思敬老师长期担任首都师范大学中国诗歌研究中心负责人，实际上他也是诗歌中心新诗方面的最响亮的名师。关于这一点，也不多说了。

几十年坚守诗歌现场，在校园内外组织主持多种有价值的研讨会，积极支持并参加全国各地有意义的诗歌活动，显示了吴老师作为新诗界名师的精神风采。这方面的事例可能是数不胜数，仅以我接触和亲历的为例。我是河南人，曾应家乡诗歌界的要求，多次代为邀请吴思敬老师出席河南诗歌界重要活动，如《河南诗人》连续几年举办的中原诗歌高峰论坛、鹤壁淇河诗歌节等，吴老师均亲临指导，平易近人，令家乡诗歌界朋友们深受教益和鼓舞并心存感激之情。还有，我本人主编《中国年度优秀诗歌》（新华出版社出版）十余年，吴老师作为本书顾问之一，在我们举办的新书发布活动中有求必应，给了我们这个选本以最有力的支持。

吴老师作为名师，是全国新诗界的广泛认可。可贵的是，恩师本人从来不以名师自居，他也从来没有在已有的成就面前止步。他依然不知疲倦地在新诗探索的道路上跋涉着，展现着壮心不已的精神和自信达观的风采。

作者单位：中国作家出版集团

对 话

亲历诗坛四十年
——访中国诗歌研究中心副主任、著名评论家吴思敬

舒晋瑜

"他像是一座活的诗歌博物馆。"每一次见吴思敬，我都忍不住这样感慨。他知道那么多诗坛的掌故，了解那么多诗人的细节，诗歌史上大小事件了如指掌！采访时谈到公刘，他脱口背出《上海夜歌》；谈到顾城，他少年时写下的《星月的由来》又信手拈来。他对于诗文的强闻博记，对于诗人亲切又不失冷静思辨的体察，对于诗歌发展进程中的重要事件及时梳理并做出准确严密的判断和总结……

在中国当代诗歌发展史上，吴思敬不仅仅是一个在场者、见证者、书写者，更因为他广博的学识、独到的见解，以及为推动诗歌发展所付出的种种努力，成为中国诗坛不可替代的人物。既有对中国新诗的宏观的、整体性的历史研究和理论梳理，重要的如《中国新诗理论：在现代化的进程中的诗学形态》《二十世纪中国新诗理论的几个焦点问题》《20世纪新诗思潮述评》等，也有对诗坛现象的剖析以及诗人和诗歌文本的翔实、深入、准确、独到的个案研究。即使是在90年代以来诗歌在剧烈的社会转型期后所面临的冷落、边缘与尴尬，甚至到了近十年来物欲和现代化进程空前加速的过程中诗歌写作与诗歌批评都经历了前所未有的挑战，吴思敬仍然以个性化的方式深入了诗歌历史和繁杂的诗歌现场当中，尤其是对80年代以来复杂的多元诗歌格局和驳杂的诗歌现象予以独到而精准的追踪、考察、分析和反思，确立了一个诗歌理论家和批评家的系统、完整的话语谱系。在青年评论家霍俊明的眼中，"吴思敬除了深入诗歌理论的系统建构之外，同时站在每一个时代的高坡上，从而能够看清一个时代的诗歌迷津与真实面貌，而他不断在诗歌现场的介入、观察和感同身受也使得

他能够更为真切地体会到诗坛的冷暖"。

我是怎样与诗歌结缘的

中华读书报：在诗歌评论上，您的起点很高，第一篇诗评就发表在1978年3月11日的《光明日报》。能说说您是怎样与诗歌结缘的吗？

吴思敬：我从小有一种诗歌情结。祖父和父亲都念私塾，在他们那个时代，诗歌教育还是很受重视的，从小有家庭氛围的影响。记得小时候我们家正房墙上挂着六扇屏，中间是春夏秋冬四幅国画，两边是清末状元陆润庠书写的条幅："清新庾开府，俊逸鲍参军"，这是两句杜诗。父亲从他的老秀才塾师那里学会了吟诵，空闲时在家拉长声吟诗，无形中影响了我，使我从小就有了摇头晃脑念诗的体验。我上大学是在1961年，那时的高教部调整了"大跃进"以来的办学思路，开始强调基础知识的学习。我们一入学就实行新的教学方案，一门"古代文学作品选"分成三门："中国古代散文选""中国古代诗歌选""中国古代戏曲小说选"，要整整开两年，还要另学一年的"中国文学史"。我喜欢背诗，整本"中国古代诗歌选"全都背下来了，包括难度很大的《离骚》。那时年轻，记性好，背点东西不算什么。我也写过诗，多少受父亲的影响。父亲学买卖出身，毕生从事商业，喜欢书法，可以给商店写招牌。有时情绪来了也会提笔写诗，他写的旧体诗还往往能纳入新事物，比如电视刚出现时，他便写了《咏电视》，有"方寸镜内出奇观"的句子；大跃进时下放南口农场，参加赛诗会，写了诸如"诗歌满壁画满墙"之类的趋时之作；亲人去世后，他写的悼亡之作也还真切感人。不过，父亲写诗纯属自娱，写完就散乱地放在抽屉里，从未结集，也绝少示人。我写诗也是如此，多属情不自禁，偶一为之，写给自己的朋友，或留在日记本上。比如1964年我患胸膜炎住在复兴医院，就给我同室的病友，一位年轻的北京地质队员写过诗，开头便是"君是东海一只鸥，终日翱翔在首都"，题在他的笔记本上。恋爱时，也给女友写过诗。我写诗不多，从来没有投过稿，也从来没有立下志愿做诗人。

中华读书报：那么，您什么时候就确定了做诗歌评论的方向？您又怎么会对理论葆有浓厚的兴趣呢？

吴思敬：年轻人都渴望成功，越早越好。而成功的前提条件之一，在于针对自己的条件，审时度势，做出及时的抉择。清代诗人袁枚曾对他那个时代的读书人提出劝告：做学者，做诗人，要尽早定夺。我上大学时读的是中文系，中文系历来就有个不是培养作家的地方的说法。尽管如此，我的同学中一直有人怀着诗人梦、作家梦，不断地写诗为文，不停地投稿。实际上我也面临着当作家，还是当学者的选择。我冷静地分析了自己的条件，我的思维偏于逻辑型，从学生时代，我的数学成绩就很好，高中时还得过学校数学比赛的奖项；我喜欢看小说、读诗，但也从来不觉得理论文章枯燥；我的性格温和，缺乏诗人爆发式的激情；再加上生活圈子太窄，社会阅历不足，更没有从钟鸣鼎盛的大家族跌落到社会底层的生命体验，恐不宜当作家，还是在文学研究的方向发展吧，这既能满足我对诗歌小说等文学作品的阅读兴趣，又可发挥我偏于理论思辨的心理优势。从此我认定这一生要走学者之路。只是这一理想在"文革"期间只能埋在心底，直到粉碎"四人帮"，进入历史的新时期后，才有了实现的可能。

中华读书报：您在1978年发表《读〈天上的歌〉——兼谈儿童诗的幻想》，这是您诗歌评论的处女作，能否谈谈这篇文章是怎样写出来的？

吴思敬：《天上的歌》是陕西青年诗人刘斌发表在《诗刊》1977年第10期的一首怀念周恩来总理的诗。与当时大量的直抒胸臆歌颂周总理的诗歌不同，是用浪漫主义的手法，写一个陕北的儿童在"天上"与周总理的会面。毫无疑问，这样的事在现实中是不可能有的，但它所显示的广大少年儿童对周总理的深切怀念却又是非常真实的。这首诗勾起了我对1976年"四五运动"的回忆。当时我住在南池子里的普渡寺前巷，离天安门广场不过数百米。我目睹了天安门广场的人群、白花、诗词，也亲耳听见了大喇叭传出的北京市市长吴德要求群众离开广场的警告。"四五运动"被镇压下去了，但是人们对周总理的怀念，对"四人帮"的仇恨，却深埋在心底。这种情绪终于在粉碎"四人帮"后释放出来了。我没有直接写思念周总理的诗，却通过写《天上的歌》的评论，把我对周总理的怀念，对粉碎"四人帮"后人们的精神解放之感写出来了。

写《读〈天上的歌〉——兼谈儿童诗的幻想》的时候，我既不知作者刘斌是何人，也并不认识《光明日报》的编辑、记者，我只是把稿子投进邮筒，寄到《光明日报》编辑部。后来才知道，这篇稿子是经《光明日报》资深编辑潘仁山之手，交秦晋先生编发的。值得一提的，还有我这篇处女作恰与谢冕先生的文章安排在同一版上，此时我还不认识谢冕，冥冥中似乎注定了我未来会追随着谢老师在诗坛行进吧。

借助《光明日报》这一权威媒体，《读〈天上的歌〉——兼谈儿童诗的幻想》产生了较大的影响。中央人民广播电台很快制作了一期节目，先由著名配音演员张桂兰用童声朗诵《天上的歌》，然后播放我的评论《读〈天上的歌〉——兼谈儿童诗的幻想》。经电台多次反复播送，连我的那些从不关心诗歌的邻居们都知道了，见我面就问："吴老师，您给电台写稿了？"现在看来，《读〈天上的歌〉——兼谈儿童诗的幻想》不过是我的一篇幼稚的评论习作，借助当时拨乱反正的大的时代背景才得以发表。但这篇评论的发表，也激发了我从事诗歌评论的信心。就在这篇评论发表不久，《诗刊》编辑刘湛秋就亲自来到普渡寺前巷我家，说是马上要开科学大会，约我为科普作家高士奇的《科学诗》写一篇评论。我写了，这就是发表在《诗刊》1978年第5期上的《读高士奇的科学诗》，是我的第二篇诗歌评论。从此我也就在诗歌评论的路上走了过来，再不回头。

中华读书报：《诗刊》是当代中国最重要的诗歌刊物，对许多诗人、诗评家的成长有重要影响。能谈谈您与《诗刊》的关系吗？

吴思敬：好的。我能在诗歌评论的道路上走下去，与《诗刊》的鼓励与扶持是分不开的。刚才提到，当我的诗歌评论处女作发表不久，《诗刊》就注意到我，并派编辑来约稿，此后我就成了《诗刊》着力培养的评论队伍的一员了。《诗刊》召开的作品研讨会、诗歌理论座谈会、组稿会等，经常邀我参加。

《诗刊》自1976年复刊后，编辑力量缺乏，便经常采取"借调"的方式，请诗人和评论家来《诗刊》帮助工作。这一方面缓解了诗刊的人力缺乏，另一方面对借调来的诗人和评论家来说也是锻炼与培养。在我借调《诗刊》之前，江苏诗人赵恺曾借调到诗刊作品组，在借调期间，他结识了许多诗人，开阔了眼界，并写出了他的代表作《第五十七个黎明》。他后来写回忆文章，说他没有上过大学，他把借调《诗刊》看成"我的大学"。1981年秋天我还是个讲师，有半年的轮空，没有课，《诗刊》社领导知道后，就把我借调到了《诗刊》评论组，每天上班。《诗刊》当时在北郊的小关，借的是朝阳区绿化队的房子，院子里到处都是果树，我去的时候正赶上秋天，苹果、梨、海棠都熟了。有一次诗刊编辑李小雨弄了一兜海棠，洗得干干净净，放到我桌上让我吃。我说你是不是从海棠树上偷摘的？她说不是，你放心吃吧，这是我从地上捡的。那时的小雨还是个小姑娘,现在她已经离开我们三年了。当时评论组只有三个人,组长是丁国成,另两位是朱先树和刘湛秋。他们经常出差、组稿或开会。有时三个人都不在,就留下我值班,看稿、编刊、接待来访。当时的诗刊,地位崇高,许多诗人都来诗刊拜访。来了之后,除了谈诗,也东拉西扯闲聊。我最早与雷抒雁见面、聊天,就是在评论组办公室,那时他还被称为"青年诗人",其实并不年轻,我和他同岁,那年都是三十九岁了。此外还认识了更年轻的诗人,像武汉大学的学生高伐林、王家新,带着他们的油印诗集来到《诗刊》,透着一种闯劲和朝气,两位风华正茂的校园诗人,给我留下了深刻印象。

1981年年底,《诗刊》要对全国的1981年的诗歌做个总结,便办了一个"读诗会",请了四位年轻的评论家,有江西的陈良运、河北的苗雨时、陕西的刘斌,北京的是我。陈良运、苗雨时早已慕名,是初次见面;刘斌就是《天上的歌》的作者,青年诗人兼评论家,我诗歌评论的处女作就是评他的诗,此次更是有相见恨晚的感觉。《诗刊》方面出面召集的是刘湛秋,他是从学术主持到生活服务全盘负责。这个读诗会,首要任务是读诗,把全国的诗歌报刊全搬来,分头通读,遇到佳作或呈现某种新倾向的作品,便互相交换阅读。中间穿插我们四个人的小型研讨,最后的带有汇报形式的大型研讨会,诗刊的许多编辑都来参加。这次研讨会的成果,形成两篇文章:一篇是《四人谈:读一九八一年新诗》,发表在《诗刊》1982年第3期,另一篇是《近年来诗歌评论四人谈》,发表在《诗探索》1982年第3期。经过诗刊的联络,我们这四位来自东西南北不同地区的年轻人,凝成了深厚的友谊,还有人开玩笑,称我们是诗坛的"四条汉子"。

1983年年初,《诗刊》社要编1982年诗歌年选,决定由朱先树和我来编,在交道口旅馆包了房子。从《诗刊》社运来1982年全国各地出的诗歌刊物和综合性文艺刊物,记得是《诗刊》主编邹荻帆先生亲自带着车把刊物送来,他当时已是高龄,还一捆一捆地帮我们往楼上搬,让我十分感动。我和朱先树在交道口旅馆踏踏实实地读了两个礼拜的诗,最后编成了《一九八二年诗选》,由人民文学出版社出版。

从1980年到1982年,正是中国当代诗坛发生重大变化的时期。这一时期,朦胧诗人在崛起,"归来诗人"在复归,诗坛空前繁荣,也空前混乱。正是在这个节骨眼上,《诗刊》社给我提供机会,得以充分、全面地阅读了这两年的诗歌，使我对当代诗坛的发展态势有了较为清晰的概念，写起文章来，也就心中更有数了。

顾城去世 25 周年。忆顾城，说"朦胧"

中华读书报：今年是顾城去世 25 周年。您曾经为顾城写过最早的评论，顾城去世之后您写了《〈英儿〉与顾城之死》，并在《诗探索》上编发了关于顾城的专栏。您能说说对顾城的印象吗？

吴思敬：顾城是 1998 年 10 月 8 日离世的。一晃，二十五年过去了，真令人感慨万端。记得在顾城逝世 10 周年的时候，人民大学曾开过一个纪念会。会上有一位读者发言，很让我感动。这位发言者不是诗人，也不是评论家，而是一位经商的中年女性。她说，以前根本不知道谁是顾城，她只是一次在火车卧铺上看到了一本顾城诗集，随手翻开，读着读着，就被吸引住了，对这本诗集爱不释手，以后搜集了顾城的全部作品，成了一个顾城迷。时间可以冲刷一切。25 年过去了，顾城之死引起的惋惜、争议、谩骂、谴责都已化作泡沫，留下来的只有他的诗。

我最初见到的顾城，不高的个子，大大的眼睛，白净的皮肤，说起话来温文尔雅，完全像个大孩子。外在的温和与内在的反叛，现实生活的压力与内心的童话世界，在他身上不断纠结、碰撞，构成了他独特的心灵世界。许多诗人的作品可以复制、模仿，顾城却是不可复制，很难模仿的。因为他那极其独特的气质、个性和语言方式，只是属于顾城自己的。在朦胧诗论争中，顾城一直是个焦点人物，当时他对"做螺丝钉"的反思，他的《小诗六首》，还有他写嘉陵江"展开了暗黄色的尸布"等，引发了批评。出于对顾城独特价值的确认，也是为了对正在挨批的诗人予以道义上的支持，我决定给顾城写一篇文章，对他的创作做个较为客观的评价。为此，我去万寿路总后大院顾城家里采访了他的父亲顾工和母亲胡惠玲，了解了他的成长过程，以及许多他的不可思议的趣事。比如剥毛豆，有黄的有绿的，他会分成两拨，命名为黄军团、绿军团，让它们"打仗"——那是他二十多岁的事情了。顾城小时候曾经在窗台上摔到地上导致脑震荡，后来总会产生幻觉。我通过采访顾城了解了他内心深处，他外在表现温和，一旦情绪爆发就无法控制，他的心理是有特殊问题的。

顾城是一个怀有孩子一般梦想的诗人，是一个怀着纯净的心灵看待世界的诗人，具有独特的气质，感觉敏锐而纤细。顾城的较为成功之作，都是基于感觉，但又不只停留在感觉上，而是通过创造性的想象，表现了一些现实和理想世界矛盾的情景。他12岁写出《星月的由来》："树枝想去撕裂天空/但却只戳了几个微小的窟窿/它透出了天外的光亮/人们把它叫作月亮和星星"。他15岁写出代表作《生命幻想曲》："……我行走着，/赤着双脚。/我把我的足迹/像图章印遍大地，/世界也就溶进了/我的生命。"写世界与自我的融合，显示了超拔的想象力，既是十几岁少年的感受，又不是十几岁的少年都能写出来的。当然也应看到，顾城的某些作品，还只是停留于一瞬间直觉、幻觉的捕捉，其中虽不乏新鲜的意象和诗意的萌动，总地说来，基本上还只是感觉的记录。顾城自己是把这类作品叫作"心理笔记"和"意象笔记"的。这种"笔记"中某些章句虽然发表了，但严格说来，还算不上真正意义上的艺术创造，有的作品被人诟病，恐怕也有这方面的原因。尽管顾城的诗存在一些缺陷，但是这并非就意味着顾城是一个完全自闭和沉溺于狭小的心灵世界的诗人，顾城的诗歌中同样有对祖国、人民和现实的关注。例如顾城是1976年"四五"运动自始至终的参与者，并且完成了深切缅怀周总理的诗《白昼的月亮》。而顾城的这首《白昼的月亮》时刻在提醒当时乃至当下的诗歌研究者和文学史家们，顾城是一个丰富的有多个写作向度的诗人，不是"童话诗人"这一称呼所能完完定型与概括的。正是基于这些认识，我写出《他寻找纯净的心灵美——谈顾城的诗》，写出后正值批判朦胧诗的高潮，在大陆很难发表，直到1984年1月在香港的《诗与评论》（香港国际出版社）上才得以刊出。经手发表这篇文章的是香港诗人古剑，二十五年后我们才在福建举行的一次"海峡诗会"上见面，彼此紧紧握手，互道"久仰"，我们都深知，这句"久仰"的后边该有多少经历了人生沧桑后的"欲说还休"。

中华读书报：1993年顾城的悲剧发生后，您做了很多事情。

吴思敬：记得顾城悲剧传来的时候，我们正在京西八大处北京军区招待所开"新诗潮研讨会"。当时《诗探索》正在酝酿复刊，我当机立断，现场组稿，请与会的诗人、顾城生前好友文昕撰写了很有史料价值的《最后的顾城》，请与会的诗评家唐晓渡写出深度解析这一悲剧事件的《顾城之死》，还请顾城幼儿园时代的朋友姜娜撰写了《顾城谢烨寻求静川》，此外还收集了《顾城谢烨书信选》，组成"关于顾城"这一专栏，在《诗探索》复刊后的 1994 年第 1 期上推出，从不同角度不同层面，为进一步研究顾城其人其诗，提供了最早也较为可靠的材料。顾城出事后，《文艺争鸣》的张未民打电话向我约稿，我写了一篇《〈英儿〉与顾城之死》，从顾城"天国花园"的幻灭及顾城的心理缺陷等方面分析了顾城之死的原因，并讨论了顾城的后期作品。顾城是我关注比较多、关系比较好的诗人，我 80 年代住王府井菜厂胡同 7 号的时候，他曾来我家多次。1986 年 5 月他的诗集《黑眼睛》出版，他亲自送来一册，扉页上题写着"人，类也？敬请吴思敬老师指教"，就是说我与他是一类人、以类相聚的意思。

中华读书报：谢冕曾经说过，您是支持朦胧诗的"一员大将"，孙绍振对您在定福庄会议上"言必有据，说着说着就掏出一张卡片"印象深刻，您曾参与朦胧诗论争，为朦胧诗做了很多工作。

吴思敬：1979 年春天，朦胧诗人开始走进公开的刊物。当年的《诗刊》先后发表了《回答》《致橡树》等诗歌。激进的年轻人，尤其是大学生，狂热地支持朦胧诗人，一些观念保守的人则猛烈地批评他们。朦胧诗论战的初期，当时还不叫"朦胧诗"，而是被叫作"晦涩诗""古怪诗"。出于对朦胧诗人艺术创新的肯定和支持，我参加了论争，1980 年 7 月 24 日在《北京日报》发表了一篇文章，题目叫《要允许"不好懂"的诗存在》，意在为这些年轻人的诗呼吁一个生存空间。文章发表没几天，就有人在报纸上提出不同观点，同我"商榷"。1980 年 8 月，《诗刊》发表了章明的《令人气闷的"朦胧"》，从此"朦胧诗"这一带有戏谑色彩的名称才开始传开，争论也越来越激烈。《诗刊》认为有必要把不同观点的两派代表人物召集到一起，进行面对面的交流。于是 1980 年 10 月在北京东郊定福庄的煤炭管理干部学院召开了"诗歌理论座谈会"。这次会议是在朦胧诗论争高潮中举行的，持不同观点的双方代表人物都到场了。谢冕、孙绍振、我和钟文等是朦胧诗的坚定支持者，持批评态度的则有丁力、宋垒、李元洛、丁芒等。当时围绕朦胧诗的争论涉及大我小我、自我表现、现代派的评价、诗与时代、现实主义的生命力、现实主义与现代主义的关系等问题，几乎每个问题都争得不可开交。孙绍振是个天生的演讲家，我和钟文是大学老师，在讲课中锻炼出来，我们辩论起来比较有优势。我平常就有积累卡片的习惯，发言提纲也写在卡片上，孙绍振说我发言中不时掏出一张卡片来，确实是那样。这个会的最大好处，是有一种自由争鸣的空气，会上争论很激烈，会下仍然很友好。记得辽宁诗人阿红曾在晚上拉我到他的房间去做一种文字游戏，把许多词汇抄在麻将牌大小的纸片上，然后字朝下像洗牌一样地打乱，再随意地把纸片分排成几行，然后再翻过来，看看像不像一首朦胧诗。阿红对朦胧诗是有批评的，他发起的这个游戏意在讽刺朦胧诗，无意中倒是开启了如今电脑写诗的先河了。我到现在还很怀念这次会议的会风，朱先树写的综述称之为"一次冷静而热烈的交锋"，大家畅所欲言，争得面红耳赤，但没有上纲上线，比较宽松。近些年来，这样气氛的诗歌会议很少见到了。

在定福庄诗会之前，我写了阐释朦胧诗美学特征的文章《说朦胧》（《星星》1981年第1期）。定福庄诗会之后，我把自己的发言稿做了整理，写成《时代的进步与现代诗》一文，集中表达了我对诗歌现代化问题的思考，发表在《诗探索》1981年第2期上。

"催生婆"王恩宇，《诗歌基本原理》，《心理诗学》

中华读书报：您在80年代中期出版的《诗歌基本原理》，是您的首部诗歌理论著作。北京大学教授张颐武曾在《文艺报》撰文推荐；著名老诗人邵燕祥在给您的信中称：这本书"是我近年所见谈诗著作中最见功力的"。您能谈谈这部书的写作情况吗？

吴思敬：谈到《诗歌基本原理》，不能不谈到诗人王恩宇，他可说是这本书的催生婆。王恩宇是北京第一机床厂技术员，他的诗多以工业生活为题材，曾出过诗集《北京的声音》《心泉集》等。他从50年代开始写诗，曾参加北京劳动人民文化宫的职工诗歌创作班，聆听过许多著名诗人的讲座。我和他在"文革"期间相识，在那没有诗的日子，我们经常为了诗而互相走动。他的家是机床厂的平房宿舍，面积很小，没有餐厅，就在地上摆一张小方桌吃饭。我去了，我们就坐在小板凳上喝茶、聊天。王恩宇比我大五六岁，他诗歌圈入得早，知道很多五六十年代诗坛的掌故。有时他也拿出正在写的诗稿，与我交流，但也不过谈谈而已，大多发不出去。80年代初期，中办机要局为提升干部职工的文化水平，办了一个中南海职工业余大学，我在那里兼课。这一时期，中南海的毛泽东故居菊香书屋及流水音等景区曾一度对外开放，但参观票非常紧俏，很难得到。我由于在那里兼课，受到照顾，优先得到了参观票，带着我的父亲和在上小学的儿子参观了久已向往的中南海,并在那里留下我的首张彩色照片。我想到王恩宇在60年代曾写过一首政治抒情诗,叫《中南海,我心中的海》,影响很大,但他从来没有进过中南海。我便通过机要局的有关领导,搞到了两张票,请王恩宇夫妇参观了中南海,王恩宇为之兴奋不已。80年代前期,王恩宇以工人诗人的身份调入《工人日报》社文艺部任编辑,主要负责编诗。我由于不写诗,从未给他投过稿。1984年春夏之交,王恩宇陪同《工人日报》文艺部主任于在渊来我家,向我约稿。说是《工人日报》社与中华全国总工会宣教部联合主办了"全国职工文学创作函授讲座",请我为这个讲座撰写一部诗歌教材,每月刊载一讲,每讲约三万字,共十讲。这是一件大活,我考量了一下:多年来我积累了一大批关于诗歌的资料;进入新时期以后,结合诗坛现状思考关于诗歌的问题,又写了一些诗歌散论,正好通过写这部教材把我对诗歌的思考系统地整理、提升一下,于是我便把这个任务承担下来。当时约定由王恩宇做这部教材的责任编辑,负责初审并与我直接联系。文艺部的领导申宜芬、于在渊复审,还另约了工人出版社诗人雷抒雁为特约编审。我应下了这个任务,才知道这压力有多大。因为"全国职工文学创作函授讲座"要像期刊那样固定出刊,每月一期,不能脱稿。所以根本不可能像写一般文章那样慢工细磨。而我又承担着繁重的教学与科研任务,每周两个半天上课,一个半天政治学习,工作量满满的。那时我已搬到王府井菜厂胡同,星期日来的朋友多,干不成活,我每周日就骑上自行车到文津街北京图书馆或国子监首都图书馆去写。晚上点灯熬夜更是常事。经过10个月的艰苦拼搏,终于把这部教材完成了。这期间王恩宇不辞辛劳,多次奔跑于我家与报社之间,关心、督促最勤。有时候,他来家取稿,而我还在修改、润色,他就坐在沙发上静等,有时一等就是一两个小时。诗歌教材刊登后,反应良好。在王恩宇建议下,我对这30万字的稿子又作了些加工,调整体例,删除枝蔓,订正文字,命名为《诗歌基本原理》,交给工人出版社。紧接着,出版社的牛志强先生作为责任编辑,尽心尽力,严格把关,以高度负责的精神,审阅、加工、校订了全书,为这本书的出版花费了大量的心血。《诗歌基本原理》由工人出版社于1987年2月正式出版,首印11440册,一年后又加印1万余册,均很快销完。《诗歌基本原理》是我的第一本诗学专著,这本书尽管是作为教材而写的,但我并没有停留在一般诗歌概论的层次上,而是放开眼光,在我国诗歌理论研究中较早引进并运用系统科学方法和心理学方法,注意从诗歌的历史和现状出发把握诗歌的特殊性,在诗的观念上、在诗歌理论的构架及体系上均有一定的突破与出新,因而于1992年获得北京市高等学校哲学社会科学中青年优秀成果奖。诗人王恩宇已于2006年因病逝世,每当我拿起手头这本已绝版的样书,心中便涌起一股暖流,伴随着对诗人王恩宇感恩的回忆。

中华读书报:在80年代,除《诗歌基本原理》之外,您还有几部专著,您能说一下这几部著作是怎样写出来的吗?

吴思敬:80年代在完成了《诗歌基本原理》前后,我还完成了《写作心理能力的培养》《诗歌鉴赏心理》《心理诗学》等几部专著。《写作心理能力的培养》虽然主要不是谈诗歌的,但是写作过程中对心理学理论的研习,以及对写作心理各个环节的思考,却对我后来几部作品的选题及写作产生了重要的影响。1985年正是在文学界方法论讨论的高潮中,《诗刊》社开辟"诗歌研究方法笔谈"栏,约我为该栏撰稿。我即根据自己对心理批评的理解,写出《用心理学的方法追踪诗的精灵》一文。此文从今天看来,已是明日黄花,唯就我个人而言,倒也并非凑凑热闹的敷衍之作,而是融入了我那时正在使用的研究方法的某些心得,并在我后来写的几部书中有所体现。《诗歌鉴赏心理》是一部以心理学观点探讨诗歌鉴赏一般规律的专著,该书阐述了诗歌鉴赏的心理条件、心理流程,剖析了诗歌读者的审美心理结构,描述了鉴赏的心理状态与效应等,是把心理学与诗歌鉴赏相结合的带有一定开拓性的成果。《心理诗学》是《诗歌鉴赏心理》的姐妹篇,着眼于用心理学的方法考察追踪诗歌的生成原理,比较完整地展示了诗人创作心理活动的构架和全过程,落脚点则在新的诗学体系的建设上。《心理诗学》于80年代完成,出版于90年代,并于1998年获北京市第五届哲学社会科学优秀成果一等奖。

"盘峰论剑"20年。再论"民间立场"与"知识分子写作"

中华读书报:世纪末的"盘峰论剑"是一次重要的诗歌事件,能够折射出90年代诗歌发展中的很多问题。您是这次会议的组织者和主持人之一,这次会议是怎样召开的?您认为"民间立场"与"知识分子写作"的分化有什么内在的根源?

吴思敬："盘峰论剑"是指 1999 年 4 月 16—18 日在平谷县盘峰宾馆召开的"世纪之交：中国诗歌创作态势与理论建设研讨会"。这次会议是由《诗探索》编辑部策划并发起的。80 年代，诗坛的论争主要集中在朦胧诗的支持者与反对者之间，而对朦胧诗的批判又与"清除精神污染""反资产阶级自由化"等纠缠在一起，带有很浓的政治色彩。这一时期先锋诗人阵营似乎在一致对外，他们之间的内部矛盾并不明显。到了 90 年代，商业经济大潮席卷而来，社会上不同阶层的人们包括某些官员，都在忙于经商、下海，没什么人再关心朦胧诗、"第三代诗"，先锋诗人的外在压力大大减轻了，而先锋诗人内部的矛盾倒开始凸显出来了。程光炜主编的《岁月的遗照》与杨克主编的《1998：中国新诗年鉴》，显示了截然不同的编选思路与取舍原则。沈奇在刊登在《诗探索》1999 年第 1 辑中的《秋后算帐——1998，中国诗坛备忘录》一文中敏锐地指出："显然，一种新的分化正在这个阵营内部发生。"作为诗歌评论第一线的《诗探索》同人，自然也感受到这种分化。我们想与其让不同意见的双方隔山打炮，何不让他们坐在一起面对面、开诚布公地交流意见？但开会要花钱，《诗探索》拿不出钱办会，于是便找了北京作家协会、中国社会科学院文学所当代室、《北京文学》编辑部，得到了他们的支持，又通过平谷作家柴福善，找到位于平谷县城东、相对便宜的盘峰宾馆，这个会就办起来了。

我们发函把先锋诗人中不同观点的两派请到一起，一方是以王家新、西川、孙文波等为代表的"知识分子写作"，另一方是以于坚、伊沙、杨克等为代表的"民间写作"，还有陈仲义、程光炜、唐晓渡、陈超、沈奇等评论家。民间写作的代表人物中，一开始没有邀请徐江，是伊沙给我打电话，说徐江"最善于开会"，希望把他请来。这样我们又邀请了徐江。徐江果然能言善辩，成了民间写作的主要发言人。

中华读书报：听说这次会议中争论十分激烈，其中最尖锐、最有锋芒的观点是什么？您在这次会议中是持什么态度？

吴思敬：作为会议的主办单位，我们只是把对立的双方邀请到一起，充分交流意见，我们并不指望一次会议便能消除分歧，统一认识。谢冕老师在会议开幕时说："交流就是目的，理解高于一切，依然不会有、也不试图有任何结论。"这也正是我们这次会议的指导思想。尽管我们事先估计到会有激烈的辩论，但会议开场后的剑拔弩张之势，还是我们没有估计到的。在听到于坚、伊沙等对"知识分子写作"的尖锐批评之后，王家新做了题为"知识分子写作何罪之有"的发言，他拿着发言稿，声音都变了，手在发抖。而听不下去的于坚，则"砰"地一摔门，走出会场。我在现场，真有些紧张，生怕他们大动干戈。好在大家都还理智，没有出现失控的局面。我在会议的最后，做了总结发言。会后，我把自己的观点写成《裂变与分化：世纪之交的先锋诗坛》一文，发表在《文艺研究》2000年第6期上。我认为，这次会议实际上是先锋诗歌界两种不同的写作趋向之间矛盾冲突的一次爆发。有人把盘峰诗会上的争吵归结为两派诗人的"争权夺利"，这是不全面的、也是过于简单化的。因为两派诗人情绪激动的争吵的后面，确实有着学理的因素，有着不同的诗歌美学追求。就这两种写作的诗学主张而言，"知识分子写作"强调高度，追求超越现实与自我，表现为对世界终极价值的寻求，不能因为它不易为一般读者接受就否定其存在价值。"民间写作"强调活力，强调日常经验的复现和对存在状态的关注，也不能因其夹杂若干草莽与粗鄙成分就轻易否定。实际上，尽管两者有诗学观念的不同，但是它们之间并非截然对立的，而是有着很大的互补性，它们都各自强调了诗歌创作的一个侧面，各有合理性，也各有局限，理应互相学习、互相借鉴。盘峰诗会的争论尽管有些情绪化的成分，但毕竟是先锋诗坛内部的一次坦诚的对话。这是一件好事。因为诗的领域从来就不应是整齐划一的，众声喧哗的局面才是正常的。盘峰诗会的争吵打破了诗坛的平静，两种写作方式的冲撞，一方面打破了诗人固有的审美观念和思维定式，为诗的创造开辟了新的途径，另一方面这种冲撞也会带给读者审美习惯的变革。

中华读书报：20年之后如何看盘峰论剑？这次论争产生了怎样的后果？

吴思敬：盘峰诗会尽管论争激烈，充满火药味，但从这场论争的后果来看，倒是积极的，它为世纪之交诗歌的发展带来了新的契机。实际上诗人通过不同观念的碰撞，经过反思，意识到以前写作可能存在的问题和片面性，有助于他们改变固有的审美观念和思维定式，为诗的创造开辟了新的可能。盘峰论争挑开了先锋诗坛的内在矛盾，所讨论的一些问题，对21世纪诗坛发展产生了很大影响。论争过去之后，诗歌界出现了十多年相对平稳的局面。尽管后来发生的一些诗歌事件经过媒体炒作，喧嚣一时，但关乎全局的、在诗学层面上剑拔弩张式的争论并不多，当年的知识分子诗人在和民间写作诗人一起出席会议，平心静气地讨论问题，倒是常见现象了。

诗歌理论、诗歌批评、诗歌史

中华读书报：2012年，青年诗评家霍俊明曾主编《诗坛的引渡者——吴思敬诗学研究论集》一书，由长江文艺出版社推出。这本书从不同角度描述了您走过的诗学研究的道路。这些年来，您一边从事诗歌批评，一边从事诗歌理论研究，您能谈谈您的体会吗？

吴思敬：正如你说的，这些年来我的研究路向，是理论和批评并重。我的研究大致循着两条途径，一条是就新诗理论的某些基本问题进行探讨，另一条是追踪诗歌发展潮流，对诗人诗作予以批评。循着前一条途径，在八九十年代我先后完成了《诗歌基本原理》《心理诗学》等著作，进入21世纪后又推出《诗学沉思录》《吴思敬论新诗》等新著。循着后一条途径，我对"归来的诗人"、朦胧诗人、西部诗人、少数民族诗人、女性诗人，以及老中青三代有代表性的诗人进行了研究，写出一系列批评文章，先后收在《冲撞中的精灵》《走向哲学的诗》《中国当代诗人论》等文集中。此外我还用了一定的精力追踪新时期诗歌发展的潮流，写下了《启蒙·失语·回归——新时期诗歌理论发展的一道轨迹》《1980—1992：新潮诗论鸟瞰》《九十年代中国新诗的走向》《九十年代诗歌的平民化倾向》《世纪之交诗坛：抗争与回归》《中国女性诗歌：调整与转型》《新媒体与当代诗歌创作》《中国新诗：世纪初的观察》等论文，对新时期以来的诗歌理论发展脉络做了梳理，对新时期的诗歌创作的主要潮流进行了考察。

在诗学理论建设和诗歌批评领域，不断地变更角色，不断地交叉换位，这就是近20年来我所走过的道路。在我看来，诗学理论的研究与诗歌评论的写作是相辅相成的。诗歌批评需要诗学理论的指导，诗学理论越是精辟、科学、有说服力，诗歌批评才越深刻、透彻、一针见血。诗学理论贫困失血，诗歌批评自然软弱无力。诗学理论又需要诗歌批评的推动，诗学理论是思辨性很强的学问，但它不是悬在半空的抽象玄虚的清谈，而是诗歌创作与鉴赏的实践经验的科学概括和升华。诗学理论研究与诗歌批评的进行最好能保持同步。

中华读书报：的确，您走的是一条诗歌理论与诗歌批评保持同步的道路。但是进入21世纪后，您又以很大的精力进行诗歌史的研究。您主编的《中国诗歌通史·当代卷》就是继洪子诚、刘登翰《中国当代新诗史》、程光炜《中国当代诗歌史》后的又一部中国当代诗歌史。

吴思敬：《中国诗歌通史·当代卷》是国家社科基金重点项目《中国诗歌通史》的一个子项目，是在《中国诗歌通史》的整体框架下，完成的一部当代诗歌史，因此不完全等同于一部单独的当代诗歌史的写作，而是要遵循《中国诗歌通史》"多元一体，打通古今"的编写原则，在打通古代诗歌与现代诗歌界限、打通汉民族诗歌与少数民族诗歌界限的基础上，对1949年以来中国新诗发展历程予以描述和总结，既要注意古代诗歌与新诗的衔接，又要注意现代诗歌与当代诗歌的衔接，从而彰显出贯穿古今的中国诗歌的独特精神。1949年，中华人民共和国的成立，不仅掀开了中华民族历史崭新的一页，而且对此后中国文学艺术事业的发展产生了深远的影响。1949年以后的中国新诗，无论其生存环境还是发育形态，无论是传达的内容还是表现的手段，都打下了独特的时代的印痕。《中国诗歌通史·当代卷》便是在总结新中国成立以来新诗发展的历史经验的基础上，对中国新诗当代进程所做的一个概要的叙述。《中国诗歌通史·当代卷》不同于《中国诗歌通史》其他各卷的写作，其他各卷都已与所描述的文学时段拉开了较长的距离，所论及的诗人与作品已经受了时代的检验，执笔者不再受具体时代的政治的、思想的乃至人际的因素所左右，做出的评价相对而言会较为客观与公正。而当代人写当代史，就难免为当下的纷纭复杂的文学现象所干扰，其所论述的诗人诗作能否经得住历史的检验要打相当的折扣。不过，当代人写当代的文学史也有某些有利因素，那就是有现场感，比较容易搜集相关资料，并能直接了解诗人诗作在当时的影响与读者的反映，对诗人诗作也相对比较容易理解与沟通。我们不是法官也不是史官，而只想以同代人的身份，对当代的诗歌创作予以梳理和描述，这当中自然会渗透我们个人的片面的见解。我们相信，书写一定时代的文学史，可以有不同的立场，不同的角度，《中国诗歌通史·当代卷》所提供的仅是我们个人的一种立场与角度，也许正是在不同立场、不同角度的碰撞与交流之中，对一段文学史的描绘才能更确切与清晰起来。

中华读书报：做一部20世纪中国新诗理论史，无论是对诗歌的发展还是理论研究都是非常重要的事情。2015年10月，人民文学出版社推出了您主编的《20世纪中国新诗理论史》（上、下卷），这是一部厚重的著作，能谈谈它的写作情况吗？

吴思敬：自从投入诗歌评论工作以来，我便对新诗理论产生了浓厚的兴趣。在我学习与研究新诗理论的过程中，深感新诗作为文学革命的一部分，从一开头就是在鲜明的理论指导下进行的。新诗的成就，正是由于对诗歌理论的认识上有了新的突破，新诗的不足，也恰恰反映了理论上的偏差或进入了盲区。对中国新诗发展史的研究，如果仅仅着眼于诗人诗作而未能对诗学思想与理论建设进行深入的探究，显然是不全面的。因此针对新诗诞生以来层出不穷的理论、概念、范畴，纷至沓来的流派、诗体等加以梳理和厘清，编写一部完整叙述20世纪中国新诗理论发展全过程的著作就十分必要了。此前我国已有的三部新诗理论史著作，均是断代的，分别描述了新诗理论发展的前十年或前三十年，而未能把20世纪中国新诗理论发展全貌展现出来。在我看来，断代的描述与整体的描述，不单单是个写作跨度长短的问题，只有把中国新诗理论80余年的发展过程作为一个整体，才能看出新诗出现和成长的必然性，才能发现在新诗不同的发展阶段曾反复出现的创作现象及理论话题，才能找出在新诗发展过程中某些规律性的东西，从而为新诗未来的发展提供借鉴。正是在这种想法的支配下，我根据中国新诗内在的发展规律以及20世纪中国社会的历史与文化的发展进程，对20世纪中国新诗理论形态与发展做了初步的回顾与整理，拟定了20世纪中国新诗理论史写作大纲，并成功申请到国家社会科学基金项目，成立了"20世纪中国新诗理论史"课题组。在课题组成员通力合作下，终于完成了这一项目。《20世纪中国新诗理论史》作为国家社会科学基金项目的最终成果，是对20世纪中国新诗理论形态与发展的系统总结，贯穿了一种问题意识，凝聚了课题组成员对于20世纪中国新诗理论的思考，希望能对于全面回顾包括新诗在内的新文学创作的历史经验，加强21世纪的新诗理论建设，促进创作的繁荣，起到一定的作用。

中华读书报：您从事诗歌研究已经四十年，您愿意怎样总结这四十年历程？

吴思敬：1996年我在给北京大学陈旭光教授的第一部著作《诗学：理论与批评》所写的序言中，说过这样的话："在当今这物欲横流的世界中，写诗是寂寞的事业，搞诗歌评论更是加倍寂寞的事业。"这是我当时心态的写照，现在时间又过去了二十二年，但我不会为自己的选择而后悔。不管诗歌和诗歌评论滑向边缘的何处，我都甘愿当一名"边缘人"，坚守我的追求而矢志不渝。

(原载《中华读书报》2018年5月2日)

作者单位：《中华读书报》社

自由的精灵和沉重的翅膀
——访诗歌评论家吴思敬

艾超南

一 我将诗歌评论作为一种人生选择的方式

艾超南（以下简称"艾"）：在诗歌评论领域，您是一位兢兢业业的探索者、耕耘者与坚守者，诗歌界称您为"诗坛的引渡者"。从1978年您在《光明日报》上发表第一篇诗歌评论文章《读〈天上的歌〉——兼谈儿童诗的幻想》到如今，您在诗歌评论与研究领域已跋涉40年。您为什么选择诗歌评论与研究作为主要学术方向呢？

吴思敬（以下简称"吴"）：确实差不多40年了，我回忆起来也很感慨，当初为什么选择诗歌研究作为主攻方向呢？第一，我从小有一种诗歌情结。我的祖父和父亲都是念私塾的，在他们那个时代，诗歌教育很受重视，所以从小有家庭氛围的影响。另外，念书以后，同学有很多是诗歌爱好者，这对我也产生了很大影响。到了高中，同学中有人都写了成本的爱情诗。大学期间我读了很多诗，读着读着不由得背了下来，几十年过去，我到现在还能背。我觉得自己主要是诗歌爱好者，不是创作型的。我也写过一些小诗，包括一些简短的应时之作，恋爱时写过诗，给住院的病友也写过诗……但我从不把它们看成创作，也从不投稿、不发表，只作为个人爱好。我将诗歌评论作为一种人生选择的方式，又跟我对古代诗歌的深厚情结有关。现在很火的综艺节目《中国诗词大会》主要是比赛背诗。我上大学时，古代文学的课程很丰富，包括古代文学史、中国古代散文选、中国古代诗歌选、中国古代戏曲小说选等。中国古代诗歌选的教材里面所有的诗我都能背下来，包括《离骚》这种特别难背的，那时记忆力也好，背点儿东西不算什么。这种对诗歌的爱好，包括对古代诗歌和对新诗的，再加上少量的诗歌写作，培养了我内心深处很深的诗歌情结。

第二，到了粉碎"四人帮"以后，以我当时的年龄来讲，觉得确实应当做出选择了，姑且叫自我实现的方式吧，我最后不是以创作为主，而是选择以诗歌评论作为自己主要的写作方式。这个考虑，实际上是从心理特征上经过认真分析后的一种抉择。我觉得自己的理论思辨能力比感受能力要更强一些，更多的属于理论思辨型的心理气质，而不是那种特别容易激情涌动，特别感性的诗人气质，从气质上分析，我觉得我更接近一个学者。

第三，就是我个人对理论的兴趣，特别是经过大学阶段的学习以后。"文革"当中虽然耽误了很多读书时间，但我还是通过各种方式读了不少诗歌理论的书。比如《随园诗话》《小仓山房文集》《人间词话》《饮冰室诗话》等。那个年代，文艺理论的作品其实是比较少的。跟朦胧诗人江河、顾城等接触以后，也读了一些西方的文艺理论作品，"文革"当中的一些理论白皮书也读过一部分。所以，实际上就是个人的理论兴趣和一定的理论积累，我认识到以理论的方式来表述自己对文学的看法，可能是一种更好的选择。

再者就是机遇。1978年3月，周总理逝世两年多，粉碎"四人帮"也才一年多，十一届三中全会还没有召开。但当时出于对周总理的怀念，有不少诗歌创作，那时我读到了《诗刊》上发表的一首诗——《天上的歌》，作者是刘斌，我当时不认识他，但觉得这首诗写得好。一般写怀念周总理的诗都是直抒胸臆，呼唤总理，表达对周总理的热爱，但这首诗是以想象的方式，虚构了一个陕北的少年儿童到天上和周总理见面，完全是在想象中展开，而不是对现状的摹写。在这个意义上，这首诗别具一格。而且它是用儿童诗的方式表现了孩子在想象中和周总理的见面以及周总理对他的嘱托等，在当时来说很有新意，所以我写了评论《读〈天上的歌〉——兼谈儿童诗的幻想》，抱着试试看的心态把稿子寄给了《光明日报》，没想到他们刊发在当时的副刊《文学》上，而且和谢冕老师怀念周总理的文章排在同一版面，我感到很骄傲。因为《天上的歌》确实写得很好，就由当时著名演员张桂兰用童声朗诵，在中央人民广播电台播放了，诗朗诵播完就播我的评论，反复播了几天。我那时的街坊都说，吴老师，您的文章都广播了。我的诗歌评论处女作被《光明日报》这样一个比较重要的报纸刊发了，又经过中央人民广播电台的广播，这更加坚定了我从事文学评论特别是诗歌评论的信心。如果说这篇稿子石沉大海，也许我的学术道路就是另外一种可能了。后来《诗刊》又主动找到我，约我写一个关于高士奇的科学诗的评论，后来也在《诗刊》上发表了。这样，等于外在环境也一步步促使我走上了诗歌评论的道路。

艾：朦胧诗讨论的热潮消退以后，您的诗歌理论与批评工作大致循着两条途径：一条是就新诗理论的某些基本问题进行探讨，另一条是继续追踪诗歌发展潮流，对诗人予以批评。您为什么选择这两条道路？

吴：我后来的研究道路，确实是一方面侧重理论，一方面侧重批评。我为什么一直把理论看得特别重要呢？就是我觉得作为一个评论家，必须首先具备雄厚的理论素养和自身的理论主张。当然了，这跟我在高校工作，在文艺理论教研室讲授文艺理论课程也有关系。

文艺理论的范围非常广，涉及美学、文艺心理学，还有各种文学理论的基本观点，又分中国古代文学理论、西方文艺理论、文艺美学等不同方向，相对而言，我对理论的学习比较关注，也有兴趣。至于文学批评，更多的则是对文学现状的研究。我认为搞理论的人如果完全脱离实践，只坐在办公室里写空头文章，不关注当下文学现状的进展，容易走向脱离现状的、所谓纯学术的路。既从事理论的一些本体论的研究，同时也要关注现实、进行现状的批评，把理论的探讨和批评的实践结合起来，这也是我一直遵循的道路。但近些年来，我的学术研究有一个新的延伸，我开始着重对文学史、诗歌史的研究，它们其实也是理论研究的进一步深化，同时也是对文学的提升和总结。

艾：说到"史"的研究，我读过您的最新学术成果《20世纪中国新诗理论史》，感觉视野宏阔、占有材料极为丰富，对20世纪新诗理论进行了全面厘析。可以谈谈您做这部新诗理论史的初衷吗？

吴：深层动机当然还是对理论的兴趣和热爱。另外还有两个原因，第一，当时（2005年）我觉得这是一个国家社科基金项目。《20世纪中国新诗理论史》涵盖20世纪前面90年，现在说新诗诞生100年了。我个人觉得，做一部20世纪中国新诗理论史，无论是对诗歌的发展还是理论研究都是非常重要的事情。20世纪新诗诞生了，以前是纯粹的古典诗歌，正是由于在1915年至1918年前后新诗出现了，之后确实就在诗坛成为了主流，这是很重要的变化。第二，20世纪以后，各种理论，尤其是西方现代文艺理论输入中国，但在辛亥革命以前，我们的评论都是遵循古代的理论去展开实践的。我们虽然也有《文心雕龙》等几部系统性的理论书籍，但更多的还是诗歌批评，并且最主要的又是以诗话词话为代表的诗文评，尽管它们也非常丰富。进入20世纪以后，随着西方美学理论、文艺理论的输入，我们是有可能从比较的视野、眼光建构自己的主张的，并且这种研究应该说还非常迫切。

在《20世纪中国新诗理论史》之前，涉及中国新诗理论的研究成果主要有三类，但都是断代的。有一个教授写了20世纪前十年的新诗理论，还有两个教授做的是前30年，就是现代诗歌史，截至1949年，基本就结束了。我觉得考察20世纪的中国新诗理论，断代的研究是必要的，但断代的研究有时候又显得不够，因为时间跨度比较小。相对来讲，我们对一个世纪以来新诗理论的形成、发展过程进行总结，才会发现规律性的东西，才有可能为当下的诗歌建设提供更好的资源，也表达了我们这一代学人对当下新诗理论的看法。所以我当初决定申报国家社科基金项目，获得批准后，又组织了当下中国很有影响的一些评论家参与到课题组当中，最后顺利完成了这部理论史。

这个课题的研究也和我参与《中国诗歌通史》的工作有关。赵敏俐老师和我共同主编的《中国诗歌通史》，其中"当代卷"是我负责主编的，《中国诗歌通史》以作家作品的研究为主，《20世纪中国新诗理论史》则偏向理论思潮、理论争鸣和诗歌理论家的见解，二者之间可以起到一个互相补充的作用。

二 诗歌教育是涵养人文精神之良器

艾：在人的全面教育发展中，美育占有重要地位。我国近代著名教育家蔡元培先生甚至提出"以美育代宗教"的思想。国务院办公厅《关于全面加强和改进学校美育工作的意见》自2015年9月公布以来，更是引起社会广泛关注。对此，您的看法是什么？

吴：这实际上是谈到诗歌教育和人文精神培养的关系。首先我觉得对于中国来说，诗歌有着特殊的意义。你刚才就提到了，蔡元培过去提出美育代宗教，因为中国没有像西方一些国家那样有一个唯一的宗教，因此他提出美育代宗教。后来林语堂把这个思想更具体化了，他说中国诗在中国代替了宗教的任务。就是说，诗歌代替宗教把中国人的心性或者说价值观体现出来了。中国还有所谓的诗教的传统，"诗教"的说法最早是在《礼记·经解》，孔子曰："入其国，其教可知也。其为人也，温柔敦厚，诗教也。"而且《论语》当中还有不少这类"诗教"言论。

通常说儒家用这种诗教传统来统一思想，维护我们传统所谓的封建道德，它确实有这样的功能。但更重要的，我觉得它是积极的一面：发挥了规范礼仪、普及文化、陶铸心灵的多种功能。在中华民族的融合和华夏文明的发扬光大当中产生了不可估量的作用。诗教传统一直持续了两千多年。但是"五四运动"当中，提出"打倒孔家店"，在西化思潮的冲击下，传统的儒家思想受到很大的损伤。特别是经过"文革"，可以说彻底把传统的这些东西给反掉了，因为这些东西都成为了所谓的"封资修"。近些年来，我感到无论是国家还是教育界，又开始重视人文精神的衔接了。

关于诗歌教育问题，就目前情况而言，对古典诗歌的教育相对来讲要好一些，从幼儿园时期，家长就把一些浅显的古代诗歌像念童谣一样传授给孩子。从小学到中学，古代诗歌的选取已有相当的比例了，目前比较欠缺的是新诗教育。小学课本、中学课本当中所选的新诗篇目非常可怜。我们做过调查，20世纪90年代以前的中学语文教材所选的新诗大概不足八九篇，小学六年中新诗仅有三篇，所以这个比例太少。再加上很多高考语文试卷不许写诗歌，"除诗歌外文体不限"。为什么不说不许写成小说，不许写成其他文体呢？孩子用什么文体写，本身是语文能力的问题，有些题目不适合用诗歌去写，他自然不会用诗歌写，但有些题目可以用抒情性的语言去写，为什么要限制？"除诗歌外文体不限"给学生造成了心理暗示：诗歌和升学无关，和未来发展无关，所以学生、家长都觉得写诗没有实际用处。从作文训练来讲，包括学生的个人爱好，就离诗越来越远。高考指挥棒实际上对诗歌教育不能深入课堂上去应负有一定责任。

近几年来，诗歌教育情况有所好转，特别是有些学校开始把诗歌教育纳入了基础教育当中。接受诗歌教育的孩子不见得就能成为诗人，重要的是通过新诗写作，培养孩子们的审美，这才是最根本的目的。

艾：其实，通过诗歌来进行美育教育不仅是学校的义务，家庭、社会都有责任。近年来，社会在这方面做出了一些探索，如《中国诗词大会》这档节目从去年热到今年，产生了广泛影响。但也有人认为纯背诵的方式对审美精神的提升作用是极微小的。您怎么看呢？

吴：《中国诗词大会》我看了几场，首先整体而言，我是支持的。因为尽管以背诵为主，但这个节目实际是对中国诗歌文化，尤其是古代诗歌文化的一种普及，对于唤起整个民族，特别是青少年对中国古代诗歌和诗歌文化的热爱意义重大。尽管有人说这只是背诗大赛，但"背"始终都是学习中国古代诗歌和中国古代文化的一个很重要的方式。如果说不会背若干首诗，没有一定的诗歌积累，我认为写诗也是很难写好的。背诵虽是基础，也很重要。这个节目吸引了那么多年轻人投入中国古代诗歌文化的学习，这是好事。在此之后，包括一些学校也开始进行诗歌文化的比赛或交流。实际上，这种方式本身进一步推动了中小学对诗歌教育的重视和普及，这是应该肯定的。

赛诗并不是今天才有的，《红楼梦》中有海棠诗社，他们也赛诗，林黛玉就曾夺魁，但他们主要是自己创作诗歌。1958年民歌运动中的很多赛诗会也是以创作为主的，先写诗，再进行作品评比，这种方式可能更符合创作的精神，因为光会背别人的诗，毕竟不是自己的，缺乏创作精神。当然，首先有了第一步普及后，必然会激发很多孩子对诗歌的创作。今后是不是能采用更好的形式，尤其是那种带有创造性的诗歌比赛形式？实际上，现在网络上、刊物上，各种诗歌赛事也很多。但这里存在一个问题，"文无第一、武无第二"，同一首诗，大家可能会有不同评价，很难得到公认。但是，在不同的评价当中，仍然还会有更多的人产生某种认同。所以这个以创作型为主的诗歌大赛，也不是不可开展。

三　诗歌是创造性思维的产物

艾：近几年，互联网技术让很多小众的文艺形式广为流传。诗歌创作与评论方面的一个典型案例就是余秀华现象。她出名的一个重要原因就是当初在论坛里贴诗，引发网友纷纷跟帖、转发、推荐。您如何看待诗歌与互联网技术的关系？

吴：余秀华确实是近年来很重要的诗歌现象，余秀华本人我也见过。我觉得，她能够成名，不单纯是舆论炒作的结果，她的诗有内在的东西。她命运很悲苦，有一种被压抑的心理。她多次讲过，她是被压抑的欲望得不到满足，所以用诗表达。就像陆游说的"天恐文人未尽才，常教零落在蒿莱"。命运将她打入底层,但她又是有追求的,不甘于现状,很警醒。访谈中她说话很尖锐,有时也很幽默。她其实有一些比成名的那首《穿越大半个中国去睡你》更好的诗,《我养的狗,叫小巫》就不错。《穿越大半个中国去睡你》被媒体炒作了,最开始在《诗刊》的微信公众号上推出来,其后又有文艺评论家把她和她的诗推到很高的位置,最后发酵到网友转发,因为这首诗的名字非常耸人听闻,一下子就在网络上到处传播,这有偶然性。但也有必然性,诗人对自己的处境不满足,愿望得不到实现,恰恰构成了创作的能力。所以对于余秀华现象我们要全面看待、客观分析。这种现象在一定程度上是当下社会中诗人命运的写照,也是网络的共谋、舆论的共谋。

艾:余秀华现象的重要推手是互联网新兴技术,对此您怎么看?

吴:对。互联网确实可以让一个人一夜成名,也可以一下子毁掉一个人。互联网上的评价不见得很公正,它把文艺评论游戏化了。但互联网对当代的诗歌发展确实起了一定作用,比如取消了发表的门槛,就是平民化写作。过去讲平民化实际上做不到,真正的平民没有现在这种机会,所以能够写诗发表的总是精英层次,或者虽不见得是真正的精英,也总有一定基础。而互联网为想写诗的人提供了发表机会。当然,它的问题也很明显,没有经过编辑的选择,可能会产生一些优秀作品,但有更多不是诗的东西涌现,特别是这些年来,生活流泛滥,把一些日常行为现象随随便便写出来,分行,就看成诗,写得没有深度,这样的所谓的诗大量存在。所以我们希望诗人评论家,包括编辑部门,要从大量的互联网诗歌当中披沙沥金,这也是评论家应该做的。

艾:有一个智能机器人"微软小冰",以虚拟身份在各大诗歌网站发表诗,吸纳了很多粉丝,一开始大家甚至没发现它是机器人。您怎么看待机器人写诗的现象?

吴:不管是小冰还是别的智能技术,这些东西出现都是高科技的产物。这就意味着有些工作可以被取代,比如银行的柜员、保险公司的一些职员,一般性的实用文体的写作等,这些工作是严格按照操作规程展开的,机器人做可能错误还更少。但是,机器人永远很难取代的是创造思维的写作,而诗就是一种具有独创性的思维方式。海德格尔说过,凡是凝神的思都是诗,凡是创造的诗都是思。好的诗、伟大的诗篇不能由机器人创造出来,因为机器人所有的一切都是建立在前人创作成果的基础上。比如语言，必须把词汇输入进去，它才能输出某个词，它不能创造。诗人有一个重要的特点，就是海德格尔那句话：诗人是神圣的命名者。诗人可以给这个世界命名，很多词汇最早就是诗人使用的。为什么但丁这位伟大的诗人被尊崇？但丁的巨大贡献就在于他是诗人，他用他的诗为现代意大利语奠基。莎士比亚对现代英语的形成也起了巨大的作用。这些只能由诗人来做。机器人只能使用现有的数据，不能取代诗人的创造性思维。

从情感的角度来讲，机器人也不能取代人。机器人说到底还是机器，它没有人的语言，没有人的生命、意志、情感。人首先是有七情六欲的，所以诗人自然有其丰富的感情，丰富的内心世界，"诗者，志之所之也。在心为志，发言为诗。情动于中而形于言"。"人禀七情，应物斯感；感物吟志，莫非自然"。这些是机器人难以做到的。对于其他的文艺形式也同样适用，机器人可能会作曲、画画，但是真正震撼人心的曲子、绘画作品，永远不可能被机器人创造。所以我个人觉得，机器人的出现，对文学艺术能起到推动作用，但是并不能取代诗人、艺术家的创作。

四　底层写作不是苦难展览，应做到诗意升华

艾：您怎么看"打工诗人""打工诗歌""北漂诗歌"？

吴：怎么命名并不是关键，"打工写作"或"北漂写作"，都可以说是底层写作。首先，我觉得这种现象在当下出现很自然。十一届三中全会以后，大家迁徙更加自由，很多农村的年轻人选择了出来。社会上打工诗人这种现象在今天是普遍存在的。拿北京来说，保姆、快递员、装修队、保安、饭店服务员等各个行业都有来自天南地北的从业者，并且他们当中大多数来自农村。用文艺的形式来反映他们的生活和喜怒哀乐是很自然的。"十七年"的文学当中，写农村题材的就没有这种现象，因为人口不怎么流动，大家都老老实实种地挣工分，再穷也忍着。那时写农村的，比如张贤亮的《灵与肉》《邢老汉和狗的故事》里都是极端贫困的状态下固守在农村的那种状态。今天出现打工诗歌就是社会允许流动以后，大量的农村青年来到城市，首先就是社会现实环境为底层写作提供了一种可能。其次，底层写作当中，往往有一种苦难意识，这是诗歌创作的很重要的一个原因。西方有"诗是哭泣的情歌"的说法。流传后世的伟大诗篇，大多与苦难有关。德国诗人麦克尔说过一句话，大意是"诗歌不是天使栖

身之所，诗是苦难的编年史"，非常深刻。"苦难意识"这种本质的东西，我们中国诗歌一直强调这个。清代赵翼有一首《题遗山诗》："身阅兴亡浩劫空，两朝文献一衰翁……国家不幸诗家幸，赋到沧桑句便工。"他说的就是苦难往往给诗人提供一种对社会的深刻认识。我个人觉得"打工诗歌"中充满的苦难意识实际上跟诗歌这种本质的东西是相联系的。在苦难当中，人的愿望得不到满足，就希望用另一种方式——往往是艺术的形式——表现出来。所以，我认为对底层写作还是要有一定的肯定评价。但是底层写作也要避免一种倾向，就是变成苦难的陈列室。诗歌不是报告文学的写法，需要有一种诗意，一种升华。尽管是苦难中成长的美，也要诗意体现。现在很多打工诗歌仅仅停留在苦难生活的展示上，而没有进入诗歌的思想层次，这样离真正的诗还差得很远。所以说，我们的打工诗歌、北漂诗歌等任重而道远，需要不断提升自己。

五　新诗的精神是一种自由的精神

艾：近几年，传统优秀文化越来越受到重视，新诗创作、理论，怎么从古典诗歌、诗论中汲取营养呢？

吴：首先这里牵扯到新诗。新诗的出现不仅是形式上的革新，也意味着一场深刻的思想革命。新诗基本出现在辛亥革命之后，封建皇帝被推翻了，传统的偶像被打倒了，西方的现代的思想开始传播进来。诗界革命实际上在黄遵宪时就提出了，但他是只革内容，没有革形式。包括梁启超提到的诗界革命也是只革内容，而没有革形式。到了胡适才抛弃格律诗五言七言的写法，开始用白话写诗，打破了过去的传统，而且把西方诗歌的分行引进来了。新诗在"五四"时期正式诞生不是偶然的。郁达夫说过，"五四运动的最大的成功，第一要算'个人'的发现，从前的人，是为君而存在，为道而存在，为父母而存在，现在的人才晓得为自我而存在了"。由此看来，诗体的解放，正是人的觉醒的思想在文学变革中的一种反映。这就是发现自我、人类解放。这也恰恰是五四新诗革命的出发点。而胡适当时更提倡"把从前一切束缚诗神的自由的枷锁镣铐，拢统推翻"；当时的诗人康白情也说"新诗要破除一切桎梏人性底陈套，只求其无悖诗底精神罢了"。这些言论充满了思想解放的精神。他们要打破的是桎梏精神的束缚，所以在五四时代，可以说是酣畅淋漓的诗体变革，这种声音只能出现在五四时代，而不是在之前。他们谈的是诗，但出发点是人；他们谈的是诗体的解放，实际上是呼唤人的性格的健全发展；他们要打破旧的格律的束缚，实际要打破精神枷锁的束缚。正是从这个意义上，新诗的出现，是伴随着一种人的解放的呼唤，这才是最根本的。所以，新诗的精神在我看来就是一种自由的精神，这种自由的精神决定了新诗后来的面貌。新诗为什么不能再走回旧诗的老路上去？因为新诗人呼唤心灵的自由，决定了其内容必须是创新的，就像有一句诗"太阳每一天都是新的"一样，新诗要呼唤新的内容。

这种新的内容，一定要用新的形式去表现，而不能用旧的格律来包装。所以新诗和旧诗的差别就好比制服与个性化的服装：旧诗就好像穿着制服，新诗穿的是个性化的服装，它要为每首诗的内容设计一个新的服装，是内容和形式紧密结合的。所以有人说新诗不讲形式，这是不对的。某种意义上，这种形式要求更高了，因为它不是那种规范的、整齐划一的，每首诗都有自己的形式，而恰恰有些诗人没有很好理解这点，他们以为新诗也不押韵，也不讲平仄格律了，于是就胡写、乱写，把新诗写得很糟，这是对新诗的歪曲。所以新诗自诞生以来，真正达到完全新的内容又和非常好的形式紧密配合起来的成熟作品并不是特别多。包括新诗的倡导者之一的胡适，他的《尝试集》有很多是诗味寡淡的，但是他具有开创之功。后来有些优秀作品一定程度达到了这种高度，比如艾青的作品《我爱这土地》，他对土地的感情和诗的表现形式非常好地结合在一起了，但他是全新的。还有徐志摩的《沙扬娜拉》（赠日本女郎），这首诗非常精简，就像旧诗中的绝句："最是那一低头的温柔，/像一朵水莲花不胜凉风的娇羞，/道一声珍重，道一声珍重，/那一声珍重里有蜜甜的忧愁——/沙扬娜拉！"你看这首诗那么短，每句话，长短韵味，婉转回环，还有那种情感的跌宕，读者可以展开丰富的想象。这实际上就是给你一个片段、一个场面，让你去联想。新诗当中不是没有优秀的作品，只不过混杂了很多非诗的东西。有些人不懂新诗的本质是什么，新诗就像一个自由的精灵，但有些人不明白这点，自由的精灵本应在广阔无垠的天宇中自由自在地翱翔，无奈在中国"五四"以来的特殊社会环境与时代氛围下，新诗与政治剪不断理还乱的纠缠，新诗与传统的审美习惯的冲撞，就像一双沉重的翅膀拖着它，使它飞得很费力、很艰难。中国古代诗歌有悠久的历史，产生了瀚若星辰的名篇佳作，这既是新诗写作者的宝贵精神财富，同时又构成创新与突破的沉重压力。面对中国古典诗歌的悠久传统，中国现代诗人的情感是复杂的。

新诗在破除了旧体诗的形式后，有不少人要求给新诗提供一些现代格律设计。这种设计始终是不可能成功的，因为新诗人追求心灵的自由和对形式探讨的自由，而不是靠别人设计的格律去禁锢新诗的创作。比如，闻一多的豆腐干诗，林庚设计的九言诗，何其芳设计的十六行诗，都做了精心设计，但是都流传不开。像何其芳的设计就规定得非常具体：每首十六行，每行四节，双行押韵……但是他自己也没有按照这种方式写出几首诗来，何其芳写得好的作品，流传下来的那些诗都不是按照这种形式写的。所以说，提倡代格律诗的动机可能比较好，希望给新诗设计出新的模式，然后大家去遵循，但是这是架空的，和新诗渴望自由的本质是相悖的，新诗不可能遵循旧格律，只能是也必须是创造自己的新的东西。这个标准很高，难度也很大。

新诗人，尤其是比较优秀的，是有自己的节奏感的，但这属于自然的节奏，不是按照固定模式的节奏，而是根据诗歌的内容，采取了一种比较不同的形式。比如，郭小川有些诗歌句子很长，我们叫它为赋体诗，正常情况下是不好念的，但他采取了两两相对的形式，长句子中间又有一个停顿（我们叫句中韵），形成了自己的一套样式。很短的诗，比如顾城的很多诗，短，但节奏感也很强。你看他的《小巷》："小巷/又弯又长/没有门/没有窗/我拿把旧钥匙/敲着厚厚的墙。"顾城的比较长的《生命幻想曲》是他的代表作，也是简短有力，富有节奏感的。节奏实际上是新诗人根据他的内容，创造一种适合于内容的节奏，可以押韵，也可以不押韵。实际上，新诗人对旧诗人使用过的手段，没有什么不可以用的。比如平仄这一旧诗中非常重要的手段，很多新诗人写得比较好的句子，自然而然有平仄，但它不是某种既定的套路。再比如对偶，新诗当中也有诸多这类句子。比如舒婷的《赠》："如果你是火/我愿是炭/想这样安慰你/然而我不敢……"北岛的《回答》中开头那两句著名的诗："卑鄙是卑鄙者的通行证，/高尚是高尚者的墓志铭。"还有穆旦的《五月》，一段是纯自由诗，一段是很严谨的对偶，这种例子很多。我觉得对新诗人来说，完全可以自由地使用任何形式，包括借鉴、改造旧体诗的形式，包括押韵。有人说新诗不押韵，其实新诗只不过不是把押韵作为必要的条件，不是按照固定的格式去押，不是一种刻意的追求。

新诗和古典诗歌的关系，除了形式上的巨大差别之外，新诗人可以从古典诗歌当中汲取很多优秀的传统，这里头包括古代诗人体现的那种壮阔的胸怀、爱国情怀等。比如屈原那种"虽九死其犹未悔"对真理执着追求的精神，杜甫的"穷年忧黎元，叹息肠内热"对国家民族命运的深切关怀，和自己的生命结合起来的意识，都是值得新诗人学习。所以在这种意义上，中国的新诗和古典诗歌就是在外形上看差得很远，但是从内在来看，又具有相通性。比如，艾青的《我爱这土地》："假如我是一只鸟，／我也应该用嘶哑的喉咙歌唱：／这被暴风雨所打击着的土地，／这永远汹涌着我们的悲愤的河流，／这无止息地吹刮着的激怒的风……为什么我的眼里常含泪水？／因为我对这土地爱得深沉……"那种对国家的热爱，对民生疾苦的关切，日本帝国主义侵略下的同心敌忾的精神，跟文天祥的《正气歌》中的民族气节，跟他的"人生自古谁无死，留取丹心照汗青"那种抛除自我的精神、强烈的爱国主义精神是相通的。所以我觉得，新诗和古典诗歌的差别是很明显的，但也绝不像有人认为的那么水火不相容，最大的不同就是形式上的差异。

六 评论家和创作者之间最重要的是文本

艾：新诗不同时期的代表诗人，您都和他们建立了深厚的友谊，您认为评论家和作者的个人情感是否会影响评论的客观性？

吴：这个问题的核心实际上就是说作为评论家和诗人之间保持什么样的距离比较合适。其实这个往往是由时代决定的、由条件决定的。作为评论家，并不是说为了写文章才去找这个诗人，像记者采访一样，不是这样的。因为评论家和诗人之间最重要的是文本，最根本的也是文本。评论家面对的和诗人、作家不一样，这也是我开头说的那个问题，作家要从生活中汲取资源，把生活作为对象，然后提取意象，或者提取生活的感受，从生活中提炼出来变成诗歌、小说等。而评论家是从诗人、作家的文本中汲取东西，评论它，在评论当中来实现自我。也就是说，评论家和创作者利用的材料是不同的，作家艺术家是直接来源于生活，评论家则是来自创作者提供的艺术文本。

创作者和评论家之间是并存的关系，而不是敌对关系。有些创作者因为评论家提出批评意见，就感觉你是他的敌人，这造成了很多评论家和作家、诗人之间的笔墨官司。历史上这样的事非常多，从西方到中国都是如此。

　　创作者和评论家之间也不是依附关系。有人认为，评论家依附于作家、艺术家，认为作家的创作是第一性的，有了作家的创作，评论家才能写文章，所以评论家要依附作家、艺术家而生活。在西方有一种说法，把评论家看成给作家刷制服的，或是牛虻。前面有作家在耕地，评论家就是牛虻，跟在作家屁股后面叮他，把评论家描述得很不堪。这种对评论家与作家、艺术家关系的描述是不准确的。

　　实际上，伟大的评论家和创作者是平等的、自然的人格。我早期以评论为主要对象时，我们那个年代，受苏俄文化的影响比较大，特别是像别林斯基、车尔尼雪夫斯基、斯坦尼斯拉夫斯基这几位杰出理论家、评论家的影响很大。像别林斯基这样的大评论家，是他发现了普希金这位后来被誉为俄国文学之父的诗人、作家。别林斯基对普希金、克雷洛夫等几位作家的评论非常精辟，他本身也有自己的理论架构。像别林斯基这样的评论家就绝对不是一般意义上的给作家吹牛拍马的人，或者他故意要和作家对着干，想把作家打倒，然后建立自己，不是这样的，而是一个非常真诚的评论家。

　　所以，我觉得评论家和作家之间，既不是敌对关系，也不是依附关系，而是一种建设性的关系。在这种关系的前提下，如果说你跟某个诗人已经认识了，却为了避嫌故意装作不认识，这也不对。总而言之，一方面，评论家犯不着为写一篇评论而和诗人去刻意建立密切联系，如果不认识，我就通过文本去分析他、了解他，就足够了。但是已经认识了，根据对他的了解，客观地呈现他，也是可以的，不用刻意装作不熟悉，因为在当代社会，你评论当代诗人、作家，不可能一个都不认识，起码有时在研讨会上发言就认识了，有些交往也是很自然的。但是我们不能以和诗人、作家之间的个人感情为评论的标准：因为我们是好朋友，我就美化他；因为我们之间闹过意见，我就在评论中诋毁他，这样都是错误的。评论家最根本的还是尊重文学艺术的文本价值，有好说好，有不好就要指出来，这是一个评论家应当具有的基本素养和品格。但是，我们目前的文艺评论，特别是网络上的评论，存在不少这种状况：关系好就互相吹捧，你是世界第一，大师的名号满天飞；关系不好就骂得很不像话。网络上成天打架的太多了，这是一种不健康的评论生态。我始终认为，评论最重要的、最根本的就是文本。

访后跋语

  吴思敬先生说过，"诗人，应该是一个民族中仰望天空的人"。不知从何时起，读诗、写诗变得边缘，诗歌的意义甚至遭受质疑。黑格尔说过，一个民族中有一些关心天空的人，他们才有希望；一个民族只关心脚下的石头，他们是没有未来的。吴老师曾在多个场合不无深情地指出，在商品经济的大潮与世俗的滚滚红尘中，必然有一些陷入红尘的人，也必然有一些关心天空的人，诗歌便是一种使人超越自身、达到与天地融合之自由境界的途径。我想，正是这种对诗歌的痴情信仰，使吴老师数十年如一日笔耕不辍，发表了众多诗歌评论方面的专著，更慧眼发掘了一批青年诗人，为中国的新诗以及新诗理论的发展倾注心血。

  郑板桥曾提倡"学者当自树其帜"，这既是一种学术担当，更体现的是学术勇气。20世纪70年代末80年代初，朦胧诗这个新生事物刚刚出现，吴老师冲破阻碍撰写了国内关于朦胧诗代表诗人顾城的第一篇评论《他寻找纯净的心灵美——谈顾城的诗》，引发了国内外新诗评论界的争论，后来吴老师又发表了《要允许"不好懂"的诗存在》《新诗讨论与诗歌的批评标准》等文章为"朦胧诗"正名。吴老师正是用这种学术担当精神和勇气，一直辛勤耕耘在诗歌理论、评论这个日益寂寞边缘的园地中。虽年逾古稀，他对当下的文艺热点事件却了如指掌，对微信、邮件的使用丝毫不逊于年轻人，真正践行了自己提倡的做理论研究的人也应该关注文艺现状的主张。

  采访过程中有个细节令我们印象深刻。吴老师的办公室里堆满了书，为了防止书被阳光晒黄，平时窗户、窗帘都是紧闭的，可见他对于书本、知识与学问的敬畏与热爱。

  吴老师对诗歌的挚爱、对学问的执着追求，很容易就能感染旁人，但凡和他打过几次交道的人，都会不由自主地尊敬他、喜爱他。在他身上，我感到了真正的知识分子的风骨。

（原载《中国文艺评论》2017年第11期）
作者单位：《中国文艺评论》编辑部

回顾与展望：百年新诗访谈

张 健

一 新诗的资源与传统

张健：九叶诗人郑敏曾评价说："新诗既没有继承古诗的传统，更没有形成自己的传统。"您认为百年新诗有否形成自己的传统，或者说新诗应该如何建构自己的诗学传统？

吴思敬：新诗从诞生到今天已达百年，如果以诗人的创作年龄划代，十到二十年为一代的话，至今至少也有六七代了。百年的历史，六七代的诗人，他们的诗学思想与创作成果一代代地沉积下来，不断地汇聚，不断地发展，形成了中国现代诗歌史，怎么能说新诗至今还未形成自身的传统呢？

从精神层面上说，新诗诞生伊始，就充满了一种蓬蓬勃勃的革新精神。新诗的诞生，是以"诗体大解放"为突破口的。五四时期燃起的呼唤精神自由的薪火，经过一代代诗人传下去，尽管后来受到战争环境和政治因素的影响一度黯淡，到了新时期，随着思想解放运动的春风，又重新熊熊燃烧起来。正是这种对精神自由的追求，贯穿了我们的新诗发展史。而新诗在艺术上的多样化与不定型，其实也正是这种精神自由传统的派生结果。

从艺术层面上说，新诗与古典诗歌相比，根本上讲体现出一种现代性质，包括对诗歌的审美本质的思考，对诗歌把握世界的独特方式的探讨，对以审美为中心的诗歌多元价值观的理解，以及作为内容实现方式的一系列的创作方法、艺术技巧等。新诗无传统论者，并未涉及新诗的精神传统，他们的立论主要是认为新诗在艺术上还没有形成自身的传统，其主要依据是新诗没有形成与古典诗歌相类似的定型的形式规范和审美规范。不过，在我看来，"不定型"恰恰是新诗自身的传统。新诗取代旧诗，并非仅仅是一种新诗型取代了旧诗型，更重要的是体现了对自由的精神追求。新诗人也不是不要形式，只是不要固定的一成不变的形式。他们是要根据自己所表达的需要，为每一首诗创造一种最适宜的新的形式。

张健：新诗舍弃了旧体诗的格律、语言、创作经验以及美学传统，这种与传统的割裂，后来引发了很多人的反思。对此您是怎么看的？

吴思敬：在我看来，新诗的出现，绝不仅仅是形式的革新，同时也是一场深刻的思想革命。在文言统治文坛几千年的背景下，新诗人主张废除旧的格律、已死的典故，用白话写诗，这不单是个媒介的选择问题，从更深层次说，体现了一种对自由的渴望。因为"形式上的束缚，使精神不能自由发展，使良好的内容不能充分表现，若想有一种新内容和新精神，不能不先打破那些束缚精神的枷锁镣铐"。（胡适语）在新诗的倡导者看来，五四新文化运动与欧洲的文艺复兴有着很大的相似之处，那就是对人的解放的呼唤。正由于"诗体大解放"的主张与五四时代人的解放的要求相合拍，才会迅速引起新诗人的共鸣，并掀起了声势浩大的新诗运动，这在中国新文学史上是有深远意义的。

张健：现在一些诗人提出要复兴中国古诗的传统，您怎么看这个问题？新诗如果向旧体诗学习，主要是汲取哪方面的资源？

吴思敬：中国古代诗歌有悠久的历史，有丰富的诗学形态，有光耀古今的诗歌大师，有令人百读不厌的名篇。这既是新诗写作者的宝贵的精神财富，同时又构成创新与突破的沉重压力。从新诗发展的历程来看，新诗的草创阶段，那些拓荒者首先着眼的是西方诗歌资源的引进，但是当新诗的阵地已经巩固，便更多地回过头来考虑中国现代诗学与古代诗学的衔接了。卞之琳说："在白话新体诗获得了一个巩固的立足点以后，它是无所顾虑的有意接通我国诗的长期传统，来利用年深月久、经过不断体裁变化而传下来的艺术遗产。"（卞之琳《戴望舒诗集序》）卞之琳的意见，就当下而言，尤有现实意义。在百年新诗发展历程中，早先引进西方的诗歌与理论较多，现在是该扎扎实实地继承并发扬古代诗学传统的时候了。

新诗学习古代诗歌，从精神层面上说，要继承古代诗人"虽九死其犹未悔"的爱国情怀，"哀民生之多艰"的民本思想，以仁学为中心的人格观念，以"尽性"为核心的人生理想，以及旷达、进取的人生态度等。

从艺术层面上说，不是回过头来去写格律体的旧诗，而是着重领会古代诗人所创造的意象、意境、神韵、禅悟、体物、赋形等诗学范畴，品尝雄浑、冲淡、纤秾、高古、典雅、绮丽等风格特征，把握言意、形神、虚实、藏露等辩证关系，以及起兴、比拟、反讽、象征、隐喻等各种表现手段，从而建构起融会古今、贯通中外，充满时代感与现代气息的诗学大厦。

张健：新诗在发展中，对格律的认识是不一样的，有人主张"带着镣铐的跳舞"，有人主张彻底打破旧体诗的格律。现在也有人说："新诗之未能成熟，就是吃了打破一切诗的格律的亏。"您怎么看待格律之于新诗的作用？

吴思敬：新诗的主体是自由诗。对于新诗来说，是写成四行还是八行，是押韵还是不押韵，诗行是整齐还是参差，都不必遵循既有的规则，他们最先考虑的是如何自由地抒发他们的诗情。从新诗出现伊始，就有许多人呼唤新诗太自由了，太无规矩了，希望为新诗设计种种的新规矩、新格律。许多诗人对此做了热情的探索，闻一多的"豆腐干诗"、林庚的"九言诗"、何其芳的"现代格律诗"、臧克家的"新格律诗"等。但毫无例外，这些形形色色的设计在实践中全碰了壁，这不是偶然的，而是正好印证了新诗存在一种不定型的传统。

自由诗的自由，体现了开放，体现了包容，体现了对创新精神的永恒的鼓励。格律诗越是到成熟阶段，越是有一种封闭性、排他性，对原有格律略有突破便被说成是"病"。自由诗则不同，它冲破了格律诗的封闭与保守，呼唤的是一种自由的精神。出于表达内容的需要，自由诗可以任意地把格律诗中的具体手法吸收进来，为我所用。比如，格律诗有韵，自由诗也可以有韵（当然也可以无韵）。格律诗讲对偶，北岛《回答》中的名句"卑鄙是卑鄙者的通行证，高尚是高尚者墓志铭"，舒婷《致大海》中的"从海岸到巉岩，多么寂寞我的影；/从黄昏到夜阑，多么骄傲我的心。"全是很整齐的对偶。自由诗也并不排斥五七言，穆旦的《五月》，一段七言民歌体，一段自由诗交错展开，突出了节与节之间的对立，构成强烈的反差，造成了情绪不断切换的艺术效果。

有人说，自由诗没有固定的格律，就是不讲形式，这是最大的误解。自由诗绝不是不讲形式，只是它没有固定的一成不变的形式。如果说格律诗是把不同的内容纳入相同的格律中去，穿的是统一规范的制式服装，那末自由诗则是为每首诗的内容设计一套最合适的形式，穿的是个性化服装。实际上，自由诗的形式是一种高难度的、更富于独创性的形式，从某种意义上说，比起格律诗来它对形式的要求没有降低，而是更高了。

张健：新诗的主要学习资源是西方诗学，那么西方诗学带给新诗哪些方面的影响？其中积极的与消极的因素各是什么？

吴思敬：打开国门，从异域文学中借来火种，以点燃自己的诗学革命之火，是早期新诗人的共同取向。郭沫若宣称："欧西的艺术经过中世纪一场悠久的迷梦之后，他们的觉醒比我们早了四五世纪。我们应该把窗户打开，收纳些温暖的阳光进来。如今不是我们闭关自主的时候了，输入欧西先觉诸邦的艺术也正是我们的急图。"（郭沫若《一个宣言》）当然，中国新诗受外国影响，除去新诗人希望"迎头赶上"西方的急迫感外，更深一层说，是由于现今世界上始终存在着一系列困扰并激动着各民族哲人的共同问题。尽管各民族有其各自的历史、文化传统和民族特性，但是人类共同的文化心理结构依然在起着作用。实际上文学的世界性与民族性的矛盾运动便构成了人类的文学发展史。

自文艺复兴以来，西方诗歌中所体现的人的解放的思想，以及对自由、平等、科学、民主的呼唤，起到了一种酵母和催化的作用，给中国诗人提供了宝贵的精神财富，促使本民族诗学文化在内容、格局与形式上都产生了前所未有的变异。

西方诗歌对中国新诗在艺术上的影响也很大，特别是在如下几方面：

一是分行。我国古代诗歌的体例通常是一题之下，诗句连排下来，可点断而不分行。以分行的形式写新诗，系新诗人从西方诗歌学来的。到现在，分行已成了散文诗以外的各体新诗的最重要的外在特征：一首诗可以不押韵，可以不讲平仄，可以没有按固定顿数组合的规则音节，却不能不分行。

二是自由诗体。接触了西方的自由诗，中国诗人才知道，诗还可以这样写。新诗的诞生是与人的解放的呼唤联系在一起的，自由诗最能体现人渴望自由、渴望解放的本性。自由诗以其内蕴的本原生命意义，确立了开放性的审美特征。到现在，自由诗在新诗创作中已居于主体位置。

三是意象派、象征主义、超现实主义等西方诗学流派的引进，以及隐喻、象征、反讽、悖论、拼接等现代手法的输入，使中国新诗人眼界更为开阔，可供选择的表达方式也更为繁多，更能适应现代社会的生活节奏与现代人的群体意识与个人心态。

不过，在引进西方诗歌的过程中，有些中国诗人不加分辨，全盘照收，生吞活剥，生硬模仿，出现了一些不中不西、非驴非马的伪劣之作，而诗歌翻译中一些拙劣的译文，也助长了这种不良倾向。

张健：虽然已走过一百年，但是关于新诗的争论一直不绝入耳，一些论者认为新诗的"合法性"还没有得到确立。在您看来，是新诗的成就被矮化了，还是本身就存在着比较显著的问题？

吴思敬：我一直认为所谓"新诗合法性"问题是个伪命题。要说"合法性"，就要先问，是合谁的法？是谁制定的法？新诗从诞生以来，有那么多人在写，有那么多人在读，有那么多人在研究，出了那么多诗集，开了那么多的研讨会，新诗进入了文学史，进入了大百科全书，还在讨论新诗的存在是否"合法"，这不是很荒谬吗？实际上认为新诗缺乏"合法性"，不过是一些人继续拿着旧诗的老黄历来看新诗，拿旧诗的格律衡量新诗，总也不顺眼，总觉不对榫的缘故。当然，新诗自身也确实存在问题，但问题是问题，不能用缺少"合法性"一句话就把新诗否定了。

二　新诗的审美特征与发展态势

张健：北大教授钱理群先生大概在 2006 年写道："我对当代中国诗歌几乎一无所知，坦白地说，我已经 20 年不读、不谈当代诗歌了，原因很简单，我读不懂了。"如果钱先生所言不虚，新诗写到让专业的文学教授读不懂，反映了什么问题？

吴思敬：关于"懂与不懂"的问题，一直是与对新诗评价问题纠缠在一起的。这里牵涉两个方面的问题。

一方面，并非所有的新诗都是读不懂的，不要说胡适、郭沫若、闻一多、徐志摩、戴望舒等新诗前辈的作品大多能看懂，就是新时期以来食指的《相信未来》、北岛的《回答》、舒婷的《致橡树》、顾城的《一代人》、于坚的《尚义街六号》、韩东的《有关大雁塔》等有代表性的作品，包括当下刊物上、网络上大量的口语诗，有什么看不懂的？说当代诗歌看不懂，不过是不想看，不愿看的藉口罢了。

另一方面，当代新诗中也确实有一部分作品让人看不太懂，或者完全看不懂。不过，"懂与不懂"不是衡量一首诗好坏的标准。一读就懂的不一定是好诗；读不懂的不一定是坏诗。李商隐的《无题》，艾略特的《荒原》，不是谁都能读懂，能说是坏诗吗？实际上，谈懂与不懂，既关乎作者，又关乎读者。从作者来说，诗人对未知世界的超前叩问，在艺术探索上的不断求新，都可能给普通读者带来理解的难度，这也正是一些诗人标榜自己的诗是献给"无限的少数人"的原因；至于另有一些作者为文其浅陋，故意把诗写得神头鬼面，让人不知所云，还要自命为"先锋"，那就违背了作为一个诗人的基本道德，对这类所谓的"诗"，根本不必理它，视如敝屣，弃之可也。从读者来说，读诗，特别是现代诗，要有相应的审美经验，要有与作品相适应的审美心理结构，否则，就如马克思所说，对于非音乐的耳朵，再美的音乐也没有意义。

张健：诗歌是语言的艺术，诗歌怎么处理与语言的关系是极为重要的问题，百年新诗对汉语的发展有什么贡献？

吴思敬：海德格尔说过："诗人是神圣的命名者"。诗人不仅记录生命，而且为世界命名。语言就起源于对世界的命名，这种对世界的原初命名本身就是美妙的，充满诗意的。诗歌的现代性相当突出地表现在诗的语言方面。诗歌形态的变革，往往反映在诗歌语言的变化之中。诗歌现代化首当其冲的便是诗歌语言的现代化。而五四时期的新诗革命，就正是以用白话写诗为突破口的。随着社会的推进，为适应表现现代社会的生活节奏和现代人的思想的深刻、情绪的复杂和心灵世界的微妙，诗歌的语言系统还在发生不断的变化，并成为衡量诗歌现代化进程的一个重要标志。

张健：现在有人认为新诗越来越边缘化了，也有人说诗歌在逐渐回暖，甚至到了"盛唐"的高度，对这种两极分化的观点，您是怎么看的？

吴思敬：20世纪90年代市场经济大潮与大众文化洪流铺天盖地而来，诗歌受到的冲击是最为猛烈的。有些诗人一时之间乱了方寸，或下海，或改行，或以自己的写作迎合市场。但走向市场的诗歌鲜有成功的。经过一段时间的观望、反思，诗人们终于明白了，诗歌不是属于市场的，诗人要想屹立在时间之流中，不能靠市场、靠媚俗。在一个物化的社会中，诗人的价值就在于坚守，坚守自己的信念，坚守自己的理想，坚守纯文学的底线。进入21世纪，正当不少人认为诗坛"萧条冷落"，诗人已经"边缘化"，甚或发出"诗人，你为什么不愤怒"的谴责的时候，一轮不温不火的诗歌热却在中国大陆悄然兴起。这轮诗歌热不同于1958年民歌运动所发的政治高烧，不同于20世纪70年代末在拨乱反正形势下的诗歌复兴，也不同于80年代中期"第三代诗人"激情燃烧的实验。这轮诗歌热既不是由某种政治势力发起，也不是由青春期躁动所催动，而是在21世纪初中国和平崛起的背景下，老百姓普遍解决温饱之后，在社会极需确立一种精神价值，人们又有着一种心理需要的情况下自然出现的。这轮诗歌热没有人振臂一呼特别发动，也没有形成声势浩大的群众行为，只是在辽阔的大地上、在诗歌的作者与读者中潜滋暗长，因此它的持续发展的可能性就更强。

张健：关于新诗，有一个民间写作与知识分子写作的分歧，产生这种分歧的原因是什么，这种分歧会给新诗带来什么影响？

吴思敬："知识分子写作"与"民间写作"是20世纪90年代以来在先锋诗坛内部形成的两个派别。1999年4月由北京作家协会、中国社会科学院文学研究所当代室、《北京文学》杂志社、《诗探索》编辑部在北京平谷盘峰宾馆联合举办了"世纪之交：中国诗歌创作态势与理论建设研讨会"（后被简称为"盘峰诗会"）。两派诗人与评论家就一系列诗学问题展开了热烈的交锋与对话，其情绪之激烈，辞锋之尖刻，为诗坛罕见。这场论争与朦胧诗以来的诗歌论争有所不同。朦胧诗以来的诗歌论争，基本上是以先锋诗歌阵营为一方，以恪守传统诗学观念的诗人和诗论家为另一方，阵线分明，带有很浓重的意识形态色彩。而盘峰诗会的论争则是先锋诗歌阵营内部的论争。

"知识分子写作"，如果我们不考虑这一命名的科学性与严谨性，而从它所涉及的内涵着眼，那么它是一种强调提升精神世界、强调超越的写作。一个人生活在世界上，精神需要一个寄托，这寄托的地方便是他精神所归宿的地方。假使没有寄托，那么心灵便会陷入困顿与茫然之中。正是这种提升精神世界的渴求，构成了此种写作的心理基础。

"民间写作"，强调的是写作的平民立场，热衷于日常经验的描述，从"形而下"的凡俗生活表象中，开掘隐蔽的诗意。在这些诗人看来，诗歌也不一定都蒙上神性的光环，诗人不必避讳琐屑的日常事物，只要抓住身边的事物，把它们记录下来，就有可能直逼隐匿的诗性。从文本角度说，民间写作更多体现为口语写作。

就命名而言，"知识分子写作"与"民间写作"绝没有互相排斥的理由。知识分子的自由职业特点和非体制性，使之先天地具有民间性，知识分子与民间怎能成为对立的两极呢？再说民间写作的骨干成员，又哪个不具有知识分子身份？

就具体诗学主张而言，"知识分子写作"强调高度，追求超越现实与自我，表现对世界终极价值的寻求，不能因为它不易为一般读者接受就否定其存在的价值。"民间写作"强调活力，强调日常经验的复现和对存在状态的关注，也不能因其夹杂若干草莽与粗鄙成分就视为敝屣。

盘峰诗会争论的话题，有些实际是伪命题，双方的艺术观的分歧被人为地夸大了，比如"知识分子写作"是否就是以翻译的西方诗歌为写作资源？写日常生活经验是否就是"民间写作"的专利？恐怕都不能做简单化的结论。"知识分子写作"与"民间写作"，尽管有诗学观念的不同，但是它们之间并非誓不两立，而是有着很大的互补性。盘峰诗会的争论尽管有些情绪化的成分，但毕竟是先锋诗坛内部的一次坦诚的对话。这是一件好事。因为诗的领域从来就不应是整齐划一的，众声喧哗的局面才是正常的。诗人应该敢爱、敢恨、敢骂、敢哭、敢争论、敢发火。可悲的倒是扔进一块石头也溅不出半点涟漪的一潭死水。

张健：现在有种社会现象：人们对新诗的关注，好像更多是集中在某些具有刺激性的"新闻事件"。诗人的"走红"也往往不在诗歌之中，而是在诗歌之外。您能否评论一下这种文化现象？

吴思敬：这是商业社会中媒体炒作的结果，与真正的诗歌、真正的诗人是无关的。

张健：网络诗歌与草根诗歌的崛起，对新诗带来什么样的影响？

吴思敬：底层写作渐成声势，草根诗人不断涌现，始自90年代，到21世纪则成为一股不可忽视的创作潮流了。一些来自社会底层的诗人，如白连春、谢湘南、郑小琼、郭金牛、曹利华……他们带着挥洒在乡间的汗水，带着流淌在工地和流水线上的血痕，带着野性的发自生命本真的呼唤，借助互联网信息传达的快捷与高效，登上了诗坛，从而构成了值得关注的文学现象。

我认为，草根诗人的大量涌现，不只要从诗歌自身的发展思考，而且有着更为深刻的社会原因。改革开放初期提出的各种改革措施，包括"让一部分人先富起来"的口号，调动了人们的积极性，使整个中国的经济与社会面貌发生了重大变化。但随着改革的深入，一些隐藏在深处的社会矛盾也逐渐显示出来。"先富起来"的人，并没有带动劳动者共同富裕，反而加剧了两极分化。官员腐败、"三农问题"等，导致越级上访、暴力维权等群体现象层出不穷。如今，以农民工、下岗工人为代表的弱势群体越来越庞大，他们要社会重视自己的存在、要改变自己的处境，他们就要发出自己的声音。草根诗人就正是在这种情况下应运而生的。草根写作不仅牵涉到诗人的写作倾向，而且关系到诗歌的内在质素。诗是哭泣的情歌。大凡留传后世的伟大诗篇，都不是为统治者歌舞升平、为豪门描绘盛宴之作，而恰恰是与底层人民息息相关的。这绝非偶然。底层总是与苦难相伴，而苦难则往往孕育着伟大的诗。

就草根诗人自身而言，诗歌是他们获取精神自由的一种寄托，是实现灵魂自我拯救的一种手段。对他们来说，苦难的现实生活是一个世界，但诗歌给了他们放飞理想的另一个世界。正是通过诗歌，他们找到了自我，提升了自我，也找到了生活下去的理由与勇气。

草根诗人之所以在21世纪不断涌现，也得力于互联网时代为他们提供的平台。在网络上，在自媒体世界里，每个人都可以成为信息的发布者，每个人都可以通过信息的发布表现自己的个性。网络造成了创作主体的大众化与普泛化，特别是为名不见经传的草根诗人找到了一个全新的大舞台。按照福柯"话语即权力"的说法，这实际上是对于诗坛固有格局的挑战和消解，使诗歌进一步走上平民化的道路。

最后，我要说的是，底层不是标签，草根诗人也不是什么桂冠。底层写作，不应只是一种生存的吁求，写出的首先应该是诗，也就是说，它应遵循诗的美学原则，用诗的方式去把握世界、去言说世界。苦难的遭际、悲伤的泪水不等于诗。诗人要把底层的生命体验，在心中潜沉、发酵，并通过炼意、取象、结构、完形等一系列环节去升华，用美的规律去造型，达到真与善、美与爱的高度谐调与统一，这才是值得草根诗人毕生去追求的。

三 新诗的评价、成就与新诗的未来

张健：什么样的新诗堪称一首好诗？判断一首新诗是否成功的标准是什么？到现在为止，新诗产生了哪些堪称经典的作品？

吴思敬：关于新诗标准讨论过多次，但始终没有形成一个为大家公认的评价标准。这与对"诗是什么"这一问题的理解密切相关的。自从诗歌诞生以来，人们对它的解释就没有统一过。别林斯基曾说过，尽管所有人都在谈论诗歌,可是,只要两个人碰到一起,互相解释他们每一个人对"诗歌"这个字眼的理解,那时我们就会知道,原来一个人把水叫作诗歌,另外一个人却把火叫作诗歌。如果让所有这些所谓诗歌爱好者都来谈一谈他们喜爱的对象,那将是一种什么光景呢?那真是一幅真正的巴别塔语言混乱的图画!尝试给诗下定义的人很多,但是为所有诗人所公认的诗的定义还没有出现。黑格尔说:"凡是写过论诗著作的人几乎全都避免替诗下定义。"(《美学》第三卷下册)鉴于这种情况,谈什么是好诗的标准,只能是个人的意见,不必追求统一,也不可能统一。

在我看来,一首好诗,一要做到真。这是诗歌最起码的品格,诗人要真诚,诗是掏自心窝的真话,而绝不能与谎言并存。如拜伦所言:"假如诗的本质是谎言,那么将它扔了吧,或者像柏拉图想做的那样:将它逐出理想国。"(《给约翰·墨里的公开信》)。二要做到善。《乐记》中有这样一句话:"致乐以治心"。郭沫若提出:"诗的创造是要'创造'人,换一句话便是在感情的美化。"(《论诗三札》)好诗应当能够陶冶人的性情,净化人的灵魂,恢复人的尊严。三要做到美,能给读者以美感享受。诗,作为艺术皇冠上的一颗明珠,它必须是美的,要依照美的规律而造型。前边提到的真与善,也必须通过美的形态显示出来。只有为美渗透了的真与善的结晶,才称得上是诗。衡量诗歌的美不应有绝对的僵死不变的标准。诗歌创作是人的复杂的心灵活动,由于时代的变化,由于诗人的社会地位、生活经历、艺术素养、个性特征的不同,对美的感受也会有差异。真善美相统一的诗歌评价标准,虽然古老,但至今仍放射着熠熠夺目的光辉,相对而言,也许会得到较多的诗人与读者的认同吧。

张健:新诗百年,最大的成就是什么?在这一百年里,有哪些诗人、作品、诗论,您认为是最有价值的?

吴思敬:百年来,新诗的开创者及其后继者们在新旧文化的剧烈冲撞中,艰难跋涉,除旧布新,走过了一条坎坷而又辉煌的路。百年新诗最大的成就,就是把诗歌从旧体诗的格局中解放出来,以自由的胸怀,以开放的眼光,融合中西,打通古今,为中国悠久的诗学传统注入了新鲜的血脉,让诗歌应和着时代进步的鼓点,发出现代人的心灵和鸣。

百年来涌现的杰出的新诗人、优秀的新诗作品与诗论作品,即使列举若干,也是挂一漏万,就不列了吧。

张健:请问在您心中,百年中国新诗,您最欣赏的是哪几位诗人?说三位即可，并简要说明原因，可否？

吴思敬：我所欣赏的现当代诗人不可能在这里一一列举，如果只举三位，那么从精神上、人格上我最敬佩的诗人是艾青、牛汉、北岛。

艾青。艾青的诗充满自由的精神，洋溢着对土地的热爱，对光明的向往。在民族危亡的年代，他没有失去对光明的信念，而是以强烈的爱国主义精神礼赞光明、礼赞太阳、礼赞吹号者、礼赞普通民众，表达了对自由、对民主的热切呼唤。在蒙受屈辱与苦难的日子里，他没有低下高贵的头颅，而是坚信"即使是磷火，还是在燃烧"。在新时期到来之际，他又焕发了诗的青春，以诗人的良知，把亲身经历的国家不幸和人民苦难，以及自己的反思，凝结为诗的意象，告诉读者、告诉人民。

牛汉。牛汉是中国诗歌的良心。诗人的一生是与苦难相伴的一生。苦难摧残了他的身体，却没能瓦解他的斗志、扭曲他的灵魂。这是因为在苦难的日子里，有诗相伴。牛汉作为诗人的特殊价值就在于，一般人只是在承受苦难、咀嚼苦难，而牛汉在承受苦难、咀嚼苦难的同时，却能把苦难升华为诗的美。牛汉受难的时代，也正是中国知识分子精神最屈辱、处境最卑微的时代。在一个舆论一律，缺乏思想自由，消解个人意志的时代，能够坚持自己高洁的人生理想，葆有一种刚正不阿的品格，历尽磨难，"虽九死其犹未悔"，那该是多么的难得！

北岛。北岛是个有强烈使命感的战士，同时也是一位有独立的审美品格的诗人。北岛的冷峻来自他的个性，同时也是来自他成长中遇到的那个非正常的时代。北岛直面现实的勇气、独立的人格力量和觉醒者的先驱意识，他诗中凝结的一代人的痛苦经历与思考，使他理所当然地成为朦胧诗派的代表人物，他的作品也构成了当代中国的一种重要的文化现象。同时北岛作为新时期现代主义诗风的开启者，为中国新诗的现代转型起了重要的推动作用。

张健：一直以来人们对诗歌的作用有不同的理解，有的强调诗歌与外部社会的关系，有的重视诗歌与内在情感的联接，在您看来，诗歌的作用是什么？诗人与时代应保持怎样一种关系？？

吴思敬：在我看来，诗是不能直接变革世界的，但是它能对参与变革世界的人造成影响。它使人们在凝神观照审美客体的同时，也把探测的光柱投向自己的灵魂深处而扪心自问：我的良知在哪里？我生命的意义和价值如何？从而激发自己摆脱动物本能和种种异化状态，充分释放自己的潜能,在改变自然、社会和人的伟业中实现自我,做一个大写的人。

张健:您觉得新诗今后会朝哪个方向发展?您对新诗的寄望是什么?

吴思敬:未来的新诗在继续保持对外国诗歌发展的关注,坚持"拿来主义"的同时,更要侧重在对中国古代诗歌及古代诗学传统的对接与继承。未来的新诗来自传统的母体又不同于传统,受外来诗学文化的触发又并非外来文化的翻版;它植根于过去的回忆,更立足于现代的追求;作为一种全新的创造,体现了文化建设主体对传统诗学文化和外来诗学文化的双重超越。

当然,与历史悠久的中国古代诗歌与西方诗歌相比,百年新诗成就还不够辉煌,影响还不够深远,内涵还有待于丰富。如今,又一个百年开始了,路漫漫其修远兮,新诗还在行进中。如何在融会贯通前代诗学遗产的基础上不断创新,以自己的艰苦卓绝的探寻与创作实绩汇入新诗自身的传统中,丰富它,发扬它,光大它,这是今天和未来诗人们的光荣使命。

(原载《长江学术》2018年第1期,总第57期)

张健:《人民日报》文艺部记者

《诗探索》主编吴思敬访谈录

林 琳

林琳（以下简称"林"）：吴老师您好，非常荣幸也十分感谢您能接受我的采访。《诗探索》创刊至今已经 30 多年了，从 1994 年《诗探索》复刊以后，您一直担任着《诗探索》的主编工作，为它的发展做出了很多贡献，今天也希望借助这个机会，更进一步地走近《诗探索》。

吴思敬（以下简称"吴"）：《诗探索》的创刊是在 1980 年。大的背景是在粉碎"四人帮"，文学发展的春天到来之后。这个时候诗歌是走在最前面的。当时，诗歌界通过大型诗歌朗诵活动，在拨乱反正中发挥了巨大的作用。与此同时，"朦胧诗人"开始浮出地表。伴随着"朦胧诗"的出现，诗歌界出现了不同的声音。在 1980 年 4 月的南宁会议上，发生了一场关于诗歌的大辩论。南宁诗会之后，一些诗人与评论家便有了做一本诗歌理论刊物的设想。在此之前，我们只有《诗刊》和《星星》两个诗歌刊物，但是这两家刊物主要刊登诗歌作品，较少发表理论文章。《诗探索》是作为专门的诗歌理论刊物诞生的。杨匡汉老师曾经在《诗探索》30 周年纪念专辑上发过一篇文章，这篇文章详细地记录了《诗探究》创刊过程。南宁会议之后，张炯、谢冕、杨匡汉等回到北京，报请中国当代文学研究会领导同意，成立了《诗探索》编委会。这个编委会实际上是一个"统一战线"的编委会，其成员不单单有支持"朦胧诗"的谢冕、孙绍振、杨匡汉，也有强烈反对"朦胧诗"的丁力、闻山。在《诗探索》创办初期，我没有直接介入《诗探索》的工作，只在《诗探索》上发过一些文章。当时匡汉老师在社科院文学所工作，我在首都师范大学大教书，我们是朋友关系，常在一起聚会，相互之间接触比较多。早期的《诗探索》编辑工作在匡汉老师的主持之下进行。谢冕老师是主编，掌握大方向。丁力老师不做具体的编辑工作，但经常过问，会对一些稿子的倾向问题表态，他提出来了，匡汉老师就得考虑。当时呢，文学所还有几个人，如刘士杰、楼肇明、林岗、雷业洪、刘福春，都在不同程度上参加了编辑工作。另外，王光明那时在社科院做了一年的访问学者，这期间也介入了《诗探索》的编辑工作。当时的《诗探索》没有一个脱产的专门的编辑队伍，大家都是各有各的本职，各有各的科研任务，它实际上是由社科院文学所当代室部分人员兼职，利用业余时间干活，由匡汉老师具体负责的一个编辑工作坊。

林：在1981年第2辑上，您发过一篇《时代的进步与现代诗》。

吴：对。1980年秋天，在北京东郊定福庄开了中国诗歌理论座谈会，我根据自己会上的发言和提纲，在会后整理出了这篇文章。指出在20世纪80年代的中国，一股现代诗的潮流，正在冲击着诗坛。现代诗是诗歌现代化的产物。诗歌现代化的提法反映了诗歌要随着时代的进步而不断变化的规律。我的这篇文章的题目最初叫《诗歌现代化刍议》，当时编辑部可能就觉得"诗歌现代化"的提法是不是太刺激了，就改成了《时代的进步与现代诗》，但基本观念还是一样的。此后呢，我还在《诗探索》上点评了江河的《让我们一起奔腾吧》，为江河写了第一篇评论《追求诗的力度》，另外就是我和刘斌、陈良运、苗雨时的《近年来诗歌评论四人谈》。

林：我发现在编辑出版1984年第11辑时，您就已经担任了责编的工作。

吴：对，大概到了1984年吧，因为我也是中国当代文学研究会的成员，当时，文学所这边研究人员事情比较多，匡汉老师想让我分担一些，所以我开始担任《诗探索》的责任编辑。但我这个责编，不是光看初审的稿子，实际是要把这期刊物完整地编出来，交主编审阅。前面已经编了10期了，我实际编的是11期、12期、13期。11期、12期你们都见到了，第13期却没有见到。但实际上，第13期稿子我都已经全部编好了。编出来之后就交到中国社会科学出版社，但此后就始终没有出来，这是什么原因呢？就是经济原因了。当时中国社会科学出版社提出《诗探索》是纯文学刊物，印刷量少，如果要继续出版，当代文学研究会是不是要补贴一下？提出的标准按现在来说应该不高，就是每期补贴3000块钱。这个钱在80年代初期，那个3000块钱与现在可不一样。

林：那是一笔不小的数目。

吴：嗯，那绝对不是一笔小数目。当时的中国当代文学研究会是民政部批准的国家一级学会，一级学会每年民政部都会拨点钱，一年的活动经费是 6000 块钱。6000 块钱开一个年会都开不了。所以呢，年会我们只能到地方上找学校，跟某个大学合办。比如说 1984 年在甘肃和兰州大学合办，1986 年到内蒙古和内蒙古师范大学合办。总而言之得让地方大学出钱，出了钱之后，我们也拿出一部分钱来才能开成一个年会。所以，在这种情况下，当代文学研究会就拿不出这 3000 块钱。拿不出钱来就僵持着，《诗探索》得不到印刷出版，就这样拖下来了。于是这第 13 期稿子就搁置在出版社了。等到 1994 年《诗探索》复刊的时候，八年都过去了，时过境迁，结果第 13 期已编定的稿子就都没有用成。

林：八年停刊期间，编辑团队为《诗探索》重新出版做过什么吗？

吴：实际上，从 1986 年到 1993 年这八年的时间，我们为《诗探索》恢复出版做了很多努力。中国社会科学出版社停止出版《诗探索》后，我们曾经考虑过和大众文艺出版社合作，张炯老师和我去找大众文艺出版社的主编，但是最后也没有成功。后来一度考虑和内蒙古人民出版社合作，因为内蒙古人民出版社当时出过一本《诗选刊》，就想他们既然支持出版《诗选刊》，是不是跟他们商量再弄一个《诗探索》，这样两个诗歌刊物，一个作品，一个理论，成为一对，也是个很好的构思。通过电话做过沟通，后来一度考虑让我去呼和浩特面谈，但是没有去成，主要还是经济原因，人家觉得这个刊物是赔钱的，最后还是没有办成。在这期间，还联系了若干出版社，希望能够让《诗探索》衔接下来，但是都没有成功。这八年，我们并没有不闻不问，而是尽了很大努力，希望能够让《诗探索》重见光明。但是后来由于经济大潮滚滚而来，接着就是 80 年代末的政治风波，那时候很难做成事情。等到 1992 年邓小平发表南巡讲话以后，改革开放继续往前推进，这个时候，思想文化战线出现了松动，诗歌又开始有了新的起色。1992 年 8 月，我给《北京晚报》就写过一篇《京华诗坛的几片新绿》，背景就是到了 1992 年以后，诗歌又开始活跃，富有创新性、探索性的诗歌再度出现。在这种情况下，看到了诗坛的复苏，我们就想怎么样能够把《诗探索》再办起来。

在这期间，北京大学成立了一个新诗研究中心，当时开了几个会，关于先锋诗歌的研讨等，产生了一定的影响。到了 1993 年，诗歌界思想更加活跃。这个时候我们就想怎么能够把《诗探索》再办起来。在这其中有一个契机,当时有一个书商,通过其他关系找到我,说他有一定的经济实力,愿意帮《诗探索》重新复刊。有了这个契机之后,我们就商量着把《诗探索》再度搞起来。由于人员变动比较大,这个时候就成立了新的编辑部。当筹备工作一步步向前推进,准备出刊的时候,却联系不上他了。当时已经箭在弦上了,没有办法也得想辙了。我在首都师范大学,就找到了当时首都师范大学的杨学礼校长,谈了这样一个刊物的情况,希望学校能够给予一定的支持。杨校长人很好,同意拨四万元的启动经费,但是也表示没有办法每年都拨四万元,启动之后,需要自己去寻找赞助,自谋生存了。总而言之,答应了这一条之后,我们底下的工作就好做了。

有了这四万块钱之后,我们就有底气了,那么就开始复刊。复刊后第一期所有的设计都是我们自己搞的,装帧版式等方面都比较简陋,印刷的颜色也比较单调。复刊后的《诗探索》交给首都师范大学出版社出版,这样就能把成本压下来。不管怎么样,《诗探索》毕竟在1994年一期一个书号出来了。在首都师范大学出版社出了一年,出版社感到《诗探索》一年占四个书号,压力太大,无法再继续出下去。后来就考虑重新回到中国社会科学出版社,我和张炯老师一起找到中国社会科学出版社领导,谈了以后,中国社会科学出版社同意把《诗探索》重新接过来,这样,从1995年开始就又回到中国社会科学出版社了。从1995年到1999年,《诗探索》由中国社会科学出版社出版了五年,每年出四辑。后来依然是由于经济原因,中国社会科学出版社也出不下去了,就转到天津社会科学院出版社。

林:2000年开始《诗探索》以每年两本合辑的形式出版,2004年的时候改成了春夏卷和秋冬卷的形式,这种出版形式的变化,以及出版社的不断更换,是由于什么原因造成的呢?

吴:《诗探索》转到天津社会科学院出版社以后,相关领导与我们商量,《诗探索》目前一年出四辑,要用四个书号,如果把两辑的内容合在一起,一年出两辑,就可以节约两个书号,成本就降低了,但《诗探索》总的发稿量不减。于是,从2000年就一年出两辑了:第1—2辑合刊、第3—4辑合刊。到2004年又把合刊改称春夏卷与秋冬卷。在天津社会科学院出版社出了五年,然后挪到东北,转到时代文艺出版社。在时代文艺出版社出版最重要的支持者就是诗人张洪波。张洪波时任时代文艺出版社的副总编辑,他与林莽老师,与我都是好朋友,所以《诗探索》放到时代文艺出版社来出，我们很放心。由于张洪波是诗人，他觉得《诗探索》光有理论卷，读者面就窄，是不是可以同时做一个作品卷，这样理论卷、作品卷同时推出，互相配合，读者面会大些。这个想法很有道理，谢冕老师写了《〈诗探索〉改版弁言》，于是《诗探索》便增加了作品卷。后来的格局就变成一辑出两本，一本理论卷，一本作品卷。在时代文艺出版社出了两年，由于当时该社的内部矛盾，发行《诗探索》的工作做得不好，《诗探索》出来后，书店里见不到，再加上异地办刊，联系不方便，所以后来就决定还是回到北京，改由九州出版社出版。2007年至2009年，仍是每年出版两辑，每辑含理论卷、作品卷各一册。2010年起，改为每年出版四辑，每辑仍含理论卷、作品卷各一册。在九州出版社出了五年，2012年至2015年转到漓江出版社，2016年起则由作家出版社出版。从九州出版社开始，经画家刘鸿先生策划，《诗探索》变化比较大，整体设计提升了一个大的档次，此后它的版式设计和内容格局，大致沿袭下来。其实每次出版社的变化，基本上都是因为经济因素。有时是前任的负责人退休或调离了，新接任的负责人认为出版《诗探索》没有经济效益，就只有换出版社。

《诗探索》是由中国当代文学研究会创办的，80年代一共出版了12期，主办单位一直是中国当代文学研究会。1994年复刊以后，主办单位为三家，中国当代文学研究会始终是第一主办单位，这是由于三位主编谢冕、杨匡汉和我，都是中国当代文学研究会的负责人：谢冕老师是早期的中国当代文学研究会的副会长，匡汉老师是早期的副秘书长，后来是副会长，我则是在张炯老师做会长十年期间的副会长兼秘书长。因为我们这几个人的身份都是当代文学研究会的主要领导，《诗探索》最早也是当代文学研究会创办的。所以中国当代文学研究会作为主办单位，是理所当然的。另外一个主办单位是北京大学中国新诗研究中心，谢冕老师是中心主任。再一个主办单位就是首都师范大学新诗研究室，我是负责人。80年代的《诗探索》的编辑工作主要由杨匡汉老师负责，1994年以后的编辑工作主要由我负责。2005年作品卷诞生之后，林莽老师任作品卷的主编，我就只负责理论卷了。

林：《诗探索》创刊于80年代初，在整理资料的时候我注意到在《诗探索》创刊之前，大概1979年前后，出现了诗集的出版大量减少的情况。有些出版社在当时不愿意接受诗稿，甚至于有些书店会拒绝进诗集以及诗歌出版物，诗歌刊物的订户也大量减少。在这种情况下，70年代末曾经有过所谓"诗歌危机"的说法，您如何看待当时的这种情况？

吴：70年代末，粉碎"四人帮"不久。当时的气氛应当说正是诗歌在复苏的时候，并不好说是"危机"。粉碎"四人帮"之后，1977年到1979年是"拨乱反正"的阶段。当时的思想界很活跃，一方面思想解放的势头很强，另一方面"左"的势力还有一定的市场。就当时的诗歌创作而言，原来是为"四人帮"的政治服务，"四人帮"控制了舆论工具。现在用诗歌揭露批判"四人帮"，但是它仍然是从政治的角度，将诗歌作为工具。不过，到了70年代末到80年代初，"白洋淀诗歌群落"和《今天》诗人群浮出水面，朦胧诗人开始登上舞台，同时一些历次政治运动受到迫害的诗人，即"归来诗人"重现诗坛，所以很快便形成一个诗歌热潮。诗歌开始回到自我，抒真情，说实话，一些具有现代主义色彩的诗歌也开始出现。80年代中期，实验诗、"第三代诗""后新诗潮"层出不穷，给诗坛带来喧哗与躁动。到了90年代以后，由于受到商业大潮的冲击，很多诗人下海，诗歌的整体地位开始边缘化，从这个意义上来说，诗歌在社会上的影响在逐步地减弱。但是诗歌始终生存着，仍然有很多诗人在寂寞中坚执着。

林：《诗探索》的创刊和80年的南宁诗会有着最为直接的关系。您如何看待《诗探索》、"朦胧诗"浪潮和南宁诗会这三者之间的关系。

吴：南宁诗会主要是反映了"朦胧诗"诞生之后，在社会上引起的不同的反响。一方面有些人支持"朦胧诗"，它在年轻人当中有读者，再有，以谢冕老师为代表的比较新潮的评论家，站在一个新的角度，肯定它，支持它。但另一方面，坚持传统审美观念的人，就认为"朦胧诗"有点大逆不道，其表现方式朦朦胧胧，让人似懂非懂，表现的感情又是比较个人的，而不是反映社会主流的那种宏大叙事，这样就产生了强烈的争执，南宁会议上有明显反应。南宁会议之后，大家觉得既然争执这么大，那么就最好能够有一个刊物将不同的理论观念展示出来，从根本上加强诗歌的理论建设。

林：南宁诗会会议中就提到了，诗歌评论队伍远远落后于诗歌创作，为什么在当时会出现这样的状况呢？

吴：南宁会议的争议，说明我们的诗歌理论、评论偏弱，诗歌论评论家也太少，而且多是诗人兼职，不像小说界有一批专业的小说评论家。而诗歌界此前则缺少专业的诗歌评论者,有也是极个别的,像50年代的冯中一老师,是山东师范大学的教授,他基本上是以写诗歌评论和诗歌理论文章为主,而不怎么写诗。还有的就是早年写诗,后来不写了,主要写理论文章,像何其芳,早期他是诗人,新中国成立后很少写诗,却写了不少诗歌理论。谢冕老师最早也是写诗的,后来成为专门的诗歌评论家。从总体上说,我们面临的确实是理论赶不上诗歌创作,缺少诗歌理论家,缺少真正对诗歌理论感兴趣的人,这个局面是由来已久的。

林:那能不能说这样的一种局面,其实也是促使《诗探索》诞生的一个重要原因?

吴:对。《诗探索》对青年评论家的培养其实也是当初创刊的初衷,也是这些年来一直坚持的事情。包括像我招的硕士与博士研究生,主要就是以研究诗歌为主。每次新生入校,我就会跟他们说,你们跟我读研究生不是简单地混一个硕士文凭或博士文凭。文凭容易得到,但一个真正优秀的诗歌评论家却很难得。要成为一个未来的评论家,不是每个人都能做得到的,要有一种奉献的精神,要坚持不懈地努力才有可能。所以,实际上,《诗探索》的诞生对培养青年作者,培养青年评论家起了很大作用。有的青年作者,比如像谢有顺,现在是著名的文学评论家,当年在《诗探索》上发表评论的时候,他远没有现在的知名度。在"盘峰论争"前,他写了一篇文章,我觉得这篇文章写得很有生气,文笔犀利,我就给他发在了头条。当时我根本不知道谢有顺是谁,更不知道他会有现在这么大的影响。我们《诗探索》发表文章,不是按照知名度,而是给年轻人以机会,尽管是无名小卒,只要文章写得好,我们照发不误。

林:从创刊至今,《诗探索》一直采取以书代刊的方式出版,这对于刊物的传播有没有什么影响?

吴:这个当然会受到一定的影响。首先,有正式的刊号后,会节省成本。我们现在所谓以书代刊,每个书号后面都是钱,出版社给我们书号的时候都会收取一定的费用,当然,与其他的书比起来,向我们收取的费用还是比较少的。如果我们能够有刊号,这一部分钱就能省去。其次,有了刊号之后,我们可以通过邮局发行,发行面也会随之变广。最后,可以公开登广告,可以交换广告。但是像现在,《诗探索》不能登广告,在任何一个报刊上去发个目录广告都需要钱,由于发行量少,我们又很难跟别人交换广告。但是有了刊号之后,就不一样了。有时有一个公开的刊号,可以做很多事情。《诗探索》实际上长期摆脱不了这种经济上的困扰，与这个也有关系。

林：那是不是说《诗探索》偏向于一种民间刊物呢？

吴：这个还不好这么说。《诗探索》有明确的主办单位。而这些主办单位都是公家的。无论是中国当代文学研究会，还是北京大学、首都师范大学，都不是民间的，而是公立的。像中国当代文学研究会是民政部批准的一级学会，是影响很大的学术机构。《诗探索》更准确地说是一种学院刊物，带有学院色彩。因为中国当代文学研究会是一个学会，它的主要成员是高校老师，当然也包含了各级社科院的文学所研究人员，还有部分文学刊物的编辑。但主体是高校教师。而《今天》则是属于典型的民间刊物，它没有任何的官方背景，也没有任何组织的依靠。而《诗探索》更接近学院型刊物，但是我们不标榜"学院派"。从我们的角度，只是想客观地呈现当代诗坛的创作与理论动态，兼容百家。同时，《诗探索》也不属于同人刊物。同人刊物就是志同道合的一些人，好朋友一起办刊物，刊物主要发自己人的稿子，也发与自己观点相近的作者的稿子，个性色彩比较强。但是《诗探索》始终不是这样的，例如《诗探索》诞生初期，他不属于"朦胧诗"派，也不属于"朦胧诗"的反对派，无论对"朦胧诗"的支持者或者反对者，它都是很宽容的。后期的编辑队伍，大家的学术观点基本上是一致的，仍然坚守宽容的原则，让大家说自己的话，只要言之成理，尽管与编辑部的观点不完全一致，也会给他们发表的机会。

林：谢冕老师曾这样评价《诗探索》："始终坚持着一种非官方的非营利的以及不带贬义的民间和知识分子立场，为中国的诗歌事业默默地努力地工作着。"您如何看待《诗探索》的立场问题？

吴：谢冕老师对《诗探索》的立场概括得很准确。《诗探索》诞生以来，基本上就是这样，代表一种纯学术的、非官方的、民间的和知识分子立场。"民间"是与"官方"相对应的概念，很宽泛。《今天》是民间的，而《诗探索》却有着深厚的学院色彩，但这也是一种民间。"底层写作"是民间的，而《诗探索》的作者队伍大多是高校老师，与草根作者还是有区别的，但是这不影响《诗探索》对草根写作的支持与关注。《诗探索》的学院背景，自然会带来对知识分子独立自主身份的强调，使它拉开了与"官方"办的刊物的距离，它不必去简单地配合中心任务，而是坚持学术本位，发出自己的声音。

林：在 30 周年回顾的系列文章中我们可以看到，《诗探索》一直以来都是在比较艰苦的条件下坚持工作，没有刊号、固定经费、办公室，甚至没有专职编辑，从主编到具体的工作人员都是义工的状态，是这样吗？

吴：确实是这样。《诗探索》没有固定的办公室，没有办公经费。以近些年的发稿量，每一辑光理论卷大约是 25 万字，四辑就是 100 万字左右，这是很大的工作量。我们没有一分钱的编辑费，从主编到编辑，大家都在奉献。但是，办刊再困难，作者的稿酬我们还是要给的。1994 年复刊以来，稿酬标准大约为千字 25 元，尽管这是时下最低的稿酬了，但体现了我们对作者劳动的尊重。

林：在具体的编辑过程中，《诗探索》的选稿标准是怎样的呢？

吴：主要以学术标准为主，关键是看来稿的学术底蕴和学术含量，主要体现在他的问题意识和创新意识，也就是看这篇稿子是否有新意。比如谈一个诗人，能否谈出这个诗人的独特发现，谈一个理论问题，能否阐发出一个新的观念，当然也要考虑到他的学风是否严谨，是否有科学性错误，如果稿件一看就是太粗糙，无论谁写的，也不能发表。当然，就《诗探索》理论卷而言，凡是给理论卷投稿的，大多数都有点基础，或是高校老师，或者是研究生，另外有的是诗人。水分太多的稿子也不是没有，但是少数；更多的稿子是一般化，比较平庸，看不出问题意识，看不出创新点，那我们就不用了，所以淘汰量比较大。

林：刚刚在回顾《诗探索》的发展历程时，您已经谈到了它在 1985 年总第 12 辑出刊后就开始停刊的情况。从现有的资料来看是由于资金的原因没有办法继续出刊，除了资金的缺乏之外，在您看来，造成当时的停刊还有没有其他的因素？

吴：从目前来看，起码就我们所了解的情况，没有其他的因素。既不是因为政治的因素，也不涉及刊物本身的质量和读者反映，主要是经济原因。在经济大潮到来之后，出版社要挣钱，不能赔钱，《诗探索》确实没有办法给他挣钱。

林：《诗探索》一直面临的这种经济上的窘境，以后有可能会得到缓解或改变吗？

吴：也许会有所缓解，但改变不会太大。实际上，这种纯学术、纯文学的刊物，大致处境都差不多。除去有些刊物是各级作协主办的，作协能提供一定的经济支持，特别是 21 世纪以后，地方的宣传部的资金相对来说多了一些，所以能调动一部分资金来支持一下相关刊物。《诗探索》没有这样幸运。尽管1994年复刊启动有赖于首都师范大学赞助，1994年到2004年一直由首都师范大学语文报刊社承办和协办，直到今天，首都师范大学中国诗歌研究中心每年都拨出一定的经费来支持《诗探索》，但诗歌中心财力有限，拨出的经费不足以维持刊物的运转。《诗探索》多年来就是靠着诗人、出版家、艺术家、企业家的支持，比如画家石虎先生，他不仅提出了"字思维"的话题，同时也确实为《诗探索》提供了经济支持。画家张仃先生，给《诗探索》赞助，却不让我们宣传。当然艺术家、企业家的支持，大多是一次性的，或是在某一阶段予以支持，过去之后，还需要再想办法。商业社会让我们要耗费很大的精力去拉赞助。八九十年代更多的是依靠企业家或者是艺术家的个人支持，而现在就更依赖于地方政府。比如像《诗探索》主办的"红高粱奖"，就是和莫言的故乡高密市政府合办的，《诗探索》做智力投资，策划、征稿、组织评审，地方政府负责提供资金，承办研讨会以及颁奖，同时也会给《诗探索》一部分的活动经费。

林：《诗探索》当时停刊停了八年之久，作为一本一直以来都积极关注并及时反映诗坛动态的诗歌理论刊物，在您看来，一下子停刊八年，带给《诗探索》最大的影响是什么？

吴：如你所言，《诗探索》从创刊以来，始终是关注诗坛现状，追踪诗歌发展的。《诗探索》80年代前期做得比较成功的是对"朦胧诗"的研究和对新诗歌发展道路的探讨。但是等到80年代中期"第三代"诗人，诸如"他们""非非""莽汉"等开始登场的时候，《诗探索》却停刊了。这样《诗探索》便没有机会去与他们呼应、对话，也无法对他们进行追踪、批评了。"第三代诗人"呼啸而来，在浮躁而喧闹的造势中，也毕竟提出了诸多话题，比如说"诗到语言为止""诗歌中的后现代主义""诗歌研究的语言论转向"，乃至"非非"提出的"反文化""非崇高"等，如果《诗探索》在场的话，也许可以通过更学术的方式来介入，展开讨论。但《诗探索》那时却没有发言机会了，对"第三代"诗人追踪和研究也只能戛然而止。等到90年代市场经济大潮再次兴起的时候，诗歌呈现了新的面貌，复刊后的《诗探索》与当代诗歌就一起前进了。但是对第三代诗的研究，《诗探索》并没有放弃，而是以为第三代诗歌群落开辟专栏的形式继续下去。

林：我们看到，其实1994年复刊之后，《诗探索》专门设立了关于"朦胧诗"和"第三代诗"研究的专题。

吴：对，这就相当于是补课。像1994复刊第1期，本来我们已经编得差不多了，在北京军区招待所参加"后新诗潮"研讨会期间，突然传来顾城去世的消息，大家非常震惊。诗人文昕是顾城的好朋友，哭得跟泪人似的。顾城是《诗探索》的朋友，我和谢冕老师、林莽老师都认识他、了解他，所以当时就决定要给顾城组织一个专栏。我们紧张地行动起来，请文昕写了一篇《最后的顾城》，请顾城幼儿园时就结识的朋友姜娜写了《顾城谢烨寻求静川》，请评论家唐晓渡写了《顾城之死》，还发表了顾城、谢烨去世前不久写的九封信，为研究顾城，为揭开顾城的自杀之谜，提供了宝贵的资料。在复刊第一期还开设了"当代诗歌群落"专栏，发表了韩东的《关于〈他们〉》和贺奕的《"诗到语言为止"一辨》，此后对"非非""莽汉"等"第三代"诗人，继续做了回顾与研究。

林：这些是在弥补当时缺失的阶段吗？

吴：当然。但也不会一样，如果是当时追踪研究，可能会有现场感，呈现出较强的感情色彩。现在相隔八九年，回过头来看"第三代"诗歌群体及其代表性诗人，就冷静得多了，评论就更加客观一些。

林：复刊后的《诗探索》与停刊前的《诗探索》有没有什么变化？

吴：复刊之后，编辑思路相对来说比较稳定，栏目也相对固定，大致可以分为两大块：

一块是属于新诗理论的研究，这方面设立了"诗学研究""新诗发展问题研究""诗坛态势剖析""新诗史研究""新诗史料""新诗刊物研究""新诗理论著作评述""诗人谈诗""诗人通讯"等。还有一个栏目，早期叫"诗窗"，现在细化为"外国诗论译丛""外国诗论研究""外国诗论家研究"。《诗探索》不是以研究外国诗歌为主，但是我们要不断引进外国重要的诗人和评论家的理论主张，以为借鉴。我们所选的译文都是以前没有翻译过的，凡已经翻译出版的，我们就不再登，所有译文都是新的。

另一块就是诗人论，我们开辟了不同层次的诗人论栏目。"结识一个诗人"是面向青年诗人的，一般是40岁以下的年轻诗人。"中生代诗人"专栏评论的对象是五六十年代出生的诗人，他们现在已经进入中年，成为诗坛的骨干与中坚。还有一个是"诗人研究"，这个栏目跨度比较大，主要面向新诗史上和当下有重要影响的诗人，有时还会以"某某研究"的形态出现。另外，还为某些诗人设立了专辑，如"关于顾城""关于芒克"等。为了配合已经召开的诗人研讨会，还推出了"某某诗歌创作研讨会论文选辑"。再有一个栏目就叫"姿态与尺度"，这个栏目推介出的诗人是比较复杂的，或者是刚刚冒头，还不够进入"结识一个诗人"这样的专栏，或者是虽然也比较重要，但还不足以构成一个专栏加以研究，只是先把他推介出来。上述这样一些栏目，就构成了《诗探索》诗人论的研究体系。

林：说到栏目，刚才您也谈到了有不同层次，特别丰富的诗人论栏目。那我们是否可以说《诗探索》具有一定的"发掘"意识？

吴："发掘"的意识肯定有，对于老诗人来讲，我们侧重的是在文学史上，曾经被埋没的，或者没有被给予公正评价的诗人，这个是很重要的。而在诗歌史上已经很显赫的，已有定评的诗人，我们不一定再去对他进行探讨。所以《诗探索》上像"归来诗人"占的比重比较大。还有一个，就是我们经常举办的诗人研讨会，无论是由《诗探索》直接主办的，还是由《诗探索》和其他研究单位一起合办的研讨会，那些研讨会的论文会包含较坚实的研究成果，往往成为《诗探索》重要的稿源。比如我们最近推出的"北岛诗歌创作研讨会论文选辑"，有六篇文章，第一篇由谢冕老师打头，后面还有法国学者尚德兰教授的，对北岛研究肯定是一个重要推动。

林："盘峰会议"应该是不容忽视的，在"盘峰会议"之后爆发了一次比较大规模的关于"民间写作"和"知识分子写作"之间的论争，这一次讨论为什么会在当时激起如此之大的反应？《诗探索》在这次论争中又处于什么位置或者说扮演了什么样的角色呢？

吴："盘峰诗会"的召开，就是《诗探索》策划的。在这次会议之前，诗坛就出现了分化，尤其是青年诗人中。像西川、王家新，他们起步较早，在诗坛已经有了相当的影响，但是有些像徐江、伊沙，他们起步晚一点，希望在诗坛有自己的话语权。这当中有一些诗学主张上的分歧，也有一些是意气之争。"盘峰论争"，基本上是在先锋诗人内部的争论，它与"朦胧诗"论争不一样。"朦胧诗"时代是传统的、保守的艺术势力与年轻的艺术革新者之间的争论，而"盘峰诗会"不是。实际上"盘峰诗会"没有请那些比较守旧的人，尽管那些人的代表还健在，但是已经没有什么话语权了。"盘峰诗会"上,是所谓"口语写作"与"知识分子写作"之争,有艺术观念点之争,但他们的分歧在情绪化的对话中,被放大了。"知识分子"之中就没有口语写作吗?不是这样的,有些"知识分子"诗作也非常口语。反过来,"口语写作"的诗,知识分子气息照样很浓。韩东也好,于坚也好,伊沙也好,都是新时期的大学生,而不再是工农兵业余作者。而《诗探索》所要做的,就是给他们提供一个争论的讲台,避免站在某一派的立场上,始终保持着一个客观、公正的态度。

林:应该来说,不仅在"盘峰论争"中,《诗探索》是保持着一个公正的客观的态度,在之前的它所涉及的讨论中,都基本保持着比较公正客观的态度。

吴:对,像早期的"朦胧诗"讨论中,就既发表批判"朦胧诗"也发表为"朦胧诗"辩护的文章。后来风头比较紧,像发表江枫老师给孙绍振辩护的文章,是顶着压力的,别的刊物当时都发不出来。当时"朦胧诗"诗人和为"朦胧诗"辩护的评论家受到大规模的批判,到1983年的重庆诗会,进入一个高潮,把"三个崛起"联系到一起批。而《诗探索》则保持了冷静的态度,没有卷入这种批判。1984年以后,"批判精神污染"被叫停了,对"朦朦诗"的批判才慢慢消停下去,以后类似的政治运动式的批判就再也搞不起来了。

林:其实我们不难发现,《诗探索》本身十分关注与当代新诗发展实际的联系。《诗探索》设立了不少专题,这些专题往往紧贴当时比较受到关注的话题,这些专题最鲜明地展现出了其与中国当代新诗发展同呼吸的互动关系,例如"朦胧诗""第三代诗",以及"女性诗歌""知识分子写作""民间写作",等等。其实从某种意义上来说,通过考察《诗探索》能够触摸到中国当代新诗发展的脉动,那么《诗探索》在某种程度上是不是有着一种记录诗歌史的努力,或者说是内含着一种史家眼光?

吴:这是《诗探索》办刊的一个很重要的一条,就是我们要为新诗的发展保留档案。我们不能说是在写新诗史,但是我们希望把这个时代优秀的诗人、重要的诗人,让他在《诗探索》中定格、呈像,显示出来,这就能够为后人的研究新诗提供原始的资料。我们也会推出一些理论,哪怕这个理论不见得成熟,但是也代表了这个时代理论家的思考轨迹。《诗探索》实际上有一种所谓"历史意识",就是为我们这个时代的诗歌存档,给诗人们留下来行进的痕迹。因为,未来的出版物会越来越多,未来的文学史家，不一定都能接触浩如烟海的原作。当然，我们在"诗人论"中讨论过的诗人，我们所肯定过的诗人，不见得以后全都能站得住脚，后人会有他们的眼光，但相信也会有我们《诗探索》肯定过的诗人能够流传下来。

林：1996年11月《诗探索》编辑部主办了"字思维"与中国现代诗学研讨会，2002年8月，《诗探索》编辑部主办又主办了"字思维"与中国现代诗学第二次研讨会。"字思维"与中国现代诗学这个话题的出现有着怎样的契机呢？

吴：石虎先生是画国画的，同时又借鉴了现代技法。他是国画家，又是书法家。他的书法很有个性，澳门的银座酒店就展示了他的多幅书法作品。作为一位艺术家，他在绘画，特别是书法创作中，对汉字确实有了新的体悟。石虎在那篇《字思维》中，首先提出了"字思维"这个概念。"字思维"就是汉字思维，简单说每个汉字它的构成就带有一种诗意，这与拼音文字是不一样的。你比如说"男"字，最早的是在田里拿着铲子耕地的象形，"女"字最早的就是女性的乳房的象形。实际上每一个汉字，或者是象形，或者是指事，或者是会意，或者是形声，它都有一种构成，有一种汉字自身的诗意。中国人用汉字写诗，与外国人用拼音文字写诗是不一样的。用拼音文字写诗记的是音，用汉字写诗不仅有音，还有形，而且有由这个字所唤起的画面，这个画面本身就含有诗意。所以实际上"字思维"这个问题，才真正触及中国人写诗和外国人写诗的不同，中国诗人的思维方式跟西方诗人的思维方式的不同。文字不仅是一种工具，同时也是一种思维方式，就是说中国诗人写诗和西方诗人写诗的不同，就在于"字"唤起的诗性。有很多诗就是直接从汉字出发的，另外再加上字与字之间的组合，由"字象"而进入"意象"，由"意象"与"意象"的组合再进入"境界"，这样它和中国古代诗学的"意境"说等就联系起来了。所以"字思维"的研究是很重要的，到现在为止，它还是一个没有完成的研究，但是它开创了一个很重要的话题，就是中国现代诗学怎么走？我们不能简单地模仿西方，把西方的诗学全搬过来，借鉴是可以的，但是完全搬过来是不可能的。像十四行诗，你把它的格律完全搬过来成吗？为什么西方诗人的十四行诗用外文来念就特别和谐，而中国人写的十四行，别说那些拙劣的，就是那些高手写的，念出来的那种韵律感，还是不如西方原文。

林：目前文学刊物不少，关于诗歌的刊物也不在少数，在您看来，一份刊物要办好，最重要的是什么？

吴：最重要的，这个刊物应当要有自己的个性，独特性，这是区别于其他刊物的特征。如果这个刊物拿出来，可以被其他刊物所取代，或者与其他刊物大同小异，那这个刊物就没有什么存在价值了。现在，全国各省市自治区，都有作协，都会有一份文学刊物。许多地级市，也有了公开发行的刊物，像宁波有自己的《文学港》。这种刊物多数是综合性的，既发小说，又发诗歌，又发散文，还会发一些文艺评论，栏目俱全，这些刊物虽然名称不同，但是它的办刊宗旨、运作方式、版块安排，却大致相同，看起来就缺乏个性了。当然，这些刊物中也有运作很好的，在大致相同的格局中，办出了自己的特色。

《诗探索》的独特就在于它有自己的个性。它所发的文章，它所开设的栏目，不是一般的刊物都有的。比如现在很多地方刊物，包括高校学报，能够为一些诗人发表一两篇评论就不错了，不可能像《诗探索》这样，针对不同的对象，给不同的诗人开不同的栏目。而且《诗探索》推出的重点栏目，像"结识一个诗人"，往往是针对一位年轻诗人发一篇综合评论，发两篇作品的赏析，还要发这位诗人谈诗的文章，所以它是一个系统的构成。像这样精心策划的栏目，在一般的文学刊物和文学理论刊物上，是较少见到的。

要有自己的个性，有独特的特点，这就包括要设计独特的栏目，组织独特的话题。一个刊物，应当是有意识推进对某些问题研究的深入。像《诗探索》对"朦胧诗"的研究，它是逐步推进的。进入90年代以后，我们组织的一些重点栏目，有些栏目是持续讨论的，有些栏目，虽然有些间隔，但是也是会继续下去的。包括像"字思维"的话题，我们集中开了两次研讨会，但研究的主旨是实际上是贯穿下来的。类似"字思维"的话题，以后还有可谈的余地，当然也要等机会，考虑用什么方式再谈。

林：在您看来，《诗探索》对诗歌理论批评的发展，有着什么样的作用？

吴：我觉得如果提到《诗探索》所做的贡献，对诗歌理论研究的推进，是最重要的。因为，在《诗探索》之前，没有一个专门的诗歌理论刊物。一些综合性文学理论刊物，例如《文学评论》，1958年以后围绕新民歌的讨论，在何其芳的主持下，曾发表了几篇比较厚重的文章。这比当时《诗刊》发的泛谈学习民歌、泛谈诗歌形式的文章，实际上要深入得多。不过《文学评论》是综合性文学评论刊物，要兼顾古代文学、近代文学、现当代文学，要兼顾诗歌、小说、散文、文学理论等重要文体，不可能用很多篇幅讨论当代诗歌。所以《诗探索》应该说是应运而生的，对中国现当代诗人和作品加以研究，对中国新诗发展过程中的理论问题加以探讨，保留诗人和评论家前行的足迹，切实推进中国新诗的理论建设，为诗人服务，为当代和未来的读者服务，就是它的历史使命。

2016年7月18日下午三点于吴思敬家中
作者单位：《诗探索》编辑部

学术年谱（1978—2021）

吴思敬学术年谱（1978—2021）

王士强整理

1978年

3月11日，《读〈天上的歌〉——兼谈儿童诗的幻想》发表于《光明日报》。

5月，《读高士其的科学诗》发表于《诗刊》第5期。

6月12日，《"一个字"精神》发表于《北京日报》。

7月9日，《为文艺的趣味性恢复名誉》发表于《北京日报》。

7月23日，《野马与疲驴》发表于《北京日报》。

8月，《敬爱的周总理是运用语言的典范》发表于《北京师院学报》第3—4期合刊，与张寿康合作。

12月10日，《藏与露》发表于《北京日报》。

1979年

2月，《从阎王爱听屁颂谈起》发表于《中国青年》第2期。

5月13日，《著我》发表于《北京日报》。

5月26日，《要有警句》发表于《中国青年报》。

6月18日，《艺术的生命是真实》发表于《人民日报》。

7月19日，《托物言志》发表于《北京日报》。

12月8日，《标语口号与诗》发表于《中国青年报》。

1980 年

3月27日，《言与不言》发表于《北京日报》。

3月，《诗中"著我"》发表于《中学语文》第2期。

4月，《诗歌自注不宜多》发表于《作品》第4期。

5月，《当前诗歌创作中的语言混乱现象应引起重视》发表于《中学语文教学》第5期。

7月24日，《让人讲自己的话》发表于《北京日报》。

8月3日，《要允许"不好懂"的诗存在》发表于《北京日报》。

9月20日至27日，在北京定福庄煤炭干部管理学院参加中国作协《诗刊》社举办的"诗歌理论座谈会"，在会上做关于诗歌现代化的发言。

10月19日，《形与神》发表于《羊城晚报》。

10月28日，《动与静》发表于《羊城晚报》。

12月16日，《朦胧之美》发表于《厦门日报》。

1981 年

1月19日，《直与曲》发表于《羊城晚报》。

1月，《说"朦胧"》发表于《星星》第1期。

2月21日，《一个人不能骑两匹马》发表于《北京晚报》。该文后被选入《百家言》，陕西人民出版社1984年3月版，并转载于《光谱实验室》1988年第4期。

2月，《读林希〈无名河〉》发表于《诗刊》第2期。

4月，《时代的进步与现代诗》发表于《诗探索》第2期。

8月，《新诗讨论与诗歌批评的标准》发表于《福建文学》第8期。

9月，《"把心灵的波动铭记在物体上"》发表于《星星》第9期。

11月，《读柯蓝〈早霞短笛〉》发表于《诗刊》第11期。

12月，《评点江河〈让我们一起奔腾吧〉》发表于《诗探索》第4期。

1982 年

2月6日,《在艺术的搭界点上》发表于《北京日报》。

3月,《要打中读者的灵魂》发表于《海韵》第1期,广东人民出版社出版。

3月,《四人谈:读一九八一年新诗》发表于《诗刊》第3期,与刘斌、陈良运、苗雨时合作。

8月,《他找到了自己》发表于《丑小鸭》第8期。

9月,《向平凡处开掘黄金——读赵恺的诗》发表于《诗刊》第9期。

10月4日,《关于"外一首"》发表于《北京晚报》。

10月,《近年来诗歌评论四人谈》发表于《诗探索》第3期,与刘斌、陈良运、苗雨时合作。

11月5日,《爱的诗篇——读〈奇怪的客人〉》发表于《人民日报》。

1983 年

1月,《呼唤民族之魂——读邵燕祥的〈长城〉》发表于《长江》第1期。

2月,《评〈她放飞神奇的鸽群〉》发表于《诗刊》第2期。

2月,《读〈文章丛谈〉》发表于北京市语言学会编《语文知识丛刊》第5辑,地震出版社出版。

5月,《诗歌的写作》发表于《语言文学自修大学讲座》第15期。

6月,《新颖的构思,巧妙的对照——读〈闻一多先生的说与做〉》发表于《中学生》第6期。

7月,《思维训练的一般原则》发表于《语文教学之友》第7期。

8月,《思维概括性的训练》发表于《语文教学之友》第8期。

9月,《思维条理性的训练》发表于《语文教学之友》第9期。

10月,《学习写诗应注意什么》发表于《青年科学家》第4期。

10月,《结构篇》发表于《长城文艺》第5期。

11月，《评点〈妈妈，你不要怪我〉》发表于《鸭绿江函授创作中心教材》第11期。

11月，与朱先树共同编选的《一九八二年诗选》由人民文学出版社出版。

1984 年

1月，《他寻找纯净的心灵美——读顾城的诗》发表于《诗与评论》，与李建华合作，香港国际出版社出版。

2月，《古代战略家的雕像——读中篇小说〈望郢〉》发表于《解放军文艺》第2期。

2月，《评点〈远与近〉》发表于《鸭绿江函授创作中心教材》第2期。

3月，《评梁南〈爱的火焰花〉》发表于《诗刊》第3期。

3月，《想象训练的一般原则》发表于《语文教学之友》第3期。

4月，《〈黄鹤楼〉试析》《〈送友人〉试析》发表于《中学语文新篇目试析》，北京师范大学出版社出版。

5月，《再造想象能力的训练》发表于《语文教学之友》第5期。

6月，《创造想象能力的训练》发表于《语文教学之友》第6期。

7月，《追求诗的力度——江河和他的诗》发表于《诗探索》总第10期。

8月，《沿着心灵的轨迹——读〈鸡冠花紫红紫红〉》发表于《新港》第8期。

8月，《思维灵活性的训练》发表于《陕西教育》第8期。

8月至9月，《联想能力的训练》，连载于《语文教学与研究》第8期、第9期。

11月，《思维独创性的训练》发表于《北京教育》第11期。

12月3日，《盛开的莲、生命的力与炽热的诗——读任洪渊〈我选择夏天〉》发表于《语文报》。

1985 年

1月29日，在前门外正阳楼饭庄参加"北京市诗歌研究会"成立大会。张志民出任会长，研究会设七名理事，为理事之一。

1月，《男子汉的诗——青年诗人江河作品试析》发表于香港《中报月刊》第1期。

1月，《写作心理能力略说》发表于《成人写作》第1期。

2月12日，在新侨饭店参加中国作协创作研究室召集的诗歌座谈会。《文艺报》主编谢永旺主持，参加者有臧克家、张志民、李瑛、邵燕祥、绿原、朱子奇、牛汉、蔡其矫、袁可嘉、屠岸、谢冕、杨匡汉、刘再复、李黎、任洪渊、杨炼、吴家瑾、吴思敬。

3月，《谈新诗的分行排列》发表于《诗刊》第3期，后转载于新加坡诗人槐华编《我爱这土地》，马来西亚华校董事联合会总会1991年1月版。

4月，与杨匡汉、刘士杰等合作编选的《1983·中国新诗年编》由花城出版社出版。

5月15日，在新侨饭店参加诗刊社组织的茶话会。

8月4日，《诗美奥秘的新探求——读〈诗美艺术〉》发表于《工人日报》。

本年8月起至1985年5月，所著《诗歌教材》连载于中华全国总工会宣教部与工人日报社联合主办的《全国职工文学创作函授讲座》，每月一讲，共10讲，30万字。

10月，《写作与观察力》发表于《成人写作》第10期。

10月，《推测能力及其培养》发表于《语文教学通讯》第10期。

11月，《用心理学的方法追踪诗的精灵》发表于《诗刊》第11期，人大复印报刊资料《心理学》第11期转载，人大复印报刊资料《文艺理论》1986年第1期转载。

11月，专著《写作心理能力的培养》由北京出版社出版。该著1987年获"北京市高等学校哲学社会科学中青年优秀成果奖"。

12月23日至27日，在北京丰台区人民政府招待所参加北京市青年文学创作会议，参加诗歌组活动。

12月，《思维与写作》发表于《成人写作》第12期。

12月，与杨匡汉、刘士杰等合作编选的《1984·中国新诗年编》由花城出版社出版。

1986 年

1月6日，在人民文学出版社招待所参加人民文学出版社现代编辑室和中国当代文学研究会主办的"关于当前诗歌理论与创作对话会"。

3月，《角度的变换》发表于《未名诗人》第3期。

3月，《写诗，要先发现诗》发表于《中学生文学》第3期。

3月，《想象与写作》发表于《成人写作》第3期。

3月，《诗歌的写作》发表于北京自修大学汉语言文学教材《写作（下）·各体文写作概要》，北京广播学院出版社出版。

4月，《诗歌评论的写作》收录于刘锡庆等著的《文学评论的写作》，天津教育出版社出版。

5月，《透明的轻音乐派抒情诗——读叶笛的诗集〈少女的太阳〉》发表于《山花》第5期。

6月28日至30日，在南口虎峪一机部招待所参加北京作家协会等主办的"新诗潮研讨会"，就"新诗潮"的估价和展望做发言。

7月17日，张大成《写作心理能力的奥秘——评〈写作心理能力的培养〉》发表于《书刊导报》。

7月25日至31日，在呼和浩特参加中国当代文学研究会第五届学术年会暨新时期文学十周年学术研讨会，在会上做题为"新诗潮与新生代"的大会发言。

7月，《记忆与写作》发表于《成人写作》。

8月，与孙移山等合著的《文章学》由档案出版社出版。

9月，《痛苦使人超越——读梁小斌的〈断裂〉》发表于《星星》第9期。

11月，《多侧面地展示现代军人的心灵——读〈从梦河里漂来的花瓣〉》发表于《山西文学》第11期。

12月，与杨匡汉、刘士杰等合作编选的《1985·中国新诗年编》由花城出版社出版。

1987 年

2月，专著《诗歌基本原理》由工人出版社出版。该著1992年获

"北京市高等学校第二届哲学社会科学中青年优秀成果奖"。

2月,《诗的运动观》发表于《贵州社会科学》第2期。

3月,《超越现实超越自我——江河创作心理的一个侧面》发表于《诗刊》第3期。

4月,田增科《一本饶有新意的写作学新著——推荐〈写作心理能力的培养〉》发表于《中学语文教学》第4期。

6月6日,吴嘉《"诗的发现"的发现——读吴思敬〈诗歌基本原理〉》发表于《诗歌报》。

8月,《诗歌鉴赏的虚静心态》发表于《中学生文学》第7—8期。

9月,《诗歌鉴赏的迷狂心态》发表于《中学生文学》第9期。

10月27日至29日,参加北京作家协会等主办的"新诗潮研讨会"并做发言。

10月,《信息的内化与诗歌创作》发表于《诗神》第10期。

10月,《诗歌鉴赏的顿悟心态》发表于《中学生文学》第10期。

10月,专著《诗歌鉴赏心理》由辽宁人民出版社出版。

10月,《评析〈葱头的生命〉》《评析〈读郭小川的秋歌〉》发表于吴英、张灿雄编《名家评析成人习作选》,北京出版社出版。

11月18日,杨光治《一部有特色的诗歌论著——读〈诗歌基本原理〉》发表于《中国文化报》。

11月,《信息内化的条件》发表于《诗神》第11期。

12月,《诗人的幻觉》发表于《诗神》第12期。

12月,张大成《献给处于诗的年华的青年朋友——读〈诗歌基本原理〉》发表于《博览群书》第12期。

1988年

1月,《诗人的内在感官》发表于《诗神》第1期。

1月,《创作氛围的形成》发表于《青年学刊》第1期。

1月,《诗体总论》发表于《全国职工文学创作函授教材》第1期。

2月25日,刘毅《新领域的成功探索——评〈诗歌鉴赏心理〉》发表于《文论报》。

2月,《实用心态的摆脱》发表于《诗神》第2期。

3月3日，邹建军《缪斯的心理探索——读〈诗歌鉴赏心理〉致吴思敬》发表于《书刊导报》。

3月，《情感的控制》发表于《诗神》第3期。

5月11日，《晓晴的〈爱的夙愿〉》发表于《北京晚报》。

5月，《诗歌的创作氛围》发表于《巴山文艺》第3期。

5月至7月，《诗歌创作心理场的实质与效应》于《未名诗人》第5期、第6期、第7期连载。

8月，李保初《文学爱好者的益友——评介〈诗歌基本原理〉》发表于《青年学刊》第4期。

9月，《〈送你一束红烛〉序》发表于李林栋著《送你一束红烛》，昆仑出版社出版。

11月8日，在北京作家协会参加与台湾诗人罗门、林耀德的座谈会。

11月30日至12月3日，参加北京作家协会第二次代表大会。

12月，《〈朦胧诗名篇鉴赏辞典〉序言》《〈纪念碑〉赏析》《〈星星变奏曲〉赏析》发表于齐峰等编《朦胧诗名篇鉴赏辞典》，陕西师范大学出版社出版。

1989 年

3月，《林栋和他的诗》发表于《青少年读书指南》第3期。

5月，《诗歌创作中心理平衡的追求》发表于《文艺学习》第3期。

6月3日，《红烛：在血泪和沉思中凝成》发表于《新闻出版报》。

6月5日，《诗歌创作中的我向思维》发表于《文论报》。

10月，《写作学辞典·写作心理与风格部分》发表于刘锡庆主编《写作学辞典》，河北教育出版社出版。

11月，《诗歌创作中的潜思维》发表于《北京师范学院学报》（哲学社会科学版）第6期。

1990 年

4月，《批评是发现的事业——读〈文学的审美积淀〉》发表于《贵州社会科学》第4期。

4月,《诗歌创作中的灵感思维》发表于《青年学刊》第2期。

6月2日,被北京大学文学研究所中国新诗研究中心聘为"特约研究员"。

6月24日,《明净的生命之火——读林莽的诗》发表于《工人日报》。

6月,《〈人生研究〉序》发表于路茫著《人生研究》,贵族民族出版社出版,《文学窗》第2期转载。

6月,执笔《中学语文教学手册》中作文基础知识部分,北京教育出版社出版。

7月31日,《心灵的传记——读白木诗集〈目光潮〉》发表于《人民日报》。

9月15日至16日,在河北廊坊参加"苗雨时作品研讨会",做会议发言。

10月26日,《致赵恺》发表于《特区时报》。

本年,加入中国作家协会。

1991年

4月,《生命的抗争与人生的求索——读戴砚田诗集〈渴慕〉》发表于《文论月刊》第4期。

5月22日,应北京大学五四文学社约请,担任"五四文学奖"诗歌组的评委,参加评奖活动。

6月18日,《凌驾不羁的人生》发表于《北京日报》。8月收入艳齐著《因为爱你》,文化艺术出版社出版。

6月25日,《诗人要有一颗寂寞之心》发表于《诗人报》。

6月,《走向哲学的诗——读〈赵恺诗选〉》发表于《诗刊》第6期。

7月23日,在北京文联会议室参加"阵容抒情诗歌讨论会"。

8月,《〈突破自身〉序》发表于吴晓著《突破自身》,新疆青少年出版社出版,新加坡《海峡诗刊》1992年第8期转载。

10月23日至26日,在北京工程兵第二招待所参加"中国当代文学研究会第七届学术年会",并做大会发言谈官方诗坛与青年诗人创作的断裂。

11月,《闪烁的光透明的雾——〈新意度集〉读后》发表于《读书》第11期。

11月,《云无心以出岫——刘毅近年诗作漫评》发表于《文论月刊》第11期。

12月,《〈生命幻想曲〉赏析》《〈一代人〉赏析》发表于唐祈主编《中国新诗名篇鉴赏辞典》,四川辞书出版社出版。

1992年

1月22日,《挚爱与眼力——刘希亮和他的〈中国儿童歌谣500首〉》发表于《新闻出版报》。

4月25日至27日,在浙江师范大学参加"吴晓诗歌创作与理论研讨会",并在开幕式上发言。

6月,久益《"吴晓诗歌创作与理论研讨会"发言摘要》发表于《浙江师范大学学报》(哲学社会科学版)第3期。

8月8日,《崇高而无私的爱——〈世纪之爱——帅孟奇大姐传奇〉读后》发表于《文艺报》。

8月28日,《京华诗坛的几片新绿》发表于《北京晚报》。

8月30日,《独立人格的呼唤——沈尹默〈月夜〉赏析》发表于《山西经济报》。

9月27日,《燃烧的色彩——康白情〈和平的春里〉赏析》发表于《山西经济报》。

10月10日,《诗评家的诗——读张同吾的〈听海〉》发表于《文艺报》。

10月25日,《童趣的追寻——俞平伯〈忆·第二十二〉赏析》发表于《山西经济报》。

10月28日,在北京延庆参加龙庆峡诗会。

11月8日,参加首都师范大学分部与全国青年美学研究会联合主办的"当代文化与审美教育研讨会",并主持下午的研讨。

11月15日,《一个诗学命题的思考——宗白华〈诗〉赏析》发表于《山西经济报》。

11月15日至23日，在陕西作协招待所参加"鲁迅文学院西安笔会"，并为学员授课。与会专家有牛汉、林斤澜、牛志强等。

11月18日，《致曹增书》发表于《花季》。

11月29日，《自我的张扬——郭沫若的〈天狗〉赏析》发表于《山西经济报》。

11月，《错觉与诗的创造》发表于《未名诗人》第11期。

11月，《哲理·悟性·生命——〈北京文学〉近期诗作漫议》发表于《北京文学》第11期，人大复印报刊资料《中国现代、当代文学研究》1993年第1期转载。

12月，《评一种大散文观——〈沉船集〉读后》发表于《博览群书》。

12月，《〈月光之风〉序》发表于白木著《月光之风》，解放军文艺出版社出版。

12月，署名金栋编译的《中国古典文学名著白话精选文库·水浒传》由沈阳出版社出版，撰写《后记》。

1993 年

1月10日，《发现你自己》发表于《花季》。

1月，《营建诗歌的意象大厦——读〈意象符号与情感空间〉》发表于《山花》第1期。

3月13日，《华尔特·惠特曼，把你的声音给我——曹增书近期诗作漫评》发表于《文论报》，《市场文学》第1期转载。

5月18日，在中华文学基金会文采阁参加"食指、黑大春现代抒情诗研讨会"，就食指在中国当代诗歌史上的位置做发言。

5月，《致刘章》发表于《刘章诗文研究》，黄河文化出版社出版。

6月2日，《回归平静：爱的深化与超越》发表于《工人日报》。

6月，《诗歌创作中的理性加入》发表于《贵州社会科学》第6期。

6月，《〈拔卓特花园〉赏析》发表于《梁实秋名作欣赏》，中国和平出版社出版。

7月3日，《诗与宗教体验——梁宗岱〈晚祷之二〉赏析》，发表于《山西经济报》。

7月，《一颗烧不烂的头颅——读龙彼德诗集〈铜奔马〉》发表于《诗刊》第7期。

8月17日，在万寿寺中国现代文学馆参加以文晓村为团长的台湾葡萄园诗社大陆访问团的座谈会与诗歌朗诵活动。

8月，《简评〈人生的蜜月〉》发表于《艳齐抒情诗精选》，今日中国出版社出版。

9月，《1980—1992：新潮诗论鸟瞰》发表于《美学与文艺学研究》第1辑。

10月12日至13日，参加北京作家协会在卧佛寺举办的"诗歌创作联谊活动"，并在会上发言。会议期间传来顾城、谢烨在新西兰不幸去世的消息，为即将复刊的《诗探索》组织"关于顾城"的专栏。

10月，《自我意识的暂时失落》发表于《中外诗星》第5辑。

10月，编选的《磁场与魔方——新潮诗论卷》由北京师范大学出版社出版。

12月，《古钟的一击——读〈致X〉》发表于马启代主编《桑恒昌诗歌欣赏》，天津人民出版社出版。

1994年

1月，《〈英儿〉与顾城之死》发表于《文艺争鸣》第1期，人大复印报刊资料《中国现代、当代文学研究》第2期转载。

1月，《〈实用修辞新编〉序》发表于贺诚章编著《实用修辞新编》，开明出版社出版。

3月13日，在北京大学勺园宾馆会议室参加北京大学新诗中心为美籍学者奚密女士来大陆访问举行的座谈会。

3月24日，中国作家协会中华文学基金会拟出版《21世纪文学之星丛书》，作为编审委员会成员之一，参加第一次全体会议。会后带回三部书稿初审。

3月，《诗歌创作的虚静心态》发表于《文泽》第2期。

4月2日，在中华文学基金会参加"中国当代诗歌史写作和《诗探索》新刊座谈会"。

4月25日，在北京经济学院与该院的诗歌爱好者座谈，参加座谈的诗人有林莽、西川、莫非。

5月6日至8日，参加由《诗探索》编辑部组织的白洋淀诗歌群落寻访活动。7日在白洋淀乘船访问芒克等当年插队的大淀头村等处，8日上午在华北油田宾馆参加"白洋淀诗歌群落座谈会"，到会人员有牛汉、芒克、林莽、宋海泉、史宝嘉、甘铁生、刘福春、张洪波等。

5月27日，《野渡无人舟自横——〈横舟诗选〉印象》发表于《北京工人报》。

6月14日，在怀柔雁栖湖北京市计委培训中心参加由北京市作协主办的"当代散文理论讨论会"，并在会上发言。

6月21日至23日，在北京戒台寺牡丹院参加"21世纪文学之星丛书"评委会，评出入选作品15部。

8月，《虚静浅说》发表于《山花》第8期，人大复印报刊资料《文艺理论》第9期转载。

10月29日，参加在北京团结湖公园由诗探索编辑部主办的《中国新诗集版本回顾暨首届90年代中国新诗集展览》。

10月，《〈烛光摇曳的梦境〉序》发表于周培礼著《烛光摇曳的梦境》，新华出版社出版。

10月，《冲撞·融合·超越——民族文化建设途径刍议》发表于王锐生主编《建设有中国特色社会主义理论纵横谈》，首都师范大学出版社出版。

10月，《〈极色〉序》发表于向隽著《极色》，新华出版社出版。

10月，编著的《冲撞中的精灵——中国现代新诗卷》由陕西人民教育出版社出版。

11月，《〈文学价值与艺术选择〉编后记》发表于纪众著《文学价值与艺术选择》，百花文艺出版社出版。

本年起，诗歌理论刊物《诗探索》复刊，与谢冕、杨匡汉共同担任《诗探索》主编。该刊自2005年起分为理论卷、作品卷，独自担任理论卷主编。《诗探索》自1994年至2021年每年4辑，已共出版百余辑。其间出刊的出版社数度变更，分别为首都师范大学出版社、中国社会科学出版社、天津社会科学院出版社、时代文艺出版社、九州出版社、漓江出版社、作家出版社、中国传媒大学出版社。

1995 年

1月22日，《印象与思维的珍珠——辛笛〈风景〉赏析》发表于《中国青年报》。

1月，《说迷狂》发表于《诗神》第1期。

1月，《诗歌创作中的迷狂心态》发表于《文泽》第1期。

2月，《散文与诗的分野》发表于《北京作协通讯》第1—2期。

3月1日，《阳光的旋律——读向隽的诗集〈极色〉》发表于《工人日报》。

3月，《主观世界与客观物象的突破》发表于《抱犊》第2期。

3月，《诗歌创作中的焦虑心态》发表于《文泽》第2期。

4月7日，《沉寂之中的静观——关于中国当代诗坛的对话》发表于《中国文化报》。

4月29日，《〈极色〉的智性》发表于《作家报》。

5月18日，《读〈文学价值与艺术选择〉》发表于《吉林日报》。

5月20日，筹备并参加由《诗探索》编辑部主办的"当代女性诗歌：态势与展望研讨会"。

5月25日，《从强化到超越——孙悦所走过的道路》发表于《文学报》。

5月，《当代诗歌：思考及对策》发表于《作家》第5期。

5月，《诗歌创作中的快乐心态》发表于《文泽》第3期。

5月，《让传统进入现实的生存空间》发表于《博览群书》第5期。

6月12日至14日，在无锡市锡海宾馆参加"95华东五诗人诗歌作品研讨会"，在会上发言，并主持上海三位女诗人的研讨活动。

6月22日，《诗评家吴思敬比较女性诗歌与女性散文——缘何一冷一热》发表于《文学报》。

6月26日至29日，在国防大学同心楼招待所参加"21世纪文学之星丛书"，评出入选作品12部。

7月，《升腾诗意的翅膀》发表于《山东横向经济》第4期。

8月24日至28日，参加由中国当代文学研究会、首都师范大学、石家庄文联单位联合主办的"中国当代女性文学研讨会"，并主持开幕式。

9月,《〈浴女的第三只眼睛〉序》发表于杨景著《浴女的第三只眼睛》,团结出版社出版。

10月6日,在中华文学基金会文采阁参加由《诗探索》编辑部主办的"新加坡诗人槐华作品研讨会",并主持会议。

10月14日至18日,在山东石岛参加"第10届诗刊诗报联谊会",做关于诗歌现状的发言。

10月17日,陶林《中国诗坛的守望者——〈诗探索〉主编谢冕、杨匡汉、吴思敬访谈录》发表于《中华工商时报》。

10月27日至11月6日,在湖北参加《人民日报》文艺部主办的"清江笔会"。

12月14日,在北京雅宝路空军招待所参加由中国诗书画研究院组织的诗歌座谈会。

12月,《〈寻觅光荣〉编后记》发表于辛茹著《寻觅光荣》,百花文艺出版社出版。

1996 年

1月31日,《致刘章》发表于《石家庄日报》。

1月,《新生代诗人:印象与思考》发表于《青年文艺家》第1期。

3月14日,《女兵的风采——读辛茹诗集〈寻觅光荣〉》发表于《解放军报》。

5月,《〈泉与树〉简评》发表于《中国小作家优秀作品选评》,作家出版社出版。

6月,《为历史存真——读李德堂的诗》发表于《文艺动态》第3辑。

7月12日,《诗歌与货币》发表于《中国文化报》。

7月,《诗与梦》发表于《绿洲》第4期,人大复印报刊资料《外国文学研究》1997年第1期转载。

7月,《启蒙·失语·回归——新时期诗歌理论发展的一道轨迹》,发表于《诗刊》第7期,《新华文摘》第9期转载,《文艺界通讯》第5期转载,并收入《中国诗歌年鉴(1996年卷)》。

7月,主持申报的国家社科基金项目"1976—1996:中国新时期诗歌发展史略"获准立项，2000 年 1 月结项。

8 月 11 日，《诗歌创作中的升华现象》发表于《中国青年报》。

8 月，《诗歌创作与心理补偿》发表于《青春诗歌》第 7—8 期。

9 月，《言语动机的强化与言语痛苦的征服》发表于《科学诗刊》第 3—4 辑。

9 月，《评〈浴女的第三只眼睛〉》发表于《金城》第 5 期。

9 月，《信息重建与"功能固着"——诗歌创作心理探微》发表于《诗神》第 9 期。

9 月，《痛苦使人超越——读梁小斌的〈断裂〉》发表于丁国成主编《中国新时期争鸣诗精选》，时代文艺出版社出版。

10 月 4 日，《她从心灵深处燃起火光》发表于《文艺报》。

10 月，专著《心理诗学》由首都师范大学出版社出版。该著 1997 年获第六届全国教育图书展优秀专著类图书奖、1998 年获北京市第五届哲学社会科学优秀成果一等奖。

11 月 16 日，《语言诗学与史识》发表于《作家报》。

11 月，《90 年代大学生诗歌：拯救与超越》发表于《绿叶》第 6 期。

12 月，《自我实现的渴望与诗歌创作内驱力》，发表于《中国诗书画》第 12 期。

12 月，《〈诗学：理论与批评〉序》发表于陈旭光著《诗学：理论与批评》，百花文艺出版社出版。

1997 年

2 月，《把痛苦延展成薄如蝉翼的生命》发表于《诗神》第 2 期。

2 月，《世界华文作品鉴赏·诗歌卷序言》发表于李宝初等编《世界华文作品鉴赏·诗歌卷》，中华工商联合出版社出版。

3 月 1 日，新加坡热带出版社社长、《热带文艺》主编黄盛发博士发来邀请函，邀请谢冕、杨匡汉、吴思敬于 1997 年 5 月 24 日至 6 月 7 日访问新加坡和马来西亚。

3 月，《魔鬼与上帝进行的永恒战斗——诗歌创作内驱力说略》发表于《贵州社会科学》第 3 期。

4 月 10 日，《诗化人生的实录：读刘士杰的〈诗化心史〉》发表于

《文艺报》。

5月24日至6月7日，与谢冕、杨匡汉访问新加坡、马来西亚。其间5月26日访问热带出版社、联合早报社，接受联合早报社记者采访。27日访问新加坡国立大学，与中文系主任及部分教授就中国当代文学现状和课程情况等进行座谈。29日由新加坡飞往吉隆坡。访问南洋商报，接受南洋商报记者采访，访问马来西亚华校董事联合公总会（董总），参加欢迎会。30日上午访问马来西亚华社研究中心。下午出席由南洋商报社和"董总"联合主办的"中国新时期文学与21世纪海外新诗展望"文学座谈会。31日上午参加"《南洋商报》丛书新书推介礼"，下午访问马来亚大学，与中文系主任等就中文系学科建设、华文文学研究等问题座谈。6月1日乘飞机前往东马来西亚的诗巫，2日与诗巫当地诗人及文学青年座谈。3日在诗巫中华总商会参加"诗人的创造"座谈会。4日由诗巫飞往沙罗越首府古晋，参加由古晋南大校友会主办的"六月诗会"（文学讲座）。5日访问古晋诗人吴岸。6日由古晋飞回新加坡，晚间访问专治马华文学史的学者方修。7日在诗人严思家与当地诗人十余人座谈。

5月29日，《意象显现在语言之外》发表于《马来西亚日报》。

5月30日，《谈新诗的分行排列》发表于马来西亚《南洋商报》。

6月1日，访谈《吴思敬谈诗歌理论》发表于马来西亚《南洋商报》。

6月4日，《诗歌的深层意蕴》发表于马来西亚《诗华日报》。

6月15日，《读〈诗学：理论与批评〉》发表于《文论报》。

6月，《〈闭目而视〉序》发表于任悟著《闭目而视》，陕西师范大学出版社出版，《语文报》8月26日转载。

7月29日，《山里人的质朴——读海生的诗》发表于《文艺报》。

7月，《九十年代中国新诗走向摭谈》发表于《文学评论》第4期，人大复印报刊资料《中国现代、当代文学研究》第9期转载，《星星》1998年第1期转摘。

8月，《知觉的联通与诗的创造》发表于《诗潮》第7—8期。

8月，《中国大陆新时期诗歌理论发展概观》发表于新加坡《海峡诗刊》第8期。

9月11日，《诗人，发现你自己》发表于《马来西亚日报》。

9月，《诗歌创作中的表象思维》发表于《求是学刊》第5期。

9月,《世纪之交诗坛:抗争与回归》发表于《广西文学》第9期。

9月,《精神的逃亡与心灵的漂泊:90年代中国新诗的一种走向》发表于《星星》第9期。

10月,《渗透宗教精神的救赎境界——序〈灵魂的漂泊〉》发表于陈华梅著《灵魂的漂泊》,中国友谊出版公司出版。

12月9日,龙彼德《当代诗学建设的新收获——评吴思敬的〈心理诗学〉》发表于《文艺报》。

12月17日,《诗歌的女性视野——关于〈中国女性诗歌文库〉的多边对话》发表于《中华读书报》。

12月23日,《何谓"先锋"?》发表于《华夏诗报》。

1998 年

1月,《一位飘泊者的心路历程》发表于《诗刊》第1期。

2月,《心理场的实质与效应》发表于《诗神》第2期。

2月26日,《在困境中奏响的生命的强音》发表于《羊城晚报》。

3月14日,《诗歌内形式之我见》发表于《中国文化报》。

3月20日,《孕育复兴的诗坛——访〈诗探索〉主编、首都师大新诗研究室主任吴思敬》,于炜访谈,发表于《中国市场经济报》。

3月,《〈在瞬间逗留〉评点》发表于《诗刊》第3期。

4月,与陈旭光、谭五昌合作《私人化写作——天堂不收,俗人不食——九十年代诗歌态势三人谈》发表于《大学生》第4期。

4月,叶橹《诗歌理论:开拓新的视野——读吴思敬的〈心理诗学〉》发表于《教育艺术》第4期。

5月3日,《诗歌仍在不断发展——泉城访著名诗评家、〈诗探索〉主编吴思敬》,马知遥访谈,发表于《济南时报》。

6月18日,《读雨田的诗集〈阔别〉》发表于《马来西亚日报》。

6月,《记住罗丹——谈审美发现》发表于牛志强主编《寻找生活中的美》,江西教育出版社出版。

6月,吴开晋《〈心理诗学〉的启示》发表于《绿风诗刊》第6期。

8月,《诗人与他们的生活——吴思敬教授访谈录》,魏克访谈,发表于《诗歌月刊》第8期。

8月,《大地之子的歌吟》发表于新加坡《海峡诗刊》第8期。

8月,与张建业共同主编《文学原理》由中国社会科学出版社出版,撰写其中《文学的接受》。

9月27日,《白色花的宣言——阿垅〈无题〉赏析》发表于《中国青年报》。

9月,获由中国当代文学研究会女性文学委员会、中华文学基金会、中国作家协会创作研究部颁发的"首届中国当代女性文学建设奖"。

9月,谢冕《我读〈心理诗学〉》发表于《中国图书评论》第9期。

10月4日,《一首沉重而苍凉的歌——读于炼的〈故乡〉》发表于《济南日报》。

10月8日,《海生:生命与诗歌同在》发表于《作家报》。

10月9日,《食指:历史不会忘记》发表于《中国艺术报》。

11月9日至13日,在重庆师范学院参加"中国当代文学研究会第10届学术年会"。11日上午在重庆师范学院图书馆主持"嘉陵江诗话"活动。

11月,《〈逆光劳作〉序》发表于白连春著《逆光劳作》,百花文艺出版社出版。

12月22日,《评〈双桅船〉》《评〈北岛诗选〉》发表于《科学时报》。

12月,《诗人与他们的生活》发表于《诗刊》第12期。

12月,《〈钟声照耀的潮水〉序》发表于白木著《钟声照耀的潮水》,海潮出版社出版。

1999 年

3月,《躁动中蕴含生机——'98诗坛扫描》发表于《南方文坛》第2期。

3月,《从身边的事物中发现需要的诗句——九十年代诗歌印象》发表于《东南学术》第2期,人大复印报刊资料《中国现代、当代文学研究》第7期转载。

3月,《科学诗:真与美的宁馨儿》发表于《诗刊》第3期。

4月16日至18日,在北京平谷盘峰宾馆参加由北京市作家协会、中国社会科学院文学研究所当代室、《北京文学》杂志社、《诗探索》编辑部联合举办的"世纪之交：中国诗歌创作态势与理论建设研讨会"，筹备会议并与谢冕、兴安、李青主持会议。该会议成为"知识分子写作"与"民间立场"矛盾爆发的导火索，后被称为"盘峰论争"。

4月，《宗教体验的诗化》发表于《人民文学》第4期。

4月，《吴思敬教授访谈录》，谯达摩访谈，发表于《诗神》第4期。

6月15日，续鸿明《吴思敬：关注九十年代新诗》发表于《中国文化报》。

6月29日，《对历史与现实的双重思考》发表于《文艺报》。

6月，《90年代诗歌的平民化倾向》发表于《文艺研究》增刊第1期。

7月17日，《跋涉在黄土地上的诗人》发表于《人民政协报》，9月15日《文论报》转载。

7月26日，《世纪之交的诗歌论争：深刻的时代背景与没有估计到的缘由》发表于《太原日报》。

7月，《〈零点地铁丛书〉总序》发表于伊沙主编《零点地铁诗丛》，青海人民出版社出版。

7月，蒋登科《诗歌生成的心理探索——评吴思敬〈心理诗学〉》发表于《首都师范大学学报》第4期。

8月，《诗海探珠：一首沉重而苍凉的歌》发表于《语文学习》第8期。

8月，与殷之光共同主编的《校园朗诵诗选》（小学卷、中学卷、大学卷）由语文音像出版社出版，撰写其中"大学卷"序言。

9月18日，《诗歌薪火递向21世纪》发表于《阅读导刊》。

9月，编选的《九十年代文学潮流大系·主潮诗歌》由北京师范大学出版社出版。

9月，《读〈神童诗〉》发表于刘湛秋主编《名家品评·中华启蒙读物》，黄山书社出版。

9月，《九十年代中国新诗的走向》发表于李复威编选《世纪之交文论》，北京师范大学出版社出版。

11月9日，《诗的宿命》发表于《文艺报》。

11月12日至14日，在北京小汤山龙脉宾馆参加由《诗探索》编辑部、《中国新诗年鉴》编委会联合主办召开的"'99中国龙脉诗会",筹备会议并与谢冕、杨克主持会议。

11月,《世纪之交的中国大陆诗坛:抗争与回归》发表于新加坡《海峡诗刊》第11期。

11月,《〈水流云在〉序》发表于流逸著《水流云在》,内蒙古人民出版社出版。

12月2日,《90年代依然诗意盎然——访吴思敬教授》,王昕采访,发表于《中国文化报》。

12月11日,《掩泪入心》发表于《文艺报》,《文论报》2000年7月15日转载。

本年至2001年,任首都师范大学中文系主任;2001年至2003年,任首都师范大学文学院院长。

2000 年

1月1日,《世纪之交话新诗》发表于《中国文化报》。

1月,《舒婷:呼唤女性诗歌的春天》发表于《文艺争鸣》第1期,人大复印报刊资料《中国现代、当代文学研究》第7期转载。

2月,《诗化人生的写照——读罗亮的诗》发表于《名作欣赏》第2期。

4月,《中国女性诗歌:调整与转型》发表于《诗潮》第3—4期,人大复印报刊资料《中国现代、当代文学研究》第8期转载,《诗刊》2001年第3期选载。

5月23日,《90年代诗歌主潮》发表于《文艺报》,人大复印报刊资料《中国现代、当代文学研究》第6期转载,入选漓江出版社2001年1月出版的《2000中国年度文论选》。

5月,《诗是怎样被发现的》发表于鲁迅文学院主办《文学院》第3期。

5月,《独行的诗坛悟者——序流逸的〈水流云在〉》发表于《绿风诗刊》第3期。

6月3日,文殊《诗坛"醉翁"——记吴思敬先生》发表于《文艺报》。

6月，《读长诗〈大裂谷〉》发表于龙彼德著《中国式现代诗》，中国文联出版社出版。

6月，吴晓、潘正文《诗学：向生命本体的深入——读吴思敬诗学新著〈心理诗学〉》发表于《教育艺术》第6期。

7月，《抒情诗中的叙事性话语》发表于《文学院》第4期。

8月，《诗家论诗》发表于《星星》第8期。

10月13日，徐秀《吴思敬：和明月一起飘拂的诗境》发表于《人民铁道》报。

11月4日至9日，在广东肇庆参加"中国当代文学研究会第11届学术年会"。当选为中国当代文学研究会副会长兼秘书长。

11月，《裂变与分化：世纪之交的先锋诗坛》发表于《文艺研究》第6期，《中国社会科学文摘》2001年第2期转摘。

12月，《当今诗歌：圣化写作与俗化写作》发表于《星星》第12期，《现当代文学文摘卡》2001年第2期转摘，《诗刊》2001年第11期转载。

2001 年

1月22日，《冲撞与整合：回望20世纪中国新诗》发表于《人民日报·海外版》。

1月，《新诗，究竟有没有传统》发表于《粤海风》第1期。

1月，《跨越精神死亡的峡谷——论食指的诗》发表于《淮北煤师院学报》（哲学社会科学版）第1期。

1月，《成熟起来的诗心》发表于谭湘、荒林主编《花雨·飞天卷》，花山文艺出版社出版。

1月，《开阔而深邃》发表于谭湘、荒林主编《花雨·飞云卷》，花山文艺出版社出版。

1月，《深厚的理论造诣与细腻的文风》《我看女性诗歌》《舒婷：呼唤女性诗歌的春天》《较强的逻辑思辨力》发表于谭湘、荒林主编《花雨·飞鸟卷》，花山文艺出版社出版。

2月，《血浓于水的思乡曲——读余光中的〈乡愁〉》《女性人格独立的宣言——读舒婷的〈致橡树〉》发表于王丽主编《新讲台：学者教授讲析新版中学语文名篇》，中央编译出版社出版。

3月，《世纪之交的大陆先锋诗坛》发表于台湾《创世纪》诗杂志总166期。

3月，《转型期的中国社会与当代诗歌主潮》发表于《江苏行政学院学报》第2期，人大复印报刊资料《中国现代、当代文学研究》第7期转载，《新华文摘》第8期以《90年代中国诗歌的平民化倾向》为题摘要转载，并收入《中国新时期诗歌研究资料》，山东文艺出版社2006年4月版。

4月20日，《闲话〈神童诗〉》发表于《羊城晚报》。

5月，与陶东风、魏家川、王光明等《文学的泛化——关于当前文学批评与文化研究的对话》发表于《山花》第5期。

6月，《树和人》发表于《人民文学》第6期。

7月，论文集《诗学沉思录》由辽海出版社出版。

8月，获中华人民共和国国务院颁发的"政府特殊津贴"。

9月，获中华人民共和国教育部授予的"全国优秀教师"称号。

9月，《跋涉在诗歌评论的道路上》发表于《山花》第9期。

9月，《李金发诗学思想评析》发表于何万真主编《诗画双馨——林风眠李金发诞辰100周年纪念文集》，花城出版社出版。

10月，《〈西川的诗〉评语》发表于《诗刊》第10期。

11月1日至9日，在韩国尚志大学进行学术交流，并做学术报告。

2002年

3月，《落月满屋梁犹疑照颜色——深情缅怀张寿康先生》发表于胡明扬、郝荣斋主编《文章学研究》第1辑，河北少年儿童出版社出版。

4月，《当下女性诗歌的走向与其他——答〈诗潮〉编者问》发表于《诗潮》第3—4辑。

4月，《"字思维"说与现代诗学建设》发表于《廊坊师范学院学报》（哲学社会科学版）第2期。

5月23日至26日，在韩国东亚大学参加学术会议，并做学术报告。

5月，《20世纪新诗理论的发展途径》发表于《淮北煤师院学报》（哲学社会科学版）第3期，人大复印报刊资料《文艺理论》第9期转载，并收入《2002中国年度文论选》，漓江出版社2003年2月版。

6月，《〈槐华的诗长征〉序》发表于槐华著《槐华的诗长征》，新加坡朝晖艺术及文化公司出版。

6月，与谢冕共同主编的《字思维与中国现代诗学》由天津社会科学院出版社出版。

7月，《叶硬经霜绿，花肥映雪红——〈他们〉述评》发表于《贵州社会科学》第4期，人大复印报刊资料《中国现代、当代文学研究》第9期转载。

8月21日，《世纪之初的中国诗坛开局不错》发表于《中华读书报》。

9月6日，《藏书记》发表于《文艺报》。

10月11日，《大学不能让人文精神缺席》发表于《湘声报》。

11月8日至10日，在广西师范大学参加"中国当代文学研究会第12届学术年会"，主持开幕式并做大会发言。

11月，论文集《走向哲学的诗》由学苑出版社出版。

11月，《歌词与现代诗的审美差异》发表于《江苏行政学院学报》第4期。

11月，罗振亚、徐志伟《值得信赖的诗评家——读吴思敬的〈诗学沉思录〉》发表于《南方文坛》第6期。

11月，《二十世纪新诗理论的几个焦点问题》发表于《文学评论》第6期，《中国社会科学文摘》2003年第2期转载，《新华文摘》2003年第3期转载，人大复印报刊资料《中国现代、当代文学研究》2003年第4期转载，并收入《2003中国年度文论选》，漓江出版社2004年2月版。

2003年

1月5日，法国诗人亨利·德里（Henri Deluy）、圣-雅克·维冬（Jean-Jacque Viton）、伊利亚娜吉·罗东（Liliance Giraudon）到访首都师范大学中国诗歌研究中心，参加中法两国诗人的座谈，参会的中国诗人有林莽、任洪渊、车前子、莫非、潞潞、蓝蓝等。以文学院院长身份出席并讲话。

1月，《李金发与中国象征主义诗学》发表于《首都师范大学学报》

（哲学社会科学版）第1期。

1月，《生命姿态的逼真展示——评牛庆国的诗歌创作》发表于《飞天》第1期。

1月，《西部的，乡土的，现代的——〈热爱的方式〉序》发表于牛庆国著《热爱的方式》，作家出版社出版。

2月4日，《诗歌理论的核心园地》发表于《羊城晚报》。

3月20日，《欲为诗先修德》发表于《中国文化报》。

3月，《歌唱的诗与阅读的诗》发表于《词刊》第3期。

7月，《多维视野中的大学生诗歌》发表于《江汉论坛》第7期，《文学报》2004年1月22日转载。

8月1日，《工具书，我看重实用、权威和专业》发表于《中国图书商报》。

8月，《我观高考作文与诗》发表于《诗选刊》第8期。

8月，《中国新诗理论：在现代化进程中的诗学形态》发表于《中国诗歌研究》总第2辑。

9月21日至10月9日，赴美国，其间访问纽约福坦莫大学，并与美华文学学会进行学术交流。

9月，《诗的世界与语文世界》发表于《语文世界》第9期。

11月，吕家乡《探寻诗的精灵守护当代诗坛——读吴思敬的〈诗学沉思录〉》发表于《文艺评论》第6期。

12月5日至12日，在台湾佛光大学参加"两岸现代诗学研讨会"，并在会上发表演讲。

2004 年

1月5日，《女性文学的繁荣与张扬》发表于《中国妇女报》。

1月，《科学家与诗的对话——李荫远先生〈新诗100首赏析〉读后》发表于《物理》第1期。

1月，《新媒体与当代诗歌创作》发表于《河南社会科学》第1期，人大复印报刊资料《中国现代、当代文学研究》第5期转载，《新华文摘》第10期转载，并收入《1949—2000中国诗歌研究上卷》，敦煌文艺出版社2008年9月版。

1月，刘玮《叩响你心灵居所之门——读吴思敬〈走向哲学的诗〉》发表于《绿风》第1期。

2月6日，韩国东亚大学金龙云教授、金素贤女士到首都师范大学中国诗歌研究中心交流访问，并与诗歌中心签署学术交流、合作的协议。作为诗歌研究中心副主任参加协议签署仪式。

2月，与郑敏、谢向红、霍俊明等《关于新诗传统的对话》发表于《诗潮》第1—2期。

3月8日至18日，访问荷兰莱顿大学汉学院，与柯雷教授等进行学术交流，并为汉学院的研究生及访问学者做关于中国当代诗歌的学术报告。

4月，与艾若、韩歆、张大为等《对话：新媒体与当代诗歌创作》发表于《诗潮》第3—4期。

5月15日，筹备并主持由中国当代文学研究会、北京师范大学外国语学院和首都师范大学中国诗歌研究中心联合主办的"郑敏诗歌创作与诗歌理论研讨会"。

5月，《新诗已形成自身传统》发表于《文艺争鸣》第3期，人大复印报刊资料《文艺理论》第8期转载。

5月，主持申报的国家社科基金项目"20世纪中国新诗理论史"获准立项，2011年11月结项，鉴定等级为优秀。

6月，与肖远骑、王晨等《对话：新诗与基础教育》发表于《诗潮》第5—6期。

4月27日，《山的凝重，水的灵动——〈黄河魂〉印象》发表于《文艺报》。

5月，《城市化视野中的当代诗歌》发表于《河南社会科学》第3期，《文汇报》2005年2月27日转载。

9月15日，主持首都师范大学首位驻校诗人江非的入校仪式。

10月15日至18日，在辽宁师范大学参加"中国当代文学研究会第13届学术年会"。主持开幕式并做大会发言。

11月，与杨志学、孟泽、王珂等《对话：当代诗歌创作中的"身体写作"》发表于《南方文坛》第6期。

12月24日，《一卷丛书一群新星》发表于《中国艺术报》。

2005 年

3月,《西部诗歌审美意识的超越——姚学礼诗歌印象》发表于《甘肃社会科学》第2期。

4月,与屠岸、张立群、杨志学等的对话《诗歌圣殿的朝圣者》发表于《诗潮》第3—4期。

5月12日,《为精神的生存而抗争——评骆英〈都市流浪集〉》发表于《文艺报》。

5月,《20世纪新诗思潮述评》发表于《江苏行政学院学报》第3期。

6月,专著《诗歌鉴赏心理》由台北扬智文化事业股份有限公司出版。

7月,与王光明、林莽、子川等的笔谈《新诗与语文教学》发表于《扬子江诗刊》第7期。

8月,编选的《牛汉诗歌研究论集》由时代文艺出版社出版。

8月,杨志学《诗歌批评的至高境界》发表于《中国图书评论》第8期。

9月,《中国新诗:世纪初的观察》发表于《文学评论》第5期,人大复印报刊资料《中国现代、当代文学研究》2006年第1期转载,《中国社会科学文摘》2006年第2期转摘。

9月,《牛汉:新诗史研究的重要课题》发表于《湖南社会科学》第5期。

11月3日,《一座诗的丰碑——评刘忠华长诗〈甲申印度洋祭〉》发表于《文艺报》。

11月10日,《新世纪·华文诗歌·现代诗——访中国当代文学研究会副会长、〈诗探索〉主编吴思敬》,梁智华访谈,发表于《玉林日报》。

11月,《世纪初的中国诗坛》发表于《文艺争鸣》第6期。

11月,《好诗共享:〈落花〉》发表于《诗刊》第11期。

本年,主持申报的教育部人文社会科学重点研究基地重大项目"20世纪中国诗歌史研究资料选辑"获准立项,2017年3月结项,鉴定等级为优秀。

2006 年

3月,《从黑夜走向白昼——21世纪初的中国女性诗歌》发表于《南开学报》第2期,人大复印报刊资料《中国现代、当代文学研究》第7期转载,并收入《中国文学理论批评文选(2006—2007)》(上卷),作家出版社2008年3月版。

4月21日至23日,在密云康乾行宫度假村参加由首都师范大学中国诗歌研究中心举办的"《中国诗歌通史》第四次编写会议",并做会议发言。

5月18日,《诗化人生的路》发表于《文艺报》。

5月,《本世纪初中国新诗的几种态势》发表于《诗刊》(上半月刊)第5期。

5月,《童话诗人:顾城——〈顾城精选集〉序》发表于《顾城精选集》,北京燕山出版社出版。

6月,与张桃洲共同主编的《普通高中课程标准实验教科书·语文选修·中国现代诗歌散文欣赏》由人民教育出版社出版。

8月,《欲为诗,先修德》发表于《诗刊(上半月刊)》第8期。

8月,《新媒体与当代诗歌创作》收入《2005中国文学年鉴》,中国文学年鉴社出版。

9月,《面向底层:世纪初诗歌的一种走向》发表于《南方文坛》第5期,《华夏诗报》9月25日转载。

9月,《一切尚在路上——新诗经典化刍议》发表于《江汉论坛》第9期,收入《2006年文学批评新选》,文化艺术出版社2007年1月版。

10月19日至25日,在韩国首尔参加韩中诗人会议,并做学术报告。

10月,《子川:凝重的中年写作》发表于《诗刊》(下半月刊)第10期。

11月2日至5日,在四川师范大学参加"中国当代文学研究会第14届学术年会"。主持开幕式并做大会发言。

11月17日至20日,在日本东京驹泽大学参加"从'诗意'的生成机制看中国现代诗"学术研讨会,并做学术演讲。

12月,与张桃桃洲共同主编的《普通高中课程标准实验教科书·语文选修·中国现代诗歌散文欣赏教师教学用书》由人民教育出版社出版。

2007 年

1月，与张立群合作的《诗歌的"想像"与"真实"——从现象出发论"诗歌伦理"问题》发表于《南都学坛》第1期。

2月，《"新世纪文学"，还是"世纪初文学"？——关于当下文学命名的思考》发表于《文艺争鸣》第2期。

2月，《始终牢记自己是农民的儿子》发表于《诗刊》（下半月刊）第2期。

3月，《生命向地层深处生长》发表于刘亚洲主编《名家评于炼的诗》，时代文艺出版社出版。

4月，选编的《南永前图腾诗探论》由时代文艺出版社出版。该书2009年11月获第七届"全国当代少数民族文学研究优秀成果奖"。

5月，《图腾诗：民族诗歌发展的一种可能》发表于《民族文学研究》第3期。

6月，《诗的鉴赏与心灵的自由感》发表于《诗潮》第5—6期。

7月5日，主持由诗刊社、首都师范大学中国诗歌研究中心联合举办的"李小洛诗歌创作研讨会"。

7月，《当下诗歌的代际划分与"中生代"命名》发表于《文学评论》第4期，《诗刊（上半月刊）》第11期转载，并收入《2008中国文学年鉴》，中国文学年鉴社2009年1月版。

7月，《舞成一团火的红绸子——邰筐诗歌印象》发表于《诗刊》（下半月刊）第7期。

8月23日，《地之子的恋歌》发表于《文艺报》。

9月13日，《一颗平常的诗心一个本真的自我——荣荣近期诗作印象》发表于《文艺报》。

9月，《论邵燕祥40年代后期的诗歌创作》发表于《中国现代文学研究丛刊》第5期，人大复印报刊资料《中国现代、当代文学研究》第12期转载。

10月19日至20日，在北京紫玉饭店主持由首都师范大学中国诗歌研究中心主办的"现当代诗歌：中韩学者对话会"。

10月，与屠岸、谢冕、梁平等的《田禾诗歌六人谈》发表于《诗刊》（下半月刊）第 10 期。

11 月 1 日，《自由的精灵与沉重的翅膀》发表于《文艺报》。

11 月，《寻找灵魂与良知——邵燕祥在当代诗坛的意义》发表于《江苏行政学院学报》第 6 期。

11 月，《卢卫平："向下"与"向上"》发表于《诗刊》（下半月刊）第 11 期。

11 月，姜玉琴《新时期诗学的探路者——吴思敬诗学理论初探》发表于《南方文坛》第 6 期。

12 月 7 日至 9 日，在北京稻香湖景酒店参加由首都师范大学中国诗歌研究中心举办的"《中国诗歌通史》编委会第五次会议"，就《中国诗歌通史》编撰相关事宜进行讨论。

12 月 16 日，在北京裕龙大酒店参加"首都师范大学中国诗歌研究中心第七届学术委员会年会暨 2007 年年终总结会"。

12 月，《〈背对时间〉序》发表于子川著《背对时间》，江苏文艺出版社出版，该文后发表于《星星》（下半月刊）2008 年第 5 期。

2008 年

1 月 12 日，在北京裕龙大酒店参加由首都师范大学中国诗歌研究中心主办的"梁小斌诗歌创作研讨会"，筹备并主持该会议。

1 月，《〈海在山外〉序》发表于师榕著《海在山外》，甘肃人民美术出版社出版。

1 月，《穆旦研究：几个值得深化的话题》发表于《南开学报》（哲学社会科学版）第 1 期，人大复印报刊资料《中国现代、当代文学研究》第 5 期转载。

2 月，《镜中之像：阿毛的诗世界》发表于《长江文艺》第 2 期。

3 月 4 日，《诗的发现》发表于《山西日报》。

3 月 29 日至 30 日，在北京昌平区凤山温泉度假村参加由北京大学中国新诗研究所、首都师范大学中国诗歌研究中心联合举办的"叶维廉诗歌创作研讨会"，筹备会议并主持开幕式。

3 月，《播撒诗的种子》发表于《中学语文教学》第 3 期。

4月14日，在首都师范大学国际文化大厦主持"诗人的春天在中国——中法诗歌现状座谈会"。

5月4日至7日，在澳门大学参加"第二届当代诗学论坛"，做学术报告。

5月，获中共北京市教育工作委员会授予的"北京市高校优秀共产党员"称号。

5月，《诗人的悲悯情怀——牛庆国〈杏花〉导读》发表于《诗选刊（下半月刊）》第5期。

6月25日，在首都师范大学国际文化大厦主持由诗刊社、首都师范大学中国诗歌研究中心联合举办的"李轻松诗歌创作研讨会"。

6月，《当下诗坛的中年写作》发表于《文艺争鸣》第6期。

8月，《〈神童诗〉的启蒙意义》发表于《小学语文》第7—8期。

9月19日，主持"华文青年诗人奖颁奖暨首都师范大学驻校诗人入校仪式"，首都师范大学第五位驻校诗人邰筐入校。

9月，《当前中学新诗教学的几个问题：访诗歌评论家吴思敬教授》，李节访谈，发表于《教育科学文摘》第5期。

9月，《风前大树：彭燕郊诗歌论》发表于《文学评论》第5期。

9月，与张清华、公刘、洛夫等的笔谈《从不同视角看郁葱》发表于《诗潮》第9期。

9月，《〈人生如歌〉序》发表于曾德英著《人生如歌》，太白文艺出版社出版。

10月2日至6日，在美国波士顿参加"第二届西蒙斯中国诗歌国际研讨会"，做学术报告。

10月24日至27日，在山东师范大学参加"反思与创新：中国新时期文学三十年国际学术研讨会暨中国当代文学研究会第15届学术年会"，主持开幕式。

10月，《纯情的呼唤与沉思的品格——读王莹的诗》发表于《诗歌月刊（上半月刊）》第10期。

10月，与赵敏俐、李轻松、张旭等《诗歌与戏剧联姻的可能性——李轻松诗剧〈向日葵〉研讨会》发表于《中国诗歌研究动态》第5辑。

12月，《梁平长诗〈三十年河东〉序》发表于梁平著《三十年河东》，四川文艺出版社出版。

12月，《跋涉在诗歌评论的道路上》发表于王浒、庞文弟主编《桃李芬芳社会栋梁——北京市属高等学校优秀毕业生事迹撷英》（上），中国广播电视出版社出版。

2009 年

1月10日，在首都师范大学国际文化大厦参加由首都师范大学中国诗歌研究中心举办的"《中国诗歌通史》编委会第六次会议"。

1月，《五四精神与中国新诗》发表于《中国文艺家》第1期。

3月，《建构中国的现代史诗》发表于《当代文坛》第2期。

4月17日，在首都师范大学国际文化大厦参加由首都师范大学中国诗歌研究中心主办的"诗人的春天在中国——中法诗人座谈会"并发言。

4月18日至20日，在北京市紫玉饭店参加由首都师范大学文学院、首都师范大学中国诗歌研究中心联合主办的"诗歌与社会"学术研讨会，并做《诗人的角色与在当下社会的定位》的发言。

4月27日，主持台湾诗人向明先生到访首都师范大学中国诗歌研究中心的演讲与座谈。

5月，《沉重的历史，沉重的爱——评〈蓝色恋歌十四行〉》发表于《文学港》第3期。

6月1日，主持美国诗人阿法到访首都师范大学中国诗歌研究中心并与中心师生进行座谈交流的活动。

6月27日，在首都师范大学国际文化交流中心主持由中国作协诗刊社、首都师范大学中国诗歌研究中心联合举办的"邰筐诗歌创作研讨会"。

6月，与简政珍、傅天虹共同主编的《两岸四地中生代诗选》由作家出版社出版。

6月，《诗人的时间意识——阎志〈明天的诗篇〉略说》发表于《诗刊（上半月刊）》第6期。

7月，《心理定势与诗歌鉴赏》发表于《燕山大学学报》（哲学社会科学版）第4期。

8月3日，《诗的鉴赏与心灵的自由感》发表于《学习时报》。

8月，《董培伦〈蓝色恋歌十四行〉序》发表于董培伦著《蓝色恋歌十四行》，吉林大学出版社出版。

9月11日，在首都师范大学国际文化大厦参加由诗刊社和首都师范大学中国诗歌研究中心联合举办的"第七届华文青年诗人颁奖暨第六位驻校诗人入校仪式"，诗人阿毛驻校。

9月16日至19日，在福州参加由福建师范大学文学院与中国当代文学研究会联合召开的"21世纪中国现代诗第五届研讨会暨'现代诗创作研究技法'学术讨论会"。

9月25日，在海南澄迈参加"澄迈·诗探索奖"颁奖典礼，该奖项由首都师范大学中国诗歌研究中心与海南省澄迈县人民政府合办。

9月26日，在海南师范大学文学院参加由首都师范大学中国诗歌研究中心、海南师范大学海南当代文学研究所联合主办的"诗人江非诗歌创作学术研讨会"。

9月，论文《新诗经典化断想》获首届"《诗潮》优秀诗歌评论奖"。

9月，《第七届华文青年诗歌奖获奖评语》发表于《新华文摘》第17期。

10月28日，在首都师范大学国际文化大厦参加由首都师范大学中国诗歌研究中心为庆祝牛汉先生86岁生日举行的宴会。

10月31日，在首都师范大学国际文化大厦参加由中国当代文学研究会与首都师范大学中国诗歌研究中心联合主办的"袁可嘉诗歌创作与诗歌理论研讨会"，筹备并主持会议。

12月18日至20日，在北京春晖园温泉度假村参加由首都师范大学中国诗歌研究中心举办的"《中国诗歌通史》编委会第七次会议"。

2010 年

1月16日，在北京紫玉饭店参加"中国诗歌研究中心第九届学术委员会年会暨2009年年终总结会"。

1月，《归来的艾青与新时期的诗歌伦理》发表于《廊坊师范学院学报》（哲学社会科学版）第1期，收入《艾青诞辰100周年学术研讨会论文集》，团结出版社2011年5月版。

3月20至21日，在香山商务会馆参加北京大学新诗研究所举办的"《新诗评论》创刊五周年座谈会"。

3月25日，在人民大会堂浙江厅参加由中国作家协会、浙江省人民政府联合举办的"艾青诞辰一百周年纪念会"。

4月5日，《心灵深处的歌唱——吴思敬教授访谈录》发表于《语文导报》，记者闻瑛。

4月23日至25日，在陕西安康市参加"中国安康诗歌创作基地授牌仪式"和"2010汉江·安康诗歌年"启动仪式。

4月29日，在北京参加"中国当代文学研究会校园文学委员会成立大会暨首届学术年会"，并做"开展校园文学研究新局面"的报告。

5月7日至9日，在白洋淀参加"白洋淀之春——新世纪主题诗会"，在会上做主题发言。

5月，《新诗：呼唤自由的精神——对废名"新诗应该是自由诗"的几点思考》发表于《文艺研究》第3期。

6月9日至11日，在浙江象山参加"殷夫诞生百周年学术研讨会"，在会上做题为"重读殷夫，还原殷夫"的发言。

6月26日至28日，参加"中国新诗：新世纪十年的回顾和反思——两岸四地第三届当代诗学论坛"。主持开幕式，并提交论文《仰望天空与俯视大地》。

7月3日，主持由首都师范大学中国诗歌研究中心主办的"阿毛诗歌创作研讨会"。

7月10日，参加"北京师范大学当代新诗研究中心成立大会"，并在会上发言。

7月26日至27日，参加中国作家协会在北戴河召开的"中国新诗理论研讨会"，并在会上发言。

8月20日至22日，参加首都师范大学中国诗歌研究中心召开的"中国诗歌通史第八次编写会议"。

9月4日至6日，参加在北京鸿翔大酒店举行的"第五届鲁迅文学奖·诗歌奖终评委员会第一次会议"。

9月12日，在北京大学参加"北京大学诗歌研究院成立大会"，与葛晓音教授共同主持"诗歌：古典与现代研讨会"。

9月21日至22日，在上海松江参加"华文青年诗歌奖及当代青年诗歌创作研讨会"。

10月14日至17日，参加在北京市鸿翔大酒店举行的"第五届鲁迅文学奖·诗歌奖终评委员会第二次会议"。

10月19日，在武汉市参加由武汉市文联主办的"阿毛诗集《变奏》研讨会"，提供论文并发言。

10月23日至24日，在沈阳师范大学参加由中国当代文学研究会、《文艺争鸣》编辑部与沈阳师范大学联合举办的"新世纪文学十年研讨会"，主持第一场讨论，并做大会发言。

10月，《仰望天空与俯视大地——新世纪十年中国新诗的一个侧面》发表于《文艺争鸣》（上半月）第10期。

10月，主编的《中国新诗总系·理论卷》由人民文学出版社出版。

11月19日，在首都师范大学参加由中国当代文学研究会、人民文学出版社、首都师范大学中国诗歌研究中心联合主办的"屠岸诗歌创作研讨会"，代表中国诗歌研究中心致辞。

11月26日至12月1日，在海南师范大学参加"新时期与新世纪文学国际学术研讨会暨中国当代文学研究会第16届学术年会"，主持开幕式并做《回顾与反思：新世纪十年的中国新诗》的大会发言。

11月29日，《白杨树与"纸上铁轨"》发表于《文艺报》。

11月，《新世纪十年：一轮不温不火的诗歌热正在中国大陆悄然兴起》发表于《诗潮》第11期。

12月3日至5日，在珠海参加"苏曼殊诗歌奖评审会"和"诗意栖居——珠海诗歌论坛"。

12月20日，在北京师范大学文学院参加《罗门先生新著〈我的诗国〉发布会》。

2011年

1月，与宋晓冬合编的《郑敏诗歌研究论集》由学苑出版社出版。

1月，《吴思敬：诗路纪程三十年》，王士强访谈，发表于王能宪、陈骏涛主编《足迹：著名文学家采访录》，中国工人出版社出版。该文并以《诗路纪程三十年：诗评家吴思敬访谈》为题，发表于《星星》（下半月刊）2011年第3期，《青年文学》中旬刊第8期转载。

2月15日，在中国作家协会参加由中国作家协会重点作品扶持办公室和生活·读书·新知三联书店联合主办的"《生正逢时——屠岸自述》

研讨会",并做发言。

3月19日至20日,在宽沟北京市政府招待所参加由北京大学新诗研究所主办的"《中国新诗总系》研讨会",并在开幕式上讲话。

3月26日,在中国现代文学馆参加由中国作家协会主办的"《张炯文存》出版座谈会",并在会上发言。

3月28日,获得由《中国当代诗歌》编委会、国际诗歌翻译研究中心、《世界诗人》(混语版)杂志社主办的"中国当代诗歌奖(2000—2010)·中国当代诗歌批评奖"。

3月,霍俊明《吴思敬与"朦胧诗人"二三事》发表于《南方文坛》第2期。

4月27日,《与谢冕先生一起圆梦》发表于《中华读书报》。

5月7日,在国家图书馆"文津讲坛"做题为"心灵的自由与诗的发现"的学术讲座,接受国家图书馆颁发的"国家图书馆'文津讲坛'特聘教授"聘书。

5月28日至29日,参加由北京大学中国诗歌研究院、深圳市作家协会主办的"2011中国年度诗会暨大望诗歌节"活动。在"年度诗会论坛"上做总结发言。

5月,《归来的艾青与新时期的诗歌伦理》发表于叶锦编《艾青诞辰100周年学术研讨会论文集》,团结出版社出版。

6月3日,作为中坤诗歌奖评委参加"中坤诗歌奖初评会议"。6月24日赴中坤大厦终审投票。

6月8日至11日,在宁夏固原市参加"轻扣大地之门——著名诗人、诗评家走进西海固诗会",在固原市举行的研讨会,在泾原县、西吉县举行的对话会上做发言。

6月23日,《诗人要有责任有担当——访首都师范大学教授、评论家吴思敬》,史晓琪访谈,发表于《河南日报》。

6月26日至27日,在南开大学参加由中国当代文学研究会与南开大学文学院联合召开的"中国现代诗歌语言国际研讨会",在开幕式上代表中国当代文学研究会致辞。

7月1日,《让新诗给学生程式化思维"松绑"》发表于《未来导报》。

8月5日,在中央民族大学参加由中央民族大学、《民族文学》杂志社、《世界文学》杂志社、首都师范大学中国诗歌研究中心联合主办的"全球化视野下诗人吉狄马加学术研讨会",在开幕式上发言。

8月8日至12日,参加由青海省人民政府、中国诗歌学会主办的"第三届青海湖国际诗歌节",向诗歌节提交论文《诗人应当是一个民族中关注天空的人》,主持诗歌节"高峰文化论坛"。

8月,与张同吾等共同主编的《中国当代流派诗选》由中国文联出版社出版。

9月23日至26日,在台北教育大学参加"中生代诗人:两岸四地第四届当代诗学论坛",向大会提交《当下诗坛的中年写作》的论文,在研讨会上发言,在会议闭幕上做会议总结。

9月,《还原殷夫的艺术个性》发表于《中国现代文学研究丛刊》第9期。

10月15日至20日,在厦门参加"第三届中国诗歌节",在诗歌节论坛上做《新诗已形成自己的传统》的大会发言。

10月22日至23日,在北京卧佛山庄参加"新诗与浪漫主义研讨会",代表首都师范大学中国诗歌研究中心致辞。

10月26日,《新诗已形成自己的传统》发表于《中国艺术报》。

10月28日至31日,在山东济南参加"山东省泰山文艺奖"(文学创作奖)评奖,任诗歌、散文、报告文学评奖委员会副主任。

10月,论文集《自由的精灵与沉重的翅膀》由安徽教育出版社出版。

11月17日至18日,在温州市文成县参加"盛世文成·2011年度《青年文学》诗歌奖颁奖仪式暨诗歌研讨会",为获奖诗人颁奖,在研讨会上发言。

12月3日至5日,在湛江师范学院参加"21世纪中国现代诗第六届研讨会",主持开幕式,并在闭幕式上做会议总结。

12月6日,在北京大学百年讲堂参加"2011年第三届中坤国际诗歌奖颁奖典礼",代表中坤国际诗歌奖评委会给获奖日本诗人谷川俊太郎先生颁奖。

12月15日,《新诗已形成自身的传统——郑敏认为"新诗到现在还没有形成自己的传统"一议》发表于《华夏诗报》。

12月19日至21日,在厦门大学参加"中国女性文学第十届国际学术研讨会",在开幕式上代表中国当代文学研究会讲话,在闭幕式上做本届研讨会的学术总结。

12月31日至次年1月2日，在云南大理学院参加"2012·天问中国新诗新年峰会"，主持"丰富与多元：60年代出生的中国诗人研讨会"，并做研讨会总结发言。

12月，《艾青和"五七"受难者的回归》发表于《中国诗歌研究》第8辑。

2012 年

1月，与宋晓冬合作《郑敏：诗坛的世纪之树》发表于《河南社会科学》第1期。

2月8日至9日，在燕郊燕龙宾馆参加由中国当代文学研究会校园文学委员会主办的"全国教师文学奖评审会议"，并以评委会副主任的身份主持评审会议。

3月4日，陈培浩《吴思敬：执着背后的"诗心"》发表于《东莞时报》。

3月10日至11日，在江苏太康市沙溪镇参加"中国新诗论坛（2012年，沙溪）——新诗的经典化问题"，向大会提交论文"关于中国新诗经典化问题的思考"，并做大会总结发言。

3月26日，作为终审评委，在中国现代文学馆参加由中国当代文学研究会女性文学委员会主办的"2011年度优秀女性文学终评会"。

4月25日，在北京西苑饭店参加中国诗歌学会第三次全国代表大会，当选为中国诗歌学会副会长。

4月，《英雄的雕像》发表于《诗刊（上半月刊）》第4期。

4月，《〈郑敏文集〉总序》发表于《郑敏文集》，北京师范大学出版社出版。

5月25日，在中国现代文学馆参加"首届教师文学表彰奖暨全国教师文学研讨会"，在会上代表中国当代文学研究会校园文学委员会致开幕词《教师文学：永不衰竭的园丁之歌》，并为获奖教师颁奖。

5月，《文艺争鸣》开设"当代学者话语系列·吴思敬"专题，共四篇文章，分别为：吴思敬《心灵的自由与诗的超越性》、沈奇《摆渡者的侧影：仁者无疆——吴思敬诗学精神散论》、张桃洲《走向哲学的诗性探询——吴思敬诗歌批评的意义》、罗小凤《追踪诗的精灵——诗学家吴思敬论》。

6月3日至4日，在济南舜耕山庄，参加"中国济南徐志摩研讨会"，在会上做"徐志摩在中国诗坛地位及其诗歌的经典化问题"的发言，并在研讨会结束时做总结。

6月17日，在中国现代文学馆做公益讲座，题目为"诗人应当是一个民族中关注天空的人"。

6月21日，《这世界需要一个写诗的阿伲人》发表于《中国文化报》。

6月26日，在北京大学英杰交流中心参加由北京大学诗歌研究院、北京大学中文系、北京大学出版社联合举办的"诗意的人生和学术——《谢冕编年文集》出版发布暨学术座谈会"，做题为"中国当代诗坛——谢冕的意义"的发言。

6月28日，在北京师范大学英东学术会堂，参加由北京师范大学外国语学院主办的"《郑敏文集》首发式暨郑敏诗歌创作70周年座谈会"，并以《郑敏文集》总序作者的身份就郑敏诗歌创作与诗学研究的成就发言。

6月，《诗人应当是一个民族中关注天空的人》发表于《艺术评论》第6期。

6月，与赵敏俐共同主编的《中国诗歌通史》（11卷）由人民文学出版社出版；担任其中"当代卷"的主编。该丛书于2014年获北京市第十三届哲学社会科学优秀成果特等奖、2015年获教育部第七届高等学校科学研究优秀成果一等奖。

6月，霍俊明主编的《诗坛的引渡者——吴思敬诗学研究论集》由长江文艺出版社出版，全书收"综论""专评""感忆""对话""评传"等五十余篇、三十余万字。

7月6日，在紫玉饭店参加首都师范大学驻校诗人徐俊国诗歌创作研讨会。代表首都师范大学中国诗歌研究中心致辞，并做总结发言。

7月22日，《新诗经典化，尚在路上——吴思敬访谈录》发表于《姑苏晚报》。

8月11日，在青海海北州金银滩参加由青海省文联主办的"青海国际土著民族诗人帐篷圆桌会议"，向会议提交题为《全球化语境下土著民族诗人的语言策略》的论文，并在会上发言。12日在青海湖参加"青海湖诗歌广场揭幕仪式"。

8月15日至20日，参加由《诗刊》社组织的"中国诗人'走新疆、品喀什'采风活动"。

9月18日，在北京紫玉饭店参加"首都师范大学中国诗歌研究中心驻校诗人入校仪式"，诗人宋晓杰入校。

9月24日至10月4日，与赵敏俐教授应荷兰莱顿大学东亚文化研究中心主任柯雷教授邀请，赴荷兰莱顿大学进行学术交流访问。

9月，《吉狄马加：创建一个彝人的诗国》发表于《民族文学研究》第5期。

9月，《〈郑敏文集〉总序》发表于《北京师范大学学报》（社会科学版）第5期。

9月，陈卫《撒播诗的新绿——吴思敬1980年代以来的诗学研究》发表于《首都师范大学学报》（社会科学版）第5期。

9月，汪璧辉《守望"自由"，呼唤宽容——吴思敬对中国新诗发展的反思》发表于《长沙理工大学学报》（社会科学版）第5期。

10月13日，在深圳参加由深圳市戏剧家协会组织的"第一朗读者"活动，接受深圳剧协授予的"第一朗读者诗歌奖"评委会名誉主任的匾牌。

10月16日，在中国现代文学馆参加"辛笛百年诞辰纪念座谈会"，在会上做题为"一个有水一般智慧的诗人——辛笛百年诞辰感言"的发言。

10月19日至21日，在北京紫玉饭店参加由北京大学新诗研究所和首都师范大学中国诗歌研究中心主办的"新诗批评与细读研讨会"，主持会议开幕式及主题发言。

10月31日，刘士杰《与思敬相知30年》发表于《中华读书报》。

10月，与王芳合编的《看一支芦苇——辛笛诗歌研究文集》由学苑出版社出版。

10月，《中国诗歌研究动态·第10辑·新诗卷》设"吴思敬诗学理论研究"专题，共六篇文章，分别为：子张《星河望尽证诗心》、龚奎林《智者魅力，长者情怀——论吴思敬教授的诗学贡献》、金慈恩《新诗现代化历程的和谐与融合》、王士强《持守常识，鼓励探索——论吴思敬的诗歌评论》、陈亮《同路人和持灯者——吴思敬先生之于当代诗歌》、龙扬志《先生之爱》。

11月2日至3日，首都师范大学中国诗歌研究中心与《河南诗人》编辑部在郑州河南饭店联合举办"吴思敬诗学思想研讨会"，来自全国各地的专家、学者、诗人等六十余人与会，会议论文集结为《诗坛的引渡者——吴思敬诗学研究论集》《吴思敬诗学思想研讨会论文集增补部分》。

11月20日，在北京中坤大厦参加"屠岸先生九旬华诞学术研讨会暨屠岸译《英语现代主义诗选》新书发布会"，在会上做题为"'诗是我的宗教'——屠岸先生90寿辰感言"的发言。

11月23日至26日，在徐州江苏师范大学参加"中国当代文学研究会第十七届学术年会"，主持大会主题发言，并为中国当代文学研究第十一届优秀成果奖获得者颁奖。

11月，《诗化的人生之路》发表于《绿风》第6期。

11月，《中国当代诗坛：谢冕的意义》发表于《南方文坛》第6期。

11月，张松建《理论的自觉与批评的睿智——吴思敬先生的中国新诗研究》发表于《文学与文化》第4期。

12月14日，在首都师范大学中国诗歌研究中心参加"首都师范大学驻校诗人回访活动"，并在会上发言。

12月15日至16日，在798艺术创新园区诗歌生活剧场，参加由朝阳区文化馆与《诗探索》编辑委员会主办的"打开窗户·新诗探索四十年"系列活动。

12月，《"看一支芦苇"——辛笛先生百年诞辰怀想》发表于《中国现代文学研究丛刊》第12期。

2013年

1月6日，《梦因情起诗缘梦生》发表于《光明日报》。

1月18日，在北京大学英杰交流中心参加由北京文艺网、北京大学中国新诗研究所等单位主办的"诗歌创作与网络生态"学术研讨会，在会上做主题发言。

1月，《一个有水一般智慧的诗人》发表于《东吴学术》第1期。

2月，易彬《守望诗歌与自由》发表于《星星》（诗歌理论）第2期。

3月，《风雨过后见彩虹——徐志摩的历史定位及其诗歌的经典化问题》发表于《廊坊师范学院学报》（社会科学版）第2期。

3月，罗振亚《成功的"突破"：评吴思敬主编〈中国诗歌通史·当代卷〉》发表于《诗刊》（上半月刊）第3期。

3月，吴晓、王治国《论吴思敬诗学思想的主体论特质》发表于《当代作家评论》第2期。

4月6日至8日，在江苏太仓市沙溪参加由江苏省作家协会等主办的"第二届中国新诗沙溪论坛"，会议的中心议题是"中国新诗建设：问题与对策"，提交论文并发言。

5月12日，在北京裕龙国际酒店参加由首都师范大学文学院和中国语言大学《中国文化研究》编辑部主办的"中国诗歌通史理论研讨会"，做题为"关于《中国诗歌通史·当代卷》写作的几点思考"的发言。

5月18日，在北京师范大学文学院参加"沈浩波诗集《命令我沉默》研讨会"，并在会上做总结发言。

6月2日，在首都师范大学中国诗歌中心会议室，参加由首都师范大学中国诗歌研究中心举办的"安琪诗歌研讨会"，做题为"安琪：把诗与生命融合在一起的诗人"的发言。

6月6日，在中国出版集团会议室参加"《中国新诗编年史》新书发布暨研讨会"。

6月22日至23日，在天津南开大学参加"两岸四地第五届当代诗学论坛"，在会上致开幕词，并做总结发言。

7月10日，在北京紫玉饭店参加"首都师范大学驻校诗人宋晓杰诗歌创作研讨会"，做会议总结。

7月，《特立独行心系中华——台湾诗人郭枫印象》发表于《扬子江评论》第4期。

7月，《南方文坛》设"现象解读·吴思敬的意义"专题，共四篇文章：程光炜《吴思敬先生印象》、周晓风《吴思敬一二》、李文钢《剖析"诗心"播种美——浅谈吴思敬先生的诗歌评论》、刘晓翠《真诚·宽容·哲思——读〈自由的精灵与沉重的翅膀〉》。

8月13日，在北京师范大学京师大厦参加北京师范大学国际写作中心主办的"'从伤口长出翅膀'：文学在古老东方的使命——阿多尼斯与莫言及中国作家的对谈"，在对谈中发言。

8月16日，在武汉出席"第五届闻一多诗歌奖评审会议"，任评委会主任，主持评奖工作。

8月18日至23日，参加第三届亚北欧诗歌行动。在赫尔辛基附近波罗的海的游船上，与北欧诗人聚会。访问芬兰北部伊瓦洛、伊纳里，访问挪威北部的希尔克内斯、位于巴勒支海旁侧的俄国与挪威的库格边境通道，乘坐海达路德午夜阳光号邮轮前往瓦尔德。在海达路德邮轮上举办以"诗歌与文化越境"为主题的国际研讨会，在会上发言，由胡续冬翻译。在活动期间参加多场由中国诗人与北欧诗人共同举行的朗诵会。

8月23日，《把诗与生命融合在一起的诗人》发表于《文艺报》。

8月27日，在湖南新化举行"天下梅山·白红雪诗歌研讨会"。主持第一场研讨，并做总结发言。

8月28日，《刘福春和他的〈中国新诗编年史〉》发表于《中华读书报》。

8月，王士强《评吴思敬主编的〈中国诗歌通史·当代卷〉》发表于《中国现代文学研究丛刊》第8期。

9月7日至8日，由中国当代文学研究会与山东大学威海分校主办的"21世纪中国现代诗第七届研讨会"在山东大学威海分校国际学术中心举行。代表中国当代文学研究会致开幕词，并做会议总结。

9月24日，在北京紫玉饭店参加"首都师范大学第十位驻校诗人杨方入校仪式"，代表诗歌中心致辞。

9月28日，在北京今日美术馆参加"杨键诗歌创作研讨会"。

10月10日，在中国社会科学院文学研究所参加"中国当代文学研究会常务理事会"。

10月10日，《牛汉：中国诗歌的良心》发表于《北京日报》。

10月27日，上午在海南澄迈福山咖啡风情文化镇举行"2013澄迈·诗探索奖颁奖典礼"，在会上就"诗探索奖"的宗旨、沿革等做发言，并为获奖者颁奖。下午在同一地点举行由海南大学人文传播学院、《湛江师院学报》主办的"草根性诗学研讨会"，在会上就草根性诗学这一概念提出的意义和局限做发言。

10月28日，在海南师范大学人文学院为该院的现当代文学、文艺学、比较文学方向的研究生做题为"心灵的自由与诗的发现"的讲座。

10月31日，在中国作家协会参加中宣部关于当前文学状态的调研会，在会上就当前诗歌创作情况做发言。

10月，《读杨键长诗〈哭庙〉》发表于《星星》（诗歌理论）第10期。

11月1日，《学院派为何与文学现场越行越远？——访首师大中国诗歌研究中心副主任、中国当代文学研究会副会长吴思敬》发表于《中国艺术报》，记者金涛。

11月18日至20日，在澳门大学参加"第二届南国人文论坛·现代文学与比较文学研讨会"，做大会主题发言，题为"邵燕祥诗歌论"。

11月21日，《心存大爱，守望诗坛——怀念诗人韩作荣》发表于《北京日报》。

11月23日至24日，参加由首都师范大学中国诗歌研究中心、首都师范大学文学院、北京大学中国新诗研究所主办的"中国现代诗歌语言与形式研讨会"，主持首场研讨，并做题为"新诗呼唤自由的精神"的发言。

11月，《困惑与解蔽——关于〈中国诗歌通史·当代卷〉写作的几点思考》发表于《中国文化研究》冬之卷。

11月，《在苦难中打造的金蔷薇——邵燕祥诗歌论》发表于《首都师范大学学报（社会科学版）》第6期，人大复印报刊资料《中国现代、当代文学研究》2014年第4期转载，《新华文摘》2014年第7期转载。

11月，论文集《吴思敬论新诗》由中国社会科学出版社出版。

12月18日至22日，在青海德令哈市参加由青海民族文化促进会、中共海西州委宣传部主办的"首届大昆仑文化高峰圆桌会议"，做题为"大昆仑文化与当代诗歌精神的建构"的发言。同时被授予"大昆仑文化杰出文艺理论奖"，在会上致获奖感言。

2014 年

2月10日，《诗歌：让心灵自由飞翔》发表于《人民政协报》。

2月25日，《中国文学史研究的一座丰碑——评〈中国文学通史〉》发表于《人民日报》。

3月16日，在北京师范大学京师大厦参加"北京师范大学驻校诗人欧阳江河先生入校仪式暨'历史记忆与文化书写：欧阳江河创作三十年研讨会'"。在会上就欧阳江河诗歌创作对当下诗坛的意义做发言。

3月29日，在北京师范大学附属中学参加由中国当代文学研究会校园文学委员会主办的"2014年全国校园文学工作会议暨常务理事会"，在会上做总结发言。

3月，《一个南方的汉子眼里的新疆》发表于《绿风》第2期。

4月12日，在北京裕龙国际大酒店参加"中国诗歌研究史与中国诗歌研究资料选辑工作会议"。

4月，《目睹一位青年诗评家的成长》发表于《星星》（诗歌理论）第4期。

4月，周芷含《吴思敬：给现实一双童话的眼睛》发表于《诗歌月刊（下半月）》第4期。

5月24日，在中国现代文学馆参加由中国少数民族作家协会、中国作家协会创研部、人民文学杂志社、民族文学杂志社共同主办的"吉狄马加长诗《我，雪豹……》研讨会"。

5月25日，在北京船山书院主持由中国当代文学研究会、首都师范大学中国诗歌研究中心联合主办的《"生命之光"——侯马诗歌创作研讨会》。

5月28日，在首都师范大学文学院报告厅作学术讲座《诗歌，让心灵自由飞翔》，由超星学术视频全程录像。

5月29日，在宜昌剧场参加中国诗歌学会、宜昌市人民政府联合举办的"中国屈原诗歌奖颁奖暨端午诗会"，作为颁奖嘉宾为"中国屈原诗歌奖"金奖获得者颁奖。

6月5日至7日，在香港岭南大学参加"两岸四地第六届当代诗学论坛"，代表中国当代文学研究会致开幕词，在会上做题为"郑敏的诗歌与诗论"的发言。

6月，获"首都师范大学离退休干部'学习之星'"称号。

7月2日，刘波《贯注自由的诗学精神》发表于《中华读书报》，为《吴思敬论新诗》书评。

7月6日，在紫玉饭店主持"首都师范大学驻校诗人杨方诗歌创作研讨会"。

7月9日，《以梦为马，以诗言志》发表于《中华读书报》。

7月15日至19日，在四川绵阳参加由中华人民共和国文化部、中国作家协会、四川省人民政府主办的"第四届中国诗歌节",并在诗歌节"诗歌论坛"上做题为"诗歌:让心灵自由飞翔"的发言。

7月21日,张德明《新诗本原问题的求思与阐解——读〈吴思敬论新诗〉》发表于《文艺报》。

7月,刘波《新诗研究的自由立场与探索精神——谈吴思敬的新诗理论研究》发表于《艺术评论》第7期。

7月,《"北大"三剑客:西川、海子、骆一禾》发表于《文艺争鸣》第7期。

7月,《现代女性心灵的自我拯救——读从容的诗》发表于《海南师范大学学报》第7期。

8月,《心灵与自然的雄浑交响——读吉狄马加长诗〈我,雪豹……〉》发表于《名作欣赏》(上旬刊)第8期。

9月17日,在北京参加长江文艺出版社主办的"李少君诗集《我看见》、徐南鹏诗集《自然集》新书发布会",在会上发言。

9月18日,主持"2014年首都师范大学驻校诗人慕白入校仪式"。

10月17日,《诗教传统与文化传承》发表于《人民日报》。

10月24日,《苏轼对今天的三点启示——三亚国际诗歌节有感》发表于《光明日报》。

10月31日至11月3日,在香山饭店参加由首都师范大学中国诗歌研究中心、首都师范大学文学院、北京大学中国新诗研究所联合举办的"如何现代,怎样新诗——中国诗歌现代性问题学术研讨会"。

10月,《论北岛》发表于《中国现代文学研究丛刊》第10期。

10月,《仰望天空:通向精神的灵性书写》发表于《人生与伴侣》第10期。

11月3日,《峭岩与当代军旅诗的新变》发表于《文艺报》。

11月23日至25日,在浙江文成参加"2014年度华文青年诗人奖颁奖仪式暨诗歌研讨会",代表评委会宣读"2014年度华文青年诗人奖获奖公告",并在研讨会上做总结发言。

11月29日,上午在金龙潭饭店参加"首都师范大学驻校诗人十周年回顾活动研讨会",主持会议。下午参加"首都师范大学驻校诗人十周年回顾诗歌朗诵会"。

11月30日,在北京师范大学京师大厦参加"向着无边的诗与思之路：北京师范大学驻校诗人西川入校仪式暨创作三十年研讨会",在会上致辞。

11月,《诗人与校园》发表于《艺术评论》第11期。

11月,主编的《诗人与校园——首都师范大学驻校诗人研究论集》由漓江出版社出版。

12月1日,在中国现代文学馆参加由中国作家协会创研部、中国作家协会诗歌委员会、陕西省作家协会主办的"'文学陕军'诗歌创作座谈会",在会上就陕西诗人伊沙和李小洛的创作发言。

12月19日,上午在中国作家协会会议室参加由诗刊社主办的"第29届青春诗会与会诗人作品研讨会",在会上就浙江诗人江离的创作发言。下午在北京师范大学京师学堂参加由北京师范大学国际写作中心与中华文学史料学学会举办的"白洋淀诗歌群落研讨会",并在会上发言。

12月,《心灵与自然的雄浑交响》发表于《民族文学》第12期。

2015年

1月24日,在稻香湖景酒店参加"中国诗歌研究中心第十四届学术委员会会议暨中国诗歌理论学术研讨会"。

1月,《在孤独中前行的高速夜行车》发表于《名作欣赏》第1期。

2月9日,在中国作家协会参加由中国作家协会创研部、《诗刊社》、《文艺报》主办的"'草根诗人'现象与诗歌新生态研讨会",做题为"由余秀华现象引发的关于当前诗歌生态的思考"的发言。

2月13日,《诗歌给了他们放飞理想的另一个世界》发表于《文艺报》。

2月,论文集《中国当代诗人论》由中国社会科学文献出版社出版。

3月21日,在无锡参加由江苏作家协会主办的"中国新诗百年论坛"开坛仪式,并参加"新诗百年传统的构建及不足"论坛,做题为"对古代与西方诗学文化的双重超越——百年新诗传统之我见"的发言。

4月25日,在邯郸学院参加由邯郸学院与河北省雁翼研究会主办的"第二届雁翼学术研讨会暨《雁翼传》出版座谈会"。在开幕式上就雁翼研究的意义及雁翼创作成就做发言。

5月31日,在昆明参加"第十一届'滇池文学奖'颁奖典礼暨当代文学论坛"。为获奖者颁奖,并在"当代文学论坛"上就作家的心灵自由问题做发言。

5月,受聘北京大学中国诗歌研究院首届研究员。

5月,《新诗"自身传统"构建及其不足》发表于《扬子江诗刊》第3期。

5月,师力斌《自由诗的自由与难度——兼谈吴思敬的新诗自由观》发表于《湖南文学》第5期。

6月6日至7日,在安徽师范大学参加由中国当代文学研究会与安徽师范大学中国诗学研究中心主办的"21世纪中国现代诗第八届研讨会"。在开幕式上代表中国当代文学研究会致辞,在闭幕式上为大会做总结发言。

6月12日至15日,在台北福华国际文教会馆参加"两岸文学刊物主编高峰论坛"。在会上就海峡两岸诗歌发展的现状与交流问题做发言。

6月26日至30日,在瑞士洛桑大学参加"瑞中诗歌研究座谈会",就中国与瑞士的诗歌发展、现状,以及诗歌教学等问题进行交流,在发言中介绍中国当代诗歌发展的概况。

7月2日至3日,在巴黎法兰西学院汉学研究所参加由法国东亚文明研究所与首都师范大学中国诗歌研究中心主办的"诗歌史、诗歌选、诗歌的经典化研讨会"。在会上做题为"《中国诗歌通史当代卷》写作的几点思考"的发言。

7月8日,在北京紫玉饭店参加"首都师范大学驻校诗人慕白诗歌创作研讨会",并主持会议。

7月27日,王永《当代诗歌的守望者——吴思敬新著〈中国当代诗人论〉读后》发表于《文艺报》。

7月,《诗歌星空中的一块发光体——胡风诗歌理论述评》发表于《首都师范大学学报(社会科学版)》第4期。

8月4日,在中国社会科学院文学研究所以《中国大百科全书》第三版中国当代文学卷副主编的身份,参加"《中国大百科全书》第三版中国当代文学卷编委会"。

8月7日,《民族精神的诗化》发表于《人民日报》。

8月21日,在门头沟斋堂中坤山庄参加由中共门头沟区委宣传部、北京作家协会、首都师范大学中国诗歌研究中心主办的"张志民诗歌创作研讨会"。在开幕式上致辞，并主持一场学术研讨。

8月，与李文钢合编的《苦难中打造的金蔷薇——邵燕祥诗歌研究论集》由学苑出版社出版。

9月9日，在中国社会科学杂志社参加由中国社会科学杂志社主办的"当代中国文学的现状与思潮"学术研讨会。

9月17日，下午在金龙潭大酒店参加并主持"2015年首都师范大学驻校诗人冯娜入校仪式"。晚，在首都师范大学文科楼参加"台湾诗人陈育虹作品朗诵会及对话会"，并做总结发言。

9月30日，在北京出版集团会议室参加由《十月》杂志社与浙江慈溪市文联举行的"袁可嘉诗歌奖"终审评审会议，评出诗集奖、诗论奖、译诗奖各一部。

10月23日，在安徽黟县中坤大酒店参加由北京大学中国诗歌研究院、首都师范大学中国诗歌研究中心、福建师范大学文学院联合主办的"孙绍振诗学思想研讨会"，在开幕式上发言，并向会议提交论文《孙绍振〈新的美学原则在崛起〉的诗学史意义》。

10月31日至11月1日，在北京卧佛山庄参加由北京大学中国诗歌研究院与首都师范大学中国诗歌研究中心联合举办的"纪念新诗诞生百年：新诗形式建设学术研讨会"。主持开幕式，并在会上做题为"新诗形式的底线在哪里"的发言。

10月，主编的《20世纪中国新诗理论史》（上下册）由人民文学出版社出版。该书2019年获北京市第十五届哲学社会科学优秀成果奖一等奖。

11月2日，《致信太阳的诗人——我读〈你是一束年轻的光〉》发表于《人民日报》。

11月7日，上午在深圳宝安书城参加中国诗歌学会会长会议。下午参加由深圳市文联、宝安市委宣传部、深圳出版集团主办的"第十一届全国打工文学论坛暨深圳劳动者文学全国名家推介会"，在会上就"打工诗歌"的意义与局限做发言。下午随后参加"中国诗歌学会学术委员会"会议。

11月28日至29日，在暨南大学参加由中国当代文学研究会、暨南大学文学院、暨南大学中国文艺评论基地、暨南大学海外华文文学与华语传媒研究中心联合主办的"两岸四地第七届当代诗学论坛：代际经验与诗学呈现国际学术研讨会"。28日在开幕式上发言，29日下午在闭幕式上做总结发言。

11月，张德明《文学史维度中的审视与阐释——读吴思敬〈中国当代诗人论〉》发表于《中国现代文学研究丛刊》第11期。

12月24日，在北京东方花园酒店参加中国作家协会《中国新诗百年志编委会》全体编委会。

2016年

1月9日，在金龙潭大酒店参加由首都师范大学中国诗歌研究中心、作家出版社主办的"《隐行者》首发式暨李青崧诗歌创作研讨会"，代表中国诗歌研究中心致辞。

3月5日，在扬州虹桥书院参加由江苏省作家协会主办的"中国新诗百年论坛·扬州：扬州虹桥文化艺术交流中心'虹桥书院'系列诗学活动暨2016年度扬子江青年诗人奖颁奖活动"，接受虹桥书院所发的"虹桥书院驻院评论家"聘书，并在论坛发言。

3月23日，在重庆市参加"第十三届人天华文青年诗人奖颁奖典礼"，代表评委会宣布获奖名单并宣读获奖词。

3月，《孙绍振〈新的美学原则在崛起〉的诗学史意义》发表于《福建师范大学学报》（哲学社会科学版）第2期。

3月，马春光《自由精神的诗学建构——〈吴思敬论新诗〉的价值与启示》发表于《当代作家评论》第2期。

4月6日，在四川遂宁参加"中国作家协会《诗刊》2015年度陈子昂诗歌奖颁奖会"。

4月23日，在华中师范大学逸夫国际会议中心参加"华中师范大学诗歌研究中心成立仪式暨'百年新诗传统'学术研讨会"。

5月20日至21日，在廊坊师范学院参加由中国当代文学研究会、首都师范大学中国诗歌研究中心、廊坊师范学院联合举办的"北岛诗歌创作研讨会"。20日晚在廊坊师范学院学府礼堂参加"北岛与朦胧诗人诗歌作品朗诵会"。21日在"北岛诗歌创作研讨会"上致辞，并做总结发言。

6月18日至19日，在南开大学文学院章阁厅参加由中国当代研究会、南开大学文学院主办的"穆旦与百年新诗：21世纪中国现代诗第九届研讨会"。在开幕式上致辞。为会议提供论文"唐祈：40年代知性写作的出色代表"并做发言。闭幕式上做会议总结。

6月20日，在北京大学参加由谢冕教授主持的"中国诗论总系"编委会。

7月6日，在北京紫玉饭店参加由首都师范大学中国诗歌研究中心主办的"首都师范大学驻校诗人冯娜诗歌创作研讨会"，主持会议。

7月14日，在北京大学中国诗歌研究院参加"中国新诗总论"编委会。

8月24日，在武汉参加"第八届闻一多诗歌奖终审评委会"。25日上午，在武汉卓尔书店小剧场参加"武汉诗歌节开幕式暨闻一多诗歌奖颁奖仪式"。下午，参加"中国诗人面对面：吴思敬专场"，做诗歌讲座，并与听众对话。

9月9日至10日，在河北涞水县参加"叶圣陶杯教师文学奖终审评委会"。

9月14日，在北京紫玉饭店参加"首都师范大学驻校诗人王单单入校仪式"，并做会议总结。

9月17日至19日，在西藏林芝岷山宾馆参加由中国作家协会创研部、中国少数民族作家协会、中国作家协会诗歌委员会、西藏自治区文联、江苏省作家协会联合主办的"中国新诗百年论坛·少数民族诗歌创作"。主持论坛的学术研讨，并发言。

9月21日，在《人民文学》杂志社会议室参加"李杜诗歌奖"终审评委会。

9月24日，在西安财经学院长安校区参加由西安财经学院、陕西师范大学出版总社主办的"沈奇诗与诗学学术研讨会"，主持会议研讨，并做会议总结。

9月，《〈诗歌12使徒〉序》发表于孙晓娅编《诗歌12使徒》，北岳文艺出版社出版。

10月7日，王士强《新诗理论史研究的重要收获——评吴思敬主编〈20世纪中国新诗理论史〉》发表于《人民日报》。

10月8日，在首都师范大学国际文化大厦参加"2016澄迈·诗探索奖终审评委会"，评出"2016澄迈·诗探索奖杰出成就奖"，获得者为诗人路也。

10月22日至23日，在西安鸿业大酒店参加由中国当代文学研究会、西北大学联合主办的"中国当代文学研究会第十九届学术年会"，被聘为中国当代文学研究会顾问。在会上做题为"在物欲横流的时代，诗人何为"的发言。

10月28日，罗振亚《艰难的突破——评吴思敬主编〈20世纪中国新诗理论史〉》发表于《文艺报》。

10月31日，在海南澄迈参加"2016澄迈·诗探索奖颁奖仪式"，为获奖诗人颁奖。

10月，《"诗林中的一棵大树"——张志民和他的诗》发表于《中国现代文学研究丛刊》第10期。

11月5日至6日，在扬州宾馆参加由北京大学中国新诗研究所、首都师范大学中国诗歌研究中心、虹桥书院、扬州市作家协会主办的"纪念新诗诞生百年：新诗与外国诗歌译介学术研讨会"。主持开幕式，并做题为"唐祈：40年代知性写作的出色代表"的发言。

11月8日至9日，在东南大学参加由东南大学人文学院、东南大学现代汉诗研究所、东南大学中文系主办的"中国现代汉诗研讨会"。

11月27日至29日，在澳门大学参加由中国当代文学研究会与澳门大学人文学院联合主办的"第八届两岸四地当代诗学论坛·百年汉语新诗与澳港台中生代诗歌学术研讨"。在会上做主旨报告，并在闭幕式上做学术总结。

11月，《一只踩着赤色火焰的火烈鸟——论唐祈的诗》发表于《华中师范大学学报》第6期。

11月，《传统、再造与民族特色：中国少数民族新诗研究》发表于《扬子江诗刊》第6期。

12月19日，《生命中的第二颗太阳——读峭岩的长诗近作》发表于《文艺报》。

12月23日，在北京大学中关新园参加由北京大学中国诗歌研究院、北京大学出版社、北大培文主办的"以诗歌的名义传达爱与自由：《灰娃七章》新书分享会"。在会上就灰娃诗歌的成就与特色做发言。

12月24日，在北京大学诗歌研究院参加"中国新诗总论编委会"。

2017 年

1月23日上午，在中国现代文学馆参加由中国作家协会主办的"《诗刊》创刊60周年座谈会"。

1月23日下午，在中国传媒大学国际交流中心参加"第十五届叶圣陶杯新作文大赛评委工作会议"，担任评委会主席，并主持会议。1月24日，在中国传媒大学文法学院会议室参加"第十五届叶圣陶杯新作文大赛终审评委会"，并主持评审工作。

1月，《"金针度人"的诗人诗评家》发表于《文艺争鸣》第1期。

1月，《生命中的第二颗太阳——读峭岩的长诗近作》发表于《中国诗人》第1期。

3月4日，在晓月中路15号人天书店出版部参加《诗探索》编委会会议。

3月15日，在北京大学朗润园中国诗歌研究院参加"第六届中坤国际诗歌奖终审评委会"。

3月28日，在北京大学朗润园中国诗歌研究院参加由中国诗歌学会、北京大学中国诗歌研究院主办的"中国诗歌年度报告会"，并在会上发言。

3月，《论杨键》发表于《扬子江诗刊》第2期，人大复印报刊资料《中国现代、当代文学研究》第7期转载。

4月7日，与谢冕、叶延滨等《期待中华民族新史诗——关于新诗百年的一次对话》发表于《人民日报》。

4月19日，李海英《现代诗学家：堂吉诃德军团仍在前进》发表于《中华读书报》，该文系吴思敬主编《20世纪中国新诗理论史》书评。

4月，《中国新诗理论的现代品格》发表于《中国文艺评论》第4期。

5月10日，在教育部北楼报告厅参加"高校加快构建中国特色哲学社会科学座谈会"。

5月23日至25日，受意大利巴勒莫大学邀请，访问巴勒莫大学，为中文专业的学生讲课并答疑。参加由巴勒莫大学主办的"中国文学在当代：小说与诗歌国际研讨会"，做题为"新世纪以来的中国诗歌生态"的发言。

6月17日至18日，在北京卧佛山庄参加由中国作家协会创研部、中国作家协会诗歌创作委员会、首都师范大学中国诗歌研究中心主办的"新媒体视野下诗歌生态研讨会"。主持开幕式，并在会上做"简谈当下中国的诗歌生态"的发言。

6月21日至23日，在长春师范大学参加由中国当代文学研究会女性文学委员会、长春师范大学、《文艺争鸣》杂志社等主办的"第十三届中国女性文学学术研讨会"，并在闭幕式上发表参会感言。

6月29日至30日，在北京师范大学京师大厦参加由中国当代文学研究会、北京师范大学国际写作中心、《文艺争鸣》杂志社联合主办的"两岸四地第九届当代诗学论坛·百年新诗：历史变迁与空间共生学术研讨会"，主持研讨会开幕式，并为会议做学术总结。

6月，与许敏霏合编的《诗林中的一棵大树——张志民诗歌研究论集》由学苑出版社出版。

7月5日，在北京紫玉饭店主持由首都师范大学中国诗歌研究中心主办的"首都师范大学驻校诗人王单单诗歌创作研讨会"。

7月19日，《张志民先生追忆》发表于《中华读书报》。

7月28日，在山东平度参加"第二届诗探索·春泥诗歌奖颁奖典礼"，为获奖诗人颁奖。29日，主持由《诗探索》编辑部、平度市人民政府主办的"第二届中国乡村诗歌高峰论坛"。

8月5日，在哈尔滨师范大学参加"百年汉语新诗批评与罗振亚诗学思想学术研讨会"，做题为"罗振亚：与先锋诗歌一起成长"的发言。

8月25日，在四川成都参加由中国作家协会创研部、四川作家协会、中国人民大学书报资料中心主办，由《当代文坛》编辑部承办的"2017中国文艺理论前沿峰会"，做题为"百年新诗：对古代与西方诗学文化的双重超越"的发言。

9月12日至15日，在宜昌参加由中华人民共和国文化部、中国作家协会、四川省人民政府联合主办的"第五届中国诗歌节"。在诗歌节诗歌论坛上做题为"诗人与他的时代"的发言。

9月18日，在北京紫玉饭店举行"2017首都师范大学驻校诗人入校仪式"，第十四位驻校诗人张二棍入校。

9月27日上午，在光明日报社"光明网"会议室参加由光明日报社、中国当代文学研究会校园文学委员会主办的"第十一届'文心雕龙杯'全国校园文学艺术大赛启动仪式",在会上发言。

9月,《对古代与西方诗学文化的双重超越——百年新诗传统之我见》发表于《当代文坛》第5期。

10月19日,在北京望京大厦参加"首届国际诗酒文化大会终审评委会"。

11月4日至5日,在香山参加由北京大学中国诗歌研究院与首都师范大学中国诗歌研究中心主办的"新诗百年:中国当代新诗理论批评研讨会",主持开幕式,并在会上做题为"在政治纠缠中行进的诗学"的发言。

11月19日,在北京紫玉饭店参加由首都师范大学中国诗歌研究中心举办的"《20世纪中国诗歌史研究资料选辑》出版工作会议"。

11月25日,在南京西康宾馆参加由中国作家协会诗歌委员会、江苏省作家协会主办的"中国新诗百年论坛系列活动总结论坛",在"新诗百年与江苏抒写"研讨会上发言。

11月,《〈乡愁〉细读》发表于《艺术交流》第4期。

11月,主持申报的教育部人文社会科学重点研究基地重大项目《百年新诗学案》获准立项。

11月,艾超南《自由的精灵和沉重的翅膀——访诗歌评论家吴思敬》发表于《中国文艺评论》第11期。

12月1日,在中国青年出版社小众书坊参加由中国作家协会诗歌创作委员会主办的"新时代史诗与长诗创作研讨会",在会上发言。

12月10日至14日,在韩国庆尚北道青松郡参加由韩国客主文学馆主办、韩国文学翻译院协办的"第一届韩中诗人会议"。在会上就韩国诗人郑玄宗、李时英及中国诗人舒婷的作品做讲评。

12月17日,在江汉大学学术交流中心参加由江汉大学文学院、北京师范大学中国当代新诗研究中心主办的"第七届中国新锐批评家高端论坛:新诗百年的回顾与前瞻"。在开幕式上致辞,在研讨会上做题为"百年新诗:对古代诗学与西方诗学的双重超越"的发言。

12月18日,《余光中先生能够写出〈乡愁〉不是偶然的》发表于《中国艺术报》。

12月18日,《自然之诗》发表于《天津日报》。

12月19日至20日，在广东德庆县参加由北京大学中国诗歌研究院、中国诗歌学会、德庆县人民政府主办的"首届南方诗歌节"。在"新诗百年，情系德庆，走进新时代""三个崛起与当代诗歌的突围"两场研讨会上发言。

2018 年

1月23日，在北京大学中国诗歌研究院会议室参加"新诗百年纪念大会筹备会"。

1月，《回顾与展望：百年新诗访谈》，张健访谈，发表于《长江学术》第1期。

2月1日，在晓月中路15号参加《诗探索》编委会会议。

2月，刘波《如何建构开放的诗歌理论史景观——评吴思敬主编〈20世纪中国新诗理论史〉》发表于《中国现代文学研究丛刊》第2期。

3月9日，在中国作家协会参加由中国作协创研部召开的"加强当前文艺创作咨询会"。

4月20日，在北京紫玉饭店主持由首都师范大学中国诗歌研究中心主办的"百年新诗学案大纲研讨会"

5月2日，《亲历诗坛四十年——访中国诗歌研究中心副主任、著名评论家吴思敬》发表于《中华读书报》，记者舒晋瑜。

5月17日至19日，在台湾淡江大学淡水校区守谦国际会议中心，参加由淡江大学中国文学系主办的"第十七届社会与文化国际学术研讨会暨第十届两岸四地当代诗学论坛"，在会上发表题为"辛笛论"的学术报告。

5月26日，在廊坊师范学院文学院会议室参加由中国当代文学研究会、廊坊师范学院白洋淀文化研究中心、首都师范大学中国诗歌研究中心主办的"林莽诗歌创作研讨会"，主持首场研讨。

5月27日至28日，在浙江金华参加第二届中国（金华）艾青诗歌节活动。

5月30日至31日，在福建漳州闽南师范大学参加由福建作家协会、闽南师范大学、台湾明道大学主办的"2018闽南诗歌节"。

5月，《吴思敬：亲历诗坛四十年》，舒晋瑜访谈，发表于《草堂》

第 5 期。

6 月 16 日，在北京大学朗润园参加由北京大学中国诗歌研究院、华中师范大学诗歌研究中心、长江出版传媒股份有限公司主办的"《朱英诞集》首发式暨出版座谈会"。

6 月 23 日，上午在青海互助青稞酒股份有限公司参加"第二届昌耀诗歌奖颁奖典礼"，在会上被授予"第二届昌耀诗歌奖·特别荣誉奖"，并发表获奖感言。下午在青海电视台参加"诗的青海，酒的高原"诗歌朗诵会。晚上参加"新时代与昌耀诗歌精神"研讨会。

6 月 27 日，在中国现代文学馆参加《诗刊》社主办的"新时代与 90 后诗歌研讨会"。

7 月 4 日，在北京紫玉饭店参加由首都师范大学中国诗歌研究中心主办的"首都师范大学驻校诗人张二棍诗歌创作研讨会"，主持会议。

7 月，《在传统与现代中行进的诗学（1950—1976）》发表于《中国现代文学研究丛刊》第 7 期，人大复印报刊资料《中国现代、当代文学研究》第 11 期转载。

8 月 22 日，《为诗相聚，为诗坚守》发表于《中华读书报》。

8 月 22 日，在北京大学朗润园中国诗歌研究院主持"《让我们继续沉默的旅行：高桥睦郎诗选》研讨会"。

8 月 23 日，在宁夏同心县行政中心参加"宁夏同心县诗歌文化建设讲座和改稿会"。

9 月 4 日，在鲁迅文学院参加由长江文艺出版社诗歌出版中心、中国诗歌网主办的"中国新诗首部季度选本《诗收获》创办座谈会"，并在会上发言。

9 月 8 日，在四川省驻京办事处参加"第四届叶圣陶教师文学奖"评审会。

9 月 12 日，在北京紫玉饭店参加"首都师范大学第十五位驻校诗人灯灯入校仪式"。

9 月 20 日，在北京香山饭店参加由北京大学中国诗歌研究院、北京大学中文系、首都师范大学中国诗歌研究中心、中国诗歌学会主办的"新诗百年纪念大会学术论坛"，主持开幕式，并在第一分会场做"中国新诗理论的现代品格"的发言。

9 月 21 日，上午在北京大学英杰交流中心参加"中国新诗百年纪念大会"，代表首都师范大学中国诗歌研究中心致辞。下午参观北大红楼"北京新文化运动纪念馆"和"不忘初心——马克思主义在中国早期传播陈列"。晚上在北京大学百年讲堂参加"百年辉煌：中国新诗百年诗歌朗诵会"。

9月，《辛笛论》发表于《交会的风雷：两岸四地当代诗学论集》，台北允晨文化实业股份有限公司出版。

10月10日，在四川大学文学与新闻学院参加"四川大学中国诗歌研究院成立揭幕式暨中国新诗高峰论坛"，做"刘福春《中国新诗编年史》与新诗史写作的若干问题"的发言。

11月8日，在北京大学中国诗歌研究院参加由中国诗歌学会、北京大学中国诗歌研究院、首都师范大学中国诗歌研究中心、广东四会市委宣传部主办的"玉润四会：首届女性诗歌周暨打造女性诗歌写作基地签字仪式"，在会上发言。

11月10日，在山东诸城参加"第三届中国诗歌发现奖颁奖典礼暨研讨会"，并做总结发言。晚上参加获奖诗人作品朗诵会。

11月16日，《凌云健笔意纵横——改革开放40年以来的中国新诗》发表于《人民日报》。

11月，《〈众语杂生与未竟的转型〉序言》发表于《长沙理工大学学报》（社会科学版）第6期。

12月12日，在云南西双版纳参加由澜沧江·湄公河流域国家文化艺术节组委会、中国作家协会创研部、云南省文联主办的"末端的前沿·雷平阳作品研讨会"，在会上就雷平阳近期创作的审美特征及艺术成就做发言。

2019 年

1月2日，《记录当代诗歌的追求与梦想》发表于《光明日报》。

1月2日，《诗歌：潮平两岸阔风正一帆悬》发表于《文艺报》。

1月18日，《与林莽相知四十年》发表于《光明日报》。

1月24日，在丰台区晓月中路15号人天书店参加《诗探索》编委会会议。

1月，《回顾与思考：改革开放以来的中国新诗》发表于《诗林》第

1期。

1月，《张中海：在逃离中坚守的"地之子"》发表于《当代作家评论》第1期。

2月27日，《诗为禅客添花锦，禅是诗家切玉刀》发表于《人民日报·海外版》。

3月28日，在中国青年出版社小众书坊参加"今天我们都是王二——商震诗集《谁是王二》首发式及分享会"，在会上发言。

4月21日，在北京紫玉饭店参加由首都师范大学中国诗歌研究中心主办的"百年新诗学案第二次研讨会"，主持会议研讨。

4月23日，在中国现代文学馆参加由作家出版社主办的"白木长篇小说《传国玉玺》研讨会"，在会上做题为"《传国玉玺》：当代历史小说的新突破"的发言。

4月27日，在兰州西北民族大学礼堂东厅，参加由西北民族大学主办的"《唐祈诗全编》发布暨唐祈诗歌作品研讨会"，在会上做题为"一只踩着赤色火焰的火烈鸟——论唐祈的诗"的主题发言。

5月10日至11日，在河北廊坊参加由中国诗歌学会、首都师范大学中国诗歌研究中心、廊坊师范学院文学院主办的"寇宗鄂诗歌创作研讨会"系列活动。10日晚参加"寇宗鄂诗歌作品朗诵会"，11日参加"寇宗鄂诗歌创作研讨会"，主持第一场研讨。

5月19日，在中国现代文学馆参加由中国现代文学馆、安徽省作家协会主办的"公刘文学创作暨《公刘文存》座谈会"，在会上发言。

5月20日，《刘士杰：在诗歌评论路上行走四十年》发表于《中国艺术报》。

5月28日，在通州副中心北京市委5001会议室参加"北京市哲学社会科学优秀成果奖表彰座谈会"，领取《20世纪中国新诗理论史》（上下册）获北京市第十五届哲学社会科学优秀成果奖一等奖的荣誉证书。

5月31日，在宁夏银川参加由宁夏教育出版社及北京大学中国诗歌研究院主办的"《中国新诗总论》发布暨研讨会"，并在会上介绍《中国新诗总论·第三卷》编写体会。

5月，主编的《中国新诗总论·第三卷（1950—1976）》由宁夏人民教育出版社出版。

6月7日，在浙江文成参加由首都师范大学中国诗歌研究中心和文成县文联主办的"首届飞云江端午诗会·当代诗歌的地域书写暨慕白诗歌创作研讨会"。在开幕式上讲话，并做会议总结。

6月22日，在长沙理工大学参加由长沙理工大学学报编辑部、长沙理工大学文法学院、首都师范大学中国诗歌研究中心主办的"众语杂生与未竟的转型：新诗研究学术研讨会"。在开幕式上发言，并参加会议研讨。

7月3日，上午在紫玉饭店参加并主持由首都师范大学中国诗歌研究中心主办的"首都师范大学驻校诗人灯灯诗歌作品研讨会"。下午在后圆恩寺甲1号小众书坊出席"灯灯诗集《余音》首发式暨分享会，在会上发言。

7月6日，在湖南女子学院参加"第十四届中国女性文学学术研讨会"，在开幕式上发言。

7月28日，在中国现代文学馆做公益讲座，题为"公刘与《阿诗玛》"。

8月12日，《贯通古今面向当代——简评〈古典诗词曲与现当代新诗〉》发表于《中国文化报》。

9月16日，在北京紫玉饭店参加"首都师范大学第十六位驻校诗人祝立根入校仪式"，做总结发言。

9月20日，在山东大学青岛校区参加"山东大学诗学高等研究中心揭牌仪式"，并主持"诗学中心（院、所）协同合作论坛"。

9月21日至22日，在山东大学青岛校区参加由山东大学诗学高等研究中心主办的"古典与现代：70年中国诗学理论与批评学术研讨会"，在开幕式上致辞。

9月，《雷平阳诗歌的两重世界》发表于《南方文坛》第5期，人大复印报刊资料《中国现代、当代文学研究》第11期转载。

10月12日至13日，在汕头大学参加由汕头大学文学院、中国现代文学馆主办的"当代文学历史化——经典化高峰论坛"。在论坛上做题为"中国当代文学研究会在推进当代文学研究中的作用"的发言，并在闭幕式上做会议的总结发言。

10月19日，在北京香山饭店参加由北京大学中国诗歌研究院、北京大学中文系、首都师范大学中国诗歌研究中心、中国诗歌学会主办的"《中国新诗总论》研讨会"，主持开幕式，并在会上发言。

10月26日至27日,在广东德庆参加"第二届南方诗歌节",主持"传统与现代——回到母语的怀抱:诗歌研讨会"第一场研讨。

11月7日,在中国现代文学馆参加"郭小川百年诞辰座谈会",在会上做题为"战士的品格诗人的胆魄——诗人郭小川百年诞辰纪念"的发言。

11月27日至29日,在国二招宾馆参加由中国作家协会主办的"全国诗歌座谈会"。27日晚参加分组召集人会议。28日上午参加"全国诗歌座谈会开幕式"。下午举行分组讨论,作为第三组的召集人主持小组讨论。

12月4日,《战士的品格诗人的胆魄——郭小川百年诞辰纪念》发表于《光明日报》。

12月14日至16日,在云南昭通学院参加由昭通学院、北京大学影视戏剧研究中心、北京师范大学中国当代新诗研究中心等联合主办的"第九届新锐批评家高峰论坛"。在开幕式上致辞,在论坛做题为"面对新时代,诗人何为"的发言。

12月29日,上午在安徽怀宁参加由怀宁县人民政府和第五届海子诗歌奖组委会主办的"第五届海子诗歌奖颁奖典礼",为主奖获得者郑小琼宣读颁奖词。下午在海子母校安徽高河中学主持"海子诗歌座谈会"。

2020年

1月14日,在中国现代文学馆参加由中国作家协会主办的"首都文学界迎春茶话会"。

1月17日,《诗人的母亲》发表于《光明日报》。

1月,《〈通往诗学的交叉小径〉序》发表于王永著《通往诗学的交叉小径》,燕山大学出版社出版。

4月29日,《灾难呼唤诗人的良知——葛诗谦抗疫诗歌漫评》发表于《中国艺术报》。

5月,《古远清这位独行侠》发表于《名作欣赏》第5期。

6月,《〈郑敏诗集〉总序》发表于《中国诗歌研究动态》第23辑。

7月8日,参加"首都师范大学驻校诗人祝立根诗歌创作视频研讨会",并做总结发言。

8月19日，《艾青：永远和正直、勤劳的人在一起》发表于《光明日报》。

8月24日，《滂沱大雨，送诗人任洪渊远行》发表于《文艺报》。

9月27日，在深圳市南山区参加由深圳市戏剧家协会主办的"第一朗读者2020年第九季·海上生明月"跨界诗歌现场活动，并接受深圳晚报记者采访。

10月9日，在首都师范大学中国诗歌研究中心会议室参加"首都师范大学驻校诗人林珊入校仪式"，并做总结发言。

10月10日至13日，在内蒙古太西煤集团股份有限公司参加"第十八届华文青年诗人奖颁奖与研讨活动。11日晚在太西国际饭店大会议厅出席"第十八届华文青年诗人奖颁奖朗诵晚会"，宣读获奖诗人谈骁、芒原、周簌的授奖词。12日下午出席在太西国际饭店举行的"诗歌座谈会"并发言。

10月28日，《峨眉舍身崖：一次群众性救援》发表于《中华读书报》。

10月31日，在中国现代文学馆参加由湖南省文联、湘潭大学、现代文学馆、诗刊社主办的"彭燕郊诞辰百年纪念座谈会"，并以"中国当代诗坛：彭燕郊的意义"为题做发言。

11月1日至8日，参加由文化和旅游部、中国作家协会、四川省人民政府、重庆市人民政府主办，在成都、重庆两地举行的"第六届中国诗歌节"。在"中国诗歌节论坛"做题为"抗疫诗歌：良知的呼唤与人性的考量"的发言。

11月22日，在山东诸城参加由《诗探索》编辑部主办，由诸城市作协、琅琊书院承办的"第五届中国诗歌发现奖颁奖典礼暨研讨会"，在会上为获奖者宣读颁奖词，并做总结发言。晚上参加"获奖诗人作品朗诵会"。

11月28日，在北京香山饭店参加由北京大学中国诗歌研究院、北京大学中文系、首都师范大学中国诗歌研究中心、首都师范大学文学院、中国诗歌学会、中国当代文学研究会主办的"《诗探索》创刊40周年纪念暨学术研讨会"，并在会上主持"《〈诗探索〉创刊40周年纪念丛书》首发式"。

11月，主编的《〈诗探索〉之路》由学苑出版社出版。撰写其中

《序言》《我与1980年代的〈诗探索〉》《在筹备〈诗探索〉复刊的日子里》《后记》等文。

12月20日，在西北大学太白校区参加由北京大学影视戏剧研究中心、北京师范大学中国当代新诗研究中心、《文艺争鸣》杂志社、西北大学文学院联合主办的"第十届中国新锐批评家高端论坛"，在开幕式上致辞，并就抗疫诗歌做主题发言。

12月26日，在中国作家出版集团参加由《诗刊》社和中国作家协会诗歌委员会主办的"当下儿童诗儿歌创作与传播研讨会"，在会上做题为"关于当下儿童诗创作的几点思考"的发言。

12月，《面对新时代，诗人何为?》发表于《诗刊》社编选《全国诗歌座谈会会议论文集》，作家出版社出版。

2021年

1月31日，在中国现代文学馆参加"中国诗歌学会第四次全国会员代表大会"。

1月，《抗疫诗歌：良知的呼唤与人性的考量》发表于《诗刊（上半月刊）》第1期。

2月4日，《内蒙古民歌哺育出的清新之作——评武自然诗集〈啊哈嗬咿〉》发表于《人民日报·海外版》。

2月20日，《诗歌与音乐相遇，长出鲜嫩的花》发表于《光明日报》。

3月27日，在江苏扬州参加"第十八届叶圣陶杯全国中学生新作文大赛决赛开幕式"并讲话。

3月，《专家专评：用儿童的眼光去看》发表于《少年诗刊》第3期。

4月9日，《主体性凸现的诗意架构与创新——读峭岩的长诗〈七月!七月!〉》发表于《文艺报》。

4月25日，在北京紫玉饭店参加"中国诗歌研究中心第二十届学术委员会年会暨2020年工作总结会"。

5月15日，在江苏泰州参加由中国少年儿童新闻出版总社、中国当代文学研究会主办，《中学生》杂志社和中国当代文学研究会校园文学委员会承办的"第十八届叶圣陶杯全国中学生作文大赛"终评会，主持评审工作。16 日，参加颁奖典礼，为获奖选手颁奖，并代表评委会讲话。

5月29日，在武汉中南财经政法大学南湖校区参加由中南财经政法大学新闻与文化传播学院主办的"古远清与世界华文文学学科建设学术研讨会"，在会上做题为"古远清对中国诗学研究的贡献"的发言。

6月3日，在《诗刊》会议室，以评委身份参加"中国诗歌网2019—2020十佳诗集"评选。

6月12日，在紫玉饭店参加由首都师范大学中国诗歌研究中心主办的"新诗史料与'百年新诗学案'学术研讨会"，筹办会议并主持下午的研讨。

6月27日，在山东大学青岛校区参加由山东大学诗学高等研究中心主办的"诗学中心（院、所）协同合作联盟筹备会议暨蓝岸诗坊"，主持首场研讨。

7月4日，在北京首都宾馆参加由《诗刊》社、茅台集团主办的"主题创作与时代精神研讨会——茅台杯'重温初心，红旗飘扬'诗歌行动"，在会上做"新时代与诗人角色的定位"发言。

7月6日，在紫玉饭店参加由首都师范大学中国诗歌研究中心主办的"首都师范大学驻校诗人林珊诗歌研讨会"，做会议总结。

7月，《名作欣赏》第7期"本期头条"为吴思敬专题，包括四篇文章，分别为：吴思敬《新诗形式的底线在哪里》、谢冕《有幸结识吴思敬》、王珂《吴思敬代表作概述》、王士强《吴思敬学术年谱（1978—2020）》。

7月，《诗人公刘与〈阿诗玛〉》发表于《文艺争鸣》第7期。

8月16日，《一位"北漂"诗人的心灵独白》发表于《中国艺术报》。

8月18日，《诗歌与童心》发表于《中华读书报》。

8月25日，《来自人境，超越人境》发表于《文艺报》。

8月26日，在北京东三环中国诗歌学会办公室，参加由中国诗歌学会主办的"新时代诗学建设座谈会"，并做发言。

8月，《彭燕郊的意义》发表于《新文学史料》第3期。

9月16日，上午在通州潞河中学中国校园文学馆参加"第十九届叶圣陶杯全国中学生新作文大赛"启动仪式，作为大赛评委会主任作讲话。

下午在通州月亮河璞玥酒店参加叶圣陶教师文学奖终评会议。

11月5日，《怀念诗林中的一棵大树》发表于《光明日报》。

11月9日，《找到属于自己的村庄》发表于《中国文化报》。

11月，《一生只做一件事——谢冕的学术人格》发表于《中国当代文学研究》第6期。

11月，《新时代与诗人角色的定位》发表于《中国文学批评》第4期。

11月，《从钱塘江到怒江源：陈人杰创作道路的启示》发表于《西藏文学》第6期。

12月12日至17日，入住首都宾馆全封闭，参加"中国作家协会第十次全国作家代表大会"。

编后记

　　胡适先生被公认为新诗的开创者，也是诗坛堪称谦谦君子的人物，这一点没有什么疑问。吴思敬先生的君子之风给我一种"无限接近"胡适的联想，虽然只算个人有限的经验和想象，远非学理层面的价值判断，但是跟从吴师求学多年，个人化的感觉早已联结为内心深处的认知。罗尔纲描述游学胡适门下的感受："不同夏日那样可怕，却好比煦煦的春阳一样有着一种使人启迪自新的生意，教人感动，教人奋发"，跟在吴老师身边的同门弟子大多有这样的体会，而且从刘波、易彬、李文钢、卢桢、罗小凤、陈培浩等青年学者的文字里，也能得到丰富多元的印证。尽管他们跟吴思敬先生谈不上严格意义的师徒关系，言行之间流露出那种发自心底的感佩和尊重，自然而然地转换为诗学理念和文化层面的关联。

　　谢冕先生将认识吴思敬视为人生一大幸运和福分，或许宜当成同代人互赠芳华的赞美，但审视他们一起投身于新诗潮论争的经历，就不能忽视文学同道彼此之间的器重与帮衬，甚至转化为带有个人情感色彩的信赖。正如谢冕先生所说："诗歌乃柔软之物，最终作用于世道人心，诗歌之用，首重广结人缘，使人心向善。"大格局和大视野的人必然看重文学的淑世作用，将关切世道人心视为文学的本源。评述作家、作品的文字应该是情真意切的灵魂对话与真情见证，我当年拜读吴老师的诗歌评论之后萌生报考研究生的大胆愿望，主要是从吴老师鼓励里感受到胡适式的"一颗爱护青年人的又慈悲又热诚的心"，后来则不断有缘感受那种从"五四"时代即被塑造的价值观念。可以这么说，不论观念还是言行实践，吴思敬先生身上都呈现出一种务实、典雅、严谨的精神品格，也许是疫情造成的阻隔效果，甚至还在我心里升腾出一些端庄的怀旧气息，对应于他对思想自由、兼容并包这些原则的坚守，这在当代学界和诗坛都是弥足珍贵的。

  总之，或许受诗歌、友谊、师道、学术的感召，近十年来这些主要以中青年学者为主体完成的文章，确凿无疑地表露出一种基于生命的深情，也让原本没有太多逻辑关系的论文集充满强烈的对话意味，甚至变得元气充沛。再加上刘士杰、程光炜、罗振亚、周晓风、吴晓、张德明、姜玉琴、张健、师力斌、邱景华等学者的论述，必将延伸出更具分量的激荡和回响。为了体现编者的作用，我跟王珂先后给这些文章进行了大致的分类，将它们分别置于"同行、坚守、探索、回响、对话"的名目下，为方便读者和学者参照，附上王士强整理的简要学术年谱。只是因篇幅所限，部分文章和对话未及收入，期待将来推出类似专辑再收入，权当在当下这个充满焦虑、喧嚣与冲撞的历史关口种下一粒期许未来的种子。

  需要顺带说明的是，研究论集得以顺利出版离不开多方的大力襄助，感谢暨南大学文学院的支持，国家社科基金后期资助项目"'新诗现代化'的想象与焦虑"提供了部分经费。本论集编辑出版有赖中国社会科学出版社慈明亮博士，没有他的及时督促，与读者见面的时间可能严重滞后，特此致谢。

龙扬志

2022 年 7 月 15 日于广州